KNAUR

FLORIAN SCHWIECKER
MICHAEL TSOKOS

DER 1. PATIENT

Justiz-Krimi

KNAUR

Besuchen Sie uns im Internet:
www.droemer-knaur.de

MIX
Papier | Fördert gute Waldnutzung
FSC® C083411

Originalausgabe Juni 2024

Ein Imprint der Verlagsgruppe
Droemer Knaur GmbH & Co. KG
Maria-Luiko-Straße 54, 80636 München

Dieses Werk wurde vermittelt durch die
AVA international GmbH Autoren- und Verlagsagentur, München.
www.ava-international.de
Redaktion: Antje Steinhäuser
Covergestaltung: ZERO Werbeagentur, München
Coverabbildung: Composing unter Verwendung von Shutterstock.com
Satz und Layout: Adobe InDesign im Verlag
Druck und Bindung: CPI books GmbH, Leck
ISBN 978-3-426-44623-2

Kontaktadresse nach EU-Produktsicherheitsverordnung:
produktsicherheit@droemer-knaur.de

4 5 3

PROLOG

NDR-Studios, Hamburg-Lokstedt
Mittwoch, 24. April, 16.15 Uhr

Das Einzige, was Sonnenberg antreibt, ist, mich vor aller Welt lächerlich zu machen. Aber das werde ich nicht zulassen!

Doktor Sasha Müller, Chefärztin der Chirurgie des Klinikums Spreehöhe, öffnete ihre Augen und blickte in ihr eigenes Spiegelbild.

»So, das sieht doch ganz passabel aus, oder?«, hörte sie die Stimme der Visagistin hinter sich, ohne diese sehen zu können. Die Lichter, die rund um den Spiegel ihr Gesicht ausleuchteten, blendeten einfach zu stark.

»Ja, sehr gut«, sagte sie und zwang sich zu einem kurzen Lächeln. »Das haben Sie wirklich toll gemacht, vielen Dank.«

Tatsächlich konnte sie es überhaupt nicht leiden, wenn jemand an ihr herumpinselte, aber sie wusste, dass das dazugehörte. Ungepudert würde sie wie eine Schweineschwarte glänzen, und das würde sich negativ auf die Wahrnehmung der Zuschauer auswirken. Und die war ihr wichtig. Sie war schließlich nicht zum Spaß hier. Sie war hier, um Überzeugungsarbeit zu leisten.

»Noch fünf Minuten, dann beginnen wir mit der Aufzeichnung«, hörte sie die Stimme des Praktikanten, der links von ihr seinen Kopf durch die Tür der Maske steckte.

Sasha Müller schloss ihre Augen und ballte die Fäuste zusammen. *Du schaffst das,* sagte sie, um sich in die richtige Stimmung zu bringen. *Du musst nur gelassen bleiben. Lass dich nicht von Sonnenberg provozieren.*

Sie zog die weißen Papiertücher, die ihr die Visagistin zum Schutz vor dem Puder in den Kragen ihres T-Shirts gesteckt hatte, raus, zerknüllte sie und warf sie in hohem Bogen in den kleinen Mülleimer neben sich. Dann stand sie auf und blickte prüfend in den Spiegel. Sie hatte den Nadelstreifenblazer mit der passenden Hose, dem weißen T-Shirt und den eleganten und zugleich modischen Absatzsandalen bewusst gewählt, um elegant, aber nicht steif auszusehen. Ein lässiges, nicht zu abgehobenes Businessoutfit.

»Viel Erfolg«, sagte die Visagistin und sah sie aufmunternd an. »Zeigen Sie es denen da draußen. Ich glaube an das, was Sie machen. Sie sind eine starke Frau.«

Jetzt musste Sasha Müller wirklich lächeln. Sie hatte das Gefühl, dass die Mitarbeiterin des Senders es ernst meinte. Bis hierher war es ein langer Weg gewesen. Und nicht immer einfach. Sasha konnte sich gut an ihre ersten öffentlichen Vorträge und Auftritte erinnern, als die Veranstalter aufgrund ihres Vornamens, den sie ihrer ukrainischen Großmutter zu verdanken hatte, noch häufig überrascht waren, eine Frau vor sich zu haben. In den letzten beiden Jahren hatte sich das geändert, und sie hatte es zu einer gewissen Bekanntheit auch außerhalb der Medizin gebracht.

Im selben Moment steckte der Praktikant seinen Kopf wieder durch die Tür in der Maske.

»Noch drei …«

»Ich komme«, fiel ihm Sasha Müller ins Wort, woraufhin er dankbar nickte und ihr ein Zeichen gab, ihm zu folgen.

In den Gängen hinter dem Studio herrschte kurz vor Aufzeichnungsbeginn Hochbetrieb und eine ungewöhnliche Stimmung. Eine Mischung aus Hektik und der routinierten Gelassenheit eines erfahrenen Teams, das das schon Hunderte Male durchgespielt hatte.

Keine zwei Minuten später hielt ihr der Praktikant die Tür zum Aufzeichnungsraum auf, nickte ihr zu und war im nächsten Moment wieder verschwunden.

Sasha Müller blickte in das gut dreihundert Quadratmeter große, etwa zehn Meter hohe fensterlose Studio, an dessen Decke unzählige Scheinwerfer an Stahlträgern hingen und die gesamte Fläche in ein überraschend natürliches Licht hüllten. Auf der linken Seite war der berühmte Stuhlkreis für Gäste und Moderatoren auf einem etwa dreißig Zentimeter hohen Podest aufgebaut, auf der rechten Seite saßen circa hundert Zuschauer an runden, mit Getränken eingedeckten Tischen mit jeweils sechs Plätzen.

»Ah, Frau Doktor Müller, herzlich willkommen«, hörte sie die in ganz Deutschland bekannte Stimme des Talkshowmoderators von rechts und drehte sich zu ihm um. Thomas Krause war größer, als sie vermutet hatte, was ungewöhnlich war. Er maß gut einen Meter neunzig und trug ein weißes Hemd zu einem modern geschnittenen hellgrauen Anzug. Müllers bisheriger Erfahrung nach waren die meisten Promis, die sie zunächst aus dem Fernsehen kannte, im echten Leben eher kleiner, als sie auf der Mattscheibe vermuten ließen. Freundlich streckte er ihr die Hand entgegen.

»Kommen Sie doch bitte mit, die anderen Gäste sind schon alle da.«

Sasha Müller folgte ihm und setzte sich auf den letzten freien Stuhl im Kreis der übrigen Teilnehmerinnen und Teilnehmer. Neben einem bekannten Schlagersänger, einer Klimaaktivistin, einem Fernsehkoch und einer Autorin, die vermutlich ihr neuestes Buch vorstellen würde, fiel Sasha Müllers Blick direkt auf Professor Doktor Gunther Sonnenberg. Mit seinen kurzen dunklen Haaren und seinem gesunden, von der Sonne leicht gebräunten Teint sah man ihm seine fünfundfünfzig Jahre nicht an. Dazu kam, dass seine Kleidung weitaus lässiger war, als man es sich bei einem Professor allgemein vorstellte. Zu einem modischen hellblauen Sakko trug er ein dunkelblaues und an den obersten beiden Knöpfen geöffnetes Hemd, in seiner Reverstasche steckte ein cremefarbenes Einstecktuch.

»Die liebe Kontrahentin«, rief er ihr entgegen, erhob sich aus seinem Sessel und streckte ihr die Hand entgegen.

»Kontrahentin«, wiederholte Krause mit einem Grinsen und

blickte von Sasha Müller zu Sonnenberg. »Na, das lässt einen spannenden Dialog erwarten.«

»Ich sehe Sie ja weniger als Kontrahenten«, erwiderte Sasha Müller, während sie Sonnenbergs Hand ergriff und selbstbewusst drückte. »Ganz im Gegenteil«, fuhr sie fort. »Schließlich geht es uns beiden doch um das gleiche Ziel. Wir wollen beide Menschenleben retten, nicht wahr?«

»Aber natürlich, liebe Doktor Müller, aber natürlich. Lediglich der Weg, wie wir dieses Ziel erreichen, scheint uns zu unterscheiden.«

»Ich bitte Sie, ich bitte Sie«, mischte sich Krause ein. »Heben Sie sich das für unsere Diskussion auf. Es wäre zu schade, wenn Sie schon jetzt Ihr ganzes Pulver verschießen.«

»Das wird nicht passieren«, erwiderte Sasha Müller mit einem Funkeln in den Augen und nahm Platz.

»Ausgezeichnet«, sagte Krause und drehte sich in Richtung Publikum. »Meine sehr verehrten Damen und Herren, wir werden gleich mit der Aufzeichnung beginnen. Ich wünsche Ihnen und uns allen eine spannende, kontroverse und zugleich unterhaltsame Sendung. Wir machen in etwa fünfundvierzig Minuten, nach den ersten drei Gästen, eine Pause, damit Sie sich kurz die Füße vertreten und wir Ihre Getränke wieder auffüllen können. Und danach geht es in die zweite Runde.« Krause hob kurz die Arme und lächelte in die Runde. »Und jetzt«, schloss er, »mögen die Spiele beginnen.«

Nachdem der spontane Applaus des Publikums verstummt war, wandte Krause sich wieder an seine Gäste und nahm in dem Sessel gegenüber seiner Co-Moderatorin Platz.

Kurz darauf wurden die Scheinwerfer, die den Zuschauerraum ausgeleuchtet hatten, gedimmt, während die Scheinwerfer, die auf die Talkshowteilnehmer zeigten, heller aufleuchteten.

Aus den Lautsprechern, die überall im Studio verteilt hingen, erscholl die charakteristische Eingangsmelodie der Sendung, und keine dreißig Sekunden später eröffnete Judith Lorenzo, die zweite

Moderatorin der Sendung, das Gespräch. Als Erster war der Schlagersänger an der Reihe, um den es nach vierzig Bühnenjahren ruhig geworden war, bis er sich für einen Song mit einem Rapper zusammengetan hatte. Dann ging es um die Autorin, die mit einem provokativen Buch über die Beziehung zwischen Ost und West derzeit für Diskussionsstoff sorgte. Und schließlich wandte man sich der Klimaaktivistin zu, die die Öffentlichkeit auf die gewaltigen Tauwasserflüsse aus dem Permafrost aufmerksam machen wollte. Die Moderatoren wechselten sich bei der Gesprächsführung ab, und dann und wann schalteten sich auch die übrigen Gäste ein. Im Anschluss an das dritte Gespräch flammten die Scheinwerfer im gesamten Studio auf, und Krause erhob sich. An das Publikum gewandt sagte er: »Wir machen jetzt zehn Minuten Pause, und danach geht es mit unseren beiden Medizinern weiter.«

Sasha Müller merkte, wie die Nervosität in ihr stieg. Das war zwar bei Weitem nicht die erste Talkshow, in der sie zu ihrem Lieblingsthema, dem praktischen Nutzen von künstlicher Intelligenz in der Medizin, sprechen würde, aber nur selten hatten die Veranstalter einen so kompetenten Gegner wie Sonnenberg eingeladen. Natürlich kannte sie ihn gut, sie waren sich bereits mehrfach begegnet. Auf medizinischen Kongressen und anderen Veranstaltungen. Aber dies war das erste Mal, dass sie sich in einer Talkshow gegenübersaßen.

Sie griff in die Tasche ihres Sakkos und zog den kleinen Zettel heraus, auf dem sie sich die wesentlichen Punkte notiert hatte, über die sie heute sprechen wollte.

»Na, aufgeregt?«, hörte sie plötzlich eine Stimme, die sie aus ihren Gedanken riss.

Sasha Müller blickte auf und sah Sonnenberg direkt in seine leuchtenden Augen.

»Nein, warum denn?«, erwiderte sie selbstbewusst. »Sie vielleicht?«

»Nicht im Geringsten«, sagte er mit einem herausfordernden Lächeln und setzte sich ihr gegenüber in seinen Sessel.

Drei Minuten später erloschen die Lichter im Zuschauerraum erneut, und es ging weiter.

»Und jetzt«, begann Judith Lorenzo, »freue ich mich ganz besonders, die beiden Mediziner Doktor Sasha Müller, Chefärztin der Chirurgie am Berliner Klinikum Spreehöhe, zu meiner Linken und ihr gegenüber Professor Doktor Gunther Sonnenberg von der Berliner Charité zu begrüßen. Sasha Müller ist eine von Deutschlands bekanntesten Gefäßchirurginnen und seit jeher vehemente Unterstützerin des Einsatzes künstlicher Intelligenz in der Medizin.«

Judith Lorenzo blickte kurz auf ihre Moderationskarte, ehe sie fortfuhr.

»Professor Sonnenberg hingegen hat sich nach einer langen und ebenso erfolgreichen Karriere als Neurochirurg in den letzten Jahren der Forschung und Ausbildung verschrieben und unterrichtet Studierende an der Medizinischen Fakultät der Charité. Ohne Frage stellt damit auch er seine Arbeitskraft direkt und indirekt in die Betreuung von Patienten, steht dem Einsatz der KI allerdings, wie er von sich selbst behauptet, aus gutem Grund kritisch gegenüber.«

Müller und Sonnenberg nickten beide mit einem Lächeln in die Kameras, die jeweils auf sie gerichtet waren, woraufhin die Moderatorin fortfuhr und sich an Sasha Müller wandte.

»Liebe Frau Doktor Müller, Sie haben in den letzten zwölf Monaten in diversen Veröffentlichungen zu dem umstrittenen Thema künstliche Intelligenz in der Medizin auf sich aufmerksam gemacht.«

Judith Lorenzo machte eine kurze Pause und blickte wieder auf die Pappkarte, auf der sie eine Reihe von Fragen notiert hatte.

»Erzählen Sie uns doch bitte kurz, worum es dabei geht und was genau Sie da eigentlich machen.«

»Natürlich, sehr gerne«, erwiderte Sasha Müller, während sie unbemerkt mit dem Fingernagel ihres rechten Daumens in die Rückseite ihres Zeigefingers drückte, um sich zu konzentrieren. *Bleib ruhig und bleib sachlich,* dachte sie ein letztes Mal. *Und lass dich nicht von Sonnenberg provozieren.*

»Zunächst möchte ich ein paar Worte darüber verlieren, warum wir überhaupt künstliche Intelligenz in der Medizin einsetzen. Denn ohne dieses Verständnis bleibt sicher manche Frage offen.«

»Ausgezeichnet«, sagte die Moderatorin, »das klingt gut.«

»Die Krux ist ganz einfach die«, fuhr Sasha Müller fort, »dass wir überall auf der Welt dem gleichen Problem ausgesetzt sind. Einer wachsenden, immer älter werdenden Bevölkerung steht eine immer kleiner werdende Anzahl medizinischen Fachpersonals gegenüber. Konkret bedeutet das, dass sich immer weniger um immer mehr kümmern müssen. Und das klappt natürlich nicht. Das geht weder in sagen wir mal normalen Zeiten, und schon gar nicht geht das, wenn wir es mit einer Ausnahmesituation wie der Corona-Krise zu tun haben.«

Müller machte eine kurze Pause und trank einen Schluck Wasser.

»Um dieses Problem zu lösen und eine gleichbleibend hohe Qualität in der Gesundheitsversorgung zu gewährleisten oder diese sogar zu verbessern, brauchen wir Unterstützung. Und genau diese Unterstützung liefert uns künstliche Intelligenz.«

»Verstehe«, warf Thomas Krause ein. »Aber das Ganze ist mir noch zu abstrakt. Könnten Sie ein paar Einsatzbeispiele dieser neuen Technologie mit uns teilen, damit wir uns das alle etwas besser vorstellen können?«

»Natürlich, sehr gerne. Bereits heute hilft uns die KI zum Beispiel bei der Früherkennung von Hautkrebs. Vereinfacht gesagt schaut sich die KI das Bild eines Hautmals an und vergleicht dessen Struktur, Farbe und Beschaffenheit mit der von Millionen anderer Hautmale, die sie schon kennt und von denen sie weiß, ob sie gefährlich oder harmlos sind. Dadurch können Dermatologinnen und Dermatologen zum Beispiel ein malignes Melanom, also den gefährlichen schwarzen Hautkrebs, und dessen Vorstufen leichter erkennen und behandeln. Je früher die Diagnose gestellt wird, desto besser sind die Heilungschancen. Oder im Falle gutartiger und ungefährlicher Male kann eine unnötige Exzision vermieden werden.«

»Liebe Kollegin«, schaltete sich Sonnenberg ein, »das ist jetzt doch allzu simpel und Augenwischerei. Dass bei diesen vergleichsweise einfachen Situationen eine technologische Unterstützung hilfreich sein kann, bestreitet ja niemand. Genauso wie bei dem Einsatz in der Radiologie, wo eine KI Auffälligkeiten auf Röntgenbildern für die Kollegen farblich markieren und damit eine große Unterstützung in der schnelleren Diagnostik sein kann.«

Sasha Müller blickte von der Moderatorin zu Sonnenberg.

Jetzt geht es also los. Und nicht ungeschickt, dachte sie. *Ein bisschen recht geben, um dann umso heftiger zuzuschlagen.*

Sie beschloss, ihn erst einmal ausreden zu lassen. Aus Erfahrung wusste sie, dass sie damit ihre Glaubwürdigkeit erhöhen würde. Unterbrechen und Reinreden wirkte unsympathisch bis verzweifelt. Sie durfte sich nicht von ihm in die Ecke drängen und in eine Verteidigungsposition bringen lassen.

»Aber«, fuhr Sonnenberg mit einem nicht zu überhörenden zynischen Unterton fort. »Vielleicht erzählen Sie uns, wofür Sie diese Technologie noch einsetzen wollen. Denn das bloße Anschauen von Bildern kann ja nicht alles sein, oder?«

Interessiert schauten die übrigen Teilnehmer der Talkrunde auf Sasha Müller.

»Das würde mich auch interessieren«, mischte sich die Autorin ein, die links von ihr saß. »Obwohl das mit den Röntgenbildern natürlich allein schon ziemlich cool ist. Also, finde ich zumindest. Das muss doch helfen, oder?«

»Das tut es in der Tat«, stimmte Sasha Müller ihr zu und überlegte parallel, wie sie Sonnenberg, anstatt ihrem natürlichen Instinkt zu folgen und direkt zurückzuschlagen, den Wind aus den Segeln nehmen könnte. »Es gibt tatsächlich schon einiges mehr als die Unterstützung bei den Bildern«, fuhr sie an Sonnenberg gewandt fort. »Und ich bin dankbar, dass Sie das ansprechen. Der technische Fortschritt ermöglicht uns bereits die nächste Stufe der Unterstützung. Aufgrund unserer knappen Ressourcen müssen wir vor allem Zeit gewinnen, damit wenige vielen helfen können. Ich möchte das anhand eines einfachen Beispiels erklären, das ein ganz anderes und uns im reichen Deutschland nicht wirklich unmittelbar betreffendes Szenario beschreibt: Aufgrund der politischen und klimatechnisch immer herausfordernderen Situation verzeichnen wir global eine wachsende Zahl von Flüchtlingsströmen. Und ganz gleich ob diese Menschen vor einem Kriegsgeschehen oder einer Naturkatastrophe fliehen, sammeln sie sich überall auf der Welt in riesigen Flüchtlingslagern. Und gerade dort kann uns KI helfen, eine medizinische Betreuung zu verbessern. Sie müssen sich vorstellen, dass im schlimmsten Fall eine Ärztin oder ein Arzt Zehntausende betreuen muss. Um das zu schaffen, hilft uns die Technik. Dankenswerterweise besitzt eine ausreichende Anzahl von Geflüchteten ein Smartphone, sodass wir einfach zu bedienende Apps installieren können. Und jeder Flüchtling, der für sich oder seine Familie in ebendieser Situation medizinische Hilfe in Anspruch nehmen möchte, kann durch die Beantwortung simpler Fragen zu seinen Krankheitssymptomen über ebendiese App selbst dabei helfen, dass das auch für eine große Anzahl funktioniert. Denn die KI kann bei der Beurteilung der Schwere medizinischer Probleme helfen und die kritischeren Fälle in der Warteliste nach vorne ziehen. Im Ergebnis können die Mediziner vor Ort dort schneller helfen, wo Hilfe dringender gebraucht wird, und so zum Beispiel schneller eine schwere Krankheit behandeln, um sich erst danach um die leichteren Fälle zu kümmern.«

»Und das ist heute bereits möglich?«, fragte jetzt der ältliche Schlagersänger und lehnte sich in seinem Stuhl nach vorne. »Das ist ja ganz wunderbar.«

»Grundsätzlich schon«, erwiderte Sasha Müller. »Und nicht nur das. In meiner eigenen Klinik nutzen wir nach einer ausgiebigen

Testphase KI bei der Planung von OPs. Im Ergebnis können wir dadurch nicht nur schneller, sondern auch besser arbeiten, was die Qualität erhöht und die Patientensterblichkeit reduziert. Nur verhindern restriktive Vorschriften und in der Vergangenheit sicher berechtigte Datenschutzgesetze, auf deren Einhaltung und deren Schaffung der Kollege Sonnenberg so leidenschaftlich pocht, dass wir diese Technik noch schneller und flächendeckender einsetzen können.«

»Und das aus gutem Grund«, fuhr Sonnenberg dazwischen. »Denn was ist, wenn diese großartige KI, von der Sie da erzählen, einen Fehler macht? Und einen Fall falsch einschätzt? Eine schlimme Krankheit nicht richtig beurteilt und auf ihrer Warteliste falsch priorisiert?«

»Dann ist das ein tragischer Fall«, entgegnete Sasha Müller und spürte, wie sie langsam unruhiger wurde. Es ging Sonnenberg offensichtlich gar nicht darum, sachlich zu argumentieren, sondern schlicht darum, gegen sie zu schießen und damit gegen die Technik zu argumentieren. Alles, was er damit erreichte, war, den Fortschritt zu blockieren, und das würde am Ende viel mehr Leben kosten, als dass es Schaden vermied. Warum um alles in der Welt sah er das nicht? So ruhig, wie es ihr möglich war, fuhr sie trotzdem fort. »Natürlich irrt sich die KI auch. Und natürlich macht sie Fehler. Genauso wie wir Menschen. Allerdings lernt sie dazu. Und das schneller und umfassender als jeder Einzelne. Und kann dann besser helfen«, erklärte sie und beschloss, den Ball zu Sonnenberg zurückzuspielen. »Lassen Sie mich Ihnen eine Gegenfrage stellen, Professor Sonnenberg. Glauben Sie nicht, dass es hilfreich wäre, wenn jedem Mediziner für die Beurteilung eines Falls nicht nur ihr oder sein eigenes Wissen zur Verfügung stehen würde, sondern auch das kollektive medizinische Wissen der Welt? Lösen wir uns für den Moment von dem Beispiel eines Geflüchtetencamps und kehren zurück nach Deutschland. Stellen Sie sich einmal vor, ein Arzt behandelt einen Patienten und erkennt die Symptome einer Krankheit nicht, die in einem anderen Teil der Welt bereits erforscht wurde. Und dieses Wissen stellt die KI ihm jetzt zur Verfügung und kann auf diese Weise eine Genesung beschleunigen oder im Extremfall sogar ein Leben retten.«

»Oder«, erwiderte Sonnenberg kritisch, »die KI glaubt, Symptome zu erkennen, die es gar nicht gibt, oder übersieht andere Hinweise und schlägt eine Behandlung vor, die fatale Folgen hat, weil sie sich geirrt hat. Und die Behandlung verzögert sich dadurch, oder im Extremfall ...« – Sonnenberg machte eine Pause, offenbar um seinen Worten mehr Gewicht zu geben – »... stirbt dadurch ein Mensch.«

»Ein kontroverses Thema, ganz offensichtlich«, sprang Judith Lorenzo ein, »ein Thema, das uns noch lange beschäftigen wird und für das es kein Richtig und kein Falsch zu geben scheint. Eine Technologie, die in den Kinderschuhen steckt, aber vermutlich auch nötig ist, um die Herausforderungen der Zukunft zu bewältigen. Nur leider werden wir heute Abend keine Lösung finden und nicht alle Fragen beantworten können, denn dazu fehlt uns schlichtweg die Zeit. Deshalb möchte ich unseren beiden gleichermaßen sympathischen wie kompetenten Gästen abschließend noch einmal die Gelegenheit geben, in jeweils einem Statement ihren Standpunkt klarzustellen.«

Mit einem aufmunternden Lächeln wandte sie sich zunächst an Sasha Müller.

»Sie haben recht, die Technologie ist recht neu. Und die Möglichkeiten, die sich uns bieten, werden um ein Vielfaches größer sein, als wir uns derzeit überhaupt vorstellen können. Und das ist auch gut so. Denn nur wenn wir uns trauen, mutig nach vorne zu schauen, werden wir unsere Bevölkerung in den kommenden Jahren und Jahrzehnten so gut betreuen können, wie sie es verdient.«

»Vielen Dank, Frau Doktor Müller. Und jetzt zu Ihnen, Professor Sonnenberg.«

»Sehr gerne«, erwiderte Sonnenberg und schaute direkt in die

Kamera. »Niemand bestreitet, dass wir uns technologisch weiterentwickeln müssen. Allerdings dürfen wir nicht blind einer Technologie vertrauen, die wir nicht verstehen und die noch viel zu wenig erforscht ist. Ich warne davor, das Schicksal eines Menschen neuronalen Netzwerken zu überlassen, die, wie wir anhand zahlreicher Beispiele sehen, immer wieder anfangen zu halluzinieren. Ich sage ausdrücklich: Ein zu früher Einsatz einer zu breit eingesetzten KI wird Menschenleben kosten. Und dann wird das Geschrei groß sein. Doch dann ist es zu spät.«

ERSTER TEIL

TOD IM OP

1. KAPITEL

ZWEI WOCHEN SPÄTER

Berlin-Pankow, Klinikum Spreehöhe, Schwanebecker Chaussee 50
Montag, 6. Mai, 13.03 Uhr

»Ich muss mal kurz raus, läuft ja alles nach Plan«, stellte Doktor Christian Zwosta, Facharzt für Anästhesiologie am Klinikum Spreehöhe, mit einer Mischung aus Lässigkeit und Gleichgültigkeit eher fest, anstatt um eine Pause zu bitten, wie es eigentlich hätte sein sollen.

Silke Vogelsang, die als OP-Schwester in der Hackordnung weit unter Zwosta stand, blickte hinter ihrer Maske von dem Anästhesisten zu Doktor Sasha Müller, die als operierende Chirurgin die Leitung im Saal innehatte. Sie fragte sich, wie die Chefin – wie Müller als Chefärztin der Chirurgie von ihren Mitarbeitern genannt wurde – mit dieser offenen Provokation umgehen würde. Sie schätzte es gar nicht, wenn Ärzte ohne einen triftigen Grund eine OP verließen. Schon gar nicht an Tagen wie diesem, wo sich ein Eingriff an den nächsten reihte und sie dem Zeitplan bereits mehr als eine Stunde hinterherhinkten.

Silke Vogelsang wusste aber auch, dass es nicht mehr so wie früher war, als die Ärzte Schlange standen, um sich im OP zu beweisen. Der Fachkräftemangel hatte längst das Gesundheitswesen erreicht, und die Chefin hatte ihr erst kürzlich erklärt, dass selbst sie immer weniger Einfluss auf die Zusammenstellung ihres Teams hatte. An manchen Tagen konnte sie froh sein, wenn sich überhaupt genug Ärzte zur Arbeit meldeten. Das war ein verfluchter Teufelskreis. Zu wenig Ärzte bedeutete verschobene OPs, was zur Folge hatte, dass die Betten in den Häusern zu lange belegt wurden, was zur Folge hatte, dass die nächsten Patienten zu lange auf ihren

Eingriff warten mussten, und so weiter, und so fort. Keine gute Entwicklung also. Da musste dringend etwas geschehen.

Vogelsang wandte den Blick nicht von der Chefin ab, die Zwosta mit hochgezogener Augenbraue skeptisch anstarrte. Sie konnte das absolut nachvollziehen. Mal abgesehen davon, dass sie Zwosta wegen seiner in der ganzen Klinik bekannten Überheblichkeit selbst nicht besonders gut leiden konnte.

Sie waren erst seit etwa einer Stunde dabei, Jens Dauber, der an zahlreiche Überwachungsgeräte angeschlossen vor ihnen auf dem OP-Tisch lag, einen femoropoplitealen Bypass zu legen.

Was sich für den Laien kompliziert anhörte, war nichts anderes als eine Gefäßüberbrückung, bei der ein Transplantat in Form eines Schlauches so eingesetzt wird, dass die verstopfte Ader einfach umgangen wird, um wieder einen ungehinderten Blutfluss zu ermöglichen. Ein an sich recht unkomplizierter Routineeingriff mit großem Ergebnis, der Jens Dauber, so hatte es die Chefin in der Vorbereitung erklärt, in letzter Konsequenz eine Amputation seines Raucherbeins ersparen würde. Nach dem Eingriff sollte der mit seinen gerade mal fünfzig Jahren für diese Krankheit ungewöhnlich junge Dauber wieder beschwerdefrei sein. Und wenn er mit dem Rauchen aufhören und sich gesund ernähren würde, könnte das der Start in ein gesünderes und längeres Leben werden. So weit die Theorie.

Doch Silke Vogelsang wusste aus Erfahrung, dass die meisten Raucher nach einigen Wochen wieder rückfällig wurden. Das war tragisch, aber letztlich die Entscheidung eines jeden einzelnen Patienten.

Anders als Zwostas Pause, die die Chefin normalerweise nicht tolerieren würde. Vermutlich ließ sie ihm das durchgehen, weil er ihr auch noch für die nächsten beiden OPs zugeteilt war. Manchmal konnte sie sich nur wundern, und ihr kamen viele Vorgänge wie im Kindergarten vor. Sie konnte nicht verstehen, wie die Ärzte wegen Nebensächlichkeiten langwierige Diskussionen führten, die am

Ende sowieso zu nichts führten. Außer dass die Stimmung in den Keller fiel. Und genau vor einer solchen Situation standen sie hier. Das schien auch Zwosta erkannt zu haben, denn obwohl er sich bereits vom OP-Tisch wegdrehte, setzte er noch zu einer Art Rechtfertigung an. »Keine Sorge, ich sage nebenan Bescheid. Wenn was sein sollte, kann Estrada einspringen.«

Vogelsang kannte Estrada, genauer gesagt Doktor Patrick Estrada, ebenso gut wie die meisten anderen Ärzte aus der Chirurgie. In diesem Moment betreute er als Anästhesist den Eingriff im nebenan gelegenen OP-Saal. Sie wusste, dass es unter Ärzten üblich war, sich bei kurzen Pausen gegenseitig zu unterstützen und bei Bedarf zu helfen. Die erste Wahl war immer ein Arzt, der gerade nicht operierte, die zweite Wahl fiel auf einen Mediziner aus einer parallel stattfindenden Operation.

Silke Vogelsang blickte von Zwosta, der im selben Moment den OP verließ, zu Sasha Müller, die ein letztes Mal den Kopf schüttelte, sich dann aber, ohne ein weiteres Wort darüber zu verlieren, wieder ihrem Patienten widmete.

Verrückt, dachte Vogelsang. *Während Zwosta sich vermutlich in diesem Moment eine Zigarette ansteckte, lag aufgeschnitten vor ihnen ein Patient, der an einem Raucherbein erkrankt war. Was für eine Ironie.*

Doch schon im nächsten Moment wurde sie aus ihren Gedanken gerissen, als die Chefin Doktor Anna Donath, die Assistenzärztin des Teams, ermahnte.

»Doktor Donath, was ist denn heute mit Ihnen los? Sie sind ja so gar nicht bei der Sache. Bitte konzentrieren Sie sich ein bisschen mehr, wir haben hier schließlich einen Patienten im OP, der es verdient hat, dass wir unser Bestes geben.«

Die junge Medizinerin nickte schnell, und es sah für Silke Vogelsang so aus, als wenn sie hinter ihrer OP-Maske errötete. »Na… natürlich …«, fügte sie mit sich überschlagender Stimme hinzu. »Bitte entschuldigen Sie. Bin wieder voll dabei.«

»Das ist schön, dann sind wir geistig wieder komplett«, erwiderte Sasha Müller spitz, nur um Donath gleich danach auf die Probe zu stellen. »Sie können mir sicher sagen, wie es jetzt hier weitergeht.«

Donath, die normalerweise eher auf der selbstbewussten Seite des Lebens stand, wirkte heute tatsächlich ungewohnt fahrig. Unsicher blickte sie auf den Patienten, schien sich aber im nächsten Moment wieder zu fangen.

»Äh, ähm, natürlich«, sagte sie. »Wir haben den Bypass gelegt und müssen jetzt checken, ob die Naht hält und die Peripherie Blut bekommt.«

»Sehr gut, und wie sollten wir das Ihrer Meinung nach machen?«, hakte Müller nach.

»So wie es der Behandlungsplan vorgibt«, erwiderte Donath, nur um sich mit dieser Antwort die nächste Rüge einzufangen.

»Ach, kommen Sie«, entfuhr es Müller. »Das kann nicht Ihr Ernst sein. Was ist denn heute los mit Ihnen? Wenn ich in den Plan hätte schauen wollen, hätte ich Sie gebeten, mir den Plan zu reichen. Aber das habe ich nicht. Ich möchte von *Ihnen* wissen, wie wir das überprüfen. Das ist nun wirklich chirurgisches Einmaleins.« Ernst blickte sie ihre Assistenzärztin an. »Also geben Sie sich bitte ein bisschen Mühe.«

Anna Donath war der Stress an ihren Augen anzusehen. »Indem wir dem Patienten ein Kontrastmittel spritzen. Dann können wir sehen, ob das Blut wie geplant fließt.«

»Na also, war gar nicht so schwer«, erwiderte Müller und blickte zu Silke Vogelsang, die längst gewusst hatte, was als Nächstes zu tun war, und ihr die Spritze mit der jodhaltigen Flüssigkeit reichte. Müller nahm ihr die Spritze ab und injizierte dem Patienten das Kontrastmittel.

»Wollen wir mal sehen, ob wir anständige Arbeit geleistet haben oder erneut ranmüssen«, sagte sie und blickte auf den Monitor des Hybrid-Angiographie-Gerätes, das es dem Team ermöglichte, mittels Live-Röntgen-Bildgebung den Blutfluss zu kontrollieren.

Silke Vogelsang wusste, wie sehr sich die Chefin um den Einsatz moderner Technik im Klinikum Spreehöhe verdient gemacht hatte, und dass sie deutlich besser ausgestattet waren als die meisten anderen Häuser. Neben den Geräten war sie besonders stolz darauf, dass sie seit einiger Zeit bei der Planung der Eingriffe auf ein System vertrauten, das mit künstlicher Intelligenz arbeitete und sämtliche Schritte einer OP auf einem Extramonitor anzeigte.

Im nächsten Moment wies Müller mit dem Finger auf das hochauflösende Display, auf dem die Blutbahnen ihres Patienten bis in die kleinsten Details dargestellt zu sehen waren.

»Und, was meinen Sie?«, fragte sie Donath, die angestrengt auf die Bilder starrte.

»Ich glaube«, begann sie, »dass das Ganze eigentlich …«

Doch bevor sie weiterreden konnte, wurde sie von der Narkoseschwester, die dem Anästhesisten zugeteilt war, unterbrochen.

»Doktor Müller, wir haben ein Problem.«

Müller blickte von dem Monitor des Live Röntgensystems auf, als im selben Moment verschiedene Warntöne der Überwachungssysteme den OP-Saal erfüllten.

Silke Vogelsang wusste, dass sie jetzt vor allem eins tun mussten, auch wenn ihr das nach all den Jahren immer noch sehr schwerfiel. Sie mussten Ruhe bewahren. Die Situation war kritisch, und es kam auf jeden Moment an. Irgendetwas hatte ein schweres Problem bei dem Patienten ausgelöst, das sich auf seinen Kreislauf auszuwirken begann. Eine Reaktion auf das Kontrastmittel, wie sie vermutete. Das Piepen und die Warntöne der Geräte nahmen weiter zu. Wenn sie die Situation nicht bald in den Griff bekämen, könnte das fatale Folgen haben. Vogelsang hatte das schon vorher erlebt, und als sie sich umblickte, wurde ihr schnell klar, dass sie ein zusätzliches Problem hatten. Denn weder die Chefin noch Doktor Donath durften als Chirurginnen die notwendigen Schritte einleiten. Das war nach dem unbedingt einzuhaltenden Protokoll Aufgabe des Anästhesisten, der neben der Narkose auch für die Überwachung der Vitalfunktionen zuständig war und als Einziger die genaue Medikation kannte, mit der Dauber betäubt worden war. Wenn die Ärzte sich hier ins Gehege kamen und unüberlegt handelten, würden sie den Patienten eher gefährden, als ihm zu helfen.

»Wir brauchen sofort den Anästhesisten«, befahl Müller Schwester Kerstin Ziemens, deren Aufgabe als Springer bis zu diesem Zeitpunkt vor allem darin bestanden hatte, die sterilen Materialien, die Instrumente und das Nahtmaterial an den OP-Tisch zu bringen. »Holen Sie Estrada von nebenan. Jetzt!«

Zeitgleich traten sie und Anna Donath als Operateure vom Tisch zurück, um Platz für den Kollegen zu machen.

Kerstin Ziemens zögerte keinen Moment und eilte direkt in den Nachbar-OP, nur um wenige Sekunden später wieder zurückzukehren.

»Doktor Estrada kann nicht helfen«, rief sie außer Atem. »Er intubiert gerade seinen eigenen Patienten.«

Das war eine der wenigen Situationen, in denen der Anästhesist bei seinem eigenen Patienten bleiben musste, wenn er diesen nicht gefährden wollte.

»Dann suchen Sie Zwosta«, rief Müller in einem Ton, der keinen Widerspruch duldete, doch gerade als Schwester Kerstin Ziemens sich wieder auf den Weg machen wollte, kehrte dieser in den OP zurück.

»Was ist denn hier los?«, fragte er irritiert und blickte auf die verschiedenen Geräte, deren immer lauter werdende Warntöne den Saal erfüllten.

»Wir haben ein Problem, vermutlich eine Reaktion auf das Kontrastmittel«, erwiderte Müller.

Zwosta war Profi genug, nicht weiter um Erklärungen zu bitten, sondern nahm seiner Narkoseschwester nacheinander die beiden Spritzen ab, die diese längst vorbereitet hatte, und injizierte dem Patienten erst Adrenalin und dann Kortison. Silke Vogelsang wusste seit der Zeit ihrer Ausbildung, dass diese Mittel dazu da waren, die allergische Reaktion zu bekämpfen, die zwischenzeitlich zu einem Zusammenbruch des Herz-Kreislauf-Systems geführt hatte.

»Wir brauchen mehr Volumen. Hundert Prozent Sauerstoff«, wies Zwosta seine Narkoseschwester an, während er gleichzeitig die Flüssigkeitszufuhr erhöhte. Gespannt blickte er auf die Monitore, ob sich die Situation verbesserte.

»Der Patient zeigt keine Reaktion. Ich glaube, es ist ein anaphylaktischer Schock«, rief er laut, während weitere Warnsignale zu ertönen begannen. »Atem- und Kreislaufstillstand!« An die Narkoseschwester gewandt rief er: »Benachrichtigen Sie das REA-Team!«

Zwei Minuten später trafen die Mitarbeiter vom Reanimationsteam ein, und was dann passierte, lief vor Silke Vogelsangs Augen ab wie in Zeitlupe. Zu dritt arbeiteten sie parallel und taten alles in ihrer Macht Stehende, um die Situation in den Griff zu bekommen. Neben einer Herzdruckmassage legten sie zahlreiche Zugänge und Katheter und verbrauchten in kurzer Zeit eine so große Menge an Material, dass Schwester Silke sich nur über die ganzen Tüten wunderte, die eine nach der anderen aufgerissen und auf den OP-Boden geworfen wurden.

Das war jetzt das dritte Mal, dass sie eine solche Situation erleben musste, und sie hoffte, dass es genauso gut ausgehen würde wie in den anderen beiden Fällen, in denen die Patienten gerettet werden konnten.

2. KAPITEL

Berlin-Pankow, Klinikum Spreehöhe, Schwanebecker Chaussee 50
Montag, 6. Mai, 13.47 Uhr

Dreißig Minuten später war ein durchdringender Ton alles, was in dem hochmodernen Operationssaal zu hören war. Gleichmäßig und laut. Wie im Film. Nur dass das hier keine Fiktion war.

Silke Vogelsang schaute zu dem Leiter des REA-Teams, der, immer noch außer Atem, den Kopf schüttelte. Dann sah sie zu dem EKG, das seit einigen Minuten den Herzstillstand durch eine Nulllinie anzeigte. Im nächsten Moment stellte Doktor Zwosta, der als Anästhesist für die Überwachung der Vitalfunktionen und die entsprechenden Geräte verantwortlich war, das EKG ab.

Sasha Müller blickte auf die digitale Uhr an der Stirnseite des in Hellblau gehaltenen Saals und hielt kurz und knapp fest: »Zeitpunkt des Todes, 13.48 Uhr.«

Obwohl keiner etwas sagte, spürte Vogelsang, dass das ganze OP-Team sich in einer Art Schockzustand befand. Das war mehr als die Frustration und Hilflosigkeit, die wie in den anderen Fällen, wenn sie einen Patienten verloren hatten, wie eine Wolke über dem OP hing. Denn dieses Mal hatten sie es nicht mit einem komplexen Fall zu tun. Dieses Mal hatten sie einen Patienten bei einem Routineeingriff verloren. Das hätte nicht passieren dürfen.

Silke Vogelsang blickte zur Chefin und fragte sich, wie es wohl in ihr aussah. Denn obwohl sie als Team zusammenarbeiteten, war es die Chirurgin, die die Verantwortung für eine Operation trug. Die Schwester konnte sich nicht vorstellen, wie schwer die Last wiegen musste, und vermutete, dass die Ruhe, die die Chefin gegenüber dem Team vermittelte, in starkem Kontrast zu den Gefühlen stand, die sich in ihrem Inneren abspielten. Sie wusste, dass Doktor Sasha Müller als Chefärztin der Chirurgie des Klinikums Spreehöhe und eine der führenden Operateurinnen in Deutschland im Laufe der Jahre einige Patienten verloren hatte. Einmal, als in einer Operation ein Kind gestorben war und sie selbst vollkommen erschüttert war, hatte sie ihr gesagt, dass der Tod Teil ihres Jobs war und einfach dazugehörte. Doch insgeheim hatte Silke Vogelsang das Gefühl, dass die Chefin sie in diesem Punkt angelogen hatte. Sie war sicher, dass sie weniger als jede andere ihr bekannte Person den Tod akzeptierte und dass genau das der Grund war, weshalb sie Tag für Tag im OP aufs Neue für das Leben ihrer Patienten kämpfte. Sie hatte auch die Vermutung, dass die Chefin von einer persönlichen Erfahrung getrieben wurde, ohne allerdings zu wissen, worum es dabei ging.

Doch heute hatten sie den Kampf verloren.

»Doktor Donath«, sagte Sasha Müller im nächsten Moment an die Assistenzärztin gerichtet, die bereits alles vorzubereiten begann, um den Patienten zuzunähen. »Lassen Sie mich das machen. Sie haben heute schon genug geholfen.«

Die junge Ärztin blickte kurz auf, nickte stumm und verließ genauso wie Zwosta, der es offensichtlich nicht für nötig hielt, sich in irgendeiner Form zu äußern, den OP.

Silke Vogelsang wunderte sich für einen kurzen Moment darüber, dass die Chefin diese Aufgabe übernahm, assistierte ihr dann aber. Als sie keine zehn Minuten später fertig waren, verließ die Chirurgin ohne ein weiteres Wort den Saal.

Silke Vogelsang blickte Sasha Müller hinterher, als diese mit gesenktem Kopf den Flur entlangging. Sie hatte das Gefühl, dass sie irgendetwas persönlich getroffen hatte. Mehr als sonst. Sie hatte aber keine Ahnung, was das gewesen sein konnte.

3. KAPITEL

Berlin-Pankow, Klinikum Spreehöhe, Schwanebecker Chaussee 50,
Büro der ärztlichen Direktorin
Montag, 6. Mai, 14.21 Uhr

»Wie haben sie es aufgenommen?«, fragte Doktor Krista Hendry mit der ihr eigenen nüchternen Art.

Die siebenundfünfzigjährige ärztliche Direktorin des Klinikums Spreehöhe blickte ihre Chefärztin, die auf der gegenüberliegenden Seite des großen dunklen Holzschreibtisches Platz genommen hatte, herausfordernd an. Unter den Mitarbeitern des Krankenhauses war Hendry nicht gerade für ihre Empathie bekannt. Doch Sasha Müller wusste, dass hinter der harten Schale ein weicher Kern steckte und sie auf die volle Unterstützung der ärztlichen Direktorin setzen konnte. Das war auch der Grund, warum sie sofort im Anschluss an das Gespräch mit Daubers Frau Johanna und dessen Kindern Felix und Sophie zu ihr gekommen war.

»Nicht gut«, erwiderte sie. »Gar nicht gut. Seine Frau hat erst angefangen zu weinen. Und dann wurde sie wütend. Sie hat mir allerlei Vorwürfe gemacht. Ich hätte ihr und ihrem Mann weisgemacht, der Eingriff sei reine Routine. Und dass ich diese Art der Operation schon etliche Male durchgeführt hätte. Und dass es keinen Grund zur Sorge gäbe. Sie hätten sich zusammen mit ihren Kindern darüber unterhalten, ob ihr Mann den Eingriff wagen solle, vor allem auch wegen der technischen Unterstützung, und sich aufgrund meiner Empfehlung dafür entschieden.«

Hendry zog die Augenbrauen hoch. »Das haben Sie gesagt? Der Patient solle sich keine Sorgen machen? Vor einer OP?«

»Natürlich habe ich das nicht so gesagt«, entgegnete Sasha Müller kopfschüttelnd. Sie hatte zu Beginn ihrer Karriere einmal den

Fehler gemacht, den Ausgang einer Behandlung vorherzusagen. Und dann war alles anders gekommen.

»Ich habe ihm und seiner Frau genau erklärt, was wir machen, wie wir es machen und was passieren kann. Dann hat er die entsprechenden Unterlagen unterzeichnet«, fuhr sie fort. »Aber natürlich habe ich auch keinen Hehl daraus gemacht, dass ich diese Operation schon etliche Male erfolgreich durchgeführt habe.«

»Okay«, nickte Hendry und blickte auf den großen Bildschirm ihres Computers, auf dem sie den OP-Bericht geöffnet hatte. »Sie haben im Totenschein einen nicht natürlichen Tod attestiert.«

Sasha Müller nickte.

»Haben Sie schon eine Ahnung, was Ursache für den Herzstillstand Ihres Patienten gewesen ist?«, fragte sie.

»Na ja. Die Ursache war eine allergische Reaktion, das wissen wir. Da wir zu diesem Zeitpunkt der OP unterschiedliche Mittel verabreicht haben, kann ich nicht genau sagen, wodurch sie ausgelöst wurde. Möglicherweise durch das Kontrastmittel. Nach allem, was die Daten der OP-Planung vorgegeben haben, hätte das allerdings nicht passieren dürfen. Es gibt da eine Reihe von Punkten, die für mich keinen Sinn ergeben.« Sasha Müller kratzte sich mit dem Zeigefinger an der Schläfe. »Außerdem fürchte ich, dass es noch Ärger von Daubers Frau geben könnte. Sie war wirklich aufgebracht und hat gedroht, einen Anwalt einzuschalten. Ich weiß jetzt nicht, wie ernst sie das meinte, gut möglich, dass das nur in der ersten Aufregung war. Kann aber auch sein, dass das bereits seinen Lauf nimmt …«

»Verstehe«, sagte Hendry und machte sich eine Notiz. »Und genau aus diesem Grund werde ich sofort die nächsten Schritte einleiten, die das Protokoll verlangt. Ich möchte zwar den Teufel nicht an die Wand malen, aber wir müssen aufpassen, dass uns kein Fehler unterläuft. Ganz unabhängig davon, dass der Patient einen Haftungsausschluss unterzeichnet hat und über die Gefahren des Eingriffs und der Nutzung der unterstützenden Technologien aufgeklärt wurde und diese auch genehmigt hat, muss ich Ihnen trotzdem eine Frage stellen. Und ich bitte Sie, mir ehrlich und offen die ungeschönte Wahrheit zu sagen: Ist Ihnen bei der OP noch irgendetwas komisch vorgekommen? Irgendetwas, was auffällig oder ungewöhnlich war? Trotz des Verlaufs meine ich.«

Natürlich ist nicht alles optimal verlaufen, dachte Müller. Schließlich war Dauber tot. Und dann war da auch noch die Sache mit Zwosta, von der sie kurz und knapp berichtete.

Hendry schüttelte den Kopf. »Das verkompliziert die Sache erheblich.«

»Ich glaube allerdings nicht, dass Zwostas Pause einen großen Unterschied gemacht hat. Der Schock war derart erheblich, dass wir Dauber so oder so verloren hätten. Und Zwosta war nur wenige Sekunden nach dem Schock wieder im OP.«

»Das wird sich zeigen«, erwiderte Hendry nun mit deutlich kühlerer Stimme. »Wie gesagt, wir werden das Protokoll in Kraft setzen. Das bedeutet, dass ich gleich im Anschluss an unsere Unterredung die Polizei anrufe. Die werden die Staatsanwaltschaft informieren, und dann wird ein Rechtsmediziner unseren Patienten obduzieren. Und je nachdem, was das Gutachten ergibt, ist die Sache damit erledigt oder eben nicht.« Mit eindringlicher Stimme, die keinen Zweifel an der Ernsthaftigkeit ihrer Worte offenließ, fuhr sie fort. »Und Sie und alle an der OP beteiligten Kollegen werden mit sofortiger Wirkung freigestellt.«

»Ist das wirklich nötig?«, fragte Sasha Müller. »Wir sind ohnehin vollkommen unterbesetzt und mussten schon zahlreiche OPs verschieben. Wenn Sie uns jetzt auch noch abziehen, wird die Lage nicht gerade besser.«

Hendry schaute ihre Chefärztin streng an. »Ihr Pflichtbewusstsein in allen Ehren, geschätzte Kollegin. Aber ich weiß nicht, ob Ihnen der Ernst der Lage vollends bewusst ist. Ein Patient ist gestorben. Der erste, seitdem wir das neue System einsetzen. Extra zu diesem Zweck haben wir ein neues Protokoll eingeführt, und das werden wir jetzt Schritt für Schritt befolgen. Und der erste Schritt, wenn Sie sich erinnern, ist die sofortige Suspendierung aller Mitarbeiter, die an dem Eingriff beteiligt waren. Wir dürfen uns hier keinen Fehler leisten. Dafür steht zu viel auf dem Spiel.«

»Natürlich«, erwiderte Sasha Müller. »Allerdings möchte ich anmerken, dass …«

»Ich denke nicht, dass es noch etwas anzumerken gibt«, schnitt ihr Hendry das Wort ab. »Im Gegenteil ist es wichtig, dass Sie und die Kollegen hier gerade nichts mehr anmerken. Und nur um mich wirklich verständlich auszudrücken: Was die Kommunikation in diesem Fall betrifft, läuft von jetzt an alles ausschließlich über mich. Ganz gleich ob das Daubers Familie betrifft oder die zu erwartenden Aussagen gegenüber Polizei und Staatsanwaltschaft. Wir werden in dieser Sache selbst überhaupt nichts zu der Behandlung sagen. Zumindest nicht, ohne dass wir uns mit unseren Anwälten abgestimmt haben. Haben Sie das verstanden? Ich muss und werde die Klinik schützen. Das ist mein Job.« Nach einer kurzen Pause fügte sie hinzu. »Und natürlich alle Mitarbeiter. Dazu gehören selbstverständlich auch Sie!« Sie machte sich weitere Notiz auf ihrem Zettel. »Ganz gleich was sich in den nächsten Tagen noch ergibt, müssen wir zusehen, dass wir nach allen uns rechtlich zur Verfügung stehenden Mitteln eine Haftung der Klinik vermeiden. Am einfachsten wäre es natürlich, wenn sich herausstellt, dass der Patient nicht aufgrund eines Behandlungsfehlers gestorben ist.«

Sie beugte sich über ihren Schreibtisch nach vorne.

»Wenn uns das allerdings nicht gelingt und sich herausstellen sollte, dass jemand eine falsche Entscheidung getroffen hat, die zum Tod von Dauber geführt hat, dann müssen wir das auch zweifelsfrei klären.«

Sasha Müller zog ihre Stirn in Falten. »Wenn Sie auf mein Team anspielen«, sagte sie deshalb, »fällt das in meine Verantwortung. Die Kollegen haben lediglich meine Anweisungen befolgt.«

»Das war es nicht, was ich meinte«, entgegnete Hendry. »Ich

dachte nicht an unsere menschlichen Mitarbeiter. Ich dachte an das eine Mitglied Ihres Teams, das eigenständige Entscheidungen trifft und sogar Ihnen Empfehlungen ausspricht. Ich dachte an das Augmentum-System.«

4. KAPITEL

Berlin Pankow, Klinikum Spreehöhe, Schwanebecker Chaussee 50,
Büro der ärztlichen Direktorin
Montag, 6. Mai, 19.32 Uhr

Interessante Einrichtung, dachte Kriminalhauptkommissar Claus Baller von der fünften Mordkommission des LKA Berlin, als er das knapp dreißig Quadratmeter große Büro der ärztlichen Direktorin betrat.

Das Zimmer erinnerte ihn eher an einen englischen Club aus einem Sherlock-Holmes-Krimi als an das Zimmer der Chefin von Berlins modernstem Krankenhaus. Die Wände zierte eine längs gestreifte Tapete in Cremeweiß und Bordeauxrot. Auf dem dunklen Fischgrätparkettboden lag ein schwerer Teppich.

Die ärztliche Direktorin selbst passte perfekt in diese Umgebung. Schwer zu sagen, wie alt sie war, dachte Baller. Von Anfang vierzig bis Mitte fünfzig war alles drin. Doktor Krista Hendry trug einen klassischen dunkelgrünen Tweedblazer mit rotem Einstecktuch. Ihre dunklen vollen Haare waren mittellang und zu einem Pferdeschwanz gebunden.

Die Frau zu ihrer Rechten wirkte deutlich jünger. Sie hatte kurze Haare und ein ebenmäßiges, attraktiv geschnittenes Gesicht. Unter ihrem weißen Kittel trug sie die typische blaue OP-Kleidung. Aus ihren auffallend grünen Augen sah sie Baller skeptisch an. Sie hatte sich als Sasha Müller vorgestellt, Chefärztin der Chirurgie. Der Name kam ihm bekannt vor. Und Baller war sich sicher, sie schon mal gesehen zu haben. Nur wo?

Er sah die beiden neugierig an. Ungewöhnlich, dachte er. Zwei Frauen in Chefpositionen. Sollte zwar längst normal sein, kam aber in der Realität nicht so häufig vor.

»Vielen Dank, dass Sie so schnell gekommen sind«, unterbrach die ärztliche Direktorin seine Gedanken mit einer Stimme, die natürliche Autorität ausstrahlte.

»Natürlich«, erwiderte Baller. »Ist mein Job.« Obwohl ihm klar war, dass das ein sehr kurzes Gespräch werden würde. Er hatte im Laufe seiner über zwanzigjährigen Karriere in einer ganzen Reihe von Verfahren ermittelt, in denen sie von Krankenhäusern wegen eines nicht natürlichen Todes informiert wurden.

Nicht natürlicher Tod …

Baller wusste, dass das die Umschreibung für einen ärztlichen Kunstfehler sein konnte. Und der hatte das immer gleiche Verhalten von Ärzten und Kliniken zur Folge. Alle wesentlich Beteiligten inklusive der Klinikvertretung würden in der Sache selbst ohne ihren Anwalt kein Wort sagen. Natürlich war das ihr gutes Recht. So stand es im Gesetz. Aber Ballers Arbeit machte das nicht wirklich leichter. Im Ergebnis lief es darauf hinaus, dass der Fall auf dem Papier geklärt werden würde, wie sie polizeiintern sagten.

Damit würde auch das jetzige Gespräch nicht mehr als eine reine Formalie sein, um die Ermittlungen ins Laufen zu bringen. Baller blickte auf seine Uhr. Zwanzig vor acht. Er wettete mit sich selbst, dass er noch vor acht wieder aus der Klinik raus sein würde.

Also, bringen wir es hinter uns.

Er öffnete sein kleines schwarzes Notizbuch und sah die beiden Ärztinnen an. »Dann legen Sie mal los, warum genau bin ich hier?«, fragte er.

»Wie ich schon Ihrem Kollegen am Telefon gesagt habe, ist heute bei uns ein Patient während einer OP verstorben. Eines nicht natürlichen Todes«, erwiderte die ärztliche Direktorin.

»Okay. Und woran ist er gestorben?«, fragte Baller, obwohl ihm klar war, dass er auf diese Frage keine Antwort erhalten würde.

»Auf diese Frage und auf alle weiteren Fragen werden wir zu dieser Zeit nicht antworten. Das heißt nicht, dass wir nicht zur Aufklärung beitragen wollen. Ganz im Gegenteil. Wir sind sehr daran interessiert, Sie bei Ihrer Arbeit zu unterstützen. Das ist lediglich die Empfehlung unseres Justiziars«, fuhr sie fort. »Firmen-Policy sozusagen.«

»Schon klar«, nickte Baller und klappte sein Notizbuch zu. Es lief exakt so, wie er das erwartet hatte.

»Dazu gehört auch«, fuhr Hendry zu Ballers Überraschung fort, »dass alle Mitarbeiter, die an der OP beteiligt waren, bis zur Übergabe sämtlicher Daten und Akten freigestellt werden und keinen Zugang mehr zu den Systemen haben.«

»Das ist ein erfreulicher Schritt, den Sie eingeleitet haben, das passiert keineswegs immer.« Baller nickte und sah die beiden Frauen an, doch ihrer Ansicht nach schien wirklich alles gesagt zu sein. »Dann werde ich noch kurz erläutern, was von unserer Seite passieren wird«, fuhr er deshalb fort. »Die Staatsanwaltschaft wird innerhalb der nächsten Stunde den Leichnam des Toten beschlagnahmen und an die Rechtsmedizin übergeben. Die werden eine Obduktion durchführen. Ich gehe davon aus, dass das morgen früh passiert. Und natürlich müssen wir mit Ihren Anwälten sprechen. Selbst wenn diese als Ihre Vertreter keine Angaben zum Sachverhalt machen, brauche ich das für die Akte.« Baller steckte sein Notizbuch in die Tasche seines dunkelblauen Sommermantels und stand auf. »Wenn es sonst nichts gibt, was Sie mir mitteilen wollen …«, sagte er fragend, ohne jedoch eine Antwort von Hendry oder Müller zu erhalten, »komme ich morgen um zehn Uhr erneut vorbei. Bitte sorgen Sie dafür, dass Ihre Anwälte dann zugegen sind. Andernfalls müsste ich Sie ins Revier einladen, und das wollen wir uns, glaube ich, alle ersparen.«

Die ärztliche Direktorin blickte zu ihrer Chirurgin. Die nickte stumm. »Geht klar, so können wir das machen. Morgen um zehn Uhr ist gut.«

»Perfekt, das war für heute alles«, verabschiedete sich Baller und verließ das Büro.

Auf dem Weg zum Ausgang fiel Baller ein, woher er die Ärztin kannte. Doktor Sasha Müller. Natürlich. Er hatte sie neulich in einer Talkshow gesehen. Worum war es da noch gleich gegangen?

Er blieb kurz stehen und dachte nach. Irgendwie wollte es ihm nicht einfallen. Egal, vielleicht komme ich später drauf, dachte er, ehe er weiter Richtung Ausgang lief. Er blieb nur kurz an einem Automaten stehen, um sich einen Kaffee für den Weg zu ziehen. Während die heiße Flüssigkeit in den braunen Plastikbecher lief, dachte er über das kurze Treffen nach. Obwohl es sich inhaltlich in keiner Weise von den anderen Gesprächen unterschied, die er in möglichen Arzthaftungsfällen geführt hatte, sagte ihm sein Instinkt, dass hier irgendetwas anders war. Eine besonders undurchdringliche Kulisse und als Verbindlichkeit getarnte Unerreichbarkeit. Irgendetwas lag hier in der Luft, das diesen Fall einzigartig machte. Und er wurde das Gefühl nicht los, dass die beiden Frauen ihm Entscheidendes verheimlicht hatten. Doch er bekam nicht zu fassen, was das war. Noch nicht.

5. KAPITEL

Berlin-Moabit, Turmstraße 21, Institut für Rechtsmedizin
Dienstag, 7. Mai, 8.23 Uhr

Die Klimaanlage des Sektionssaals surrte gleichmäßig und hielt die Temperatur auf exakt einundzwanzig Grad, während die Neonröhren den weiß gekachelten Raum bis in den letzten Winkel ausleuchteten. Der knapp fünfzig Quadratmeter große Raum erinnerte auf den ersten Blick an den Operationssaal eines Krankenhauses, doch bei genauerem Hinsehen wurde einem schnell klar, dass es hier um etwas ganz anderes ging.

Die in blaue Funktionskleidung gekleideten Ärzte arbeiteten unterstützt von den Sektionsassistenten nicht an einem, sondern parallel an vier Tischen, und die Körper, die sie untersuchten, hatten allesamt schon bessere Zeiten gesehen. Das war kein Wunder, denn eine der Aufgaben der Rechtsmedizin war es nicht etwa, einen in Lebensgefahr befindlichen Menschen zu retten, sondern vielmehr die Ursache seines Ablebens zu erforschen und seinem Tod auf die Spur zu kommen. Immer wenn die Berliner Staatsanwaltschaft den Verdacht hatte, dass ein Mensch nicht auf natürliche Weise aus dem Leben geschieden war oder sich dieser Verdacht nicht widerlegen ließ, beauftragte sie die Rechtsmediziner mit der Untersuchung der Todesursache.

Doktor Justus Jarmer, Facharzt für Rechtsmedizin, stand zusammen mit der Sektionsassistentin Jeanine Öttinger am vordersten der auf Hochglanz polierten Edelstahltische und blickte auf den blassen, wächsern wirkenden Leichnam herunter. Der Mann war fünfzig Jahre alt und vom Körperbau eher der sportliche Typ, allerdings mit dem für Männer dieses Alters typischen Ansatz eines Bauches. Ansonsten deutete mit Ausnahme der frisch vernähten Operationswunden nichts darauf hin, weshalb er aus dem Leben geschieden sein konnte, wie zum Beispiel typische Verletzungen eines Gewaltverbrechens. Einzig die offensichtlich gelb verfärbten Finger an der rechten Hand des Mannes ließen auf einen starken Raucher schließen.

»Wen haben wir denn hier, Frau Öttinger?«, fragte Jarmer seine Mitarbeiterin, obwohl er die Antwort kannte. Wie vor jeder Obduktion hatte Jarmer auch dieses Mal die Akte der Staatsanwaltschaft mit allen bislang zur Verfügung stehenden Informationen genau studiert. Das war neben dem äußerst knappen Protokoll der Befragung der Krankenhausmitarbeiter in der Regel die Patientenakte des Verstorbenen. Doch die fehlte in diesem Fall bislang. Das Krankenhaus war offensichtlich noch dabei, alles zusammenzustellen.

Jarmer kam es mit seiner Frage an Jeanine Öttinger vor allem darauf an, dass seine Sektionsassistentin ebenso wie er alle Fakten kannte, weshalb er seine Mitarbeiter gerne herausforderte. Er fragte sie nach ihrer Meinung und ihren Schlussfolgerungen, bevor er sich selbst äußerte. Für ihn gehörte das zu einer guten Ausbildung dazu.

»Jens Dauber, fünfzig Jahre alt. Wurde gestern im Klinikum Spreehöhe operiert und ist noch im OP infolge eines Herzversagens gestorben.«

Jarmer nickte, gab sich aber mit der kurzen Antwort nicht zufrieden. »Welche weiteren Infos haben wir ausweislich des Erhebungsbogens?«, hakte er mit Verweis auf das Standardformular der Staatsanwaltschaft nach, das einen Toten, dessen Ableben geklärt werden muss, immer begleitete. »Was wissen wir im Hinblick auf einen möglichen Behandlungsfehler?«

Das Lächeln, das Jeanine Öttingers Lippen umspielte, zeigte Jarmer, dass sie auch diese Frage sofort würde beantworten können.

»Noch nicht so viel«, begann sie und blickte auf den Leichnam herunter. »Die Staatsanwaltschaft hält …«

»Herr Doktor Jarmer«, wurden sie jetzt abrupt durch eine Mitarbeiterin unterbrochen, die den Sektionssaal betrat.

Jarmer drehte sich um und blickte direkt ins Gesicht seiner Sekretärin.

»Es geht um Ihre Tochter, Florentine«, sagte sie aufgeregt. »Sie ist beim Sportunterricht vom Stufenbarren gefallen und hat sich verletzt. Die Lehrerin hat zur Sicherheit einen Rettungswagen gerufen, und die sind jetzt auf dem Weg in die DRK Kliniken im Westend, um einen Knochenbruch auszuschließen.«

Jarmer musste nicht lange nachdenken. Er wollte sofort zu seiner Tochter, um zu sehen, wie es ihr ging, und bei ihr zu sein. Da sie mit der eigentlichen Obduktion noch nicht begonnen hatten, sondern gerade erst bei der äußeren Leichenschau waren, wandte er sich kurz und knapp an Jeanine Öttinger. »Ich glaube, Frau Doktor Bonnet ist gerade frei. Seien Sie so gut und bitten Sie sie, die Obduktion für mich zu übernehmen.«

»Geht klar, Chef«, antwortete sie, während Jarmer schon aus dem Sektionssaal in Richtung seines Autos eilte.

6. KAPITEL

Berlin-Moabit, Turmstraße 91, Staatsanwaltschaft Berlin,
Abteilung Kapitaldelikte
Dienstag, 7. Mai, 10.47 Uhr

Der wesentliche Vorteil des Büros von Oberstaatsanwältin Doktor Julia Bunzel war, dass sie sich, wie es aufgrund des Platzmangels in der Berliner Justiz immer häufiger vorkam, ihr Zimmer nicht mit einem Kollegen teilen musste. Ansonsten versprühte das knapp zwölf Quadratmeter große Zimmer mit den typischen Behördenmöbeln wenig Charme. Neben einem Schreibtisch mit zwei passenden Stühlen gab es einen kleinen Schrank, in dem Bunzel ihre Robe und eine weiße Bluse aufbewahrte, sowie zwei bis nahezu unter die Decke reichende Regale voller Fachliteratur und Akten aus laufenden Verfahren.

Julia Bunzel hatte heute keinen Sitzungsdienst, musste also nicht vor Gericht auftreten und war leger gekleidet. Zu einer hellblauen Jeans trug sie weiße Sneaker und einen schlichten, bordeauxroten Pullover.

Wie die meisten Staatsanwälte in Berlin wurde sie von der Flut der Ermittlungsverfahren nahezu erschlagen. Sie hatten einfach zu wenig Personal, sowohl bei den Staatsanwaltschaften als auch bei der Polizei.

Bunzel las gerade die Zeugenaussage in einem Verfahren, das sich noch in einem sehr frühen Stadium befand, als ihr Telefon klingelte.

»Doktor Jarmer, das ist aber nett, dass Sie zurückrufen«, begrüßte sie den Rechtsmediziner, nachdem dieser sich am Telefon zu erkennen gegeben hatte. Sie kannte Jarmer schon einige Jahre und schätzte ihn wegen seiner präzisen und zuverlässigen Kommunikation. Er kam stets sofort zum Punkt und schaffte es im Unterschied zu vielen anderen Ärzten, komplexe Sachverhalte so einfach zu erklären, dass man sie auch ohne Medizinstudium verstand.

»Sehr gerne, Frau Doktor Bunzel. Meine Mitarbeiterin hat mir Ihre Rückrufbitte ausgerichtet. Wir, oder vielmehr eine Kollegin von mir, hat die Obduktion von dem Patienten, der gestern während einer OP im Klinikum Spreehöhe verstorben war, schon durchgeführt.«

Julia Bunzel zog ein weißes Blatt aus dem Papierfach des Druckers, der auf dem kleinen Unterschrank auf der rechten Seite ihres Schreibtisches stand, um sich einige Notizen zu machen.

»War der Fall so komplex, dass Sie zu zweit ranmussten?«, fragte sie.

»Nein, nein, gar nicht. Mussten wir nicht. Die Obduktion hat die Kollegin Bonnet alleine durchgeführt. Noch bevor ich beginnen konnte, erhielt ich einen Anruf. Ein privater Notfall, sodass ich kurzfristig wegmusste.«

»Nichts Schlimmes, hoffe ich«, erwiderte Bunzel.

»Nein, alles gut. Und ich habe mich mit der Kollegin bezüglich des Falls auch abgesprochen. Den vollständigen Bericht erhalten Sie erst in ein paar Tagen, denn uns fehlen einige Informationen. Wir warten nur noch auf das Ergebnis der toxikologischen Untersuchung, und dann möchten wir uns die Krankenakte des Patienten erneut anschauen. Wenn diese denn irgendwann bei uns eintrifft.« Jarmer räusperte sich, ehe er weitersprach. »Und wenn das alles so kommt, wie wir vermuten, ist Jens Dauber tatsächlich an den Folgen eines Behandlungsfehlers verstorben.«

»Verstehe«, erwiderte Julia Bunzel und machte einen entsprechenden Vermerk auf ihrem Zettel. »Was die Akte betrifft, ist das Krankenhaus dran. Ist wohl gar nicht so einfach, alle Daten zusammenzustellen, weil die zum Teil in unterschiedlichen Systemen liegen und zum Teil auch mit Daten von anderen Patienten vermischt sind. Da geht es um den Schutz von Informationen von Dritten und Ähnlichem. DSGVO halt. Haben wir ja nicht zum ersten

Mal.« Bunzel hielt inne. »Verrückt, wenn man genauer drüber nachdenkt, wie komplex das Ganze geworden ist. Vermutlich gar nicht einfach, da überhaupt noch den Überblick zu behalten. Hm, was soll's, ist nicht unser Problem. Auf jeden Fall veranlasse ich, dass sofort alles an Sie weitergeleitet wird, wenn es uns vorliegt. Aber«, fuhr sie fort, »wenn Sie mit Ihrem Verdacht recht haben, wäre der Fehler Ihrer Meinung nach dann vermeidbar gewesen? Ich meine, hätte die Ärztin, die Chirurgin, die die Operation durchgeführt hat, das vorhersehen können, oder, mit anderen Worten, hat sie nach Ihrer Einschätzung die erforderliche Sorgfalt außer Acht gelassen?«

»Wenn Sie darauf anspielen, ob Doktor Müller nach dem Wortlaut des Gesetzes fahrlässig gehandelt hat, dann hegen wir den ganz starken Verdacht, dass das der Fall war. Und ich will Ihnen auch sagen, warum wir dieser Meinung sind.«

In den nächsten fünfzehn Minuten erklärte Justus Jarmer genau, wie sie zu ihrer Einschätzung gekommen waren.

Julia Bunzel schrieb alles mit und stellte eine Reihe von Fragen, um sicherzugehen, dass sie alles richtig verstanden hatte. Als sie zum Ende gekommen waren, sagte sie: »Nach dem, was Sie mir hier schildern, hört sich das alles ein bisschen so an, als wäre einer erfahrenen Chirurgin ein … ein reiner Anfängerfehler unterlaufen.«

»Genau so ist es, Doktor Bunzel, genau so«, stimmte Jarmer ihr zu. »Warum das passiert ist, ist schwer zu sagen. Das kann daran liegen, dass sie eine Information schlichtweg übersehen oder falsch interpretiert hat. Es kann sein, dass es in der Hektik zu einer parallelen Notfallsituation gekommen ist oder dass es sonst was für einen Grund gab. Sicher sein können wir erst, wenn uns alle Unterlagen des Krankenhauses zur Verfügung stehen.«

»Alles klar, lieber Herr Doktor Jarmer«, sagte Bunzel. »Dann freue ich mich auf den vollständigen Bericht Ihrer Kollegin, danke Ihnen aber schon einmal für Ihren Rückruf.«

Nachdem sie sich verabschiedet und das Gespräch beendet hatten, schaute Julia Bunzel auf ihre Armbanduhr. Es war kurz nach elf. Sie wusste, dass Hauptkommissar Baller um zehn mit der ärztlichen Direktorin und der Chirurgin, die den Eingriff durchgeführt hatte, verabredet gewesen war. Sie hatte eine Ahnung, wie das Gespräch verlaufen sein könnte, wollte aber sicher sein.

Sie hatte die Nummer von Baller auf Speed Dial, was daran lag, dass sie häufig zusammenarbeiteten. Im Unterschied zu den meisten übrigen Staatsanwaltschaften bildeten sie in der Abteilung Kapitaldelikte zusammen mit den Kollegen von den Mordkommissionen beim LKA, dem Landeskriminalamt, feste Teams. Baller nahm das Gespräch nach dem ersten Klingeln an.

»Hallo Frau Oberstaatsanwältin«, sagte er. »Ich bin vor Kurzem aus dem Krankenhaus raus und wollte Sie auch anrufen. Great minds …« Sie hörte ihn am anderen Ende der Leitung schmunzeln und musste selbst lächeln.

Sie arbeitete gerne mit Baller zusammen, was im Wesentlichen daran lag, dass er seinen Job ordentlich erledigte. Im Unterschied zu einigen seiner Kollegen achtete er bei seinen Ermittlungen immer auf die Wahl der richtigen Mittel, weshalb die von ihm gesammelten Beweise hieb- und stichfest waren und nicht von den Strafverteidigern vor Gericht auseinandergenommen wurden.

»Ja, ja, great minds«, ging sie auf Ballers Bemerkung ein. »Wir sind schon ein gutes Team. Deshalb können Sie mir bestimmt sagen, dass Frau Doktor Müller ein umfassendes Geständnis abgelegt hat und wir den Fall damit schnell abschließen können, oder?«

Baller lachte. »Yep, genau so ist es gewesen. Dann hat sie sich noch entschuldigt, und ich habe sie gleich mitgenommen. Sie sitzt direkt hinter mir im Auto.«

Bunzel musste schmunzeln.

»Aber Spaß beiseite«, fuhr Baller fort. »Tatsächlich war es genau so, wie wir es erwartet hatten. Neben der ärztlichen Direktorin Krista Hendry und unserer Chefärztin war der Anwalt des Krankenhauses dabei. Er hat klargemacht, dass das Klinikum Spreehöhe natürlich umfassend kooperieren wird, wenn es um die Herausgabe der weiteren Unterlagen geht, und dass man diese gerade zusammenstellt, dass aber weder die ärztliche Direktorin noch ihre Chefärztin eine Aussage machen werden. Dem hat sich Frau Doktor Müller angeschlossen. Außerdem sind alle Mitarbeiter, die an der OP beteiligt waren, vom Dienst freigestellt. Die haben da wohl ein recht strenges Protokoll für solche Fälle.«

Bunzel horchte auf. Das mit der Freistellung kam zwar vor, war aber weiß Gott nur höchst selten der Fall. »Hm«, sagte sie. »Interessant, allerdings am Ende auch nicht relevant für uns. Was die übrigen Infos betrifft, war das ja zu erwarten. Das wird wieder einer von diesen klassischen Fällen, den wir auf dem Papier – oder nach Aktenlage – lösen müssen. Aber tatsächlich sieht es da gar nicht so kompliziert aus. Jarmer von der Rechtsmedizin hat mir gerade mitgeteilt, dass er da so einen Verdacht hat. Und wenn der sich bestätigt, liegt wohl ein Behandlungsfehler vor. Die brauchen allerdings die ganze Patientenakte, um das zu verifizieren. Damit steht eine fahrlässige Tötung im Raum. Wir werden uns deshalb in erster Linie bei den Ermittlungen auf die Chirurgin und erst in zweiter Linie auf das Krankenhaus konzentrieren.«

»Okay, verstehe«, erwiderte Baller. »Ich werde sehen, dass ich die Angehörigen unseres Patienten ausfindig mache. Mal gucken, ob die was Interessantes zu sagen haben.«

»Ja, machen Sie das«, sagte Bunzel. »Und dann noch eine Frage. Sie sagten, dass das Krankenhaus durch einen Anwalt vertreten wird. Frau Doktor Müller selbst wird ja auch einen Verteidiger brauchen. War der anwesend? Oder wissen Sie, wer das ist?«

»Keine Ahnung. Aber ich habe sie natürlich entsprechend belehrt. Ich vermute, dass sich da bald einer meldet.«

»Denke ich«, sagte Bunzel. »Wäre sonst der erste Fall in meiner Karriere, in dem eine Medizinerin nicht mit allen Geschützen auffährt, wenn es um ihre Verteidigung geht.«

»Ja«, erwiderte Baller. »Noch dazu, wenn es um so eine bekannte Ärztin geht.«

»Bekannt?«, fragte Bunzel.

»Ja. Ich habe auch ’ne Sekunde gebraucht, um draufzukommen, woher ich sie kannte. Aber Sasha Müller tingelt schon seit einiger Zeit durch die Talkshows und macht ’ne Menge Werbung für moderne Medizin. Künstliche Intelligenz und so.«

»Okay«, sagte Bunzel. »Wusste ich gar nicht. Muss ich mir mal anschauen.«

»Ja, auf YouTube gibt es da ’ne ganze Menge. Und schauen Sie sich die Homepage des Klinikums Spreehöhe an. Die überschlagen sich da förmlich mit ihren innovativen Methoden …«

Nachdem Baller aufgelegt hatte, malte Julia Bunzel mehr unbewusst als bewusst ein großes Fragezeichen auf ihren Zettel. Künstliche Intelligenz? Ob das für den Fall relevant war? Sie hoffte nicht, wer weiß, was das alles an Implikationen mit sich bringen würde. Sie hatte schon genügend Fälle auf dem Tisch, da brauchte sie nicht auch noch einen im Grunde recht einfachen Haftungsfall, der sich durch irgendwelchen Zukunftskram in ein mediales Monster verwandelte.

7. KAPITEL

Berlin-Charlottenburg, Fasanenstraße 72, Kanzlei Eberhardt
Dienstag, 7. Mai, 13.21 Uhr

Rocco Eberhardt checkte zum dritten Mal an diesem Tag seinen E-Mail-Eingang. Außer Werbung von Firmen, von denen er noch nie gehört hatte, war sein Postfach leer. Nicht einmal vierzehn Uhr, und er war mit der Arbeit des heutigen Tages fertig. Das war für den erfolgreichen Strafverteidiger, für den lange Arbeitstage in der Vergangenheit eher die Regel als die Ausnahme waren, dic ncuc Normalität.

Seit dem letzten großen Verfahren, in dem er verteidigt hatte, waren gut acht Monate vergangen. Der Fall war ihm sehr nahegegangen, was nicht nur daran lag, dass es einer der größten Politskandale gewesen war, den die Hauptstadt je gesehen hatte, sondern vor allem daran, dass Roccos eigener Vater, Helmut Eberhardt, im Verdacht stand, in die Sache verwickelt zu sein.

Das Verfahren mit seinem Vater war der letzte von drei Mordprozessen, die unmittelbar aufeinanderfolgten und Rocco über einen Zeitraum von knapp drei Jahren alles abverlangt hatten.

Auf dringende Bitte seiner Schwester Alessia und seines besten Freundes Tobias Baumann hatte er im Anschluss trotz anfänglichen Protests eine vierwöchige Auszeit genommen. Das fiel ihm enorm schwer, denn er hatte seine Kanzlei noch nie so lange alleine gelassen. Aber er wusste selbst, dass es so nicht weitergehen konnte, wenn er sich nicht völlig verausgaben wollte. Schweren Herzens hatte er seine Tasche gepackt und war mit dem Auto Richtung Süden gefahren.

Rocco, der mit seinen vollen schwarzen Haaren und seinem dunklen Teint ebenso wie seine Schwester Alessia mehr nach seiner italienischen Mutter Filomena als nach seinem deutschen Vater kam, liebte Italien.

Als er gerade zur Grundschule ging, lange bevor seine dreizehn Jahre jüngere Schwester Alessia geboren war, durfte er Jahr für Jahr die Sommerferien bei seinen Großeltern verbringen. Sie hatten eine kleine Pension in der Nähe von Neapel geführt, ein Paradies, an das Rocco stets mit einem guten Gefühl zurückdachte. Als er älter war, wurden die Besuche seltener, und seit dem Tod von Nonna und Nonno vor jetzt gut siebzehn Jahren war Rocco das erste Mal wieder nach Italien gefahren.

Die vier Wochen hatten ihm gutgetan, und anders, als er zunächst befürchtet hatte, lag bei seiner Rückkehr auch seine Kanzlei nicht in Schutt und Asche. Das war vor allem seiner langjährigen Bürochefin Klara Schubert zu verdanken. Rocco hatte Klara in seiner juristischen Ausbildung während der Zeit als Referendar in einer großen Kanzlei kennengelernt. Die erfahrene Rechtsanwalts- und Notarfachangestellte hatte ihn damals unter ihre Fittiche genommen, ihm alles über die Arbeit einer Kanzlei beigebracht und ihn auch in die Abläufe involviert, die über die normale Anwaltstätigkeit hinausgingen. Als Klaras Chef dann aus Altersgründen seine Kanzlei verkaufte, hatte sie kurzerhand zu Rocco gewechselt. Das war jetzt fast fünfzehn Jahre her. Seit dieser Zeit bildeten sie ein kongeniales Team. Während er an vorderster Front im Gerichtssaal für seine Mandanten kämpfte, hielt sie ihm nicht nur den Rücken frei, sondern managte als Bürochefin alle übrigen Belange.

Immer perfekt und sehr elegant gekleidet, sah man ihr ihre fünfundsechzig Jahre kein bisschen an. Ihre dunkelbrünetten Haare waren perfekt frisiert, und um ihre Lippen spielte meist ein fröhliches Lächeln. Einzig die kleinen Fältchen um ihre Augen waren für den aufmerksamen Beobachter ein Hinweis auf ihr wahres Alter.

Nach seiner Rückkehr aus Italien hatte Rocco sich mit Klara zusammengesetzt, um mit ihr über die Auswahl ihrer Mandate zu sprechen. Die letzten drei Jahre hatten ihn so viel Energie gekostet, dass er etwas ändern wollte, ja etwas ändern musste. Er war erst dreiundvierzig Jahre alt, fühlte sich nach den großen Prozessen der letzten Jahre aber zwanzig Jahre älter. Das wollte und musste er ändern. Klara unterstützte das zu einhundert Prozent, sodass es Rocco tatsächlich gelang, in den kommenden Monaten mit weniger spektakulären und kleineren Mandaten langsam wieder zu sich zu finden.

Und jetzt, um gerade einmal halb zwei, klappte Rocco sein MacBook zu und blickte durch die tiefen Altbaufenster auf die knapp zwei Meter unter ihm gelegene Fasanenstraße. Seit dem vergangenen Wochenende war der Frühling in der Hauptstadt angekommen, und die Berliner genossen genau wie die zahlreichen Touristen das sonnige Wetter in vollen Zügen. In großen Scharen bevölkerten sie die zahlreichen Cafés in den Seitenstraßen des Kurfürstendamms.

Rocco stand von seinem Schreibtisch auf und ging durch sein großes, in hellen Farben gehaltenes Büro nach vorne zu Klara Schubert, die wie fast immer an ihrem Schreibtisch im Empfangsbereich der Kanzlei vis-à-vis zum Wartezimmer saß.

Er spielte mit dem Gedanken, den Rest des Tages freizunehmen und das schöne Wetter zu genießen, doch irgendetwas fühlte sich dabei merkwürdig an. Klara Schubert schien ihm das anzusehen.

Mit einem nicht zu überhörenden, herausfordernden Unterton in der Stimme neckte sie ihn: »Na, fertig für heute?«

»Ja, irgendwie schon.«

»Und jetzt?«, fuhr Klara im gleichen Tonfall fort. »Feierabend?«

»Ich weiß nicht«, sagte Rocco zögernd. »Vielleicht. Hab ja nicht mehr wirklich was zu tun.«

»Und?«, hakte Klara weiter nach. »Keine Lust auf einen freien Nachmittag am See?!«

Rocco musste nicht lange nachdenken. Denn obwohl er die vergangenen Monate dringend gebraucht hatte, um wieder zu sich zu finden und seine Akkus aufzuladen, war ihm vor allem in den letzten beiden Wochen regelrecht langweilig geworden.

»Ich glaube«, erwiderte Rocco dann und konnte sich ein Lächeln nicht verkneifen, »das wissen Sie besser als ich. Wäre ja nicht das erste Mal, dass Sie mir sagen, wie es mir geht, bevor ich es selber weiß.«

»Das ist nun wirklich nicht schwer«, sagte Klara vergnügt. »Also, hier die Kurzzusammenfassung: Die letzte Zeit war gut und auch nötig, nach den letzten Jahren. Aber jetzt ist es wieder an der Zeit, nach vorne zu schauen. Ihnen fehlt der Gerichtssaal. Der Kampf mit der Staatsanwaltschaft. Das Unmögliche möglich zu machen. Auf verlorenem Posten zu kämpfen. Und zu gewinnen. Oder kurzum, alles das, was Ihnen nicht nur Spaß macht, sondern wofür Sie brennen. Sie sind mit Leib und Seele Strafverteidiger, vermutlich einer der besten, die diese Stadt jemals gesehen hat. Und seit inzwischen acht Monaten waren Sie gerade drei Mal vor Gericht. Bei Verkehrssachen. Das ist beinahe so, als wenn man eine Rennjacht im Hafen liegen lässt, anstatt aufs Meer zu fahren.«

»Eine Rennjacht?!«, schmunzelte Rocco. »Interessantes Bild. Wäre ich nicht draufgekommen.«

»Eine Rennjacht, ein Sportwagen, ein Rennpferd«, fuhr Klara fort. »Ist vollkommen egal. Ich sage Ihnen, was Ihnen fehlt. Ein Strafverfahren. Ich meine ein richtiges Strafverfahren.«

Rocco wusste, dass Klara recht hatte. Er wollte gerade antworten, da klingelte das Kanzleitelefon.

Klara blickte ihn an und hob den Zeigefinger. »Einen Moment«, sagte sie und griff nach dem Hörer. Rocco sah, wie sich ein Lächeln auf ihren Lippen formte. Dann blickte sie ihn an. »Es ist Ihr Vater. Er sagt, es sei wichtig. Die Tochter eines guten Freundes braucht Hilfe.«

8. KAPITEL

Berlin-Charlottenburg, Fasanenstraße 72, Kanzlei Eberhardt
Dienstag, 7. Mai, 18.47 Uhr

Rocco Eberhardt musterte die Frau auf der anderen Seite seines Besprechungstisches ganz genau. Doktor Sasha Müller hatte sich als Chefärztin der Chirurgie des Klinikums Spreehöhe vorgestellt und war auf Empfehlung seines Vater noch diesen Abend in die Kanzlei gekommen.

Auf den ersten Blick strahlte sie die Ruhe der erfahrenen Medizinerin aus, die schon vieles erlebt und schwierige Situationen erfolgreich gemeistert hatte. Aber instinktiv fühlte Rocco, dass sie hinter dieser Fassade irgendetwas verbarg. Eine innere Unruhe. Ob das ein Ausdruck von Schuld war, wie Rocco das von anderen Mandanten kannte, oder einfach Teil ihrer Unsicherheit, konnte er nicht sagen. Noch nicht.

Die Antwort auf diese Frage war für ihn allerdings enorm wichtig. Rocco hatte sich nach den letzten Prozessen geschworen, in Verfahren, bei denen die Anklage auf Mord und Totschlag lautete, nur Mandanten zu verteidigen, von deren Unschuld er überzeugt war.

Die Zeiten, in denen er auf Teufel komm raus jeden Verbrecher vor einer möglicherweise sogar gerechten Strafe bewahren wollte, waren vorbei. Sicher, er wollte gewinnen, aber eben nicht mehr um jeden Preis.

»Also«, fragte er deshalb vollkommen offen, darauf bedacht, die Medizinerin in keine bestimmte Richtung zu lenken, und ohne bisher wirklich eine Ahnung davon zu haben, was ihr Problem war, »wie kann ich Ihnen helfen?«

»Hm«, erwiderte sie. »Um ehrlich zu sein, bin ich mir da gar nicht so sicher.«

»Okay«, entgegnete Rocco. »Vielleicht können Sie mir dann einfach sagen, warum Sie zu mir gekommen sind.«

»Die Sache ist so. Ich habe gestern einen Patienten operiert, dessen Zustand sich im Laufe der Behandlung überraschend verschlechtert hat. Am Ende ist es uns nicht gelungen, ihn zu retten, und er ist auf meinem OP-Tisch gestorben.«

»Inwieweit war das ungewöhnlich?«, fragte Rocco.

»Das kommt darauf an. Es kommt leider häufiger vor, dass ein Patient aufgrund seiner Vorerkrankung einen schweren Stand hat. Das heißt, wir operieren und wissen von Anfang an, dass die Chancen nicht gut stehen. Wir kämpfen dann gegen den Tod und sind uns dessen bewusst. Manchmal können wir Leben retten, manchmal verlieren wir den Kampf.«

Rocco nickte. »In diesem Fall war es aber anders?«

»Ja, in diesem Fall war es anders. Der Eingriff war eher eine Routineoperation.«

Sasha Müller griff nach dem Glas, das vor ihr auf dem gläsernen Tisch stand, und trank einen großen Schluck.

»Verstehen Sie mich nicht falsch. Jeder operative Eingriff unter Vollnarkose bringt immer ein gewisses Risiko mit sich. Allerdings ist dieses meistens überschaubar und weitestgehend beherrschbar.«

»Und der Tod des Patienten bei ebendieser OP war nach Ihrer Einschätzung keine Folge einer der seltenen Fälle, in denen etwas nicht so läuft, wie es geplant war?«

»Nein, war es nicht. Ganz im Gegenteil. Der Zustand des Patienten hatte sich auf eine Art und Weise verändert, die nicht hätte passieren dürfen. Er hat einen anaphylaktischen Schock erlitten, eine extrem starke allergische Reaktion, die wahrscheinlich auf eine Medikamentengabe zurückzuführen war und mit der wir nicht gerechnet hatten. Nach allen Infos, die ich aus dem Behandlungsplan hatte, gab es keine Anhaltspunkte dafür. Ist mir ein absolutes Rätsel. Dazu hätte es nicht kommen dürfen.«

»Können Sie das etwas genauer erklären?«, hakte er nach.

»Natürlich. Der Patient, Jens Dauber, litt an der sogenannten PAVK, der peripheren arteriellen Verschlusskrankheit, einer krankhaften Verengung von Arterien, besser bekannt auch als Raucherbein. Was dabei im Körper passiert, ist nicht besonders komplex, kann aber je nach Ausbildung des Falls schwere Folgen nach sich ziehen.«

In den folgenden Minuten fasste Sasha Müller die Geschehnisse und einzelnen Schritte der Operation zusammen, und Rocco fragte nur einige Male nach, wenn er einen medizinischen Fachbegriff nicht genau verstand. Als die Ärztin zum Ende gekommen war, nickte er und blickte auf seine Notizen.

»Wenn ich das mit meinen eigenen Worten noch einmal zusammenfasse, haben Sie eine Art Umgehungskanal gebaut, oder?«

»Ja«, sagte die Ärztin und griff dabei nach der Brosche an ihrer Halskette. »Ich schätze, so kann man das sagen.«

»Okay«, fuhr Rocco fort. »Und als Sie mit allem fertig waren, haben Sie einen Test gemacht, um zu checken, ob die Naht hält und der Blutstrom wieder läuft. Dabei ist der Patient in einen allergischen Schock verfallen, der sich dermaßen schlimm weiterentwickelt hat, dass er schließlich daran gestorben ist, oder?«

»Ja, genau so war es.«

»Kann es sein, dass sie den Patienten noch hätten retten können, wenn Ihr Anästhesist, Herr Doktor …«, Rocco schaute auf seine Notizen, »… Zwosta, wenn Herr Doktor Zwosta nicht den OP verlassen und erst leicht verspätet das Adrenalin gespritzt hätte?«

Sasha Müller dachte kurz nach, ehe sie antwortete. »Sein kann grundsätzlich alles, und das werden wir niemals mit Sicherheit wissen. Ich kann also nur von Wahrscheinlichkeiten ausgehen. Und nein, ich halte das nicht für wahrscheinlich. Ich bin mir sicher, dass wir den Patienten in keinem Fall hätten retten können. Die Reaktion war einfach zu heftig.«

Rocco nickte. »Gut«, sagte er, »nachdem wir nun wissen, was passiert ist, ist die alles entscheidende Frage, ob Sie einen Fehler gemacht haben. Denn um ehrlich zu sein, wenn die Staatsanwaltschaft ermittelt, müssen wir auch damit rechnen, dass es am Ende zu einer Anklage kommen kann.«

Sasha Müller zuckte unsicher mit den Schultern. »Ja und nein«, sagte sie schließlich. »Natürlich kann das sein. Ich kann das auf keinen Fall ausschließen. Allerdings kann ich mir nicht wirklich erklären, was genau den anaphylaktischen Schock ausgelöst hat.«

Sie machte eine kurze Pause, und Rocco hatte das Gefühl, dass sie nicht überlegte, was sie sagen, sondern tatsächlich nicht genau wusste, was sie denken sollte.

»Die Sache ist nur die. Als Ärztin wissen Sie nahezu immer, wenn etwas schiefläuft, was zu einem fatalen Ergebnis führt. Sie merken sofort, wenn Sie einen Fehler machen, beispielsweise wenn Sie eine Ader verletzen und in der Folge den Blutverlust nicht in den Griff bekommen. Aber in diesem Fall lief alles so, wie es sollte. Bis es auf einmal zu der allergischen Reaktion gekommen ist.«

»Und das war ungewöhnlich?«, fragte Rocco weiter.

»Wenn es aufgrund des Behandlungsplans keine Indikation dafür gibt, ja.«

Rocco, der kein medizinischer Fachmann war, konnte die Informationen der Ärztin nur bedingt einordnen. Deshalb überlegte er, was er von ihr als Person halten sollte. Auf der einen Seite glaubte er ihr. Sasha Müller machte weder den Eindruck, als wolle sie sich vor ihrer Verantwortung drücken. Noch hatte er den Eindruck, dass sie etwas beschönigen wollte. Auf der anderen Seite wurde er das Gefühl nicht los, dass es da etwas gab, das sie ihm verschwieg. Denn so wie sich der Fall für ihn bisher darstellte, sprach alles gegen einen Haftungsfall. Warum, fragte er sich deshalb, war sie so nervös? Rocco entschied sich allerdings zunächst dagegen, sie direkt darauf anzusprechen. Er wollte sehen, ob sie damit von alleine herausrückte.

Für einen Zeitraum von knapp zwanzig Sekunden herrschte komplette Stille zwischen ihnen, und Rocco fühlte sich in seiner

Vermutung jeden Moment mehr bestätigt. Schließlich brach Sasha Müller das Schweigen.

»Außerdem gibt es da noch einen anderen Punkt. Bei dieser Operation, wie schon bei einer Reihe von vergleichbaren Eingriffen, habe ich den Behandlungsplan nicht alleine erstellt.« Sasha Müller begann leicht mit ihrem rechten Bein zu wippen, ehe sie fortfuhr. »Ich habe dazu eines der neuen Systeme genutzt, die wir seit einiger Zeit bei uns im Klinikum Spreehöhe einsetzen. Eine künstliche Intelligenz. Na ja, und ebendieser Plan beinhaltet den Einsatz der Medikamente und anderer Mittel, die wir während der OP geben. Und damit auch das Mittel, das am Ende den allergischen Schock ausgelöst hat. Welches genau das war, kann ich momentan gar nicht sagen. Vermutlich das Kontrastmittel, weil die Reaktion unmittelbar daraufhin einsetzte, aber da bin ich nicht sicher. Wir sind dann ja alle sofort suspendiert worden, sodass ich mir die Patientenakte nicht erneut anschauen konnte.«

Rocco zog die Augenbrauen hoch und sah sie fragend an. Eine künstliche Intelligenz? Hatte sie das wirklich gesagt? So einen Fall hatte er bisher noch nicht. Er fragte sich, was es damit genau auf sich hatte.

»Das mit der Freistellung ist nicht selten, das habe ich bei anderen Arzthaftungsfällen auch schon gesehen«, nahm er den Ball auf, um sogleich auf den Punkt zurückzukommen, der ihn viel mehr interessierte. »Aber noch mal kurz zu dieser künstlichen Intelligenz. Um was für ein System handelt es sich, von dem Sie gesprochen haben? Könnten Sie das vielleicht ein bisschen genauer erklären? Klingt für mich erst mal ungewöhnlich.«

Sasha Müller zog die Augenbrauen hoch und legte ihren Kopf leicht zurück.

»Ungewöhnlich. Das ist ein sehr dehnbarer Begriff. Aber vermutlich gar nicht schlecht. Ja, die meisten Menschen finden das vermutlich ungewöhnlich. Oder unbekannt und wenig vertraut. Zumindest jetzt noch. In einigen Jahren vermutlich nicht mehr.«

»Tatsächlich bin ich in dem Bereich auch kein Experte«, sagte Rocco lächelnd. »Was macht das Ganze denn so besonders?«

»Das ist im Prinzip einfach zu verstehen. Zu jedem Patienten, den wir stationär aufnehmen, erfassen wir eine Unmenge an Informationen. Dazu kommen die Daten, Ergebnisse und fachärztlichen Berichte weiterer Untersuchungen, die wir vor Ort durchführen, also Röntgenbilder, EKG, MRT und was sonst so anliegt. Je nach Fall haben wir auch Infos von Hausärzten oder anderen Spezialisten, die der Patient selbst mitbringt. Das alles wird in der Patientenakte gespeichert. Das und vieles mehr.«

»Und diese ganzen Daten müssten Sie dann als operierende Ärztin erfassen und bei der Planung einer Operation berücksichtigen.«

»Genau. Und dabei hilft uns die KI. Sie hat kompletten Zugriff auf alle relevanten Daten und kann daher schnell und präzise arbeiten. Sie erstellt einen Überblick aller relevanten Informationen und schlägt dann den sogenannten Behandlungsplan vor.«

»Okay«, sagte Rocco und fragte sich, ob die Arbeit wirklich so präzise war, wie Sasha Müller das behauptete. Schließlich war ein Patient gestorben.

»Diese Präzision«, fragte er daher, »wie präzise ist die eigentlich?«

»Ich habe mir schon gedacht, dass Sie das ansprechen«, erwiderte Sasha Müller und begann wieder leicht mit dem Bein zu wippen. »Das ist das, was alle fragen. Kann man der KI überhaupt vertrauen?«

Rocco nickte.

»Meine Antwort ist: Ja, man kann sich auf die KI verlassen. Zumindest genauso gut wie auf Menschen. Besser sogar.«

»Das müssen Sie mir bitte erklären«, fuhr Rocco fort und hatte das Gefühl, dass Sasha Müller, die jetzt etwas gereizt klang, seine Frage zur Qualität der KI beinahe wie einen Angriff auf sich selber empfand.

»Na ja, bevor das System live ging, also wir es im Produktionsbetrieb eingesetzt haben, wurde es in einer sogenannten Proof-of-Value-Phase ausführlich getestet. Sechs Monate lang haben wir Augmentum, so heißt die Lösung, parallel zu unserer eigenen Arbeit Behandlungspläne erstellen lassen. Nach einigen Finetunings in den ersten Monaten war das Ergebnis dann frappierend. Die Behandlungspläne waren durch die Bank genauso gut oder besser. Das lag nicht nur daran, dass Augmentum keinen Stress, Zeitmangel oder andere emotionale Events kennt wie wir Menschen, sondern vor allem auch daran, dass das System Zugriff auf die jeweils neuesten medizinischen Daten auf der ganzen Welt hat. Umfassende Daten mit einem der Bevölkerung entsprechenden Mix an Ethnien und Geschlechtern. Damit hat es natürlich einen Wissensvorsprung vor jedem einzelnen unserer eigenen Mitarbeiter.«

Langsam verstand Rocco, worum es dabei ging. Und von einem Moment auf den anderen war auch sein Jagdinstinkt wieder geweckt. Der Fall versprach ihm genau die Art von Wiedereinstieg in die Anwaltsarbeit zu bieten, die er in den letzten acht Monaten nicht hatte. Das Ganze schien kein normaler Haftungsfall zu sein. Im Gegenteil.

Und insgeheim fragte er sich, ob es tatsächlich Sasha Müller war, die im Fadenkreuz der Ermittler stehen sollte.

9. KAPITEL

Berlin-Charlottenburg, Fasanenstraße 72, Kanzlei Eberhardt
Dienstag, 7. Mai, 20.23 Uhr

Eine knappe Stunde später saß Rocco immer noch an seinem Schreibtisch. Er war zunächst erneut alle Notizen durchgegangen, die er sich während des Gesprächs mit der Chirurgin gemacht hatte, und hatte Sasha Müller dann im Internet gegoogelt. Erstaunlich, wie viele Infos es zu ihr gab, dachte er. Und gerade als er beschloss, den Tag zu beenden, steckte Klara Schubert ihren Kopf durch die Tür.

»Herr Eberhardt«, sagte sie mit gespielt vorwurfsvollen Ton. »Als ich vorhin davon gesprochen habe, dass Sie wieder ein größeres Verfahren brauchen, wollte ich damit nicht sagen, dass Sie sich den kompletten Abend um den Kopf schlagen sollen.«

»Na, das sagt die Richtige«, erwiderte er mit einem breiten Grinsen. »Ich wusste gar nicht, dass Sie noch hier sind. Sie sollten auch längst zu Hause sein.«

»Ach, wissen Sie, es gab eine Menge zu erledigen. Buchhaltungskram und so weiter.«

»Verstehe«, sagte Rocco und lächelte sie an.

»Außerdem habe ich gedacht«, fuhr Klara fort, »dass Sie vielleicht Lust haben, mir von Ihrem Gespräch zu erzählen.«

Rocco dachte kurz nach und nickte dann.

»Rot oder weiß«, fragte Klara und ging zielstrebig zu dem weißen Einbauschrank, der an der Stirnseite von Roccos Büro, gegenüber dem Besprechungstisch und dem Whiteboard, die ganze Wandfläche einnahm.

»Rot«, erwiderte er und freute sich insgeheim über Klaras Initiative, noch ein Glas Wein zusammen zu trinken. Das hatten sie früher bei großen Verfahren regelmäßig gemacht, und ihre Gespräche hatten Rocco nicht selten auch auf gute Ideen gebracht.

»Also«, sagte er, nachdem sie miteinander angestoßen hatten, »wir haben eine neue Mandantin.«

»Ausgezeichnet«, erwiderte Klara und sah ihn neugierig an. »Und?«

»Doktor Sasha Müller ist Chefärztin der Chirurgie des Klinikums Spreehöhe in Berlin. Bei einer OP ist gestern ein Patient verstorben, und es steht zu befürchten, dass das sowohl zivilrechtliche als auch strafrechtliche Konsequenzen nach sich ziehen wird. Die Hinterbliebenen von Jens Dauber, so hieß der Patient, seine Frau, sein Sohn Felix und die Tochter Sophie werden wahrscheinlich Schadensersatzansprüche und Schmerzensgeld geltend machen, und die Staatsanwaltschaft hat den Leichnam beschlagnahmt. Könnte also sein, dass es da ein Strafverfahren geben wird. Im schlimmsten Fall wegen fahrlässiger Tötung.«

Klara zog die Augenbrauen hoch. »Ein Arzthaftungsfall?«, fragte sie und legte ihren Kopf schräg. »Und deshalb sind Sie so voller Energie?«

»Nicht einfach nur ein Arzthaftungsfall«, erwiderte Rocco und wunderte sich, wie gut Klara ihn kannte. »Sasha Müller kann sich die Komplikationen, die schließlich zum Tod des Patienten geführt haben, nicht erklären. Die Besonderheit dieses Falls liegt darin, dass sie sich streng an den Behandlungsplan gehalten hat, der auch die einzusetzenden Medikamente und anderen Mittel vorgibt. Und ebendieser Behandlungsplan wurde nicht von ihr selbst, sondern von einer KI, einer künstlichen Intelligenz, erstellt.«

»Einer KI?«, fragte Klara Schubert erstaunt nach.

»Ganz genau«, entgegnete Rocco und brachte seine Bürochefin in den nächsten fünf Minuten auf den aktuellen Stand. »Dazu kommt, dass Sasha Müller in diesem Bereich eine absolute Vorreiterin zu sein scheint. In den letzten beiden Jahren hat sie das Thema KI in der Medizin in einschlägigen Foren besetzt und dabei nicht nur Applaus geerntet.«

»Dann stellt sich allerdings die Frage, welchen Bezug die KI jetzt genau zu diesem Fall und dem Tod des Patienten hat, oder?«

»Genau. Und um ehrlich zu sein, weiß ich das noch nicht wirklich«, erwiderte Rocco. »Nach Müllers Einschätzung hätten aufgrund der Informationen des Behandlungsplans gerade diese Komplikationen nicht auftreten dürfen. Am Ende war es aber wohl so, dass eines der Mittel, die sie während der OP verwendet haben, zu einer allergischen Reaktion führte, wegen der der Patient schließlich gestorben ist.«

»Also hat sie doch einen Fehler gemacht?«

»Gut möglich. Es kann aber auch daran liegen, dass jemand anderes gepfuscht hat. Oder, besser gesagt, etwas anderes: die KI.«

»Künstliche Intelligenz«, sagte Klara kopfschüttelnd. »Das hatten wir bisher noch nicht.«

»Nein, hatten wir nicht. Und wenn ich Sasha Müller richtig verstanden habe, auch sonst niemand. Einen Fall wie diesen hat es in Deutschland bislang nicht gegeben.«

»Und was machen wir jetzt?«

»Erst mal die wirkliche Tragweite des Ganzen verstehen«, entgegnete Rocco. »Das bedeutet, wir müssen Fakten sammeln, recherchieren und uns genau anschauen, wie das Thema KI überhaupt rechtlich zu bewerten ist. Kann ja nicht sein, dass hier nur Müller verantwortlich gemacht werden soll. Denn am Ende ist sie auch nur eine Angestellte in dem Krankenhaus, das die Technik eingesetzt hat. Mal abgesehen davon, dass es noch einen Hersteller dieser KI geben muss. Alles in allem also eine ganze Reihe von Unbekannten.«

»Weiß die Presse schon davon?«, fragte Klara. »Ich meine, wenn dieser Fall so ungewöhnlich ist, wie Sie sagen, werden die Zeitungen sich darauf stürzen.«

»Bisher haben die das nicht aufgenommen. Das ist allerdings lediglich eine Frage der Zeit. Aber bei den Zeitungen wird es nicht bleiben. Denn wir haben auch noch die sozialen Medien. Und wenn die sich darauf stürzen«, fuhr er fort, »werden nicht nur Sasha Müller und das Klinikum Spreehöhe wieder im Fokus der Öffentlichkeit stehen, sondern wir ebenfalls.«

10. KAPITEL

Stockholm, Schweden, 3 Nybrokajen,
Zentrale der Firma Augmentum
Dienstag, 7. Mai, 22.12 Uhr

Erik Andersson war nicht immer Mitglied im Aufsichtsrat von Augmentum gewesen. Im Gegenteil. Zusammen mit seinem belgischen Partner Pieter Frost hatte er das Unternehmen vor sieben Jahren gegründet. Vom sogenannten Seedinvestment, also der ersten finanziellen Unterstützung, an und durch drei weitere Finanzierungsrunden bis kurz vor dem IPO, dem Börsengang, stand er seinem Baby auch als CEO voran.

Allerdings hatten die Geldgeber, die bis dahin bereits einige Hundert Millionen Dollar in Augmentum investiert hatten, ihm die Führung der Firma über den Börsengang hinaus nicht mehr zugetraut.

Und sosehr er sich darüber geärgert hatte und zudem bitterlich von den Investoren enttäuscht war, so sehr wusste er, dass er damit nicht alleine war. Im Gegenteil. Tatsächlich hatte ihn lediglich das gleiche Schicksal ereilt, das auch die meisten anderen Gründer von Start-ups irgendwann erwischt: Er wurde von seiner eigenen Firma als Chef gefeuert. Damit das Ganze für die Außenwelt nicht zu drastisch aussah, wurde er von der Geschäftsführung in den Aufsichtsrat berufen, was sich für Laien nicht schlecht anhörte. Schließlich sind beides Titel mit großem Wert. In der Welt der Politik wäre es allerdings mit einem Wechsel vom Bundeskanzler zum Bundespräsidenten vergleichbar. Mit anderen Worten: Erik Andersson, Gründer und langjähriger Chef von Augmentum, durfte nichts mehr entscheiden, sondern nur noch repräsentieren, ein Umstand, den er definitiv nicht auf sich sitzen lassen würde.

Natürlich war das Ganze nicht nur nachteilig für ihn. Wirtschaftlich gesehen hatte sich der Wechsel gelohnt. Die neue Chefin, Linnea Persson, eine knallharte und mit allen Wassern gewaschene Geschäftsfrau, die schon viele Unternehmen erfolgreich an die Börse geführt hatte, hatte auch Augmentum zum Star an der New Yorker Stock Exchange gemacht. Von einem Moment auf den nächsten, und zwar mit dem symbolischen Läuten der Börsenglocke, als der Eröffnungskurs das erste Mal über die elektronischen Banner lief, war Erik Anderssons Vermögen auf über zweihundert Millionen Dollar angewachsen. Schicksalhafterweise war aber ebendieses Läuten die letzte wirkliche Handlung, die er in »seiner« Firma ausüben durfte.

Und streng genommen hatte er auch den Aufsichtsratsposten nur Linnea zu verdanken. Im ersten Moment war er ihr dankbar dafür gewesen und dachte, sie wollte gerne auf sein Wissen und seine Erfahrung zugreifen, wenn sie dafür Bedarf sah. Tatsächlich hatte sie aber etwas ganz anderes mit ihm vor. Denn obwohl er von einem Tag auf den anderen zum Papiertiger mutierte, war er für die Außenwelt immer noch das Gesicht von Augmentum. Das hatte auch Linnea erkannt und sorgte seitdem dafür, dass er bei wichtigen Veranstaltungen regelmäßig im Rampenlicht stand und wenigstens einmal im Quartal ein Interview in einer internationalen Veröffentlichung gab. Die Aufmerksamkeit war gut fürs Geschäft, und die Medien spielten dieses Spiel nur zu gerne mit. Denn neben seinem Geschäftssinn war Andersson für sein attraktives Äußeres bekannt, was wiederum gut für die Auflage und die Klicks der Zeitungen war. Gerade achtunddreißig geworden und knapp einen Meter neunzig groß und schlank, hatte er dunkelbraune Locken, die man aufgrund der kurz geschnittenen Haare gerade noch so erahnen konnte. Dazu war er meistens modisch leger gekleidet, was weniger daran lag, dass er besonders darauf achtete, als vielmehr, dass das einfach sein Stil war.

Für Andersson selbst spielten Geld und Ruhm nur eine nachgeordnete Rolle. Er hatte zusammen mit Pieter Frost Augmentum gegründet, weil sie eine bessere und gerechtere medizinische Versorgung für alle Menschen auf dieser Welt erreichen wollten. Von den allerärmsten bis zu den reichen Industrienationen mit ihren aufgeblasenen und ineffektiven Gesundheitsapparaten, deren wahre Schwäche sich in erschreckender Weise während der Covid-Pandemie gezeigt hatte. Schon während seines Studiums hatte sich dieser Weg abgezeichnet, und nach einem sechsmonatigen Praktikum in einem Flüchtlingscamp hatten Andersson und Frost den Grundstein für ihr Unternehmen gelegt und Augmentum gegründet. Weil sie wussten, dass sie mit dieser Idee nicht nur helfen konnten, sondern dass sich damit auch Geld verdienen ließe, waren sie sicher, dass sie zahlungskräftige Investoren und Mitstreiter finden würden.

Andersson und Frost verstanden ihr Handwerk. Schneller und nachhaltiger als anderen KI-Start-ups war es ihnen gelungen, ihre Vision in die Realität umzusetzen, und schon bald revolutionierten ihre Systeme die ersten medizinischen Einrichtungen. Schneller und besser war Augmentum in der Lage, Medizinern bei Diagnose und Behandlungen von Patienten zu helfen und immer mehr Menschen den Zugang zu einer hochwertigen medizinischen Versorgung zu ermöglichen. Doch die Geschwindigkeit und die Masse der Innovationen, die notwendig waren, um diesen Erfolg zu erreichen, kamen nicht umsonst und kosteten Unmengen an Geld, was schließlich dazu führte, dass die Finanzgeber der letzten Investitionsrunde den Kurs der Firma für den Börsengang anpassten und mit Linnea Persson eine CEO ausgewählt hatten, die in allererster Linie auf die Zahlen in den Büchern des Unternehmens Wert legte; mehr als auf die Ergebnisse, die Augmentum bei den Patienten in der Welt erzielen konnte. Andersson, der sich sicher war, dass sie das Ende des Tunnels, was das Ausgeben von Geld betraf, ohnehin bald erreicht hätten und Augmentum auch unter seinem Kurs bald profitabel geworden wäre, wurde nicht mehr gehört. Die Entscheidungen waren getroffen, und die Entwicklung ging in eine andere Richtung, als er und Pieter das beabsichtigt hatten.

Im letzten Jahr bedeutete jede Entscheidung, die sie weiter vom ursprünglichen Kurs abbrachte, einen Stich in seinem Herzen, und alle seine Vorschläge im Aufsichtsrat, ob sie nicht zumindest einen Mittelweg gehen könnten, Profit und Vision zu vereinen, wurden abgelehnt. Dazu kam, dass er effektiv nur noch einmal im Quartal, während der turnusmäßig stattfindenden Aufsichtsratssitzungen, die Gelegenheit hatte, seine Meinung einzubringen.

Dazu kamen lediglich einige Treffen außer der Reihe, wenn ein besonderer Anlass das verlangte. So wie heute, als sie sich wegen eines unerwarteten Ereignisses in der repräsentativen Zentrale von Augmentum im Herzen der schwedischen Hauptstadt trafen.

Andersson blickte aus dem Fenster des Besprechungsraums auf die andere Seite des etwa dreißig Meter breiten Kanals hinüber zu der Anlegestelle, von der aus Touristen mit den zahlreichen Ausflugsschiffen Stockholm und Umgebung erkundeten. Gerade legte das letzte Schiff des Tages, auf dem eine Dinnertour auf dem Wasser angeboten worden war, am Pier an, und er beobachtete, wie kurze Zeit später zahlreiche Gäste von Bord strömten. Für einen Moment wünschte er, er wäre einer von ihnen, sorglos und einzig vor der Frage stehend, ob er jetzt schon ins Hotel zurückkehren oder vielleicht noch auf einen Absacker in einer der zahlreichen Bars der schwedischen Hauptstadt vorbeischauen sollte.

Stattdessen sah er sich mit den übrigen Mitgliedern der Geschäftsführung und des Aufsichtsrats von Augmentum einer Krisensituation gegenüber, deren Ausmaß nicht wirklich abschätzbar war. Das Ganze konnte sich im schlimmsten Fall zu einem Super-GAU ausweiten.

In Deutschland, genauer gesagt im Klinikum Spreehöhe in Berlin, war, für die behandelnden Ärzte unerwartet, ein Patient während einer Operation verstorben.

Ausgerechnet im Klinikum Spreehöhe. Und dann unter den Händen von Sasha Müller. Das Klinikum Spreehöhe war einer ihrer wichtigsten Referenzkunden und Sasha nach wie vor die perfekte Botschafterin für ihre Technologie und den Einsatz künstlicher Intelligenz im Allgemeinen. Das lag zum einen daran, dass sie sich weltweit den Ruf einer der führenden Gefäßchirurginnen erarbeitet hatte. Zum anderen aber auch daran, dass sie eine Frau war und als solche nach wie vor aus der Masse erfolgreicher Mediziner herausstach. Das passte beides gut zum Image von Augmentum.

Andersson wandte sich von der malerischen Szenerie des nächtlichen Hafens ab und setzte sich wieder zu den übrigen sechs Teilnehmern des Krisentreffens an den mit leeren Wasserflaschen und Kaffeebechern vollgestellten Besprechungstisch.

Sie waren in den letzten Stunden alle ihnen bislang zur Verfügung stehenden Daten des Systems durchgegangen. Zusätzlich hatten sie zwei externe Mediziner beauftragt, alle Punkte kritisch zu hinterfragen. Im Ergebnis waren beide Teams zum gleichen Schluss gekommen: Das Augmentum-System hat alles richtig berechnet. Die fatalen Folgen im OP waren nach allem, was sie bis jetzt wussten, nicht auf eine Fehlfunktion von Augmentum zurückzuführen. Zumindest keine, die sie finden konnten. Das war grundsätzlich ein guter Anfang. Trotzdem steckten sie in einer Krisensituation, deren Entwicklung sie nicht wirklich vorhersagen konnten.

Denn so tragisch der Tod des Patienten war und so viel Leid das für dessen Familie bedeutete, war das nur der Anfang ihres Problems, das nach Anderssons Einschätzung noch viel weitere Kreise ziehen würde. Und diese Kreise würden ohne Frage auch Augmentum erreichen. Ihre Firma würde ins Kreuzfeuer der Öffentlichkeit geraten. Und das im denkbar schlechtesten Moment. Die Öffentlichkeit war ohnehin gespalten, wenn es um den Einsatz von KI im Allgemeinen ging, und noch viel kritischer, wenn diese in der Medizin eingesetzt wurde. Nachdem ChatGPT sich explosionsartig in der Welt verbreitet hatte, ließ die anfängliche Begeisterung aufgrund der schier unendlichen Möglichkeiten der KI recht schnell nach und wich einer gewissen Ernüchterung. Das lag vor allem daran, dass die zahlreichen Systeme immer häufiger falsche Ergebnisse produzierten, was die Kommentatoren in den sozialen Medien zu der Formulierung veranlasste, die KI würde halluzinieren.

Dazu kam, dass die Presse nur sehr einseitig und kritisch über KI berichtete und das Wissen und die Fortschritte, die künstliche Intelligenz im Bereich der Medizin schon erreicht hatte, nicht wirklich in die Öffentlichkeit kommunizierte.

Andersson versuchte das, genau wie Sasha Müller, in Interviews entsprechend darzustellen und bezog sich dabei ausschließlich auf belastbare Zahlen und Daten. Doch leider sprangen die Medien immer wieder auf einen anderen Zug auf und berichteten lieber von Krisen, Problemen und Misserfolgen, anstatt einer Erfolgsstory Raum zu geben, an der sich nichts Negatives finden ließ.

Und genau das könnte ihnen jetzt auf die Füße fallen, denn der Tod im Klinikum Spreehöhe war wie dafür gemacht, ihn medial auszuschlachten. Mit katastrophalen Folgen für Augmentum.

»Wir müssen so schnell wie möglich herausfinden, was genau in Berlin schiefgelaufen ist«, sagte Andersson in die Runde. »Wir kennen die Daten unseres Systems. Danach sieht es aus, als wenn wir keinen Fehler gemacht haben. Was uns aber fehlt, ist der OP-Bericht und der Bericht des Rechtsmediziners, aus dem die wirkliche Todesursache des Patienten hervorgeht. Vorher können wir nicht abschließend sagen, ob eines unserer Systeme fehlerhaft war oder versagt hat.«

Linnea Persson nickte und strich sich mit der rechten Hand eine Strähne ihrer langen blonden Haare aus dem Gesicht. »Du hast recht, Erik«, erwiderte sie in einem Ton, in dem entgegen ihren Worten weniger Zustimmung als vielmehr die ihr eigene Härte mitschwang. »Panik hilft uns allerdings nicht weiter. Natürlich müssen wir wissen, was passiert ist. Aber ganz gleich was das tatsächlich war, haben wir eine Aufgabe, die wichtiger ist als alles andere. Wir müssen Schaden von Augmentum abhalten.«

Obwohl Andersson seiner Nachfolgerin in wenigen Punkten zustimmte, gab er ihr hier uneingeschränkt recht. Das Letzte, was passieren durfte, war, dass seine Firma einen Schlag erlitt, von dem sie sich nicht erholte. Dann wäre all die Arbeit der vergangenen Jahre umsonst gewesen, und er konnte seine Vision von einer besseren Welt definitiv begraben. Denn in der jetzigen Phase von Augmentum waren sie gerade mal dabei, die Grundlagen für eine spätere Ausdehnung ihrer Systeme zu legen, die dann auch diejenigen unterstützen könnte, die am meisten auf Hilfe angewiesen waren.

Persson ließ ihren Blick von einem zum nächsten Mitglied ihrer Runde schweifen und ließ keinen Zweifel daran, wie ernst es ihr mit ihrer Aussage war. »Wir dürfen keinen Schaden nehmen«, wiederholte sie noch einmal mit Nachdruck. »Habe ich mich klar ausgedrückt?! Ganz gleich was das kostet.«

Jetzt schaute Andersson sie doch kritisch an. Denn obwohl sie das gleiche Ziel hatten, wollte er sichergehen, welchen Weg Persson hier vorschlug. »Du willst aber nicht andeuten, dass wir etwas vertuschen oder Fakten ändern sollen?«, hielt er ihr entgegen.

»Natürlich nicht«, antwortete sie gereizt. »Ich wollte damit nur sagen, dass wir weder Kosten noch Mühen scheuen dürfen, das in den Griff zu kriegen.«

Sie blickte in die Runde.

»Deshalb ist es wichtig, dass jemand von uns nach Berlin fährt und sicherstellt, dass wir Informationen aus erster Hand erhalten. Und auch dass wir unsere Hilfe und Unterstützung bei der Aufklärung jeder auftauchenden Frage anbieten. Und zwar konstruktiv für uns.« Linnea Persson stand auf und ging um den Tisch. »Ich möchte, dass wir die Sache nach außen hin von Anfang an transparent und offen angehen. Wir dürfen nicht den geringsten Anschein erwecken, dass wir etwas verschweigen. Allerdings sollten wir intern alle Möglichkeiten ausschöpfen, die sich uns bieten. Faktisch und juristisch. Und nur wenn unwidersprochen feststeht, dass Augmentum in irgendeiner Form für den Tod des Patienten verantwortlich ist, sollten wir das auch anerkennen. Und selbst dann müssen wir eine akzeptable Erklärung finden. Da hilft uns nur der Weg nach vorne, gesteuert und zielgerichtet. Das ist die einzige Möglichkeit, Schaden zu minimieren.«

Die übrigen Mitglieder des Aufsichtsrats nickten zustimmend.

An Andersson gewandt sagte sie: »Ich glaube, Erik, am besten wird es sein, wenn du fährst. Die Medien werden sehr schnell auf das Thema aufspringen. Wenn wir das schlau anstellen, werden sie das Zeichen, dass du, der Gründer von Augmentum, direkt nach Berlin gekommen bist, positiv bewerten.«

Andersson gab Linnea Persson rein strategisch recht. Wenn jemand ein Interesse daran hatte, jeglichen Schaden für Augmentum zu vermeiden, dann war er das. Allerdings mussten sie das geschickt genug anstellen. Eine rechtlich weiße Weste zu haben, wenn insgeheim jeder wusste, dass doch nicht alles mit rechten Dingen zuging, würde Augmentum mittel- und langfristig schaden. Es durfte keinen Interpretationsspielraum geben, sonst waren das Image und das Vertrauen in ihre KI dahin – und das war ihr wichtigstes Asset.

»Lasst uns für heute Schluss machen«, sagte Linnea schließlich. »Wir müssen jetzt erst einmal sehen, wie sich die Sache entwickelt. Jede weitere Entscheidung wäre verfrüht. Wir treffen uns morgen und an jedem weiteren Tag virtuell um zehn Uhr vormittags, um uns gegenseitig auf den neuesten Stand zu bringen. Wir müssen auf alles gefasst sein, und damit meine ich: wirklich auf alles.«

Nachdem sie sich verabschiedet hatten, blickte Erik Andersson, der als Letzter im Besprechungsraum geblieben war, noch einmal aus dem Fenster. Mittlerweile hatten alle Passagiere das Schiff verlassen. Es lag am Pier und schaukelte sanft auf den Wellen.

Er fragte sich, wie sich das Schicksal von Augmentum in den nächsten Wochen und Monaten durch den Vorfall in Berlin ändern würde. Er hoffte von Herzen, dass die Firma den am Horizont aufkommenden Sturm überleben würde. Und er hoffte genauso sehr, dass er die richtigen Entscheidungen treffen würde. Ob das allerdings die gleichen waren, die auch Linnea Persson im Sinn hatte, wusste er nicht.

11. KAPITEL

Berlin-Wannsee, Colomierstraße
Mittwoch, 8. Mai, 8.23 Uhr

Zwei Tage nach der Operation musste Sasha Müller sich eingestehen, dass sich ihr Tagesablauf von einem Moment auf den anderen komplett geändert hatte. Abfinden konnte sie sich damit noch nicht. Das Ganze kam ihr vor wie eine Vollbremsung, von hundert auf null.

Die von vorne bis hinten durchgeplanten Tage mit ihrem festen Ablauf im Krankenhaus waren seit der Freistellung passé. Das war aber nicht das Einzige, was Sasha Müller beschäftigte.

Nach dem Gespräch mit Rechtsanwalt Eberhardt war ihr auch das erste Mal bewusst geworden, in welcher Situation sie sich tatsächlich befand.

Und dass ihre Zukunft einen Verlauf nehmen könnte, mit dem sie niemals gerechnet hätte.

12. KAPITEL

Berlin-Kreuzberg, Zentrale des Axel Läufer Verlages, Redaktion der überregionalen Tageszeitung *Das Blatt*
Mittwoch, 8. Mai, 9.14 Uhr

Die morgendliche Redaktionskonferenz von Deutschlands einflussreichster Tageszeitung *Das Blatt* war eigentlich beendet. Die Journalisten hatten die im Newsdesk zusammengelaufenen Nachrichten bewertet und die Storys dann auf die einzelnen Ressorts verteilt.

Jule Hermann war mit ihren sechsundzwanzig Jahren die jüngste Mitarbeiterin dieser Runde. Sie war erst vor drei Monaten zu *Das Blatt* gestoßen und nach Berlin gezogen, nachdem die Chefredakteurin sie höchstpersönlich von einer kleinen, regionalen Tageszeitung aus Schleswig-Holstein abgeworben hatte. Den unerwarteten Karrieresprung hatte sie einer Artikelserie zu verdanken, in der sie die Verwicklung eines hochrangigen Landespolitikers in einen Bestechungsskandal ans Licht gebracht hatte und in deren Folge alle Verantwortlichen zur Rechenschaft gezogen wurden.

Jetzt saß sie hier in Jeans und T-Shirt mit ihren langen schwarzen Haaren zwischen all den erfahrenen Kolleginnen und Kollegen und war unsicher, wann ein Thema relevant genug war, um es vorzuschlagen, ohne sich in den Augen der anderen lächerlich zu machen.

Was soll's, dachte sie und hob in dem Moment noch einmal ihre Hand, als alle anderen gerade vom Tisch aufstanden. »Marion«, sagte sie an ihre Chefin gewandt, die wie jeden Tag in einem eleganten Hosenanzug und mit ihren perfekt frisierten roten Haaren den Platz an der Stirnseite des langen Konferenztisches innehatte. »Ich habe da möglicherweise noch etwas, das interessant sein könnte.«

Die Chefredakteurin zog die Augenbrauen hoch und blickte auf ihre Armbanduhr. »Hättest du das nicht früher sagen können, wir sind doch jetzt schon durch.«

»Ja klar, ist auch nichts, worüber wir schon schreiben könnten.«

»Okay, und worum geht's?«

»Eine Freundin von mir wohnt in einer WG in Schöneberg. Mit drei anderen Mädels. Und eine ihrer Mitbewohnerinnen macht gerade ein Praktikum im Klinikum Spreehöhe. Im Rahmen ihres Medizinstudiums.«

»Und?«, fragte die Chefin leicht ungeduldig. Jule war klar, dass sie zum Punkt kommen musste.

»Vorgestern ist dort im Rahmen einer Operation ein Patient gestorben.«

»Liebe Jule, über den Tod in deutschen Krankenhäusern haben wir schon vor einigen Monaten berichtet. Pro Jahr sterben da knapp eine halbe Million Menschen. Ich bin mir nicht sicher, ob ein Toter mehr oder weniger den Kohl fett macht. Auch wenn deine Bekannte oder Freundin da näher dran war.«

»Ja, das ist mir klar. Nur dieser Fall scheint etwas anders zu sein.«

»Und warum?«

»Weil die Ärztin, die operiert hat, keine andere als Doktor Sasha Müller ist. Und weil auch ein Polizist im Krankenhaus war, um mit ihr und der ärztlichen Direktorin zu sprechen.«

Von einem Moment auf den anderen entspannten sich die Gesichtszüge der Chefredakteurin, und ein Lächeln zeichnete sich auf ihrem Gesicht ab. »Warum hast du das nicht gleich gesagt?«, fragte sie und deutete mit ihrer Hand auf den Tisch. »Setz dich noch mal und erzähl mir alles, was du dazu weißt.«

13. KAPITEL

Berlin-Zehlendorf, Krumme Lanke
Mittwoch, 8. Mai, 10.10 Uhr

Rocco Eberhardt war am Morgen nicht gleich in die Kanzlei, sondern stattdessen an die Krumme Lanke, einen der am schönsten gelegenen Seen im Süden der Hauptstadt, gefahren. Er parkte seinen schwarzen Alfa Giulia im Quermatenweg und lief die kurze Strecke durch den Wald zu dem Rundweg, der auf einer Strecke von etwas mehr als zweieinhalb Kilometern um den See führte. Immer wenn er ein neues Mandat übernommen hatte, musste er als Erstes eine grobe Strategie entwerfen. Und das gelang ihm in der Natur besser als am Schreibtisch.

Noch gestern Abend, nach den Gesprächen mit Sasha Müller und Klara Schubert, hatte er die Staatsanwaltschaft per E-Mail darüber informiert, dass er die rechtliche Vertretung der Chirurgin übernommen hatte. Zuständig war wegen des möglichen Tatvorwurfs einer fahrlässigen Tötung aufgrund eines Behandlungsfehlers die Abteilung 278, Kapitaldelikte.

Gleich heute Morgen hatte er dann in der Geschäftsstelle der Abteilung angerufen, um in Erfahrung zu bringen, wer die Ermittlungen in diesem Fall leitete. Es war Oberstaatsanwältin Bunzel. Rocco kannte sie schon aus zahlreichen anderen Verfahren und stand ihr zuletzt in dem Prozess, in dem auch sein Vater ins Visier der Staatsanwaltschaft geraten war, gegenüber. Er hatte sich für heute am frühen Nachmittag in ihrem Büro in Moabit mit ihr verabredet. Während er sich noch fragte, wie Bunzel wohl die ganze Situation einschätzte, klingelte sein Telefon. Ein Blick auf das Display zeigte ihm, wer der Anrufer war: sein bester Freund, der Privatdetektiv Tobias »Tobi« Baumann. Die beiden kannten sich seit ihrer Schulzeit, und neben ihrer Freundschaft und der Tatsache, dass Tobi mit Roccos Schwester Alessia zusammen war, verband sie auch eine berufliche Beziehung. Rocco hatte Tobi schon häufiger bei großen Fällen als Ermittler eingesetzt.

»Hey, mein Lieber, was gibt's?«, nahm Rocco das Gespräch an.

»Gute Frage. Ich dachte, das könntest du mir sagen«, erwiderte Tobi.

Rocco runzelte die Stirn. »Wie soll ich das verstehen?«

»Ich schicke dir mal was auf WhatsApp.«

Keine zwei Sekunden später klickte Rocco auf den Link, der ihn unmittelbar auf die Onlineseite der Zeitung *Das Blatt* weiterleitete.

Gleich als erste Schlagzeile, ganz oben auf der Seite, stand dort in großen fetten Lettern:

Starverteidiger Rocco Eberhardt übernimmt
die Vertretung von Promiärztin Doktor Sasha Müller

14. KAPITEL

Berlin-Charlottenburg, Starbucks am Olivaer Platz
Mittwoch, 8. Mai, 13.12 Uhr

Jule Hermann hatte Blut geleckt. Zwei Informationen, die beide in die gleiche Richtung deuteten, konnten kein Zufall gewesen sein. Erst erzählt ihr ihre Freundin, dass Sasha Müller ein Patient unter den Händen weggestorben ist, und dann hat ihre Chefin höchstpersönlich noch von einer ihrer Quellen aus der Staatsanwaltschaft in Berlin-Moabit in Erfahrung bringen können, dass Rocco Eberhardt ihre Verteidigung übernommen hat. Das war der Stoff, aus dem Journalistinnenträume gemacht waren. Staranwalt vertritt Starmedizinerin.

Jule griff nach dem großen weißen Porzellanbecher, der vor ihr auf dem flachen Tisch der Starbucks-Filiale im Herzen der City West stand. Der Laden war wie an jedem Tag gerammelt voll. Vor allem Touristen. Aber auch einige Locals, die genau wie sie mit einem MacBook bewaffnet von hier aus arbeiteten. Sie genoss die Atmosphäre, die geordnete Unruhe mit der Coffeehouse-Music im Hintergrund. Irgendwie konnte sie hier gut schreiben. Seit Corona waren die Regeln im Verlag etwas lockerer, sodass sie nur noch an drei Tagen ins Büro kommen musste. War eh zeitgemäßer.

Jule trank einen großen Schluck ihres Chocolate Mocha und stellte den schweren Becher dann wieder vor sich ab.

Mal gucken, wie ihre Meldung trendete. Nicht ohne Stolz lehnte sie sich in dem braunen Ledersessel zurück und blickte auf die Schlagzeile der Onlineausgabe ihrer Zeitung:

Starverteidiger Rocco Eberhardt übernimmt
die Vertretung von Promiärztin Doktor Sasha Müller

Das hatte sie geschrieben. Die Chefin hatte ihr die Story gegeben, ihr, der Neuen aus der Provinz. Das war eine große Verantwortung. Das durfte sie nicht versauen. Ganz im Gegenteil. Das war ihre Chance, allen zu zeigen, was sie draufhatte.

Sie las die Überschrift erneut durch. Nicht schlecht, aber auch noch nicht perfekt.

Daraus musste doch mehr zu machen sein. Jule erinnerte sich zurück an ihr Studium. Gut, sie war nicht auf der Henri-Nannen-Schule gewesen, aber hatte immerhin einen Master in Journalismus von einer Medienakademie aus dem Norden. Im Rahmen ihres Studiums wurden fächerübergreifende Seminare angeboten. Während eines dieser Seminare hatte sie mit Max, der an derselben Schule eine Ausbildung zum Drehbuchautor machte, zusammengearbeitet. Er hatte ihr eingeschärft, dass eine Story neben Spannung immer auch Emotionen brauchte. Das war eines der wichtigsten Werkzeuge, um die Leser bei der Stange zu halten.

»To hell with facts! We need stories!«, ein Zitat des US-amerikanischen Schriftstellers Ken Kesey, war Max' Leitspruch.

Gut, das passte eher zu einem Drehbuchautor als zu ihr. Sie war Journalistin und konnte das nicht eins zu eins übernehmen. Wenn sie aber ihre Chefin beeindrucken und sich auch unter ihren Kolleginnen und vor allem ihren Kollegen einen Namen machen wollte, dann durfte sie keinen Einheitsbrei abliefern. Das hier war ihre Chance, und ihre ganze Kreativität war gefragt. Das musste ja nicht heißen, dass sie sich etwas ausdachte. Im Gegenteil, bei der Wahrheit zu bleiben war wichtig. Aber in welchem Maße sie die einzelnen Zutaten in ihre Story mischte, würde den Unterschied machen. Schließlich war *Das Blatt* für die großen Emotionen bekannt.

Jule sah auf ihr Handy und checkte zum bestimmt dreißigsten Mal, wie viele Kommentare sie schon unter ihrer Meldung hatte. Über fünfhundert. Unweigerlich musste sie lächeln.

Sie scrollte durch die einzelnen Posts. Unfassbar, was die Leute da schrieben. Das ließ weder Müller noch Eberhardt besonders gut aussehen. Jule zuckte mit den Schultern. So war das halt in der Onlinewelt. Und die Onlinewelt zählte. Papier war gestern. Ein Blick durch den Starbucks sagte ihr, dass sie damit recht hatte. Von den etwa sechzig Gästen starrten locker achtzig Prozent auf ihre Handys, Tablets oder Laptops.

Emotionen also!

Jule trank einen weiteren großen Schluck von ihrem Mocha und sah durch die bodentiefen Fenster nach draußen auf den kleinen Platz vor der Starbucks-Filiale. Wegen des guten Wetters waren auch da alle Tische besetzt. Neben Touristen, Studenten und Teenagern machten um diese Zeit Mütter mit ihren Kindern einen großen Teil des Publikums aus.

Jule sah, wie ein etwa dreijähriger Junge, dem sein Muffin aus der Hand gefallen war, lauthals anfing zu weinen.

Das war es!

Sie würde die Emotionen über die Familie des Verstorbenen in die Story bringen. Dieser Dauber, der Tote, hatte doch bestimmt Familie. Vielleicht sogar Kinder. Idealerweise in einem Alter, in dem sie sie interviewen konnte. Und vielleicht hatte er eine Frau. Oder, besser gesagt, eine Witwe. Das würde zur Not auch gehen. Aber Kinder waren besser.

Im Internet hatte sie nach einer ersten Recherche zwar nichts zu Jens Dauber gefunden, allerdings einige Profile entdeckt, die zu seiner Familie gehören konnten. Damit konnte sie noch nicht viel anfangen, sodass sie sich kurz entschlossen ihre Tasche und ihr MacBook griff und aufsprang. Sie würde ins Klinikum Spreehöhe fahren. Vielleicht gelang es ihr, unter irgendeinem Vorwand in Erfahrung zu bringen, wie es um die Daubers stand. Wenn es da jemanden gab, hatten sie ihn bestimmt vor der OP besucht. Wurde so was vermerkt? Keine Ahnung. Musste sie rausfinden. Zur Not würde sie wieder ihre Freundin aus der WG anhauen.

Vor dem Starbucks blickte Jule sich um. Mit den Öffentlichen war es ihr zu kompliziert, da musste sie dreimal umsteigen, bis sie im Klinikum Spreehöhe war. Taxi war zu teuer, und das gab auch immer Ärger bei den Spesen. Aber Roller war okay. Und tatsächlich, keine zehn Meter die Straße runter stand einer der zahlreichen Elektroroller, die man sich überall in Berlin einfach über eine App freischalten konnte.

Das Einzige, was eklig war, waren die Helme. Aber da gab es ja ein simples Mittel. Jule griff in ihre Tasche und holte das Kopftuch heraus, das sie genau für diesen Zweck stets bei sich trug.

Keine zwei Minuten später schlängelte sie sich durch den dichten Verkehr der Hauptstadt Richtung Norden. Sie hatte sich fest vorgenommen, nicht ohne Ergebnis aus dem Krankenhaus zu kommen. Sie würde die Familie von Dauber ermitteln. Für die Story. Für die Emotionen.

15. KAPITEL

Berlin-Moabit, Turmstraße 91, Staatsanwaltschaft Berlin,
Abteilung Kapitaldelikte
Mittwoch, 8. Mai, 14.23 Uhr

Die Staatsanwaltschaft Berlin beschäftigte circa achthundert Mitarbeiter, darunter gut dreihundert Staatsanwälte. Von den sechs Ermittlungshauptabteilungen stach eine deutlich heraus: Abteilung 278. Hier lag die Zuständigkeit in Verfahren wegen Mordes, Totschlags sowie aller Verbrechen mit Todesfolge, die eine Zuständigkeit der Schwurgerichtskammern des Landgerichts begründeten. Oder, mit anderen Worten, die Abteilung 278 war die Champions League. Wer hier arbeitete, gehörte zur Elite der Strafverfolger, noch vor den Ermittlern, die sich um das organisierte Verbrechen kümmerten.

Rocco kannte den Weg zu den Büros im Schlaf.

An der Tür von Oberstaatsanwältin Bunzel angekommen, klopfte er gegen die alte, hölzerne Tür und trat ein.

Bunzel saß hinter ihrem Schreibtisch und blickte zu Rocco. Sie war eher leger gekleidet, hatte also offenbar heute keinen Sitzungsdienst. Der Aktenstapel auf ihrem Schreibtisch sprach allerdings für sich. Nur weil sie nicht vor Gericht war, hieß nicht, dass sie nichts zu tun hatte.

»Herr Rechtsanwalt Eberhardt, wie schön, Sie zu sehen«, sagte sie, mit einem leicht zynischen Unterton in der Stimme. »Bitte nehmen Sie Platz.«

»Hallo, Frau Doktor Bunzel«, erwiderte Rocco und wunderte sich über die Spitze der Ermittlerin. Liegt vermutlich daran, dass sie vollkommen überarbeitet ist, dachte er, ignorierte das für den Moment und setzte sich ohne weiter darauf einzugehen auf einen der beiden Besucherstühle.

»Ich will offen sein«, fuhr Bunzel fort und deutete auf den Aktenstapel vor sich. »Mir ist nicht gerade langweilig. Ich hoffe also, dass wir unsere Zeit nicht verschwenden.«

»Das hoffe ich auch«, erwiderte Rocco. »Denn genau aus diesem Grund bin ich hier. Wir haben einen gemeinsamen Fall, den wir beide so schnell wie möglich erledigen wollen. Deshalb möchte ich einfach nur wissen, ob Sie schon eine Idee haben, wo die Reise hingehen soll?«

»Na ja, allzu komplex ist das wohl nicht«, erwiderte Bunzel. »Und ja, tatsächlich habe ich so eine Ahnung«, sagte sie. »Allerdings kann ich Ihnen erst Genaueres sagen, wenn mir der Obduktionsbericht der Rechtsmedizin und die kompletten Unterlagen aus dem Krankenhaus vorliegen.«

»Aber Sie haben schon eine Idee?«, hakte Rocco nach.

»Na ja«, sagte Bunzel. »Klassischer Fall von Behandlungsfehler würde ich sagen. Nichts wirklich Weltbewegendes. Wird wohl auf ein Ermittlungsverfahren wegen des Verdachts auf fahrlässige Tötung hinauslaufen.«

»Und dieses Verfahren werden Sie zur Anklage bringen? Oder meinen Sie, eine Lösung ohne Gerichtssaal käme in Betracht?«

»Das, lieber Herr Rechtsanwalt Eberhardt, kann ich zu diesem Zeitpunkt natürlich noch nicht sagen. Da ich allerdings davon ausgehe, dass Ihre Mandantin sich auf Ihre Empfehlung hin nicht zu dem Sachverhalt äußern und einen Behandlungsfehler eingestehen wird, halte ich es für wahrscheinlich, dass wir uns vor Gericht sehen.«

»Wenn sich der Verdacht erhärtet, stimme ich Ihnen zu«, erwiderte Rocco und beschloss, der Unterhaltung eine andere Richtung zu geben. Wenn Bunzel kein Interesse an einem Deal hatte, dann machte es auch keinen Sinn, weiterzubohren. Aber vielleicht hatte er noch einen anderen Ansatzpunkt.

»Mal ganz abgesehen davon«, fuhr er deshalb fort, »dass sich in diesem besonderen Fall ohnehin die Frage stellt, ob meine Mandantin wirklich die Richtige ist, die auf die Anklagebank gehört.«

Jetzt blickte Bunzel auf und zog die Augenbrauen hoch. »Wer sollte denn da wohl sonst sitzen?«, fragte sie.

»Na ja, zum Beispiel die KI!«

»Das ist nicht Ihr Ernst, oder?«, erwiderte Bunzel in einem Tonfall, der Rocco ein bisschen überraschte.

Er wurde das Gefühl nicht los, dass die Ermittlerin wirklich erheblich unter Stress stand, was er ihr bei der aktuellen Belastung der Staatsanwaltschaft in Berlin auch nicht übel nehmen konnte. Aber das war nicht sein Problem, sondern ihres. Und er hatte das Gefühl, dass er gerade einen Angriffspunkt gefunden hatte, der Bunzel so ganz und gar nicht ins Konzept passte. Und wie um seine spontane Eingebung zu bestätigen, fuhr sie fort.

»Lieber Herr Rechtsanwalt. Angeklagt werden in unserem Rechtsstaat immer noch Menschen. Und in einem Fall wie diesem geht es um die Verantwortung beziehungsweise die Haftung der verantwortlichen Ärztin. Ob sie einen Fehler gemacht hat oder nicht und ob der Straftatbestand der fahrlässigen Tötung erfüllt ist oder nicht. Kommen Sie mir jetzt bloß nicht mit irgendwelchen Ablenkungsmanövern, bevor dieser Fall überhaupt einer ist. Und glauben Sie gar nicht erst, dass sich meine Beurteilung ändert, nur weil Sie hier eine Nebelkerze zünden.« Sie schüttelte den Kopf und erhob sich, offensichtlich um die Unterhaltung zu beenden. »Nehmen Sie es mir nicht übel, Herr Eberhardt, aber für solche Spielchen habe ich keine Zeit. Denn auch wenn wir am Anfang der Ermittlungen stehen und mir noch nicht alle Unterlagen vorliegen, sieht das Ganze für mich wie gesagt nach einem recht einfachen Fall aus. Entweder hat Ihre Mandantin fahrlässig gehandelt, wofür einiges spricht, oder eben nicht, was ich mir momentan weniger vorstellen kann. Aber nur weil sie dabei irgendeine KI genutzt haben soll, wird sie sich sicher nicht exkulpieren können.«

Rocco nickte. Bunzel hatte ihren Standpunkt klargemacht, und er würde hier keinen Blumentopf mehr gewinnen. Zumindest heute nicht. Wenn sie allerdings glaubte, dass er sich auf ihre Linie einließe und die KI unter den Tisch fallen lassen würde, hatte sie sich geschnitten. Das würde er auf keinen Fall tun. Ganz im Gegenteil.

Er reichte Bunzel zur Verabschiedung die Hand, verließ ihr Büro und stellte mit einer lange nicht gefühlten Befriedigung fest, dass der Fall ihm von Moment zu Moment mehr Freude bereitete. Nach den Monaten der Lethargie war seine Liebe an der juristischen Arbeit wieder erwacht. Und je komplexer und ungewöhnlicher ein Mandat war, desto mehr Spaß hatte er daran. In diesem Fall ging es zudem um neues Terrain und mit KI um ein Thema, mit dem sich die Welt noch heftig würde herumschlagen müssen.

16. KAPITEL

Schönefeld, Flughafen Berlin-Brandenburg »Willy Brandt«
Donnerstag, 9. Mai, 9.42 Uhr

Drei Minuten vor der geplanten Zeit setzte die easyJet-Maschine mit der Flugnummer EJU5262 sanft auf der Landebahn des Hauptstadtflughafens auf. Dabei lag dieser genau genommen gar nicht in der Hauptstadt, sondern südlich vor den Toren Berlins in Brandenburg.

Erik Andersson blickte aus dem Fenster der Maschine, während sie langsam Richtung Terminal rollten, und trauerte dem ehemaligen Flughafen Tegel hinterher, von dem aus man in nur wenigen Minuten in der City war. Aber was soll's, dachte er. Dann würde er halt die kleine Weltreise antreten und eine Weile mit dem Taxi im Stau stehen. Wer weiß, wofür das gut war. So konnte er wenigstens noch einmal in Ruhe alle seine Termine für die nächsten Tage durchgehen.

Im Ergebnis gab es nur einen Grund, warum er hier war. Er musste verhindern, dass er das, was Pieter und er in den ersten Jahren nach ihrer Gründung so erfolgreich aufgebaut hatten, wieder verlieren würde. Er würde alles in seiner Macht Stehende tun, um Schaden von seiner Firma abzuhalten. Bevor er abgeflogen war, hatte er lange mit dem Chief Technical Officer, dem obersten Technikchef des Unternehmens, gesprochen. Der hatte ihm genau erklärt, welche Schlussfolgerungen sie anhand der Datenanalyse ziehen konnten. Und auch wenn ihr System natürlich immer verbessert werden musste und niemals perfekt sein konnte, war er sich sicher, dass die Technologie in diesem besonderen Fall mit an Sicherheit grenzender Wahrscheinlichkeit keinen Fehler gemacht hatte. Das ließ sich aus den Daten, die ihnen vorlagen, eindeutig ablesen.

Mit dem guten Wissen um diese Analyse war Erik Andersson jetzt also in Berlin angekommen, mit der festen Absicht, Augmentum mit allem zu verteidigen, was ihm zur Verfügung stand. Zumindest solange sich das mit Wahrheit und Fakten vereinbaren ließ. Das sah er schwarz und weiß. Sobald ein Thema die sozialen Medien erreichte und eine gewisse Aufmerksamkeit auf sich zog, war es ohnehin ausgeschlossen, etwas zu verbergen. Was seiner Ansicht nach auch grundsätzlich gut war. Wenn sich Hunderttausende auf ein Thema stürzten, hatten sie schon alleine aufgrund ihrer Masse die Möglichkeit, jeden Stein umzudrehen und alles ans Licht zu bringen.

Trotzdem gab es etwas, was in seiner Macht stand. Durch die Art seiner Kommunikation hatte er Einfluss auf die Wahrnehmung der Öffentlichkeit und wie diese die Informationen bewerten würde. Genau da musste er ansetzen. Das bedeutete, dass er, bevor die Medien sich auf Augmentum stürzten und über seine Firma herfielen, den ersten Schritt gehen musste. Angriff war die beste Verteidigung, Aktion immer zielführender als Reaktion.

Allerdings konnte er das nur abgestimmt mit den anderen Beteiligten machen, wenn sie sich nicht in den Medien widersprechen wollten. Er wusste zwar nicht, welche Strategie das Krankenhaus und Sasha Müller verfolgten, aber er hatte einen Plan, wie er sie davon überzeugen würde, auf seine Linie einzuschwenken. Für Augmentum hing alles davon ab, sich von Anfang an ins richtige Licht zu rücken. Er blickte auf seine Uhr. Es war jetzt kurz vor zehn. Er lag also perfekt in der Zeit. Um elf Uhr war er mit Doktor Hendry, der ärztlichen Direktorin des Klinikums Spreehöhe, verabredet, um das Problem zu besprechen. Und wenn es keine großen Überraschungen gab, würde er spätestens morgen eine Presseerklärung abgeben.

Andersson konnte Deutsch, seitdem er eine Zeit lang in Hamburg gelebt hatte. Seine Aussprache war zwar nicht perfekt, aber er hoffte, direkt vor Ort einen Unterschied machen zu können. Hier war er näher am Geschehen und an den Medien dran. Er hatte einen Plan, und den würde er sich weder von Persson noch von ihren Anwälten versauen lassen. Das Ganze konnte nicht umsonst gewesen sein.

17. KAPITEL

Berlin-Frohnau, Speerweg 36d
Donnerstag, 9. Mai, 15.46 Uhr

Typische Neunzigerjahre-Architektur, dachte Jule Hermann, als sie in den Speerweg im Norden der Hauptstadt einbog. Sie parkte den Elektroroller auf dem breiten Bürgersteig unmittelbar vor den Nummern 36a–d.

Die vier Häuser selbst glichen sich wie ein Ei dem anderen und standen leicht versetzt auf dem etwa tausend Quadratmeter großen Grundstück. Jeweils vier Etagen mit Flachdach, großen Fenstern, Balkonen und einer Terrasse im Dachgeschoss erinnerten Jule an Häuser, wie ein Kindergartenkind sie aus Legosteinen bauen würde. Quadratisch, praktisch, aber nicht eben schön.

Jule stieg von dem Roller ab und verstaute den Helm in dem Fach unter dem Sitz, ehe sie einen Zettel aus der Tasche ihrer tailliert geschnittenen Jacke kramte.

Johanna, Felix und Sophie Dauber, Speerweg 36d.

Tatsächlich war es ihr im Krankenhaus gelungen, einem jungen und recht unbedarften Mitarbeiter der Klinik die Adresse der Familie zu entlocken. Sie hatte ihm eine rührselige Geschichte aufgetischt und damit Erfolg gehabt. Dass sie dabei die Grenzen der Wahrheit ein bisschen dehnen musste, gefiel ihr zwar eigentlich nicht, aber es war ja für einen guten Zweck. Sie war schließlich Journalistin, und als solche musste sie auch ab und an etwas kreativ sein dürfen.

Sie steckte den Zettel wieder ein und band ihre langen schwarzen Haare mit einem Haargummi zu einem Zopf.

Na dann, dachte sie und ging über den schmalen gepflasterten Weg vorbei an den Häusern 36a–c, bis sie ganz hinten auf dem Grundstück am Haus mit der Nummer d angekommen war.

Auf dem Klingeltableau standen vier Namen. Familie Dauber wohnte in der zweiten Etage. Am besten wäre es, wenn nur die Kinder da wären, dachte Jule und drückte den Knopf.

Nichts geschah. Sie trat einen Schritt zurück und schaute an der Häuserfassade nach oben. Für einen Moment sah sie einen Kopf mit dunklen, lockigen Haaren, der allerdings sofort wieder vom Fenster verschwand.

Ausgezeichnet, dachte sie, es ist also jemand zu Hause. Sie ging zurück zu dem Tableau, um noch einmal zu läuten.

Einem Knacken in der Gegensprechanlage folgte ein metallisch klingendes »Wer ist da?«.

»Ich bin Jule Hermann, von der Zeitung *Das Blatt*. Und ich möchte gerne zu Johanna, Felix und Sophie Dauber.«

»Unsere Mutter ist nicht da«, erwiderte die Stimme.

Volltreffer, dachte Jule. Die Stimme war eindeutig männlich und musste Felix gehören. Nachdem sie Namen und Adresse der Familie im Krankenhaus ausfindig hatte machen können, hatte sie auch auf den üblichen Social-Media-Plattformen Glück. Sie konnte die Profile, die sie gefunden hatte, jetzt eindeutig zuordnen. Nach ihren Recherchen war er achtzehn Jahre alt und hatte damit genau das richtige Alter für ein emotionales Interview, für das sie keine Genehmigung seiner Mutter brauchte. Felix war volljährig und konnte damit für sich selbst entscheiden. Und wenn seine Mutter nicht da war, bekam sie vielleicht noch mehr aus ihm heraus. Anders sah es bei Sophie aus. Die war auf jeden Fall jünger und fiel damit als Interviewpartnerin aus.

Nun, das war jetzt egal. Sie musste es irgendwie schaffen, dass Felix mit ihr sprechen wollte. Das ging ihrer Erfahrung nach am besten, wenn man ein interessantes Thema in den Raum stellte, dann aber so tat, als hätte man eigentlich gar kein Interesse an einer Unterhaltung.

»Okay, verstehe«, sagte sie. »Wenn eure Mutter nicht zu Hause ist, komme ich einfach ein anderes Mal wieder. Und übrigens, die

Sache mit eurem Vater tut mir sehr leid.« Sie machte eine kurze Pause. Das Thema war angerissen. Der nächste Satz musste sitzen und Felix so weit triggern, dass sein Interesse geweckt war. »Das muss fürchterlich sein. Ich meine, wenn bei einer Operation ein Fehler passiert. Aber ich vermute mal, dass das Krankenhaus alles dafür tut, euch zu unterstützen, und ihr alle Hilfe bekommt, die ihr braucht.«

Jule Hermann trat einen Schritt von der Sprechanlage zurück und wartete. Für einen Moment passierte nichts. Dann knackte es wieder in der Gegensprechanlage.

»Eigentlich tun die gar nichts für uns«, hörte sie Felix sagen und wusste, dass sie ihn fast da hatte, wo sie ihn haben wollte.

»Oh, wirklich? Das ist ungewöhnlich. Das kenne ich eigentlich nur, wenn jemand was zu verbergen hat. Aber egal, ich komme wieder, wenn eure Mutter zurück ist.« Sie machte eine letzte Pause, bevor sie zum finalen Stoß ansetzte. »Du hast ja vermutlich jetzt keine Zeit, um mir mal zu erzählen, was da überhaupt passiert ist, oder?«

Wieder geschah für einen kurzen Moment nichts. Dann ertönte die metallische Stimme. »Na ja, ein bisschen Zeit hätte ich schon. Wenn Sie wollen, kommen Sie doch hoch. Der Fahrstuhl ist am Ende vom Gang. Wir wohnen in der zweiten Etage.«

Treffer versenkt, dachte Jule, zupfte ihre Jacke gerade und wischte sich ihre widerspenstigen Strähnen aus der Stirn.

Als sie den Summer hörte, drückte sie die Eingangstür auf, ging durch den kurzen Gang und fuhr mit dem Fahrstuhl nach oben.

Felix Dauber wartete schon in der geöffneten Wohnungstür auf sie. Irgendwie war er größer, als sie ihn sich vorgestellt hatte, bestimmt einen Meter neunzig. Oder sogar noch mehr. Er trug ein schwarzes T-Shirt mit dem Logo einer Band aus den Siebzigern, dazu blaue Jeans und weiße Tennissocken. Seine dunklen Haare waren mittellang und lockig, auf den Wangen hatte er vereinzelte Aknenarben und einen leichten unregelmäßigen Bartschatten.

In seinen Augen meinte Jule Hermann eine Mischung aus Neugier und Wut zu erkennen.

»Hallo«, sagte er und musterte sie von oben bis unten, ehe er die Wohnungstür öffnete. »Kommen Sie rein.«

»Gerne, vielen Dank«, erwiderte sie und streckte ihre Hand aus.

Felix Dauber erwiderte ihren Händedruck so stark, dass Jule dem Instinkt, kurz aufzuschreien, nur knapp widerstehen konnte. Stattdessen lächelte sie ihn gezwungen an.

»Sorry«, sagte er, »war wohl ein bisschen doll.«

»Kein Problem, alles gut«, sagte Jule. »Bist du allein?«

»Wieso?«, fragte er und schaute sie skeptisch an.

»Du hast doch noch eine Schwester, oder? Ich wollte nur nicht stören oder so.«

»Nee, keine Sorge«, sagte er. »Und ja, habe ich. Sophie. Aber die ist bei 'ner Freundin.«

»Gut, dann komme ich gerne rein«, erwiderte Jule.

Wenn der starke Händedruck Ausdruck seiner Persönlichkeit und der Umstand, dass er ihr das sofort angesehen hatte, Zeichen seiner Empathie war, dachte sie, könnte das interessant werden. Das war genau die Art von Persönlichkeit, die sie für ihr Interview brauchte. Stellte sich nur noch die Frage, ob er ein Problem damit hatte, in der Öffentlichkeit zu stehen.

Nun, das werde ich jetzt herausfinden, dachte sie und betrat die Wohnung von Familie Dauber.

18. KAPITEL

Berlin-Charlottenburg, Fasanenstraße 72, Kanzlei Eberhardt
Donnerstag, 9. Mai, 19.32 Uhr

Rocco schaute auf seine Uhr, als es an der Tür seiner Kanzlei klingelte. Kurz nach halb acht am Abend.

Klara Schubert hatte er heute schon gegen sechs nach Hause geschickt, war aber selbst noch geblieben, weil Sasha Müller erst jetzt Zeit hatte.

Er stand von seinem Schreibtisch auf, lief durch den langen Flur bis zur Eingangstür und begrüßte kurz darauf seine neue Mandantin.

»Bitte nehmen Sie doch Platz«, sagte er, als sie wieder in seinem Büro waren.

Sasha Müller war heute weniger formell gekleidet. Sie trug eine hellblaue Jeans mit einem grün-beige gestreiften Top, das Rocco trotz der anderen Farben entfernt an das T-Shirt erinnerte, das Picasso auf zahlreichen Fotografien trug.

»Mein Ermittler, Tobias Baumann, wird auch gleich zu uns stoßen. Er sollte etwa in einer Viertelstunde hier sein«, sagte Rocco und goss beiden ein Glas Wasser ein.

»Ermittler?«, fragte Sasha Müller mit hochgezogenen Augenbrauen. »Wird das denn nötig sein?«

Rocco nickte. »Wenn ich eins in meiner Zeit als Verteidiger gelernt habe, dann, dass ich lieber besser vorbereitet bin, als hinterher ins Schlingern zu geraten.«

Sasha Müller trank einen großen Schluck Wasser und stellte das Glas vor sich auf dem Tisch ab, ehe sie Rocco halb zweifelnd, halb fragend anblickte. »Tut mir leid, sorry, das Ganze ist für mich doch reichlich unerwartet. Na klar, ich hatte in den letzten fünfzehn Jahren schon den ein oder anderen Vorwurf eines Haftungsfalls. Aber noch nie so etwas.« Sie schüttelte den Kopf. »Sogar *Das Blatt* hat darüber geschrieben. Und die sozialen Medien und die übrigen Zeitungen scheinen sich ja irgendwie ein bisschen darauf zu stürzen, oder?«

»So leid es mir tut«, erwiderte Rocco. »Aber das ist noch gar nichts. Das ist erst der Anfang. Der Umstand, dass Sie und ich eine gewisse Bekanntheit in unseren jeweiligen Berufen erlangt haben, ist da natürlich Öl im Feuer der Öffentlichkeit.« Rocco sah seine Mandantin eindringlich an. »Aus diesem Grund und in Ihrem Interesse ist es deshalb auch so wichtig, dass wir genau abstimmen, wie Sie sich in den nächsten Monaten bis zum Prozess verhalten sollten. Denn eines kann ich Ihnen versprechen. Jemand ist gestorben. Und die Medien und die Menschen da draußen wollen dafür einen Verantwortlichen finden. Das ist ein natürlicher Instinkt, der leider nicht das Beste in den Leuten zum Vorschein bringt. Noch dazu, wenn KI im Spiel ist. Und so wie es momentan aussieht, stehen Sie und Ihr Krankenhaus ganz oben auf der Liste der medialen Ziele.«

»Was nachvollziehbar ist«, entgegnete Sasha Müller. »Jens Dauber ist auf meinem OP-Tisch gestorben. In unserem Krankenhaus.«

»Stimmt«, sagte Rocco. »Deshalb brauchen wir neben einer Kommunikationsstrategie auch so schnell wie möglich eine Verteidigungsstrategie.«

»Was bedeutet das genau?«, fragte Sasha Müller, und Rocco war einigermaßen verwundert, wie ruhig und sachlich seine Mandantin war. Er hatte das Gefühl, dass sie noch überhaupt nicht realisiert hatte, was da auf sie zukam.

Doch bevor er antworten konnte, klingelte es an der Tür.

»Einen Moment«, sagte er, »das muss Tobias Baumann sein.«

Rocco stand auf und kam kurz darauf mit seinem besten Freund zurück. Sasha Müller erhob sich, und die beiden begrüßten sich freundlich. Dann setzte Rocco Tobi kurz ins Bild.

»Bevor wir uns jetzt um die Verteidigungsstrategie kümmern,

muss ich aber doch noch mal ein paar Fragen stellen«, sagte Tobi, während er sein Basecap abnahm und seinen Hoodie auszog und beide auf den Stuhl neben sich legte. »Einfach um sicherzugehen, dass ich auch alles verstanden habe.«

Sasha Müller nickte. »Na klar, bitte, nur zu.«

»Also, wenn ich richtig verstanden habe, besteht der Vorteil der KI darin, dass sie blitzschnell alle Infos erfassen, verstehen und bewerten kann.«

Müller nickte.

»Und dann aufgrund dessen eine Empfehlung ausspricht, also in diesem Fall einen OP-Plan erstellt.«

»Ganz genau.«

»Und kann es nicht sein, dass die KI schlichtweg was übersehen hat? Ich meine eine wichtige Info, die entscheidend war. Vielleicht weil sie an der falschen Stelle in der Patientenakte stand. Oder es einen Rechtschreibfehler gab und sie das nicht verstanden oder falsch interpretiert hat. Ich meine, können Sie das wirklich ausschließen?«

»Solche Fälle, wie Rechtschreibfehler und so, sind natürlich berücksichtigt. Das kann ich ausschließen. Und sowieso«, sagte Müller selbstbewusst, »läuft das System schon so lange zuverlässig. Das kann ich mir einfach nicht vorstellen. Allerdings«, sagte sie zweifelnd, »hatte ich auch keine Gelegenheit, das noch mal zu checken. Ich bin ja sofort suspendiert worden und hatte daher keinen Zugriff mehr auf unser System.«

Rocco dachte kurz nach und sagte dann: »Lasst uns das vertagen, solange wir keine Infos dazu haben. Das können wir besprechen, wenn uns die Akte aus dem Krankenhaus vorliegt. Die scheinen ja noch alles zusammenzusuchen. Viel wichtiger ist erst mal, dass wir uns darum kümmern, was jetzt anliegt. Und das sind jegliche Formen der Kommunikation und tatsächlich unsere Verteidigungsstrategie. Der erste Teil ist sehr einfach, was Sie betrifft«, sagte er zu Sasha Müller. »Sie werden niemandem gegenüber irgendeinen

Kommentar zu der Sache abgeben. Und auch gegenüber Freunden und Bekannten muss ich Sie bitten, nicht über den Fall zu sprechen. Das Letzte, was wir jetzt gebrauchen können, ist ein Statement von Ihnen, das Presse und soziale Medien gegen Sie auslegen können. Und werden.«

Sasha Müller nickte. »Und was ist mit der Klinik? Wie stimmen wir uns mit denen ab?«

»Gut, dass Sie das ansprechen«, erwiderte Rocco. »Ich habe mich mit Rechtsanwalt Pox, der die Beratung und Vertretung des Klinikums Spreehöhe übernommen hat, am Nachmittag unterhalten und vereinbart, dass wir uns jetzt kurz besprechen.«

Er sah auf die Uhr. Fünf vor acht.

»Wir haben gleich eine Telefonkonferenz mit Ihrer Chefin und dem Kollegen. Entschuldigen Sie bitte, dass ich Ihnen davon vorher nichts gesagt habe, aber das war ziemlich spontan.«

»Klar, kein Problem«, entgegnete Müller. »Schaden wird es nicht. Ich vertraue Doktor Hendry zu einhundert Prozent. Ihr gegenüber sollten wir mit offenen Karten spielen.«

»Das werden wir noch sehen«, erwiderte Rocco »Was nicht heißt, dass ich Ihre Beurteilung infrage stellen will. Es kann unter Umständen allerdings hilfreich sein, jede Form der Kommunikation genau zu überlegen. Denn über eines müssen wir uns im Klaren sein. Sosehr Sie Ihre Chefin auch schätzen, muss diese an erster Stelle jeden Schaden vom Krankenhaus fernhalten. Und erst an zweiter Stelle von einzelnen Mitarbeitern. Aber dazu kommen wir später.«

Rocco stellte sein MacBook so auf den Besprechungstisch, dass alle drei von der eingebauten Kamera erfasst wurden, und loggte sich dann in das Zoom-Meeting ein. Wenige Sekunden später waren Sie mit der ärztlichen Direktorin und ihrem Anwalt verbunden.

In knappen fünfzehn Minuten einigten sie sich darüber, dass auch das Klinikum Spreehöhe von jeder Form der Kommunikation zu dem laufenden Verfahren Abstand nehmen würde. Allerdings, warf Rechtsanwalt Pox ein, gab es da noch einen anderen Punkt.

»Wir hatten heute Mittag eine Besprechung mit Erik Andersson, dem Gründer und jetzigen Aufsichtsratsmitglied der schwedischen Firma Augmentum. Die stellen die KI-Lösungen her, die im Klinikum Spreehöhe genutzt werden und die Doktor Müller bei der OP des Verstorbenen verwendet hat.«

»Und was hat Ihre Absprache ergeben?«, fragte Rocco.

»Ganz einfach. Wir müssen davon ausgehen, dass dieser Umstand innerhalb kürzester Zeit an die Öffentlichkeit geraten wird. Und deshalb haben wir entschieden, dass wir dem mit einem Statement zuvorkommen werden. Erik Andersson wird morgen früh über die offiziellen Social-Media-Accounts von Augmentum, also über LinkedIn und Instagram, eine Erklärung veröffentlichen, in der er dazu Stellung nimmt und die volle Unterstützung von Augmentum bei der Aufklärung des Falls zusichert.«

»Das halte ich für keine gute Idee«, hielt Rocco sofort dagegen. »Bis jetzt gibt es nicht mal eine Anklage. Vielleicht wird das ganze Verfahren ja noch eingestellt.«

»Aber kann das wirklich schaden?«, mischte Sascha Müller sich ein. »Ich meine, wenn wir die KI ins Spiel bringen?«

Rocco blickte überrascht zu seiner Mandantin. Konnte sie so naiv sein?

»Ich denke schon«, antwortete Rocco, darum bemüht, so ruhig wie möglich zu bleiben. War er der Einzige, der das problematisch sah? »Wenn das Krankenhaus jetzt die KI-Karte spielt, wird das ein ziemliches Aufsehen in den sozialen Medien auslösen. Und in der Presse. Ich sehe schon die Schlagzeilen vor mir: ›KI tötet Menschen!‹ Das wird ein Shitstorm. Und der wird sich vor allem gegen Sie richten.«

»Nun, wir sind der Meinung, dass das Ganze ohnehin unvermeidbar ist«, entgegnete Pox. »Weshalb wir im Prinzip auch nichts zu verlieren haben. Denn sobald die Presse davon Wind bekommt, werden sie sich so oder so wie die Haie darauf stürzen.«

Rocco schüttelte den Kopf. Er war anderer Meinung. Allerdings war jetzt klar, dass er Rechtsanwalt Pox nicht umstimmen konnte. Das Krankenhaus begann, sich zu positionieren.

»Haben Sie diesen Andersson denn wenigstens unter Kontrolle?«, fragte er. »Ich meine, haben Sie die Kommunikation mit ihm abgestimmt? Oder müssen wir damit rechnen, dass er sich gegen uns wendet?«

»Nein, nein, das wird er nicht. Das würde kein gutes Licht auf sein Unternehmen werfen, und das ist das Letzte, was er jetzt braucht. Augmentum lebt davon, dass Krankenhäuser ihre Lösungen kaufen, und wenn er sich gegen seine eigenen Kunden wendet, Ärzte oder Kliniken, wäre das kontraproduktiv. Stattdessen haben wir vereinbart, dass er mir den Text vorab zusendet. Und er wird sich morgen auch bei Ihnen melden. Augmentum steht ja ein bisschen zwischen den Stühlen. Zum einen hat das Krankenhaus die Lösung angeschafft, zum anderen hat Ihre Mandantin sie eingesetzt.«

Rocco dachte kurz nach und musste Rechtsanwalt Pox zumindest in diesem Punkt zustimmen.

Als das Gespräch beendet war, wandte er sich an seine Mandantin. Sasha Müller spielte nervös mit den Fingern ihrer rechten Hand. Sieht so aus, dachte Rocco, als ob sie doch langsam die Tragweite des Verfahrens zu begreifen beginnt.

»Unsere Kommunikationsstrategie wäre damit geklärt, auch wenn wir hier keine echte Mitsprache hatten«, sagte er. »Bleibt Punkt zwei, unsere Verteidigungsstrategie.«

Sasha Müller blickte von ihren Händen auf und erwiderte sein Lächeln. »Freut mich, dass Sie unsere Strategie sagen und nicht meine.«

»Natürlich«, sagte Rocco. »Das ist unser Fall und demzufolge unsere Strategie. Ab jetzt stehen Sie in dieser Sache nicht mehr alleine da.«

Rocco checkte seine Uhr. Zwischenzeitlich war es Viertel vor neun.

»Haben Sie noch eine Stunde Zeit?«, fragte er. »Länger sollten wir nicht brauchen, um die ersten Punkte festzulegen.«

»Natürlich«, erwiderte die Chirurgin, griff zur Wasserkaraffe und goss erst Rocco, Tobi und dann sich selbst ein Glas ein.

»Also, wo fangen wir an?«

»Das ist gar nicht so schwer. Ich versuche mal, das Ganze kurz von der juristischen Seite zu erklären. Sie werden sofort verstehen, was wir brauchen«, erwiderte Rocco. »Strafrechtliche Sachverhalte sind im Wesentlichen sehr einfach aufgebaut. Da Ihr Patient gestorben ist, steht schlimmstenfalls der Vorwurf der fahrlässigen Tötung im Raum. Damit die Staatsanwaltschaft Sie dafür zur Verantwortung ziehen kann, muss sie nachweisen, dass Ihr Handeln für den Tod ursächlich gewesen ist. Das ist bei Fahrlässigkeit nur der Fall, wenn Sie bei objektiver Vorhersehbarkeit des Todes die im Verkehr erforderliche Sorgfalt außer Acht gelassen haben.«

Sasha Müller runzelte die Stirn.

»Ganz konkret bedeutet das, dass Sie bei Berücksichtigung aller Umstände, die Ihnen bekannt waren, hätten wissen müssen, dass Ihre Handlung zum Tod Ihres Patienten hätte führen können.«

»Und ich könnte nicht zur Verantwortung gezogen werden, wenn der Tod so oder so eingetreten wäre oder ich ihn nicht hätte verhindern können?«, fragte Sasha Müller nach.

»Genau. Oder wenn es andere Umstände gab, die nicht vorhersehbar waren oder nicht in Ihrer Verantwortung lagen. Dann wäre der Tatbestand nicht zwangsläufig erfüllt. Und genau das müssen wir herausarbeiten. Deshalb ist es so wichtig, dass wir rekonstruieren, was wann geschehen ist. Und warum. Dabei kommt es auf jedes Detail an, ganz gleich wie unwichtig Ihnen das auf den ersten Blick erscheinen mag.«

»Und darauf bauen wir unsere Strategie auf«, sagte Sasha Müller mehr zu sich selbst.

»So ist es«, erwiderte Rocco, stand auf und ging zu dem Whiteboard, das auf der Stirnseite des Besprechungstisches an die Wand geschraubt war. Mit einem blauen Marker zeichnete er einen Zeitstrahl auf die weiße Oberfläche, an dessen Ende er »Dauber verstirbt im OP« schrieb.

»Als Erstes müssen Sie uns jetzt helfen, alle relevanten Handlungen, die vor Eintritt des Todes Ihres Patienten geschehen sind, einzuordnen. In einem zweiten Schritt werden wir diese bewerten und da, wo uns etwas fehlt, besprechen, wie wir an die jeweiligen Informationen kommen.«

Eine gute Stunde später blickte Rocco zufrieden auf das Whiteboard.

»Okay«, sagte er. »Damit haben wir einen groben Überblick. Und wir sind uns über die nächsten Schritte einig.«

Er schaute in die Runde, und sowohl Sasha Müller als auch Tobi nickten zustimmend.

»Ausgezeichnet. Dann sollten wir für heute Schluss machen. Das war ein langer Tag, und ich glaube, eine Pause tut uns allen gut.«

Nachdem Sasha Müller und Tobi die Kanzlei verlassen hatten, blickte Rocco erneut auf die Aufzeichnungen an der Wand. Er wurde das Gefühl nicht los, dass der Fall noch einige Überraschungen für sie bereithalten würde. Denn am Ende war es nie so einfach, wie es sich am Anfang darstellte. Das würde schon gar nicht so sein, wenn zu den Beteiligten eine neue Technologie gehörte, die zugleich etwas von einer Heilsbringerin, einer Blackbox und einem Avatar hatte.

19. KAPITEL

Berlin-Kreuzberg, Zentrale des Axel Läufer Verlages, Redaktion der überregionalen Tageszeitung *Das Blatt*
Freitag, 10. Mai, 8.53 Uhr

»Jule, das ist redaktionelles Gold!« Marion Hahn schaute ihre junge Redakteurin mit einer Mischung aus Begeisterung und Skepsis an. »Und das ist wirklich alles freigegeben?«

Die Chefredakteurin von *Das Blatt* saß in dem für sie typischen Hosenanzug hinter dem Schreibtisch in der obersten Etage des Axel Läufer Verlages.

Jule Hermann versuchte, sich ihre Freude nicht zu sehr anmerken zu lassen, was ihr allerdings nicht ansatzweise gelang. Sie war stolz auf das Kompliment ihrer Chefin. Und ihrer Meinung nach sogar ein bisschen zu Recht. Das Interview mit Felix Dauber war gut geworden. Wirklich gut. Emotional, aufwühlend und mit dem Potenzial, die Öffentlichkeit in zwei Lager zu spalten. Und genau darauf kam es an. Je mehr sie ihre Leser dazu bringen konnten, über ein Thema zu streiten, desto mehr würde es für Aufmerksamkeit sorgen, desto höher würden die Zugriffszahlen sein, desto besser wäre das für *Das Blatt*. Und damit für sie.

Insgesamt hatte sie eine gute Stunde mit Felix Dauber über den Tod seines Vaters gesprochen. Sie wollte unbedingt aus der Wohnung raus sein, bevor seine Mutter wiederkam, was ihr auch gelungen war. Nur Sophie, Felix' Schwester, die auf den ersten Blick nicht viel jünger sein konnte als Felix selbst, hatte sie beim Verlassen der Wohnung an der Tür getroffen. Um einer peinlichen Situation zu entgehen, hatte sie sich schnell verabschiedet und war dann die beiden Stockwerke runtergelaufen. Im Treppenhaus hatte sie noch gehört, wie Sophie ihren Bruder fragte, wer das denn eben war, ohne allerdings seine Antwort mitzubekommen. Und eigentlich war ihr das auch egal. Wichtig war ihr vielmehr, dass sie Felix' Mutter nicht begegnet war. Sie hatte Sorge, dass die das Interview stoppen und eine Veröffentlichung verhindern würde. Deshalb hatte sie das Gespräch live spracherkennen lassen und Felix Dauber unmittelbar im Anschluss noch in der Wohnung per E-Mail zugesandt, um sich die Genehmigung für die Veröffentlichung auf elektronischem Weg zu holen. Was der auch sofort gemacht hatte.

»Ja, ist freigegeben. Warte mal«, sagte sie strahlend zu ihrer Chefin und rief Felix' Bestätigung auf ihrem iPhone auf. »Ich leite dir die entsprechende E-Mail gleich weiter.«

Marion Hahn griff zu ihrem Telefon, scrollte durch die Nachricht und nickte. »Perfekt. Lass uns das Ganze rausbringen, bevor der Gute es sich anders überlegt. Oder seine Mutter. Wenn es erst mal in der Welt ist, gibt es kein Zurück mehr.«

»Ich glaube, da müssen wir uns keine Sorgen machen«, sagte Jule. »Der Junge ist voller Wut. Er fühlt sich verraten und betrogen. In unserem Gespräch wurde sehr schnell klar, dass sein Vater ihm alles bedeutet hat.«

Jule Hermann war wichtig, dass ihre Chefin verstand, dass sie gute Arbeit geleistet hatte. Sie wollte sich beweisen, und das war ihre Chance. Es war schon verrückt genug, dass ihr der Weg aus der Provinz in Deutschlands mächtigste Redaktion gelungen war. Sie hatte hart dafür gearbeitet und würde alles dafür tun, dass ihr das niemand wieder wegnahm.

»Okay. Wir brauchen noch eine Überschrift, die genug Aufmerksamkeit erregt, damit die Leute draufklicken, ohne offensichtliches Clickbait zu sein, und eine Fünfzig-Wort-Einleitung mit einem Cliffhanger. Und dann«, sagte sie und zeigte mit der Fingerpistolengeste auf Jules Brust, »sorg dafür, dass wir so schnell wie möglich online sind.«

»Geht klar, Chefin«, sagte Jule und stand auf.

Gerade als sie das großzügig dimensionierte Eckbüro verlassen wollte, rief Marion Hahn ihr noch etwas zu. »Und Jule, nur damit wir uns nicht falsch verstehen. Das, was du da aus Felix Dauber herausgeholt hast, ist absolute Weltklasse. Allerdings, und so funktioniert unser Geschäft nun mal, ist nichts so alt wie die Zeitung von gestern. Das heißt, wenn du mit der Story auf die Titelseite willst, musst du uns ein bisschen mehr besorgen. Felix Dauber ist schön und gut, und vielleicht kriegen wir den auch einmal die Woche ins Blatt, aber für eine wirkliche Story brauchen wir noch mehr Fleisch.«

Jule drehte sich um und fühlte sich auf einen Schlag wie ausgehöhlt. Von einem absoluten Glücksgefühl hatte Marion sie zurück in die Realität geholt. Na klar, ihre Chefin hatte recht. Eine Schlagzeile war gut, aber die Leser Tag für Tag an eine Fortsetzungsgeschichte zu binden war Champions League.

»Okay«, sagte sie. »Kümmere ich mich drum. Hast du eine Idee, wo ich da ansetzen könnte?«

Und noch während Jule die Frage stellte, sah sie, wie sich ein breites Lächeln auf dem Gesicht von Marion Hahn abzeichnete. »Ja, habe ich. Check mal deine Mails. Hab dir gerade was geschickt.«

Jule nickte und verließ das Büro, während sie zeitgleich ihr Telefon aus der Tasche fischte. Die Nachricht ihrer Chefin bestand aus einem einzigen Link, der zu der Businessplattform LinkedIn führte. Jule klickte darauf, und nur wenige Sekunden später öffnete sich ein Post der Firma Augmentum.

20. KAPITEL

Berlin
Freitag, 10. Mai, 10.02 Uhr

»Warum rufen Sie mich um diese Zeit an? Noch dazu von Ihrem Handy?«

»Weil ich sichergehen möchte, dass alles nach Plan läuft.«

»Warum sollte es das nicht?«

»Haben Sie nicht den Artikel in der Presse gesehen? Das Interview mit dem Sohn? Ist gerade online gegangen.«

»Nein, habe ich nicht. Und um ehrlich zu sein, interessiert es mich auch nicht. Sie haben mir einen klar umrissenen Auftrag gegeben. Und den habe ich erfüllt. Alles andere spielt für mich keine Rolle.«

»Für Sie vielleicht nicht. Aber für mich geht es dabei um alles.«

»Das ist Ihr Problem und nicht meins. Bitte rufen Sie mich nicht wieder an. Wenn es einen Notfall gibt, wissen Sie, wie Sie mich erreichen können. Nicht telefonisch! Ich lege jetzt auf.«

21. KAPITEL

Berlin-Charlottenburg, Fasanenstraße 72, Kanzlei Eberhardt
Freitag, 10. Mai, 11.23 Uhr

Rocco Eberhardt hatte sich den Gründer eines der erfolgreichsten medizinischen Softwareunternehmen irgendwie anders vorgestellt. Statt eines seriös wirkenden Firmenlenkers saß ein leger gekleideter junger Mann von Mitte bis Ende dreißig vor ihm, der ebenso gut in einem beliebigen Starbucks mit seinem MacBook an einem Blogpost hätte schreiben können. Und vielleicht machte Andersson sogar genau das, dachte Rocco dann und musste lächeln.

Erik Andersson war schlank, gut einen Meter achtzig groß, hatte braune, leicht verwuschelte Haare und trug zu einem einfarbigen T-Shirt Jeans und dunkelblaue Chucks. Dabei wirkte er auf eine unaufdringliche Art absolut authentisch. Das Auffallendste an ihm aber waren seine Augen, oder, genauer gesagt, was diese ausstrahlten. Sie waren wach, aufmerksam, empathisch und vermittelten Rocco das Gefühl, dass er einem extrem intelligenten Menschen gegenübersaß.

Nach fünf Minuten Small Talk, bei denen Rocco aufgrund des nahezu akzentfreien Deutsch beinahe vergessen hatte, dass Andersson aus Schweden kam, wechselten sie zum eigentlichen Thema ihres Termins.

»Ich freue mich sehr, dass Sie Frau Doktor Müller vertreten«, sagte Andersson, und Rocco hatte das Gefühl, dass er das so meinte. »Es war interessant, Ihre Verteidigung und Ihre Öffentlichkeitsarbeit in den Fällen Nölting und Ihrem letzten großen Prozess, in dem ja auch Ihr eigener Vater beteiligt war, zu studieren.«

Oha, dachte Rocco. Andersson hatte seine Hausaufgaben gemacht. Er überlegte für einen kurzen Moment, ob er darauf eingehen sollte, entschied sich aber dagegen. »Ist das der Grund, warum Sie hier sind?«, fragte er stattdessen.

Andersson lächelte ihn wissend an, und Rocco hatte das Gefühl, dass der junge Schwede seine Gedanken lesen konnte. Dann schüttelte er den Kopf.

»Nein, natürlich nicht. Ich wäre so oder so zu Ihnen gekommen«, lachte er. »Schließlich sind Sie der Verteidiger von Sasha. Aber es schadet ja nicht, sich vorher darüber zu informieren, mit wem man es zu tun hat. Es steht schließlich einiges für uns auf dem Spiel.«

Rocco horchte auf. Sagte Andersson das, weil er wusste, dass sein Unternehmen eine Verantwortung traf? Oder sagte er es, weil ihm bewusst war, dass Augmentum so oder so weiter in den Fokus der Öffentlichkeit geraten würde?

»Das müssen Sie mir erklären«, hakte er deshalb nach, um der Sache auf den Grund zu gehen. Er musste davon ausgehen, dass am Ende jeder Beteiligte seine eigene Agenda verfolgte und Andersson seine Firma und sein eigener Ruf wichtiger waren als das Schicksal von Roccos Mandantin.

»Ganz einfach. Nach meinem Post auf LinkedIn heute Morgen waren wir wahrscheinlich nur wenig schneller als andere Medien. Das hätte heute vermutlich sonst jemand anderes auch gepostet. Und dann hätten wir lediglich reagieren können, was immer schlecht aussieht. Das ist ja ohnehin gerade alles recht emotional im Netz, wenn es um künstliche Intelligenz geht. Seit der viralen Verbreitung von ChatGPT und den Hunderten von KIs, die darauf aufbauen, werden wir recht schnell zwei Lager haben. Die einen, die uns verteidigen, und die anderen, die uns angreifen. Und je nachdem, wie die sozialen Medien sich aufstellen, werden sich auch die übrigen Medien positionieren. Und spätestens dann«, sagte Andersson und imitierte jetzt mit seinen Händen und seinem Mund die Geste einer Explosion, »wird das die Börse und unsere Anleger erreichen.«

»Verstehe«, sagte Rocco. »Und diesen Wert wollen Sie schützen?«

»Natürlich will ich das«, erwiderte Andersson. »Mit allem, was auf moralisch einwandfreiem und integrem Weg in meiner Macht steht. Ich habe die Firma vor einigen Jahren gegründet, damit alle Menschen auf dieser Welt einen besseren und einfacheren Zugang zu qualifizierter medizinischer Versorgung erhalten. Ganz gleich wie alt sie sind, woher sie kommen, woran sie glauben oder wer sie sind.«

»Und inwieweit spielt es da eine Rolle, dass Ihnen die Berichterstattung meiner letzten Prozesse gefallen hat?«

»Nicht die Berichterstattung per se, sondern Ihre Einlassungen gegenüber den Medien.«

»Und?«, fragte Rocco, dem langsam dämmerte, worauf Andersson hinauswollte.

»Sie haben dort den Anschein erweckt, als würden Sie nicht mit allem, was Ihnen zur Verfügung steht, Ihre Mandanten raushauen wollen.« Andersson hielt kurz inne, und seine Augen blitzten. »Raushauen, so sagt man das doch in Ihrem Metier, oder?«

»Ich persönlich seltener«, antwortete Rocco mit einem Lächeln. »Andere Kollegen vielleicht schon.«

»Wie auch immer«, erwiderte Andersson. »In jedem Fall sieht es für mich so aus, als wenn Ihnen die Wahrheit und was tatsächlich geschehen ist, noch etwas bedeutet und Sie nicht, wie das leider auch in Schweden einige Juristen machen, die Schuld bei den Unschuldigen suchen. Und genau das brauchen wir hier.«

»Meinen Sie damit«, begann Rocco, »dass Sie davon ausgehen, dass ich den Tod von Jens Dauber Ihrem Unternehmen nicht in die Schuhe schieben werde, weil Sie mir hier nahelegen, dass Sie damit nichts zu tun haben?«

»Ja, so ungefähr«, sagte Andersson, ohne dabei den Anschein zu erwecken, als wäre das in irgendeiner Form verwerflich. »Allerdings sage ich das nicht, um Sie zu überreden, nicht der Wahrheit nachzugehen. Ganz im Gegenteil, mir kommt es eher darauf an, dass wir genau das tun. Und dabei möchte ich helfen.«

»Und wie?«

»Indem wir Sie so gut wie möglich unterstützen. Das Thema KI ist neu, und es gibt nur wenig Experten, die sich mit der Materie wirklich auskennen. Wir würden gerne ein Gutachten bezahlen, das die Geschehnisse vor und während der Operation genau beleuchtet und idealerweise zu dem Ergebnis kommt, dass weder Ihre Mandantin noch meine Firma eine Schuld an dem Tod des Patienten trifft.«

Rocco runzelte die Stirn. »Von solchen Gutachten, die das Ergebnis schon in der Beauftragung vorgeben, halte ich gar nichts. Und um ehrlich zu sein, habe ich ebenfalls kein Interesse daran, dass die Staatsanwaltschaft oder, noch schlimmer, das Gericht den Gutachter in der Verhandlung zerlegt.«

Andersson schüttelte den Kopf. »Daran habe ich auch kein Interesse. Augmentum ist ein ehrliches Unternehmen. Ich wollte Ihnen nur anbieten, dass wir uns an Ihren Kosten beteiligen. Und wir können Ihnen helfen, einen qualifizierten Gutachter zu finden. Sie werden relativ schnell feststellen, dass das nicht leicht sein wird. Das Gebiet ist zu neu und zu speziell. Auf der ganzen Welt gibt es nicht mehr als eine Handvoll Wissenschaftler, die dazu in der Lage wären.«

Rocco zog skeptisch die Augenbrauen hoch. Er war sich nicht sicher, was er von Andersson halten sollte. Wollte er wirklich helfen, oder wollte er nur seine eigenen Vorteile ausspielen und Rocco in eine bestimmte Richtung drängen? Er wirkte zwar ehrlich auf Rocco. Aber natürlich hatte Andersson ein eigenes Interesse in diesem Spiel. Und sosehr er den Eindruck erwecken wollte, dass sie auf einer Seite standen, wurde Rocco das Gefühl nicht los, dass Andersson eigentlich bewirken wollte, dass sie mit an seinem Strang zogen.

»Ich weiß Ihr Angebot sehr zu schätzen«, sagte Rocco deshalb, ohne weiter darauf einzugehen.

»Ausgezeichnet.« Andersson stand auf. »Mehr kann und will ich auch heute nicht mit Ihnen besprechen. Aber vielleicht schadet es nicht, wenn wir in Kontakt bleiben.«

Rocco nickte und verabschiedete sich von dem Schweden. Dann ließ er sich in seinen Schreibtischsessel fallen und fragte sich, auf wessen Seite Augmentum stehen würde. Das hing vermutlich vor allem davon ab, was für sie am Ende auf dem Spiel stand. Und um das rauszukriegen, gab es keinen Besseren als Roccos besten Freund Tobi.

22. KAPITEL

Berlin-Charlottenburg, Fasanenstraße 72, Kanzlei Eberhardt
Freitag, 10. Mai, 13.42 Uhr

»Hey, Rocco, denk doch mal nach. Lass uns jetzt weniger Sorgen darüber machen, wer welche Motivation hatte. Lass uns bitte genauso vorgehen, wie wir das immer machen, und so viele Fakten sammeln wie möglich. Dann haben wir eine viel bessere Grundlage. Momentan haben wir nur Annahmen und kein Wissen, und das reicht nicht.«

Rocco hatte seinen besten Freund im Anschluss an das Treffen mit Erik Andersson angerufen und ihn gebeten, in die Kanzlei zu kommen. Tobi saß mit einer Cola Zero in der Hand an Roccos Besprechungstisch und blickte auf das Whiteboard.

»Staatsanwaltschaft und Polizei sind gerade dabei, alle in Betracht kommenden Zeugen zu befragen, die keine Aussage verweigern, sodass wir uns erst mal nicht darum kümmern müssen. Du musst nur dafür sorgen, dass wir immer auf dem neuesten Stand der Ermittlungen bleiben und dir regelmäßig die Akte ziehen. Dann sind wir da up to date. Was wir parallel machen müssen, ist, uns um die anderen beiden Unbekannten zu kümmern.«

Rocco blickte seinen besten Freund mit einem Lächeln an. Wenn es darum ging, eine klare Struktur in Ermittlungen zu bringen, war Tobi unschlagbar. Das lag nicht nur an seiner natürlichen Neugier, jeder Sache auf den Grund zu gehen, sondern vor allem an seinem ehemaligen Job als Kriminalkommissar. Bevor Tobi Privatdetektiv geworden war, war er einige Jahre bei der Polizei. Schließlich hatte er aber aufgrund der hierarchischen Strukturen und dem seiner Meinung nach viel zu engen Korsett an Vorschriften den Job geschmissen und sich kurzerhand als Privatdetektiv selbstständig gemacht. Dabei kamen ihm seine Erfahrung als Kommissar und die praktische Arbeit im Dienst extrem zugute. Denn Tobi hatte sich in dieser Zeit nicht nur das Handwerkszeug eines Ermittlers angeeignet, sondern auch zahlreiche Kontakte innerhalb des Polizeiapparats aufgebaut.

»Augmentum und die Rolle der KI im Klinikum Spreehöhe«, sagte Rocco.

»Ganz genau«, sagte Tobi. »Und nach unserem Gespräch mit Sasha Müller gestern habe ich meine Fühler schon ein bisschen ausgestreckt.«

»Und was hast du rausgekriegt?«, fragte Rocco.

»Also, zunächst mal zu der Klinik. Tatsächlich haben die vor drei Jahren eine ziemlich große Welle gemacht, was die Einführung der KI betraf. Gab wohl echt ohne Ende Testläufe, und so wie es aussieht, scheint das System wirklich recht zuverlässig zu laufen.«

»Und weiter?«

»Na ja, ich habe mich gefragt, warum die das so öffentlich gemacht haben.«

»Geld vermute ich?«, stellte Rocco mehr fest, als dass er fragte.

»Ganz genau. Und das nicht zu wenig. Fördergeld vom Bund, um genau zu sein.«

»Und außer dem Klinikum Spreehöhe ist da niemand sonst in Deutschland draufgesprungen?«

»Doch. Aber eben in anderen Bereichen, Diagnostik und so. Der Einsatz bei OPs, wobei die KI da nicht nur unterstützt, sondern ziemlich selbstständig und mehr oder weniger eigenmächtig handelt, ist schon recht einzigartig.«

»Okay. Hast du sonst noch was gefunden, was wir gebrauchen können?«

»Nicht zum Klinikum Spreehöhe. Aber dafür habe ich erste Infos zu den Schweden.«

»Aha.«

»Die Firma, die das Ganze herstellt, und ihr Gründer, dieser Andersson. Wenn ich das richtig verstehe, sind die krass erfolgreich.

Weltweit. Das heißt, was die herstellen, scheint wirklich zu funktionieren. Gibt jede Menge glückliche Referenzkunden, die in den höchsten Tönen davon schwärmen.«

»Aber?«, fragte Rocco und vermutete, dass Tobi ihm noch nicht alles mitgeteilt hatte.

»Eine Sache hat mich stutzig gemacht. Dieser Andersson hat mit seinem Kumpel zusammen die Firma gegründet, ist aber seit einiger Zeit gar nicht mehr in der Geschäftsführung. Sieht so aus, als ob sie ihn vor dem Börsengang gekickt und in den Aufsichtsrat verbannt hätten. Typischer Move von weggelobt, sodass er nichts mehr zu sagen hat. Interessant, dass ausgerechnet er jetzt hier ist und sich um die ganze Sache kümmert. Die noch interessantere Frage lautet: wie er seine Rolle so findet. Aufs Nebengleis abgestellt, dann zum Feuerlöschen in die vorderste Reihe geschickt.«

»Stimmt, ist wahrscheinlich scheiße. Dafür tritt er aber ziemlich überzeugend auf. Als ob es ihn persönlich angeht, Augmentum aus der Schusslinie zu ziehen. Noch kann ich ihn und was er eigentlich vorhat schwer einordnen. Ich glaube«, fuhr Rocco fort, »dass wir uns deshalb um diese beiden Punkte kümmern sollten.«

Er ging an das Whiteboard und schrieb mit dem roten Marker zwei Fragen auf:

1. Welche Rolle spielte die künstliche Intelligenz?
2. Welche Agenda verfolgen Augmentum und Erik Andersson?

Tobi nickte. »Macht Sinn. Um den zweiten Punkt werde ich mich weiter kümmern. Den ersten Punkt können wir nur mit einem Gutachten klären, das wir auch vor Gericht verwenden können. Ob und wie uns das hilft, steht zwar noch in den Sternen. Aber wir müssen einfach wissen, ob die KI nun Fehler gemacht hat oder nicht.«

»Stimmt«, sagte Rocco. »Das ist nur leichter gesagt als getan. Da hatte Andersson recht. Es gibt für diesen Bereich kaum Experten.

Und die wenigen, die ich nach einer kurzen Recherche finden konnte, scheinen eher oberflächliches Wissen zu haben. Wenn wir nicht auf Anderssons Liste vertrauen wollen, wird die Luft sehr schnell sehr dünn. Klara hat sich auch schon mal an den Bundesverband Deutscher Sachverständiger und Fachgutachter gewandt, hat allerdings noch nichts gehört.«

»Hey, Rocco, wenn es einfach wäre, könnte es ja jeder. Ich vermute stark, du musst dein Netz weiter spannen. Das kriegt ihr hin. Ich muss jetzt aber los. Wir haben einiges zu tun.«

»Alles klar«, sagte Rocco und brachte Tobi zur Tür. »Dann sehen wir uns Montag um neun wieder in der Kanzlei. Mal schauen, was wir bis dahin rausbekommen haben.«

23. KAPITEL

Berlin-Charlottenburg, Starbucks am Olivaer Platz
Samstag, 11. Mai, 15.24 Uhr

Mit knapp sechsundzwanzig Grad war es für Anfang Mai viel zu warm in der Hauptstadt. Der Klimawandel war in Berlin angekommen und wurde auch von den hartnäckigsten Verschwörungstheoretikern nicht mehr geleugnet. Entsprechend voll waren die Tische auf dem kleinen Platz vor dem beliebten Starbucks in der Mitte des Kurfürstendamms.

Einen Iced Vanilla Latte in der einen und ihr MacBook in der anderen Hand blickte Jule Hermann sich um und überlegte für einen Moment, ob sie sich an einen der Tische dazusetzen sollte. Sie entschied sich aber dagegen, weil sie keine Lust auf den unausweichlichen Small Talk hatte, und lief knapp fünf Meter weiter zu einer Bank, von der gerade ein älteres Ehepaar aufgestanden war.

Sie klappte ihr MacBook auf, trank einen großen Schluck von ihrem Kaffee, schloss die Augen und lächelte. Das Leben war gut. Dann öffnete sie ihre Augen wieder, entsperrte ihr MacBook über den Fingerabdrucksensor und blickte auf ein leeres Worddokument. Ihre Chefin hatte ihr eine Deadline bis morgen zwanzig Uhr gesetzt, um den nächsten Artikel in der Sache des Todesfalls um Jens Dauber zu schreiben. Tatsächlich war das auch ihre letzte Chance, denn das Interview mit seinem Sohn Felix trendete entgegen ihren Erwartungen deutlich schlechter als vermutet. Und bei aller Begeisterung, die sie zunächst selbst für die Story aufgebracht hatte, musste sie sich bei objektiver Betrachtung eingestehen, dass das nicht so überraschend war. Sicher, der Artikel hatte Emotionen. Aber dass ein Sohn, dessen Vater im Krankenhaus verstorben war, sich bitter darüber beklagte, war keine wirkliche Überraschung. Bei aller Tragik. Die Emotionen waren gut, es fehlte nur das Besondere.

Jule war allerdings zuversichtlich, dass sie, beziehungsweise ihre Chefin, genau das gefunden hatte. Marion Hahn hatte ihr den Hinweis auf die Firma Augmentum gegeben, die das Klinikum Spreehöhe mit Software ausstattete. Künstliche Intelligenz in der Medizin. Daraus ließ sich doch was machen.

Der Tod aus dem Computer oder *Tödliche Intelligenz* waren Ideen, die ihr sofort in den Sinn kamen.

Und tatsächlich gab es dazu eine Menge Material im Internet. Jule hatte einen großen Teil des gestrigen Abends bis spät in die Nacht damit verbracht, über den Einsatz von KI in der Medizin zu recherchieren, und war dabei auf zahlreiche Artikel, Berichte und YouTube-Videos, unter anderem auch von oder mit Sasha Müller, gestoßen. So wie es aussah, schien die Ärztin eine Vorreiterin in diesem Bereich zu sein. *Möglicherweise sogar etwas mehr als das,* dachte Jule. Denn die Begeisterung und der Einsatz, mit der sie die Lösungen bewarb, waren außergewöhnlich.

Allerdings war die Technologie nicht ganz unumstritten und hatte neben einigen Verschwörungstheoretikern auch eine Reihe renommierter Kritiker auf den Plan gerufen, allen voran einen gewissen Professor Doktor Gunther Sonnenberg. Der renommierte Wissenschaftler und Forscher war kein Gegner der Technologie an sich. Im Gegenteil. Als ehemaliger Chirurg war er nicht nur vom Fach, sondern als engagierter Wissenschaftler auch starker Befürworter einer Verbesserung des Gesundheitssystems. Seiner Meinung nach fand der Einsatz von KI in einigen Bereichen aber zu schnell und unkontrolliert statt. Er befürchtete, dass Menschen ihr Leben verlieren würden, wenn Ärzte ungefragt oder zu leichtfertig die Ergebnisse einer Maschine als Grundlage ihrer Behandlung heranziehen würden. Das hatte er vor gar nicht langer Zeit in einem Schlagabtausch mit Sasha Müller im Rahmen einer Talkshow deutlich gemacht. Mit guten Argumenten, wie Jule fand, nachdem sie sich den Clip auf YouTube angeschaut hatte.

Kurzum war das genau der Mann, mit dem sie sprechen musste.

Wenn es ihr gelang, ein Interview mit Sonnenberg zu bekommen, könnten sie eine ganz neue Brisanz in ihre Berichterstattung bringen. Dann ging es nicht mehr nur um einen bedauerlichen Todesfall, ausgelöst durch den Behandlungsfehler einer prominenten Ärztin. Dann ging es um die Frage, welche Rolle die künstliche Intelligenz dabei spielte. Und ob ein Computer für den Tod von Jens Dauber verantwortlich war.

Jule Hermann checkte die Webseite der Medizinischen Fakultät der Charité und gelangte über den Unterbereich Studium und Lehre auf die Seite von Professor Doktor Sonnenberg. Neben einem allgemeinen Lebenslauf und wichtigen Stationen seiner Karriere waren unter der Überschrift »Kontakt« eine Telefonnummer, die verdächtig nach einer Zentralnummer aussah, und ein Kontaktformular hinterlegt. Ein Foto fehlte zwar, aber es war ja höchst unwahrscheinlich, dass es an der Berliner Charité noch einen weiteren Professor Doktor Sonnenberg gab, er musste es also sein. Da heute Samstag war, versuchte Jule gar nicht erst, Sonnenberg anzurufen. Stattdessen füllte sie das Kontaktformular in der Hoffnung aus, dass es direkt an den Professor weitergeleitet wurde.

Sie versuchte, ihre Nachricht so kurz und präzise wie möglich zu halten.

> Sehr geehrter Herr Professor Doktor Sonnenberg,
> mein Name ist Jule Hermann, ich bin Redakteurin bei *Das Blatt*. Ich berichte über den Todesfall von Jens Dauber, der während einer Operation von Doktor Sasha Müller gestorben ist.

Jule überlegte kurz, wie sie den nächsten Satz formulieren sollte, da sie unbedingt die Aufmerksamkeit von Sonnenberg erregen musste.

> Die Operation wurde nach meinen Recherchen von künstlicher Intelligenz unterstützt, und ich frage mich …

begann sie, strich den Satz aber wieder. Zu wenig provokant, zu beliebig. Sie versuchte es erneut.

Kann es sein, dass die KI, die Doktor Müller verwendet hat, für den Tod von Jens Dauber verantwortlich ist?

Viel besser, dachte sie. Wenn Sonnenberg Interesse an einem Gespräch hatte, würde er darauf anspringen. Da war sie sich sicher. Sie schloss mit einem verbindlichen Satz und hinterließ neben ihrer E-Mail-Adresse auch ihre Handynummer. Sie las den Text noch einmal durch und schickte ihn ab. Danach klappte sie ihr MacBook zu und ließ sich mit einem Seufzer zurück auf die Bank sinken.

Das Ganze hier war schon sehr aufregend. Anders als bei ihrer Provinzzeitung in Schleswig-Holstein. Das hier war *Das Blatt.* In Berlin. Journalistische Champions League. Mit etwas Glück würde ihre Story weiter an Fahrt aufnehmen. Bisher ließ ihre Chefin ihr freie Hand, aber wenn die Zugriffszahlen in der kommenden Woche weiter fielen, würde sich das ändern. Entweder bekam ein anderer Redakteur die Geschichte, oder sie würde weniger Zeilen bekommen und keine wirkliche Rolle mehr spielen.

Jule überlegte, welchen Einfluss sie darauf hatte, als ihr Telefon klingelte. Sie blickte auf ihr Display. Eine Mobilnummer, die sie keinem Kontakt zugeordnet hatte.

»Jule Hermann«, meldete sie sich.

»Guten Tag, Frau Hermann«, antwortete eine tiefe, auf den ersten Eindruck sehr beruhigende und sympathische Stimme. »Sonnenberg hier. Professor Gunther Sonnenberg, von der Charité.«

Jule riss die Augen auf und setzte sich aufrecht hin. Sie hatte nicht damit gerechnet, dass Sonnenberg sich direkt melden würde.

»Wow, das ging schnell«, sagte sie und bereute im nächsten Moment ihre flapsige Art. »Ich meine …«, versuchte sie sich zu korrigieren, ohne dass ihr was Besseres einfiel. »Ich meine, ja, so wie ich es gesagt habe, das ging aber wirklich schnell. Ich hatte nicht damit gerechnet, dass Sie sofort antworten.«

»Passt es jetzt nicht bei Ihnen?«, fragte Sonnenberg freundlich. »Wir können sehr gerne auch ein anderes Mal telefonieren. Ich bin gerade noch einmal ins Institut gefahren, um ein paar liegen gebliebene Dinge zu erledigen, und war dabei, meinen Rechner runterzufahren, als ich Ihre Nachricht bekommen habe.«

»Nein, nein«, beeilte sich Jule, »es passt perfekt. Ausgezeichnet sogar. Ich habe alle Zeit der Welt.«

»Nun, alle Zeit der Welt werden wir vielleicht nicht brauchen, aber wenn Sie wollen, können wir uns in einer halben Stunde treffen und uns über den Fall unterhalten. Tatsächlich habe ich nämlich Sorge, dass hier gerade etwas aus dem Ruder läuft. Und auch wenn ich, um ehrlich zu sein, im Allgemeinen kein großer Anhänger Ihrer Art der Berichterstattung bin, haben Sie doch eine Reichweite, die in diesem Fall helfen könnte.«

Jule war klar, dass *Das Blatt* polarisierte, und störte sich überhaupt nicht an Sonnenbergs Bemerkung. Stattdessen schaute sie auf ihre Uhr. Sie war erst am Abend mit einer Freundin verabredet und hatte ausreichend Zeit.

»In einer halben Stunde klingt perfekt«, erwiderte sie deshalb. »Wo sollen wir uns treffen?«

»Kennen Sie das Café am Neuen See im Tiergarten?«

»Kenne ich«, log Jule, weil sie sich nicht die Blöße geben wollte, das Café nicht zu kennen. In den letzten drei Monaten war sie meistens mit der Arbeit beschäftigt und nur wenig ausgegangen. Sie hoffte, dass sie in einer halben Stunde da sein könnte.

»Perfekt«, sagte Professor Sonnenberg. »Dann treffen wir uns um 16.30 Uhr am Eingang. Ich trage eine rote Rose im Knopfloch und die aktuelle Ausgabe der *Times* unter dem rechten Arm.«

»Rose im Knopfloch, *Times* unter dem Arm«, wiederholte Jule und musste im selben Moment anfangen zu lachen. »Sie machen Quatsch, oder?«

»Ja, mache ich«, erwiderte Sonnenberg auf eine Art und Weise, die Jule wirklich sympathisch fand. »Rufen Sie einfach an, wenn Sie da sind. Wir finden uns schon.«

»Alles klar«, sagte Jule. »Dann bis gleich.«

Nachdem sie das Gespräch beendet hatten, klappte sie ihr MacBook wieder auf und googelte als Erstes Café am Neuen See.

Mit dem Taxi waren das von Starbucks aus keine zehn Minuten, und Taxen gab es hier am Ku'damm genug. Und so eine kurze Fahrt war definitiv im Budget.

Erleichtert pustete sie Luft durch ihre Lippen. Sie hatte also gut fünfzehn Minuten Zeit, so schnell wie möglich alles über Sonnenberg zu recherchieren, was sie im Netz finden konnte, um bei ihrem Gespräch nicht als komplette Idiotin dazustehen. Und im Taxi würde sie sich dann überlegen, welche Fragen sie ihm stellen konnte.

Sie gab Sonnenbergs vollen Namen in das Suchfeld von Google ein und erhielt über fünfzigtausend Treffer. In den nächsten zehn Minuten las sie zahlreiche Artikel quer, um sich ein noch genaueres Bild des Mannes zu machen. Dabei stellte sich immer mehr heraus, dass Sonnenberg alles andere als ein konservativer Technikfeind war, der den Fortschritt verhindern und an alten Werten festhalten wollte. Ihm schien es vielmehr um den Schutz von vertraulichen Daten und die Angst vor Fehlentscheidungen aufgrund einer nicht ausgereiften Technologie zu gehen, wenn er sich kritisch über künstliche Intelligenz äußerte. Alles in allem schien er ein wirklich interessanter Mann zu sein, und Jule begann, sich auf das Treffen zu freuen. Sie schaute auf ihre Uhr und klappte dann ihren Rechner zu. Noch fünfzehn Minuten. Das würde reichen. Sie stand auf und winkte dem ersten Taxi zu, das ihr auf dem Ku'damm entgegenkam.

Nachdem sie eingestiegen und ihr Fahrtziel angegeben hatte, ließ sie sich in die Polster der Rückbank sinken. Sie freute sich auf das Gespräch mit Sonnenberg. Das Renommee des Wissenschaftlers war genau das, was sie jetzt brauchte. Und damit, da war sie sicher, würde sie auch eine weitere kontroverse Schlagzeile landen.

24. KAPITEL

Berlin-Wilmersdorf, Tübinger Straße
Montag, 13. Mai, 7.42 Uhr

Immer wenn das Wetter es erlaubte und Rocco keinen frühen Gerichtstermin hatte, arbeitete er morgens von der Dachterrasse seiner Wohnung aus. Er genoss die frische Luft, das Zwitschern der Vögel und auch das gleichmäßige Rauschen der nahe gelegenen Autobahn, das ihn – so seltsam das für Außenstehende klingen mochte – auf irgendeine Art und Weise an das Meeresrauschen bei seinen Großeltern in Italien erinnerte.

An diesem Morgen war er schon um kurz nach fünf wach und hatte sich nach einer Dusche direkt mit einem Kaffee an die Arbeit gemacht.

Dreh- und Angelpunkt des Verfahrens würde zunächst der Obduktionsbericht der Rechtsmedizin sein, der einiges Licht in die Frage nach der Verantwortung von Sasha Müller am Tod ihres Patienten bringen würde. Oberstaatsanwältin Doktor Bunzel hatte ihm vorhin per E-Mail mitgeteilt, dass der Bericht spätestens morgen fertig sein würde.

Aus gutem Grund hatte Rocco der Versuchung widerstanden, Jarmer direkt anzurufen. Er wusste aus ihrem letzten Aufeinandertreffen, dass der Mediziner ihm vorab keine Informationen geben durfte und das nicht tun würde, wenn Rocco selbst in einen Fall involviert war. Das widersprach nicht nur den Vorschriften, sondern auch Jarmers moralischem Kompass. Regeln waren nicht dazu gemacht, um sie zu brechen.

Am Ende war es egal, ob Rocco die Infos einen Tag früher oder später erhielt. Denn selbst wenn das Gutachten einen Behandlungsfehler attestieren würde, wäre nach Roccos Meinung damit die Schuld von Müller noch lange nicht geklärt. Denn dieser Fall hatte eine Besonderheit, die Rocco als größte Chance ansah: der Einsatz der künstlichen Intelligenz.

So wie er das sah, gab es nur drei mögliche Lösungen:

1. Doktor Sasha Müller hatte einen Fehler begangen, den sie verantworten musste und der zum Tod von Jens Dauber geführt hatte
2. Jens Dauber wäre so oder so gestorben, und keine Operation der Welt hätte daran etwas geändert
3. Jemand oder etwas, auf den Sasha Müller vertraut hatte oder vertrauen durfte, war ursächlich für den Tod: die künstliche Intelligenz

Da Rocco die Fachkunde fehlte, um die letzte Frage zu beantworten, die aber für seine Verteidigungsstrategie am hilfreichsten sein würde, mussten sie einen Gutachter beauftragen. Und weil sich das alles andere als einfach gestaltete, würde er später noch mal mit Sasha Müller sprechen und checken, ob sie jemanden kannte.

Rocco ging von der Terrasse zurück in die Wohnung, um sich einen weiteren Kaffee zu machen, als sein Telefon klingelte. Ohne auf das Display zu schauen, wusste er, dass es Tobi war. Nicht etwa, weil Rocco mit hellseherischen Fähigkeiten gesegnet war, sondern weil er für seinen besten Freund einen speziellen Klingelton eingestellt hatte: »Welcome to the Jungle« von Guns N' Roses.

»Hey, was gibt's?«, begrüßte Rocco ihn und blickte auf die Uhr. »Um diese Zeit schläfst du doch eigentlich noch. Was um alles in der Welt hat dich denn so früh aufgeweckt?«

»Hey, Rocco«, sagte Tobi und klang tatsächlich außergewöhnlich munter für die frühe Zeit. »Die Antwort ist nicht was, sondern wer. Deine liebe Schwester hat mich geweckt.«

Alessia, Roccos jüngere Schwester, und Tobi waren nicht nur ein Paar, sondern lebten auch seit knapp zwei Jahren zusammen in Alessias Wohnung in Lichterfelde.

»Und warum hat sie das wohl getan?«, fragte Rocco neugierig.

»Check mal dein WhatsApp, ich habe dir einen Link geschickt.«

O nein, nicht schon wieder, dachte Rocco, und ein ungutes Gefühl machte sich in ihm breit. Zwei Klicks später wurde seine Befürchtung bestätigt. *Das Blatt* hatte wieder zugeschlagen und ihren Fall auf eine neue Ebene gehoben. Unter der Überschrift:

Tödliche Intelligenz – wenn Computer
über Leben oder Tod entscheiden

konnte Rocco einen ausführlichen Artikel inklusive Interview mit dem schon öfter als Kritiker aufgetretenen Professor Sonnenberg lesen. Interessant, dass der sich für ein Interview mit dem *Blatt* hergab. Rocco überflog die Zeilen und musste zugeben, dass der Bericht weniger reißerisch war, als er aufgrund der Überschrift vermutet hatte.

»Okay«, sagte er schließlich. »Nach der Presseerklärung von Augmentum, dass Sasha Müller deren Systeme eingesetzt hatte, war ja damit zu rechnen, dass die Presse das aufnimmt. Und diese Jule Hermann scheint sich bei *Das Blatt* um die Story zu kümmern.«

»Stimmt«, sagte Tobi. »Und tatsächlich sind der Artikel und das Interview auch ganz cool. Was mir allerdings ein bisschen Sorgen macht, sind die Kommentare.«

»Welche Kommentare?«, fragte Rocco und stand für einen Moment auf dem Schlauch.

»Die Leserkommentare zu dem Artikel. Scroll einfach mal ans Ende und dann lass dich überraschen.«

Rocco wischte mit seinem Finger und war von der Anzahl der Kommentierungen überrascht. Über dreitausend Leser hatten ihre Meinung zu dem Fall geteilt.

Als Rocco die ersten Kommentare zu lesen begann, wich nach und nach die Farbe aus seinem Gesicht.

25. KAPITEL

Berlin-Charlottenburg, Fasanenstraße 72, Kanzlei Eberhardt
Montag, 13. Mai, 9.57 Uhr

Knappe zwei Stunden nach dem Telefonat mit Tobi saß Rocco in seiner Kanzlei Sasha Müller gegenüber. Die Chirurgin wirkte fahrig und unruhig und hatte nur noch wenig mit der souveränen Medizinerin gemein, die er vor nicht einmal einer Woche das erste Mal getroffen hatte.

Ohne Rocco zu begrüßen, schoss es gleich aus ihr heraus: »Wissen Sie«, sagte sie, »ich habe ja kein Problem damit, dass meine Arbeit genau unter die Lupe genommen wird. Ich arbeite immer mit größter Sorgfalt, ich habe mir nichts vorzuwerfen. Und dafür stehe ich auch Kritikern oder Gegnern gegenüber ein. Aber …« Sie machte eine Pause. »… was überhaupt nicht geht, was wirklich überhaupt nicht geht, ist, wenn meine Kinder ins Kreuzfeuer geraten.«

Rocco horchte auf. Er hörte zum ersten Mal, dass Sasha Müller Kinder hatte, und ertappte sich dabei, dass er wie selbstverständlich davon ausgegangen war, dass sie kinderlos sein musste. Für ihn war ganz klar, dass eine Karrierefrau wie Sasha Müller, die einen derart zeitintensiven Job auf so hohem Niveau ausübte, sich zugunsten ihrer Karriere gegen die Elternschaft entschieden hatte. Im selben Moment, als ihm der Gedanke kam, wusste er, wie falsch es war, so zu denken. Die Gesellschaft inklusive ihm selbst hatte noch einen großen Schritt vor sich, bevor wirkliche Gleichberechtigung selbstverständlich war. Gleichzeitig realisierte er, dass sie bislang tatsächlich kein einziges Wort über Müllers Privatleben verloren hatten.

»Ich habe eine Tochter und einen Sohn, Emily und Finn. Die beiden sind Zwillinge und gehen in die zweite Klasse. Ich bringe sie jetzt morgens immer in die Schule. Seit ich freigestellt bin, habe ich ja die Zeit. Das ist um die Ecke von unserem Haus, und wir können in knapp zehn Minuten zu Fuß hinlaufen. Heute sind auf dem Hof gleich andere Kinder auf sie zugelaufen. Mir ist das erst nicht aufgefallen, weil zur gleichen Zeit mein Telefon geklingelt hatte. Als ich mit dem Anruf fertig war, standen Emily und Finn wieder bei mir und haben mich mit großen Augen angestarrt.«

Sasha Müllers Stimme hatte sich im letzten Satz verändert. Von der schnellen, geradezu hektischen Sprechweise war sie jetzt ganz ruhig geworden. In ihren Augen konnte Rocco Schmerz sehen.

»Und wissen Sie, was meine Kinder mich gefragt haben?«

Rocco schüttelte den Kopf.

»Sie haben mich gefragt, ob es stimmt, dass ich zusammen mit Robotern Menschen töte.«

Rocco ließ sich in seinem Sessel nach hinten fallen. Was Sasha Müller erzählte, entsprach eins zu eins dem Ton der Kommentare unter dem Artikel von *Das Blatt*.

»Wir müssen etwas dagegen unternehmen, Herr Eberhardt. Das können wir nicht unkommentiert stehen lassen! Das habe ich nie gewollt.«

Rocco schüttelte den Kopf. Die ganze Sache war eine verdammte Zwickmühle. Er konnte nur zu gut verstehen, dass Sasha Müller sich in der Öffentlichkeit rechtfertigen wollte, weil sie hoffte, dadurch zumindest den Druck, der jetzt auch ihre Kinder erreichte, zu reduzieren. Doch es gab einen entscheidenden Grund, warum das keine gute Idee war. Die Staatsanwaltschaft würde jedes Wort, das sie in dieser Sache von sich gab, für ihren Fall verwenden. Nicht von ungefähr war der erste Rat, den ein Strafverteidiger seinen Mandanten gab, sich auf keinen Fall zu dem Tatvorwurf selbst oder irgendwelchen begleitenden Umständen zu äußern. Im Zweifel half man damit immer der Gegenseite, und in der Geschichte der Strafverfahren hatten sich schon unzählige Beschuldigte um Kopf und Kragen geredet. Der Satz, den man aus jedem Krimi kennt, dass alles, was man sagt, gegen einen verwendet werden kann und wird, war zu einhundert Prozent wahr. Dazu kam, dass es ein Irrglaube war, Internettrolle mit logischen Argumenten überzeugen zu können. Denen ging es gar nicht um eine auf Tatsachen basierte Auseinandersetzung. Ihr Ziel war maximal destruktiv und das Schema immer das gleiche. Sie reizten jemanden so lange, bis die Opfer ihrer Angriffe sich so sehr in die Enge getrieben fühlte, dass sie begannen, sich zu erklären. Dann reizten die Trolle einen weiter, bis man emotional wurde und zurückschlug, und in dem Moment hatten sie einen auf ihre Ebene runtergezogen. In den Schmutz. Eine Ebene, die sie kannten und beherrschten. Dort machten sie einen langsam und nach allen Regeln der Kunst fertig.

»Ich will ganz offen zu Ihnen sein«, sagte Rocco deshalb. »Ich habe keine Kinder und kann nicht ansatzweise nachvollziehen, was sie gerade fühlen. Ich kann mir allerdings vorstellen, dass das wirklich wehtut und nicht einfach ist.« Er sah Sasha Müller eindringlich an. »Aber das Schlimmste, was wir in dieser Situation machen können, ist, darauf zu antworten und uns zu rechtfertigen. Denn wenn ich Ihnen eins garantieren kann, und das weiß ich tatsächlich aus eigener Erfahrung: Die Menschen, die es darauf abgesehen haben, jetzt über Sie herzuziehen, werden Ihnen jedes Wort im Mund umdrehen, so lange, bis es wieder in ihre eigene, kranke Logik passt. Sie haben keine Chance, mit sachlichen Argumenten, seien sie noch so richtig und fundiert, einen Kampf in den sozialen Medien zu gewinnen. Ganz im Gegenteil, Sie würden nur weiteres Öl ins Feuer gießen.«

»Pah«, prustete Müller. »Das sagen Sie so leicht. Versetzen Sie sich bitte in meine Lage. Was soll ich denn meinen Kindern sagen?«

»Die Wahrheit. Erklären Sie Emily und Finn genau, was Sie machen. Sie gehen jeden Tag aufs Neue ins Krankenhaus und operieren Menschen. Sie retten jeden Tag aufs Neue Leben oder erhöhen zumindest die Lebensqualität Ihrer Patienten. Wie viele waren das im Laufe der Jahre? Das müssen doch Hunderte gewesen sein. Und leider, leider, so schlimm das sein mag, gelingt das nicht immer. Denn Sie arbeiten in einem Krankenhaus. Mitunter gewinnt einfach der Tod, sosehr Sie auch kämpfen. Und dann sterben Patienten. Weil das nun einmal so ist.«

Sasha Müller hörte Rocco zu, und ihre Gesichtszüge entspannten sich langsam.

»Und was die Roboter betrifft«, fuhr Rocco fort, »erklären Sie Emily und Finn auch, worum es dabei geht. Da haben Sie natürlich mehr Ahnung als ich, aber ich möchte wetten, dass aufgrund des technologischen Fortschritts in der Medizin mehr Menschen behandelt und vermutlich gerettet werden können als je zuvor, oder?«

»Natürlich. Alleine von 1970 bis 2000 ist die Lebenserwartung bei uns um sieben Jahre gestiegen. Und aktuell geht man davon aus, dass moderne technische Diagnose- und Behandlungsverfahren uns Jahr für Jahr jeweils weitere siebzig Tage bringen. Ich würde sogar einen Schritt weitergehen. Wenn wir nicht bald dafür sorgen, dass wir diese Technologien schneller adaptieren, wird unser ganzes System zusammenbrechen. Davon bin ich überzeugt.«

»Sehen Sie, genau das meine ich. Jedes Jahr werden wir im Schnitt zwei Monate älter. Das ist doch was. Sie haben alle Argumente auf Ihrer Seite. Seien Sie einfach offen zu Ihren Kindern und erklären ihnen das. Kinder sind viel schlauer, als wir immer denken. Die kriegen das bestimmt hin.«

Auf Sasha Müllers Gesicht begann sich spontan ein Lächeln abzuzeichnen, wie man es so oft bei Eltern sah, wenn diese an ihre Kinder dachten. Voller Stolz sah sie Rocco an und meinte mit wiedererstarkter Stimme: »Sie haben absolut recht. Die beiden sind klasse. Das Beste, was meinem Partner und mir jemals passiert ist.«

»Na also«, sagte Rocco und freute sich, dass seine Mandantin wieder Mut zu schöpfen schien. Das führte allerdings nicht an der Wahrheit vorbei, dass noch jede Menge Arbeit vor ihnen lag. »Nichtsdestotrotz müssen wir dafür sorgen, dass wir weiter an unserer Verteidigung arbeiten. Und damit meine ich nicht, dass wir uns überlegen, wie wir die Fakten verdrehen, sondern dass wir erst mal verstehen, was hier passiert ist.«

Rocco zeigte auf das Whiteboard, auf dem immer noch der Zeitstrahl zu sehen war, den er zusammen mit ihr und Tobi aufgezeichnet hatte.

»Das Erste, was wir brauchen, ist das Gutachten eines unabhängigen Sachverständigen.«

Rocco machte eine kurze Pause und blickte Müller eindringlich an.

»Und dieser Sachverständige muss über jeden Zweifel erhaben sein. Er muss sowohl Experte im Bereich der Medizin als auch in der Anwendung und Nutzung künstlicher Intelligenz sein. Das Gutachten, das wir ins Verfahren einbringen, muss besser, detaillierter und glaubhafter als alles sein, was die Staatsanwaltschaft präsentiert. Es wird nach meiner aktuellen Beurteilung unsere wichtigste Waffe werden. Vor allem wenn sich daraus eine mögliche Fehlerhaftigkeit der KI ergibt und wir darstellen können, dass Sie zu Recht auf deren Einschätzung vertrauen durften.«

»Das kann ich mir nicht vorstellen. Ich meine, dass die KI einen Fehler gemacht hat«, sagte Sasha Müller.

Rocco beugte sich in seinem Stuhl nach vorne. »Ihr Glaube an das System in allen Ehren.« Rocco wunderte sich ein ums andere Mal über den Idealismus seiner Mandantin. »Aber Glaube alleine hilft uns hier nicht weiter. Wir brauchen das schwarz auf weiß. Das Problem ist nur, dass ich nicht die Spur einer Ahnung habe, wo wir so einen Gutachter finden können.«

»Ist es nötig, dass der Gutachter aus Deutschland kommt?«, fragte Sasha Müller.

»Nein, absolut nicht. Es kommt auf die Fachkunde an. Solange die belastbar ist, spielt die Nationalität überhaupt keine Rolle.«

»Auch wenn ich nicht glaube, dass uns das im Ergebnis helfen wird«, führte Sasha Müller weiter aus, »habe ich eine Idee, wen wir damit beauftragen können.«

»Und wen?«, fragte Rocco neugierig.

»Doktor Joline Brockhoff. Sie arbeitet im Peter Munk Cardiac Center im Toronto General Hospital in Kanada.«

26. KAPITEL

Berlin-Kreuzberg, Zentrale des Axel Läufer Verlages, Redaktion der überregionalen Tageszeitung *Das Blatt*
Montag, 13. Mai, 10.47 Uhr

Na toll. Da hat eine Maschine entschieden, dass der Typ sterben musste. Hoffe nur, dass es den Richtigen erwischt hat.

–

Wenn die Regierung jetzt Robotern die Entscheidung überlässt, will ich nicht mehr in diesem Land leben. Schade, Deutschland!

–

Diese angebliche Medizinerin sollte selber von ihrem eigenen Computer operiert werden. Dann kann sie mal sehen, wie intelligent das so ist.

–

Das ist doch krank, was die jetzt mit uns machen. Ich könnte wetten, dass die Pharma dahintersteckt.

–

Stoppen muss man diese Frau. Die hat sich doch hundertpro von der Industrie kaufen lassen. Ich habe dazu mal recherchiert, und mir ist aufgefallen, dass die ach so tolle Chirurgin schon seit Jahren durch die Welt reist und Vorträge zu der sogenannten künstlichen Intelligenz hält. Vermutlich von unseren Steuergeldern. ABSCHEULICH!!!

Im Anschluss an ihre Redaktionskonferenz saß Jule Hermann über ihrem MacBook und scrollte durch die Kommentare unter ihrem Interview mit Sonnenberg. Am heftigsten waren die, die sich gegen Sasha Müller persönlich richteten. Jule konnte kaum glauben, was sie da über Mordfantasien, Euthanasie und weitere Absurditäten aus den untersten Schubladen der Internettrolle las.

»Guck mal, Marion«, sagte sie zu ihrer Chefin, die am Kopf des langen Tisches gerade dabei war, ihre Sachen zusammenzupacken.

Marion Hahn ging um den Tisch herum und schaute auf das Display von Jules Computer. »Läuft doch super«, sagte sie und klopfte Jule auf die Schulter. »Die Diskussion ist angestoßen. Jetzt müssen wir nur sehen, dass wir sie am Laufen halten.« Sie überlegte kurz und sagte dann: »Vielleicht bringst du noch einen Artikel, in dem du ein bisschen was über Daubers Privatleben schreibst. Wie schön das alles war vor der Operation. Wie glücklich er mit seiner Familie war, wie schön er gewohnt hat. Irgendwelche Hobbys oder so. Und dann schreibst du, wie eine dunkle Wolke über ihr Leben zog. Die Krankheit. Und bitte tu mir einen Gefallen und leg da eine Schippe nach. Das kann ruhig etwas kontroverser werden. Und geh weiter auf die Krankheit von Dauber ein. Alles war schlimm. Aber dann, auf einmal, sah doch alles wieder gut aus. Denn sie haben ja diese Chirurgin, diese Sasha Müller, getroffen. Und die ganze Familie war wieder voller Hoffnung, als die Operation anstand. Sie hatten den festen Glauben daran, dass danach alles wieder so wie vorher werden würde. Seine Frau und die Kinder.«

Marion Hahn triumphierte. Sie war richtig in Fahrt und steigerte sich immer mehr in ihre Begeisterung rein.

»Aber nur für einen kurzen Moment. Dann kam der Schock. Der Vater der beiden Kinder und der treue und loyale Ehemann wurde unerwartet aus ihrem Leben gerissen. Und daran war jemand schuld. Doktor Sasha Müller.«

»Woher wissen wir noch mal genau, dass Müller dafür verantwortlich war?«, sagte Jule und fragte sich, ob ihre Chefin mehr wusste als sie selbst.

Marion Hahn blieb stehen und schaute Jule streng an. »Das wissen wir von dir. Deine Quelle hat uns doch von den Ermittlungen berichtet. Aber guter Punkt. Das kannst du auch weiter nachhaken. Häng dich mal an die Polizei. Nur erst …«, fuhr sie fort, »… brauchen wir was für die Ausgabe morgen. Schreib irgendwas und mix Teile aus dem Interview mit dem Sohn von Dauber, diesem Felix, da rein. Wenn du das geschickt anstellst, fällt nicht auf, dass wir das ein zweites Mal verwenden. Stell auf die Hoffnung ab, die alle hatten. Seine Schwester und er, sein Vater und seine Mutter. Vor allem aber er. Und dann, peng, mit einem Schlag war alles vorbei. Und vertiefe bitte auch noch das mit der KI. Ruhig ein bisschen dramatisch. Sei ein bisschen deutlicher. Vielleicht mit ein paar krachenden Unterüberschriften. Ich dachte da an so was wie: Nimmt deutsche Klinik Tote in Kauf, um Technik voranzutreiben? Sind die OP-Säle die neuen Versuchslabore? Irgendwie so was. Kriegst du schon hin.«

Mit diesen Worten verließ Marion Hahn den Konferenzraum und ließ sie allein zurück.

Jule Hermann wunderte sich für einen Moment, dass der Hass der Kommentare ihre Chefin nicht ansatzweise zu berühren, sondern ganz im Gegenteil eher noch zu inspirieren schien. Über dreitausend waren das jetzt. Gut drei Viertel davon negativ, voller Wut und zum Teil absurder Verschwörungsrhetorik.

Mit so einer starken Resonanz hatte sie nicht gerechnet. Um ehrlich zu sein, hatte sie überhaupt gar nicht darüber nachgedacht. Sie war viel zu sehr auf die Story und die Reichweite an sich fixiert. Was das konkret bedeutete, hatte sie nicht auf dem Schirm.

Andererseits, sagte sie sich, gehörte das nun mal zum Geschäft. Das war Teil des Internets und wahrscheinlich sogar ständiger Begleiter des Erfolgs.

Sie loggte sich in das Intranet der Zeitung und checkte die Rangliste der am meisten geklickten Artikel. Sie hatte mit ihrem Artikel die dritthöchsten Zugriffszahlen aller Veröffentlichungen der letzten drei Tage. Das sprach für sich. Das Thema war relevant. Und unter den Lesern konnten unmöglich nur diese Kommentartrolle sein. Sie erreichten einen großen Teil der Bevölkerung, was am Ende alles war, worauf es ankam. Die Trolle gehörten einfach dazu. So lief das nun mal. Außerdem konnte Sasha Müller auch was dagegen sagen und die Sache richtigstellen, wenn sie wollte. Zwang sie schließlich keiner, sich nicht zu äußern. Und vielleicht hatte

Sonnenberg ja recht. Vielleicht war diese sogenannte künstliche Intelligenz wirklich gefährlicher, als man dachte, wenn sie unkontrolliert und ohne ausreichend Tests eingeführt wurde.

Jule griff in ihre Tasche und zog ihr MacBook heraus, um den nächsten Artikel zu schreiben. Aber dieses Mal deutlich kontroverser. Der nächste Beitrag sollte auch wieder in die Top Drei. Alles andere wäre inakzeptabel.

27. KAPITEL

Berlin-Charlottenburg, Motel One Berlin-Upper West
Dienstag, 14. Mai, 7.54 Uhr

Anders als die meisten Menschen vermuteten, lebten Softwaremillionäre nicht alle im Luxus.

Erik Andersson hatte vor Augmentum zwei andere Start-ups gegründet und so erfolgreich verkaufen können, dass er finanziell schon vor einigen Jahren ausgesorgt hatte. Richtig reich war er allerdings mit Augmentum geworden. Aber das Geld hatte nicht dazu geführt, dass er seine Reisegewohnheiten änderte. Ein sauberes Zimmer in zentraler Lage, wo es guten Kaffee gab, war alles, was für ihn zählte.

Das im Herzen der City West gelegene Motel One erfüllte alle diese Kriterien. Für weniger als hundert Euro die Nacht.

Seine Reisekosten waren allerdings das geringste Problem, das ihn momentan beschäftigte. *Das Blatt* hatte gestern ein Interview mit Professor Sonnenberg veröffentlicht. Andersson kannte Sonnenberg seit einigen Jahren und hatte an sich keinerlei Probleme mit dem deutschen Wissenschaftler. Zumindest nicht, was dessen Person anging. Er schien ein bescheidener, fleißiger Mann zu sein. Was seine technologiekritische Meinung betraf, hielt Andersson ihn indessen für unverzeihbar rückschrittlich. Mit seiner Kritik, die in Deutschland auf mehr Gehör stieß als zum Beispiel in Skandinavien, bremste er nach Anderssons Meinung den Fortschritt unnötig aus. Und er machte das subtil. Er attackierte die Technik nie offen, sondern wies ganz im Gegenteil sogar noch darauf hin, dass sich etwas ändern musste. Nur um dann im nächsten Atemzug alle innovativen Wege infrage zu stellen.

Und in diese Kerbe schlug auch das Interview, in dem Sonnenberg anhand des Falls Jens Dauber ausführlich auf die Folgen eines unkontrollierten Einsatzes künstlicher Intelligenz in den Operationssälen der Welt hinwies. Das Thema traf offenbar einen Nerv. Angesichts von KI-Potenzialen und -Risiken vermischten sich überall auf der Welt enorme Angst und Skepsis mit ebenso enormer Innovationshoffnung. Hasardeure, Technikpioniere, Weltverbesserer und Freaks witterten das große Geld, das mit dem Neuen verdient werden konnte. Dummerweise übernahmen selbst so etablierte Tageszeitungen wie *Times, Le Monde* und *Washington Post* die Story aus Deutschland. Die Folge war, dass die Algorithmen der sozialen Medien aufgrund der Reichweite die Geschichte häufiger in die Timelines ihrer Dienste einblendeten, sodass nur wenige Stunden später die Nutzer der sozialen Medien darauf ansprangen. Innerhalb kürzester Zeit waren von X über Instagram, YouTube bis hin zu TikTok Hunderttausende von Kommentaren und Beiträgen zu sehen, die von humoristisch angehauchten Videos über computerunterstütztes Leben bis hin zu apokalyptischen Bildern reichten, die den nicht mehr aufzuhaltenden Untergang unserer Zivilisation beschrien.

Die meistgeklickten Veröffentlichungen bereiteten Andersson allerdings weniger Sorge als die weniger beachteten, für Augmentum aber umso relevanteren Artikel in den einschlägigen Finanzpublikationen an den großen Börsenstandorten. Allen voran die europäische Ausgabe von *Forbes* und die amerikanische Veröffentlichung von *Fortune*.

In der Onlineausgabe des *Forbes Magazine* hatte der Journalist Peter Wincraft am Vorabend in seiner Kolumne erst über die Folgen des Interviews mit dem deutschen Wissenschaftler Sonnenberg in der weltweiten Öffentlichkeit geschrieben und war im zweiten Teil der Kolumne dann auf den konkreten Fall um den Tod von Jens Dauber eingegangen. Dabei ging es ihm weniger um den emotionalen Teil des Falls, sondern vielmehr um die Frage, welche Auswirkungen die mediale Öffentlichkeit auf den Aktienkurs von Augmentum nehmen würde.

Diesen Punkt griff auch sein Kollege von *Fortune* auf und prognostizierte den vorübergehenden Absturz des Wertpapiers.

Die beiden Artikel führten dazu, dass Linnea Persson, Augmentums Geschäftsführerin, zusammen mit Andersson und dem PR-Beauftragten des Unternehmens noch bis in die Nacht an einer Presseerklärung gearbeitet hatten, die das bevorstehende Debakel abwenden, zumindest aber mildern sollte. Sie hatten dafür gesorgt, dass über ihren Verteiler alle relevanten Presseagenturen wie dpa und Bloomberg die Darstellung erhielten, konnten allerdings nicht sagen, welchen Einfluss das auf die privaten und institutionellen Händler haben würde.

Da die Artikel von *Forbes* und *Fortune* erst nach Börsenschluss in den USA veröffentlicht wurden und die Papiere von Augmentum in Asien aufgrund der dort eingesetzten konkurrierenden Systeme von japanischen und koreanischen Herstellern keine große Bedeutung hatten, würden sie die ersten belastbaren Ergebnisse, welche Auswirkung das Interview von Sonnenberg und die daraus resultierende Aufmerksamkeitswelle mit sich brachte, erst nach Eröffnung der europäischen Börsen sehen.

Gespannt blickte Andersson auf seinen Laptop. Als erste Börse würde Frankfurt eröffnen. Hier wurden von acht Uhr morgens bis zweiundzwanzig Uhr in der Nacht Wertpapiere gehandelt.

Der gestrige Schlusswert war nur leicht durch die Berichterstattung in den deutschen Medien beeinflusst worden und lag relativ stabil bei 123,17 Euro pro Papier.

Noch zwei Minuten bis zur Eröffnung.

Andersson checkte die Seite von Yahoo-Finance, die einen Trend für den Eröffnungskurs des jeweils nächsten Tages anzeigte. Er wusste aus Erfahrung, dass diese Vorausschau nicht immer sehr präzise war und sich innerhalb der ersten Minuten nach Handelsbeginn ganz erheblich ändern konnte.

Yahoo-Finance prognostizierte einen Abfall von lediglich sieben Prozent. Wenn sich diese Vorhersage bewahrheitete, würden sie mit einem blauen Auge davonkommen.

Noch eine Minute.

Andersson trank einen Schluck von seinem Wasser und blickte dann auf die Uhr seines iPads. Er zählte die Sekunden runter.

Fünf – Vier – Drei – Zwei – Eins.

Auf den ersten Moment sah es so aus, als würde sich der Kurs nicht ändern, doch nachdem er den Refresh-Button gedrückt hatte, sah er, dass die Aktie unmittelbar nach Eröffnung bereits neun Prozent an Wert verloren hatte. Die Verkaufsorders, die die Anleger noch in der Nacht in Auftrag gegeben hatten, wurden von den Systemen ausgeführt.

Neun Prozent, damit konnten sie leben, dachte Andersson. Doch dann passierte etwas, womit er nach den Prognosen von Yahoo-Finance nicht gerechnet hatte. Der Kurs brach regelrecht ein, und das Papier verlor innerhalb der nächsten Minuten nahezu sekündlich an Wert.

Um 8.07 Uhr stand der Kurs bei 82,23 Euro. Die Aktie hatte in weniger als zehn Minuten ein Drittel ihres Wertes verloren.

Anderssons iPhone klingelte. Es war Linnea Persson.

»Das ist eine Katastrophe«, fluchte sie, ohne Andersson mit irgendeinem Wort zu begrüßen. »Wenn das so weitergeht, können wir den Laden bald zumachen.«

»Das ist es in der Tat«, stimmte Andersson ihr im Hinblick auf die Katastrophe zu. Was er allerdings nicht ganz so dramatisch betrachtete, war Perssons Aussage zum Schicksal seiner Firma. Denn vollkommen losgelöst von dem Absturz am Aktienmarkt stand Augmentum nicht so schlecht da, wie es jetzt auf den ersten Blick erscheinen mochte.

Durch lang laufende Verträge mit wiederkehrenden Einnahmen war der Cashflow von Augmentum erst mal gesichert. In den nächsten achtzehn Monaten standen auch keine größeren Darlehensrückzahlungen an. Das heißt, solange die Kunden des Unternehmens nicht panikartig ihre Verträge kündigten und die Banken ihre Darlehen nicht vorzeitig zurückforderten, würde Augmentum weiter operativ tätig sein können. Sicher, die Verkaufszahlen für

Neuverträge würden durch die Verunsicherung am Markt leiden, aber das war für eine gewisse Zeit verschmerzbar.

Mittelfristig musste Andersson Linnea allerdings recht geben. Wenn der Kurs weiter fiel und sie es nicht schafften, innerhalb der nächsten Wochen das Ruder herumzureißen, dann wäre Augmentum erledigt. Aber so weit waren sie noch nicht. Er war mit einem festen Plan nach Berlin gekommen. Und bislang gab es keinen Hinweis, dass er etwas an diesem Plan ändern musste. Außerdem war er sich sicher, dass ein Gutachten bestätigen würde, dass sein System keine Fehler gemacht hatte.

»Was die Aktien betrifft, sieht es wirklich nicht gut aus«, erwiderte Andersson schließlich und drückte den Refresh-Button ein weiteres Mal. 75,93 Euro. Der Kurs fiel weiter.

»Und was schlägst du vor? Wie um alles in der Welt sollen wir das aufhalten?«, fragte Linnea Persson.

»Indem wir nicht in Panik verfallen und genau analysieren, wie wir das Vertrauen der Anleger zurückgewinnen können.«

Für einen Moment schien Persson zu überlegen, was sie sagen sollte, ehe sie antwortete, dieses Mal mit deutlicher ruhigerer Stimme. Ihre Professionalität schien wieder die Oberhand über ihre Emotionen zu gewinnen. »Okay. Du hast recht. Der Kurseinbruch steht in unmittelbarem Zusammenhang mit der Berichterstattung von *Das Blatt* über den Fall Müller und Dauber. Die einzige Chance, die wir haben, um aus der Sache wieder rauszukommen, ist das Gerichtsverfahren. Wenn dort bewiesen wird, dass unsere Systeme nicht mit dem Tod in Zusammenhang stehen, haben auch wir gewonnen.«

Andersson nickte und stimmte Linnea Persson zu.

»Vielleicht können wir das dann ganz im Gegenteil sogar noch für uns nutzen und in die Offensive gehen. Das heißt, wir müssen alles dafür tun, genau dieses Ziel zu erreichen. Und damit meine ich wirklich alles, Erik. Egal was uns das kostet. Und egal was wir dafür tun müssen. Entweder wir gewinnen den Prozess, oder das war's mit deiner Firma.«

28. KAPITEL

Berlin-Charlottenburg, Fasanenstraße 72, Kanzlei Eberhardt
Dienstag, 14. Mai, 9.46 Uhr

Ungläubig las Rocco zum zweiten Mal das Obduktionsgutachten der Rechtsmedizin und glich es mit den Informationen aus der Patientenakte von Jens Dauber ab. Er hatte beide Dokumente vor einer Dreiviertelstunde per E-Mail von der Staatsanwaltschaft erhalten.

Die Schlussfolgerung, zu der sie kommen würde, war eindeutig: Doktor Sasha Müller war für den Tod von Jens Dauber verantwortlich.

Rocco griff nach seinem iPhone und rief Tobi an. »Hey, Tobi, wir haben ein Problem«, sagte er ohne weitere Umschweife.

»Okay«, erwiderte Tobi. »Und welches Problem ist das genau?«

»Ich habe jetzt das Gutachten der Rechtsmedizin und alle Daten vom Krankenhaus. Daraus ergibt sich mehr als eindeutig, dass Sasha Müller einen Fehler gemacht hat. Und dieses KI-System auch.«

»Wieso?«, fragte Tobi.

»Ganz einfach. In der Patientenakte gibt es einen eindeutigen Vermerk, dass die Allergie gegen das Kontrastmittel, das bei der Operation gegeben wurde, bekannt war. Das hätten die niemals spritzen dürfen. Oder, mit anderen Worten, der anaphylaktische Schock, der zum Tod von Jens Dauber geführt hatte, war vermeidbar.«

»Und was bedeutet das jetzt?«

»Wir müssen alles daransetzen, die Verantwortung von Müller auf die KI abzuwälzen. Und das wird nicht einfach. Insbesondere weil Bunzel alles dafür tun wird, uns einen Strich durch diese Rechnung zu machen.«

ZWEITER TEIL

DER PROZESS

29. KAPITEL

ZWEI MONATE SPÄTER

Berlin-Moabit, Turmstraße 91, Kriminalgericht
Montag, 15. Juli, 8.34 Uhr

Rocco Eberhardt war nicht abergläubisch. Aber es gab einige Rituale, die für ihn wichtig waren. Eines davon war, am ersten Tag eines wichtigen Verfahrens vor allen anderen Beteiligten im Gerichtssaal zu sein. Er hatte das von seinem Mentor, einem erfahrenen Strafverteidiger, gelernt.

»Wenn du der Erste im Saal bist, dann ist es dein Saal. Jeder, der nach dir kommt, ist dein Gast. Das ist ein psychologischer Vorteil, den du über das ganze Verfahren nicht verlieren wirst.«

Ob das außer ihm selbst noch jemand so beurteilte, war Rocco eigentlich herzlich egal. Für ihn kam es einzig und alleine darauf an, dass es für ihn stimmte.

Und so wie es aktuell aussah, dachte Rocco, konnte er auch jeden Vorteil gebrauchen, denn momentan hatten sie keine guten Karten auf der Hand. Aus der Patientenakte ergab sich völlig klar die Information, dass Dauber eine Allergie gegen das Kontrastmittel hatte. Als Rocco Sasha Müller damit konfrontiert hatte, war die wie vor den Kopf gestoßen. Sie war sich sicher, dass das nicht stimmen konnte, und sie beharrte vehement darauf, dass ihr solch ein Fehler niemals unterlaufen wäre. Genauso hielt sie es für ausgeschlossen, dass Augmentum das übersehen konnte und eine derartige Fehlinformation und Fehleinschätzung im Behandlungsplan lieferte. Es war ihr völlig unerklärlich, wie es zu dem ganzen Vorfall überhaupt hatte kommen können. Auf seine Frage, ob sie denn die Akte vor dem Eingriff genau studiert hatte, hatte sie das verneint. Nachdem Augmentum sich sowohl im Probelauf als auch im Echtbetrieb als zuverlässige Hilfe bewährt hatte und ihrer Einschätzung nach sogar zuverlässiger als jeder Mensch war, verließ sie sich auf das System und hatte nur den von Augmentum erstellten Plan studiert.

Nach ihrer Einschätzung konnte sie ohne Augmentum ihre Arbeit gar nicht mehr bewältigen, dafür war schlicht zu viel zu tun. Und nachdem der Einsatz bei der Planung und Durchführung von Routineoperationen inzwischen völlig gängiger und belastbarer Alltag am Klinikum Spreehöhe war, war das ihrer Meinung nach auch nicht infrage zu stellen.

Das Problem war nur, dass der Behandlungsplan der KI gerade keinen Hinweis auf die Allergie enthielt. Ganz im Gegenteil, dort war sogar die Nutzung des Kontrastmittels ausdrücklich empfohlen. Somit schien festzustehen, dass Augmentum einen Fehler gemacht hatte. Was grundsätzlich in Roccos Verteidigungsstrategie passte. Allerdings hatte er gehofft, dass es sich nicht um einen derart eklatanten Fehler handeln würde. Er konnte jetzt schon förmlich hören, wie Bunzel argumentieren würde: Hätten Müller und ihr Team keine KI zu Hilfe gezogen und, noch schlimmer, sich nicht »blind« auf sie verlassen, dann wäre die Allergieinfo nicht unter den Tisch gefallen, und Dauber würde weiterhin leben. Ein einziger Blick in die Akte hätte gereicht. Ergo, ein klassischer Haftungsfall.

Trotzdem sah er momentan keine andere Möglichkeit, als seine ganze Verteidigungsstrategie auf den Punkt aufzubauen, dass seine Mandantin auf die Ergebnisse der technischen Unterstützung, in diesem Fall auf den Behandlungsplan der KI, hatte vertrauen dürfen. Denn es ist nicht ihre Aufgabe, die Ergebnisse der ihr zur Verfügung gestellten Hilfsmittel zu überprüfen. Genauso wenig wie man von ihr erwarten konnte, dass sie die Ergebnisse von Laborwerten oder Röntgenmaschinen infrage stellte. Dazu kam die lange Erprobungszeit und der hundertfach korrekte Einsatz von Augmentum.

Wenn hier überhaupt jemand auf die Anklagebank gehört, dann die künstliche Intelligenz.

Rocco wusste allerdings auch, dass diese Argumentation in vielfacher Hinsicht angreifbar war und er jeden noch so unscheinbaren Vorteil nutzen musste. Deshalb brauchte er unbedingt das Gutachten zur KI. Das wäre seine beste Chance. Nur hatte die von Müller ausgewiesene Expertin, Dr. Joline Brockhoff, bislang nicht zugesagt. Sie hatte ihn schon zwei Mal wegen dringender Konferenzen vertröstet und seitdem auf seine Nachfragen und weitere Kontaktaufnahmeversuche nicht mehr reagiert.

Auch sein Versuch, sich vor dem Termin erneut mit Bunzel zu treffen und eine Lösung auszuloten, lief ins Leere. Bunzel hatte es schlichtweg verweigert, mit ihm außerhalb der Verhandlung weiter über den Fall zu sprechen. Ob das daran lag, dass sie bei ihrem ersten Aufeinandertreffen in dieser Sache schon keinen guten Start hatten oder nicht, konnte er nicht einschätzen. Und eigentlich spielte das auch keine Rolle.

Die Vorsitzende Richterin hatte den Beginn der Verhandlung für 9.30 Uhr anberaumt. Rocco war extra etwas früher in der Kanzlei losgefahren und blickte auf seine Uhr. Es war kurz nach halb neun. Er hatte also Zeit genug, vor den Richtern und der Staatsanwältin im Schwurgerichtssaal 700 zu sein.

Dass das Verfahren in diesem traditionsreichen Saal stattfand, in dem auch schon gegen den angeblichen Hauptmann von Köpenick und Erich Honecker verhandelt wurde, war insofern ungewöhnlich, da Doktor Sasha Müller lediglich wegen fahrlässiger Tötung angeklagt war. Solche Straftaten wurden normalerweise in kleineren Sälen vor dem Amtsgericht verhandelt. Allerdings konnten Verfahren, die eine besondere Bedeutung hatten, auch vor einer Strafkammer am Landgericht angeklagt werden. Und dass dieser Fall eine besondere Bedeutung hatte, stand außer Frage. Dazu kam, dass die Auswahl des 700ers allein aus rein praktischen Erwägungen die einzig logische Konsequenz war. Das Verfahren gegen die Ärztin und die *Tödliche Intelligenz* hatte zwischenzeitlich weltweites Aufsehen erregt, was dem wachsenden globalen Hype um KI geschuldet war. Denn Systeme wie die von der Firma Augmentum hergestellte Lösung fanden international immer größere Verbreitung. Und mit den Vorteilen, die man der künstlichen Intelligenz zuschrieb, stieg auch die Sorge um den Einsatz von Computern, die nach Ansicht der Kritiker ohne jede Emotion über Leben und Tod entschieden. Entsprechend groß war die Anfrage von Journalisten aus dem In- und Ausland bei der Pressestelle des Berliner Gerichts, einen der begehrten Plätze in der ersten Reihe des Zuschauerraums zu erhalten. Nachdem diese vergeben waren, galt das Prinzip: First come, first served.

Dieser Umstand sorgte auch dafür, dass Roccos Plan, als Erster im Gerichtssaal zu sein, sich schwieriger gestaltete, als er zunächst gedacht hatte. Er konnte schon vom Erdgeschoss des weitläufigen Treppenhauses aus sehen, dass sich in der zweiten Etage eine riesige Menschenmenge angesammelt hatte, die sich alle den ersten Prozesstag in dem Verfahren nicht entgehen lassen wollten.

Rocco war klar, dass ihm ein regelrechter Spießrutenlauf bevorstand. Sobald die Journalisten ihn erkannten, würden sie ihn mit Fragen bedrängen, was er ihnen grundsätzlich nicht übel nehmen konnte. Zum einen war es ihr Job, zum anderen hatte er seit der Übernahme des Mandates von Sasha Müller jeden Kommentar gegenüber der Presse abgelehnt.

Und genauso, wie Rocco es befürchtet hatte, kam es. Er war noch nicht einmal bis zur ersten Etage des Treppenhauses gekommen, als die ersten Reporter auf ihn aufmerksam wurden. Nur wenige Sekunden später umgab ihn eine Traube von Pressevertretern, die ihn wahlweise mit ihren Kameras abschossen oder ihm ihre Handys und Diktiergeräte ins Gesicht hielten und ihn mit Fragen bombardierten. Rocco kannte das Spiel aus vorherigen Prozessen, in denen er unter dem Auge der Öffentlichkeit zum Teil sehr prominente Angeklagte verteidigt hatte. Anders als andere Verteidiger konnte er dem Rummel allerdings wenig abgewinnen und war kein großer Freund der Medien. Er stand einfach nicht gerne im Rampenlicht.

Seinen Plan, als erster der Prozessbeteiligten im Saal zu sein, hatte Rocco noch nicht abgeschrieben, sodass er irgendeinen Weg finden musste, die Medienmeute so schnell wie möglich loszuwerden.

Er hielt kurzerhand auf dem letzten Absatz unterhalb des zweiten Geschosses an und verschaffte sich mit seinen Armen ein klein bisschen Raum. Dann legte er seinen Zeigefinger an die Lippen, und tatsächlich verstummten die Fragen der Reporter schlagartig. Sofern sie allerdings damit gerechnet hatten, dass er eine umfassende Erklärung abgeben würde, die sie nahezu in Echtzeit auf den Onlineportalen ihrer Zeitungen und Sender posten konnten, täuschten sie sich.

»Geschätzte Vertreter der Presse«, sagte Rocco mit einem Lächeln und einem zugleich nicht zu überhörenden sarkastischen Unterton in der Stimme. »Meine Mandantin und ich werden vor Ende des Verfahrens keinerlei Kommentar abgeben. Und sosehr Sie sich auch darum bemühen, kann ich Ihnen jetzt schon sagen, dass Sie damit keinen Erfolg haben werden.«

Gerade als die Journalisten anfangen wollten zu protestieren, hob Rocco wieder seinen Finger, und erneut trat sofortige Stille ein.

»Allerdings könnte ich mir vorstellen, dass ich im Anschluss an das Verfahren ein Exklusivinterview gebe. Und sollte ich das tun, werde ich mich bei der Auswahl der Zeitung oder des Senders sicher daran erinnern, wie sehr Sie die Privatsphäre von meiner Mandantin und mir während des Verfahrens respektiert haben.«

Mit diesen Worten beendete er sein kurzes Statement und ließ eine Gruppe Reporter mit großen Fragezeichen auf dem Gesicht hinter sich.

In der zweiten Etage drängte er sich durch die Gruppe wartender Prozessbeobachter bis zur Eingangstür des Gerichtssaals, die von zwei Justizbeamten bewacht wurde. Gerade als der eine von beiden ihn zurechtzuweisen begann, dass die Verhandlung erst um 9.30 Uhr losgehen und der Einlass um Punkt 9.20 Uhr beginnen würde, stieß ihn sein Kollege an.

»Det is doch der Rechtsanwalt Eberhardt«, raunte er ihm zu.

Daraufhin musterte er Rocco kurz und blickte auf Roccos roten Anwaltsausweis, den er ihm im gleichen Moment entgegenstreckte.

»Hallo, Herr Rechtsanwalt«, sagte er dann. »Sie können natürlich schon in den Saal. Ist allerdings außer Ihnen noch keiner da.«

»Ich weiß«, erwiderte Rocco mit einem Lächeln. »Ich weiß.«

30. KAPITEL

Berlin-Moabit, Turmstraße 91, Kriminalgericht
Montag, 15. Juli, 8.57 Uhr

Der Schwurgerichtssaal 700 des Kriminalgerichts Berlin sah genauso aus, wie man sich einen Gerichtssaal vorstellte. Die Wände waren mit Holz vertäfelt, und die Richterbank auf der Stirnseite war leicht erhöht. Links und rechts davon, sich gegenüberliegend, befanden sich auf der einen Seite die Plätze der Staatsanwaltschaft und auf der anderen die der Verteidigung. Die dunklen Holztische hatten ursprünglich eine grüne Schreibfläche aus Leder, die schon vor langer Zeit durch Kunststoff ersetzt worden war. Dahinter, mit Blick auf die Richterbank, lag abgetrennt der Zuschauerraum mit seinen langen Bänken und Platz für einige Hundert Beobachter. Die gewölbten Decken waren mit Stuck verziert, und zwei riesige Kronleuchter erhellten den Saal.

Rocco blickte sich um. Hier hatte er in den letzten fünfzehn Jahren mehr Zeit verbracht als ein Großteil der Richter Moabits, weshalb Tobi den Saal einmal spaßeshalber in Anlehnung an Boris Becker und Wimbledon Roccos Wohnzimmer genannt hatte.

Rocco schloss kurz die Augen für das zweite Ritual, das er an den Anfang jedes Prozesses stellte, und sagte zu sich selbst: »Das wird ein guter Prozess, ich werde das beste Ergebnis für meine Mandantin erreichen.« Dann öffnete er die Augen wieder, und seine Gesichtszüge entspannten sich. Er war bereit! Das Verfahren konnte beginnen.

Im selben Moment öffnete sich die Tür hinter der Richterbank, und die Protokollführerin kam in den Saal.

Rocco erkannte sie sofort von vorangegangenen Verfahren und begrüßte sie ebenso freundlich wie Oberstaatsanwältin Doktor Julia Bunzel, die kurz darauf mit einem Referendar im Schlepptau erschien.

Eine gute halbe Stunde später waren alle Beteiligten im Saal. Doktor Sasha Müller war im letzten Moment von Tobi durch einen der weniger bekannten Eingänge ins Gerichtsgebäude geschleust worden, um die Begegnungen mit der Presse so gering wie möglich zu halten. In einem schlichten und zugleich eleganten Hosenanzug mit weißer Bluse setzte sie sich zu Rocco an die Bank der Verteidigung. Sasha Müller war sichtlich nervös, was nicht weiter verwunderlich war, denn es war ihr erster Auftritt vor Gericht in einem Strafverfahren. Noch dazu in einem, in dem sie die Angeklagte war. Die ohnehin schlanke Medizinerin hatte deutlich an Gewicht verloren, und von der selbstbewussten Strahlkraft, die sie bei Roccos erstem Treffen ausgezeichnet hatte, war wenig übrig geblieben. Die letzten zwei Monate, die Ungewissheit und vor allem der auch für sie offensichtliche Fehler hatten sie sichtlich zermürbt.

Rocco schaute nach rechts in den Zuschauerraum, wo in den ersten beiden Reihen die Vertreter der Presse Platz genommen hatten.

Dann blickte er zur Bank der Staatsanwaltschaft, wo neben Doktor Bunzel und ihrem Referendar auch Johanna und Felix Dauber sowie deren Rechtsanwalt Platz nahm. Die beiden hatten sich als Nebenkläger der Staatsanwaltschaft angeschlossen und zusätzlich über einen Adhäsionsantrag Schadensersatz in Höhe von eineinhalb Millionen Euro geltend gemacht. Rocco war der Auffassung, dass dieser Anspruch ins Leere gehen würde, weil der Behandlungsvertrag nicht mit seiner Mandantin, sondern mit dem Krankenhaus geschlossen wurde, sodass auch das Krankenhaus, wenn das überhaupt in Betracht kam, haften musste. Da der Anwalt der Familie das auch wissen musste, hielt Rocco den entsprechenden Antrag für einen schlechten Versuch, eine außergerichtliche Lösung zu erzielen. Das Dumme war nur, dass er sich trotzdem darum kümmern musste, und das kostete zusätzliche Zeit.

Roccos Versuche, vor der Verhandlung mit dem Anwalt der Daubers, Doktor Thies, Kontakt aufzunehmen, um die Motivation für deren Verhalten besser zu verstehen und die Möglichkeiten einer außergerichtlichen Einigung zu erörtern, waren jedoch bislang gescheitert. Thies hatte jede Kommunikation abgelehnt und auf das Gerichtsverfahren verwiesen. Offensichtlich wollte er erst mal sehen, wie sich die Sache entwickelte, was Rocco verstehen konnte. Vermutlich hätte er es an seiner Stelle genauso gemacht.

Kurz darauf betraten die vier Richter, angeführt von der Vorsitzenden Richterin Doktor Christiane Benke, den Saal durch die Tür hinter der Richterbank und setzten sich auf ihre Plätze. Neben der Vorsitzenden waren ein weiterer Berufsrichter und zwei Schöffen, die sogenannten ehrenamtlichen Richter, für diesen Fall zuständig.

Rocco hatte noch nie einen Fall vor Richterin Benke verhandelt. Die Juristin war erst vor Kurzem vom Landgericht Aschaffenburg in Bayern nach Berlin gewechselt. Rocco hatte vor der Verhandlung einige Kollegen angerufen, die schon Erfahrung mit ihr gemacht hatten, und alle hatten die Mitte vierzigjährige Juristin mit den kurzen, ungewöhnlich blonden Haaren als faire, zugleich resolute Verhandlungsführerin beschrieben. Benke ließ sich von niemandem auf der Nase rumtanzen, wenn sie das Gefühl hatte, für dumm verkauft zu werden, gab Staatsanwaltschaft und Verteidigung dafür im Gegenzug aber relativ viel Freiraum, wenn es um die sachliche Erkundung von Beweisen ging.

Richterin Benke wartete, bis sich der Saal beruhigt hatte, und drückte dann auf den Knopf vor sich in der Bank, um ihr Mikrofon einzuschalten.

»Guten Morgen, sehr verehrte Prozessbeteiligte«, sagte sie mit freundlicher und verbindlicher Stimme und ließ ihren Blick dabei durch den Saal gleiten. »Herzlich willkommen auch liebe Vertreterinnen und Vertreter der Presse und natürlich liebe Zuschauerinnen und Zuschauer.«

Sie machte eine kurze Pause, um sicherzugehen, dass ihr jeder im Saal zuhörte. »Bevor ich die Hauptverhandlung eröffne, möchte ich einige Punkte klarstellen. Ich dulde in meinem Gerichtssaal keine mutwilligen Unterbrechungen oder Störungen der Verhandlung. Ebenso ist dies nicht der richtige Ort, um in Form von Plakaten Ihre Meinung mit dem Rest der Welt zu teilen. Jede Person, die dennoch meint, von diesen einfachen Grundsätzen abzuweichen, muss und wird die Konsequenzen ihres Handelns tragen.«

Ein kleines Lächeln bildete sich auf ihren Lippen.

»Haben wir uns verstanden?«, fragte sie und erinnerte Rocco damit an eine Lehrerin, die mit ihrer Klasse sprach.

»Ausgezeichnet«, sagte sie, ohne eine Antwort auf ihre rhetorische Frage abzuwarten, und blickte zu ihrer Protokollführerin. »Frau Neubauer, sind alle Prozessteilnehmer anwesend?«

Die Protokollführerin nickte, und Doktor Christiane Benke eröffnete offiziell das Verfahren, das einen so gänzlich anderen Verlauf nehmen sollte, als Rocco sich das in diesem Moment vorstellen konnte.

31. KAPITEL

Berlin-Moabit, Turmstraße 21, Institut für Rechtsmedizin
Montag, 15. Juli, 10.13 Uhr

Doktor Justus Jarmer hatte die erste von drei Obduktionen, die an diesem Tag anstanden, gerade abgeschlossen und gönnte sich bei einem doppelten Espresso eine kleine Pause in seinem Büro.

Als er mehr oder weniger interessiert durch die neuesten Meldungen von Google News scrollte, blieb er an einer Schlagzeile hängen, die seine Aufmerksamkeit erregte.

Heute geht es los: Erster Tag im Prozess gegen Promichirurgin
Doktor Sasha Müller und die Tödliche Intelligenz

Jarmer hatte den Rummel rund um das Verfahren, das die Medienlandschaft in den letzten Monaten beherrschte, zuletzt nur noch am Rande verfolgt. Seiner Meinung nach war das ganze Geschrei im Vorfeld sinn- und substanzlos, da die Presse ihre Berichterstattung, was die Einzelheiten des Falls betraf, im Wesentlichen auf Spekulationen aufbaute. Was tatsächlich geschehen war, warum es geschehen war und wie man das rechtlich zu bewerten hatte, würde sich ohnehin erst in der Hauptverhandlung ergeben.

Da seinerzeit Jarmers Kollegin, Doktor Bonnet, die Obduktion durchgeführt hatte, war sie in diesem Verfahren als Sachverständige geladen und würde sich den Fragen von Gericht, Staatsanwaltschaft und Verteidigung stellen müssen. So wie er und seine Kollegen aus der Rechtsmedizin das auch schon viele Male zuvor gemacht hatten.

Sein Interesse an diesem Fall war deshalb wieder erwacht, weil es Rocco Eberhardt war, der die Angeklagte vor Gericht vertreten würde.

Jarmer war dem Strafverteidiger das erste Mal in der Verhandlung gegen Nikolas Nölting begegnet. Zunächst hatte er ihn, wie die meisten anderen Anwälte, nicht besonders geschätzt. Nach seiner Meinung waren sie alle gleich und hatten einzig und allein die Entlastung ihrer Mandanten im Sinn. Dafür schien diesen Winkeladvokaten jedes Mittel recht zu sein, und nicht selten hatten sie vor Gericht sogar probiert, ihn durch Suggestivfragen in eine bestimmte Richtung zu drängen oder, was er geradezu lächerlich fand, seine Qualifikation als Rechtsmediziner infrage zu stellen. Es war nicht so, dass er sich nicht auch einmal irrte, obgleich das ausgesprochen selten vorkam. Es war viel mehr, dass er die Verteidiger nicht ernst nehmen konnten, wenn sie seine Gutachten anzweifelten. Den Juristen fehlte schlichtweg die medizinische Expertise, und häufig schienen sie das Offensichtliche nicht sehen zu wollen.

Der Rechtsmediziner selbst fühlte sich auch eher dem Justizapparat zugehörig als der Verteidigung, was zum einen daran lag, dass er von der Staatsanwaltschaft beauftragt wurde und bei der Erforschung von Daten und Fakten häufig eng mit der Polizei zusammenarbeitete. Zum anderen hatte er das Gefühl, dass es den staatlichen Ermittlungsbehörden eher darum ging, die Wahrheit an den Tag zu bringen, als auf Teufel komm raus jeden Prozess zu gewinnen. Trotzdem bezeichnete Jarmer sich als objektiv und hätte jeden Vorwurf der Voreingenommenheit und Parteilichkeit brüsk von sich gewiesen.

Im Verfahren gegen Nölting geriet Jarmers bis dahin unerschütterliches Weltbild der Betrachtung von Verteidigern und Staatsanwälten allerdings ins Wanken. Denn in diesem Verfahren ging es weniger um die Frage, was geschehen war. Die Fakten lagen vom ersten Moment an offen auf dem Tisch. Es stellte sich vielmehr die Frage, warum das Geschehene passiert war. Und die Beantwortung dieser Frage hatte sich zu Jarmers Überraschung Rocco Eberhardt mit Leib und Seele verschrieben. Ungewöhnlich für einen Anwalt, fand Jarmer, und hatte im Laufe der Verhandlung sogar einen gewissen Respekt für Eberhardt entwickelt. Dieser Respekt war in den vergangenen Jahren in zwei weiteren Verfahren gewachsen, in denen Eberhardt und er sich wieder vor Gericht getroffen hatten. Und auch wenn sie hin und wieder unterschiedlicher Auffassung waren, wie ein Problem zu lösen sei, hatten beide die gleiche Absicht. Sie arbeiteten für Aufklärung im Sinne des Rechtsstaates und für eine gerechte Lösung.

Im Prozess gegen Sasha Müller würde das Gutachten der Rechtsmedizin wieder eine entscheidende Rolle spielen, und Jarmer fragte sich, welche Position Rocco Eberhardt hier einnehmen würde.

Nach seiner Auffassung sollte es in dem Prozess wenig Überraschungen geben, ganz unabhängig davon, ob eine KI involviert war oder nicht. Man konnte einen Arzt nicht aus der Pflicht entlassen, nur weil es gute Gründe dafür gab, unterstützende Technik einzusetzen. Jarmer war sich sicher, dass auch Oberstaatsanwältin Bunzel so argumentieren würde.

Auf Eberhardts Replik war er dagegen sehr gespannt. Denn selbst wenn ihm nicht im Geringsten einfiel, wie die wohl aussehen konnte und sich nach seiner Meinung schwerlich eine andere Sichtweise finden ließ, war Eberhardt immer für eine Überraschung gut. Wie im Fall Nölting.

Sollte es hier womöglich wieder so sein? Und ging es auch hier am Ende gar nicht um das Was, sondern vielmehr um das Warum?

32. KAPITEL

Berlin-Moabit, Turmstraße 91, Kriminalgericht
Montag, 15. Juli, 10.24 Uhr

Typischerweise ist der Beginn des ersten Verhandlungstages eines Gerichtsverfahrens wenig spektakulär, was schlichtweg den Formalien der Strafprozessordnung geschuldet ist.

Nachdem die Vorsitzende Richterin Doktor Christiane Benke die Hauptverhandlung eröffnet hatte, wurde zunächst die Anwesenheit der Prozessbeteiligten festgestellt. Das waren neben dem Angeklagten und seinem Verteidiger das Gericht, die Staatsanwaltschaft, die Nebenkläger sowie die für den jeweiligen Tag geladenen Zeugen und Sachverständigen.

Rocco schenkte lediglich den beiden Schöffen, denen in diesem Verfahren eine wichtige Aufgabe zuteilwurde, seine Aufmerksamkeit. Die Strafkammer des Gerichts war mit zwei Berufsrichtern und eben den beiden Schöffen so besetzt, dass es bei der Urteilsfindung leicht zu einem Patt kommen könnte, da jeder der vier das gleiche Stimmrecht hatte. Schöffen urteilten emotionaler als Berufsrichter und aus dem Gefühl heraus, was daran lag, dass sie keine juristische Ausbildung hatten und das Gesetz daher weniger gut kannten. Zur Beurteilung eines Falls blieb ihnen daher vor allem ihr gesunder Menschenverstand. Und der beruhte, wie Rocco aus vergangenen Verfahren wusste, auf einer Mischung aus Erlerntem und Erfahrenem. Diesen Umstand hatte Rocco sich in der Vergangenheit immer dann zunutze machen können, wenn er den aktuellen Fall emotional mit einem Erlebnis der Schöffen verbinden konnte. Ob das in dieser Sache helfen könnte, wusste Rocco nicht.

Die eine Schöffin, die zur Linken der Vorsitzenden Richterin Doktor Benke saß, war jünger und verhältnismäßig leger gekleidet. Sie erinnerte Rocco entfernt an die Schauspielerin Scarlett Johansson. Rocco hoffte, dass sie moderner Technologie offen gegenüberstehen und er bei ihr punkten konnte. Bei dem Schöffen, der am rechten Rand der Richterbank saß, hatte Rocco weniger Hoffnung. Der etwa sechzigjährige Mann schien aus der Zeit gefallen zu sein und erinnerte ihn an einen Komparsen aus einem Heinz-Erhardt-Film aus den Fünfzigerjahren. Er trug einen mausgrauen Anzug mit einer unauffälligen, ockerfarbenen Krawatte. Sein schütteres Haar hatte er in einem Scheitel von links nach rechts so über seinen Kopf gekämmt, dass es offensichtlich den Eindruck einer volleren Haarpracht vermitteln sollte, was allerdings nicht ansatzweise gelang. Das Gegenteil war der Fall. Rocco machte sich eine Notiz und beschloss, die Schöffen, die er kurzerhand Scarlett und Heinz getauft hatte, bei der Verlesung der Anklage und der Befragung der Zeugen immer wieder genau zu beobachten.

Nachdem die Feststellung der Beteiligten geklärt war, wurden die beiden für diesen Tag geladenen Zeugen belehrt und bis zu ihrer Befragung aus dem Saal geschickt. Der Hintergrund dieser Übung war, dass sie nicht durch die anderen Informationen des Prozesses in ihrer Aussage beeinflusst werden sollten.

Dann war Oberstaatsanwältin Doktor Julia Bunzel mit der Verlesung der Anklageschrift an der Reihe, die Rocco ja hinlänglich aus der Akte bekannt war. Ihn interessierte einzig und allein, ob die beiden Berufsrichter und die Schöffen an den entscheidenden Stellen durch ihre Gesichtsausdrücke irgendeine Tendenz verrieten, wie sie den Fall beurteilten.

»Im Rahmen der Operation des Geschädigten Dauber ist der Angeklagten ein Behandlungsfehler unterlaufen«, las Bunzel von den Blättern ab, die sie vor sich in der Hand hielt, »der ursächlich für den Tod des Geschädigten war.«

Rocco blickte bei diesen Sätzen von einem Richter zum nächsten, doch diese lauschten der Oberstaatsanwältin mit einem neutralen Gesichtsausdruck.

»Ob und inwiefern der zuvor mit den Systemen der Firma Augmentum erstellte OP-Plan und die Unterstützung durch die Systeme während der OP selbst eine fehlerhafte Richtung vorgegeben haben«, fuhr Bunzel fort, »ist unerheblich, da Doktor Müller nicht auf das Ergebnis einer noch so neuen und wenig etablierten Technologie vertrauen durfte. Selbst wenn die Empfehlung der sogenannten künstlichen Intelligenz also falsch waren, muss sie dafür die Verantwortung tragen.«

Bei der Erwähnung der Worte künstliche Intelligenz schüttelte Scarlett mit einem abwertenden Gesichtsausdruck den Kopf, während Heinz fasziniert und mit nach vorne gebeugtem Körper den Worten der Oberstaatsanwältin zu lauschen schien.

So kann man sich täuschen, dachte Rocco und machte sich eine Notiz auf seinem Zettel. Scheint genau andersherum zu sein, als er es gedacht hatte. Sie schien eher skeptisch und er offen für Technologie zu sein.

Knappe zwanzig Minuten später beendete Bunzel die Verlesung der Anklage und setzte sich. In der danach folgenden obligatorischen Frage, ob Sasha Müller sich als Angeklagte zu der Sache äußern wolle, erhob sich Rocco kurz und gab zu Protokoll, dass seine Mandantin zu diesem Zeitpunkt von ihrem Schweigerecht Gebrauch machen würde.

Die Vorsitzende Richterin nickte, machte sich gleichfalls eine Notiz und rief dann die Mittagspause aus. Rocco beugte sich zu Sasha Müller und erklärte ihr, dass der eigentliche Prozess erst am Nachmittag, mit der Vernehmung des ersten Zeugen, beginnen würde.

Geladen war Kriminalhauptkommissar Claus Baller.

33. KAPITEL

Berlin-Charlottenburg, Motel One Berlin-Upper West
Montag, 15. Juli, 12.13 Uhr

Augmentum war zerschmettert. Das Verfahren gegen Sasha Müller und die *Tödliche Intelligenz* hatte erst den Aktienkurs ins Bodenlose fallen lassen und unmittelbar danach – entgegen Anderssons Hoffnung – auch das operative Geschäft lahmgelegt. Nahezu alle Projekte, an denen das Team arbeitete, wurden von den potenziellen Kunden gestoppt. Keine Krankenhausdirektorin und kein Finanzgeber hatten ein Interesse daran, sich eine Lösung ins Haus zu holen, die im Verdacht stand, Menschenleben zu kosten. Daran konnten auch die mittlerweile drei wissenschaftlichen Veröffentlichungen, die die Machine-Learning-Ingenieure von Augmentum in Zusammenarbeit mit unabhängigen Universitäten zur Leistung und Qualität der künstlichen Intelligenz veröffentlicht hatten, nichts ändern. Ebenso wenig wie die Hinweise von Augmentum, dass es hier Abweichungen von Informationen gegeben hatte. Das Ganze lief langsam aus dem Ruder, und von seinem Plan, den er noch zu Beginn des Ermittlungsverfahrens für absolut solide gehalten hatte, war nicht mehr viel übrig. Er verlor den Grund unter den Füßen, und er wusste nicht, wie er das aufhalten sollte. Er musste schleunigst gegensteuern, sonst wäre alles, wofür er immer gearbeitet hatte, verloren.

Die Presse, genauer gesagt die Berichterstattung durch *Das Blatt*, hatte den Duktus bestimmt, und der Rest der Weltpresse war nur zu bereitwillig darauf eingestiegen. Zweifel, Skepsis und Angst verkauften sich, und Andersson kam es so vor, als suchte die Presse eher nach Fehlern als nach der Wahrheit.

Andererseits musste er anerkennen, dass es in dem noch verhältnismäßig neuen Geschäft der künstlichen Intelligenz jede Menge von Scharlatanen und Trittbrettfahrern gab, die auf der Welle des Erfolges reiten wollten, ohne selbst eine nennenswerte Leistung zu erbringen. Firmen, die ihre Lösungen um des Verkaufserfolges willen intelligent nannten, obwohl dahinter nichts anderes als ein altes System im neuen Gewand steckte, das mit Intelligenz nicht im Geringsten etwas zu tun hatte.

Irgendwie musste es Erik Andersson gelingen, das Ruder herumzureißen. Er würde nicht zulassen, dass in dem Prozess all das zerstört wurde, wofür er so hart gearbeitet hatte. Heute war der erste Verhandlungstag, und er verfolgte auf X, ehemals Twitter, das nach einigen Unruhen nach der Übernahme durch Elon Musk langsam wieder zu funktionieren begann, die neuesten Meldungen.

Momentan war Mittagspause in Moabit, und die Tweets der im Saal anwesenden Reporter waren nahezu identisch: Bislang war außer der Verlesung der Anklage nichts passiert.

Andersson hatte sich in den vergangenen Wochen kaum noch mit den Anwälten der Klinik und dem Verteidiger von Müller ausgetauscht. Seit Bekanntwerden von Daubers Allergie, die die Systeme von Augmentum nicht in ihre Analyse mit einbezogen hatten, stellte sich deren Verantwortlichkeit in einem ganz neuen Licht dar, und jeder Versuch, das richtigzustellen und zu erklären, verschlimmerte die Situation nur noch.

Sie brauchten ein Gutachten, das die Leistung ihrer Software objektiv beurteilte und sie von jeglicher Fehleinschätzung freisprach. Nachdem Müllers Anwalt die von Andersson selbst erstellte Liste potenzieller Kandidaten trotz seines Drängens nicht in Betracht gezogen hatte, hatten sie auf Empfehlung von Sasha Müller mit Doktor Brockhoff eine eigene Gutachterin ausgewählt, an die Andersson zunächst selbst nicht gedacht hatte. Obwohl sie, das musste er ihr zugestehen, gewiss qualifiziert war. Er war ihr schon öfter begegnet, und sie hatten sich einige Male über Anwendungen von Augmentum ausgetauscht. Fachlich eine exzellente Ärztin und Wissenschaftlerin, die sich aber im Gegensatz zu Sasha Müller nicht mit ganz so viel Herzblut für die Sache einsetzte. Sie war Forscherin durch und durch und allein der Sache verpflichtet. So hatte er sie immer erlebt. Vielleicht war sie tatsächlich die beste Wahl für das Gutachten.

Allerdings gab es da noch einige Probleme, denn soweit Andersson wusste, hatte Doktor Joline Brockhoff vom Peter Munk Cardiac Center im Toronto General Hospital in Kanada den Gutachterauftrag bisher nicht angenommen.

Deshalb hatte er beschlossen, sich selbst für das Gutachten starkzumachen und so lange nicht lockerzulassen, bis Brockhoff zusagte.

Die renommierte Wissenschaftlerin war zurzeit auf einer medizinischen Konferenz in Amsterdam, und Andersson hatte es immerhin geschafft, sie für ein fünfzehnminütiges Gespräch zu gewinnen.

Er blickte auf seine Uhr. Jeden Moment musste Brockhoff anrufen. Sein Telefon klingelte pünktlich auf die Sekunde.

»Guten Morgen, Joline«, begrüßte er die Wissenschaftlerin.

»Guten Morgen, Erik«, erwiderte diese mit einem freundlichen und zugleich warmen Ton in der Stimme.

»Danke, dass Sie sich Zeit für unser Telefonat nehmen. Ich weiß, Sie sind eine viel beschäftigte Frau.«

Brockhoff lachte. »Na ja, ist ja nicht so, dass Sie weniger um die Ohren haben. Ich habe gesehen, dass Ihr Prozess heute begonnen hat.«

»Ja, stimmt, heute ist es losgegangen.«

»Und, wie läuft es so weit?«

»Wie es aussieht, ist noch nicht viel passiert«, sagte Andersson.

»Hm, verstehe …« Brockhoff machte eine kurze Pause, ehe sie fortfuhr. »Ich nehme an, Sie rufen wegen des Gutachtens an. Ich hatte so meine Bedenken, vor allem, dass Teile der Presse mich als parteiisch ansehen könnten. Besonders wenn ich in meinem Gutachten zu dem Ergebnis kommen würde, dass die KI keinen Fehler gemacht hat. Ich habe mich inzwischen aber anders entschieden. Ich werde das Gutachten erstellen. Ich werde Herrn Eberhardt unmittelbar im Anschluss an unser Telefonat informieren.«

Andersson fiel ein Stein vom Herzen, und er freute sich, dass er sie nicht mehr überzeugen musste.

»Das ist großartig! Vielen, vielen Dank«, sagte er begeistert. »Darf ich fragen, wieso Sie Ihre Meinung geändert haben?«

»Natürlich dürfen Sie das«, sagte sie. »Die Pressekampagne, die weltweit die Nutzung künstlicher Intelligenz infrage stellt, ist kontraproduktiv und schwappt immer mehr auf die Forschungswelt über. Das beeinflusst langsam auch hier die Sicht auf die Dinge, und das gefällt mir gar nicht. Es gibt bereits vorsichtige Stimmen, die Forschung zu KI und damit wichtige Projekte einer Prüfung zu unterziehen. Wir sind alle auf Forschungsgelder angewiesen, wenn wir KI voranbringen wollen – ganz praktisch, aber auch auf lange Sicht gesehen, denn irgendwann wird jedes Gesundheitssystem zusammenbrechen, wenn wir den bisherigen Weg nicht bald optimieren. Ich kann und werde nicht zulassen, dass wir aufgrund Ihres Falls um Jahre zurückgeworfen werden.«

»Okay«, sagte Andersson, »verstehe. Ich bin Ihrer Meinung und freue mich, dass Sie das sehen wie wir.«

»Allerdings, lieber Erik, heißt das nicht, dass Sie davonkommen. Sollte ich zu dem Schluss kommen, dass Ihr System versagt hat, werde ich das genau so in meinem Gutachten darlegen. Und ich werde die anderen führenden Systeme, die erfolgreich auf der Welt eingesetzt werden, als Referenz heranziehen. Oder, mit anderen Worten, wenn Augmentum für den Tod des Patienten mitverantwortlich ist, werde ich nicht eine Sekunde zögern, das in aller Klarheit auch so zu formulieren.«

34. KAPITEL

Berlin-Moabit, Turmstraße 91, Kriminalgericht
Montag, 15. Juli, 13.08 Uhr

Nach der Mittagspause war Rocco bester Laune. Doktor Brockhoff hatte ihn angerufen und informiert, dass sie den Gutachterauftrag doch noch annehmen würde. Entsprechend gut gestimmt kehrte Rocco in den Sitzungssaal zurück.

Als erster Zeuge des Verfahrens wurde Kriminalhauptkommissar Claus Baller vernommen.

Auf die Frage der Vorsitzenden Richterin, wie er mit dem Fall in Berührung gekommen und wie er vorgegangen sei, zückte Baller sein Notizbuch. Nachdem er auf die richtige Seite geblättert hatte, lächelte er kurz.

»Im Prinzip so wie immer, Frau Vorsitzende. Lassen Sie mich kurz das allgemeine Verfahren erklären und dann auf den konkreten Fall eingehen. Ich glaube, das ist für das Verständnis am einfachsten.«

»Gerne«, erwiderte Doktor Christiane Benke. »Wenn das der Wahrheitsfindung dient.«

Baller nickte. »Gut. Also, wir sind von der ärztlichen Leitung des Krankenhauses informiert worden, dass ein Patient an einem nicht natürlichen Tod gestorben ist. Das ist quasi die offizielle Bezeichnung für einen möglichen Behandlungsfehler. Die Krankenhäuser sind da alle wirklich sehr vorsichtig und kontaktieren uns eher zu häufig als zu selten. Am Ende ist es also ein Standardverfahren, bei dem wir immer hinzugezogen werden.«

»Und was haben Sie daraufhin gemacht?«

»Na ja, die Frage, die sich stellt, denn ich arbeite ja bei der Mordkommission der Kripo, ist folgende: Ist der Patient entsprechend den Regeln der ärztlichen Kunst behandelt worden, oder gab es in der Behandlung einen Fehler, der erkennbar und vermeidbar war? Denn nur wenn das der Fall war, fällt das auch in unser Ressort, weil eben eine fahrlässige Tötung in Betracht kommt.«

»Können Sie das etwas genauer erläutern. Wie genau gehen Sie da vor?«

»Gerne. Da wir als Polizisten keine Sachkunde haben, um diese Fragen zu beantworten, arbeiten wir eng mit der Rechtsmedizin zusammen.«

Rocco, dem der Ablauf einer kriminalpolizeilichen Untersuchung bei einem möglichen Arzthaftungsfehler hinreichend bekannt war, achtete bei der Befragung von Baller weniger auf die Aussage des Hauptkommissars als vielmehr erneut auf die Reaktionen der Richter. Während die Vorsitzende, die die Fragen stellte, konzentriert bei der Sache war, schien ihr junger Berufskollege überhaupt nicht zuzuhören. Es sah von Roccos Platz so aus, als bearbeitete er eine andere Akte, die mit ihrem Verfahren gar nichts zu tun hatte. Die beiden Schöffen hingegen saßen aufmerksam und nach vorne gelehnt auf ihren Stühlen.

»Ist die Beantwortung dieser Frage in der Regel einfach?«, fragte die Vorsitzende Richterin weiter.

Baller schüttelte den Kopf. »Ganz und gar nicht. Vor allem nicht zweifelsfrei. Todesursächlich sind ja häufig Folgeerkrankungen, wie eine Lungenentzündung oder Sepsis.«

»Okay, verstehe. Lassen Sie uns jetzt mal auf den konkreten Fall kommen. Nachdem Sie also die Information vom Krankenhaus erhalten haben, was haben Sie da gemacht?«

»Ich habe mit der ärztlichen Direktorin Kontakt aufgenommen und einen Termin vereinbart, um die Sache zu besprechen. Und dann, ja, dann ist es so abgelaufen wie immer. Alle mit der Behandlung befassten Ärzte oder betroffenen Pfleger lassen sich immer, also wirklich immer, anwaltlich vertreten, sodass Beschuldigten- und Zeugenvernehmungen nicht stattfinden. Und genauso war das auch hier. Zusätzlich war das gesamte Team freigestellt.«

»Was bedeutet das konkret für Ihre Arbeit?«

»Na ja, dass die Ermittlungen quasi auf dem Papier geführt werden. Wenn keiner mit uns spricht, bleiben uns zur Beurteilung einfach und alleine die Unterlagen und sonstigen Beweise, die wir finden. Ich habe also noch aus dem Krankenhaus Oberstaatsanwältin Doktor Bunzel angerufen«, sagte Baller und drehte sich kurz zur Bank der Staatsanwaltschaft um.

Bunzel nickte ihm aufmunternd zu.

»Und kurze Zeit später hatte ich dann den nötigen gerichtlichen Beschluss, um die Patientenunterlagen zu beschlagnahmen. Ich muss dazu sagen, dass die Klinik ausgesprochen kooperativ war. Die haben mir ein Zimmer gegeben, mit Telefon und Zugang zum Internet. Als ich den Beschluss hatte, hat mir eine Mitarbeiterin vom Krankenhaus, die mich betreut hat, dann auch alle sofortigen Daten sofort zur Verfügung gestellt. Das heißt alles, was sie zu dieser Zeit hatten.«

»Was genau bedeutet das?«

»Na ja, seit Einführung der elektronischen Patientenakte ist es nicht mehr so, dass es eine wirkliche Akte gibt. So wie früher einmal die Papierakte. Tatsächlich gibt es in den unterschiedlichsten Systemen Informationen zu Patienten, die theoretisch alle über die EPA verfügbar sein sollten. Das funktioniert auch in den meisten Ländern ganz gut. Allerdings, und das muss man so krass sagen, klappt das in Deutschland noch nicht einwandfrei. Das hat wohl zum einen mit den Datenvorschriften zu tun, die nicht immer praktikabel sind und aus einer Zeit stammen, als es weniger Technik gab. Und zum anderen damit, dass nicht alle Systeme durchgängig reibungslos miteinander Daten austauschen. Lange Rede, kurzer Sinn«, sagte Baller, »habe ich alles bekommen, auf das ich einfach zugreifen durfte. Da, wo Daten noch mit denen anderer Patienten hätten gemischt sein können, durfte ich bislang nicht hinschauen.«

»Und was haben Sie dann gemacht?«

»Mithilfe der Mitarbeiterin alle Daten, die zur Verfügung standen, auf einen USB-Stick kopiert und das an die Staatsanwaltschaft übergeben.« Baller machte eine kurze Pause. »Solche Verfahren haben ja nichts mit einem normalen Todesfall zu tun. Wir können nicht im klassischen Sinn da einreiten und alles durchsuchen.«

»Und Sie haben auch keine Zeugen befragt und mit niemand anderem gesprochen?«

»Nicht vom Krankenhauspersonal. Denn alle an der OP und der Behandlung beteiligten Ärzte und Pfleger wurden ja, wie gesagt, anwaltlich vertreten. Und auf Anraten ihrer Anwälte haben sie alle von einer Aussage Abstand genommen, um die Möglichkeit, sich selbst zu belasten, auszuschließen.«

Rocco sah jetzt, wie die beiden Schöffen nahezu gleichzeitig ihre Köpfe schüttelten. Das war kein gutes Zeichen. Baller hatte mit seinen letzten Worten den Eindruck vermittelt, als würden das Krankenhaus und die beteiligten Mitarbeiter, damit also auch Sasha Müller, etwas zu verschweigen haben.

Nachdem die Richterin mit der Vernehmung fertig war und die übrigen Richter und Oberstaatsanwältin Doktor Bunzel keine weiteren Fragen hatten, wandte Rocco sich an den Hauptkommissar. Er musste das klarstellen.

»Herr Baller, vielen Dank erst einmal für Ihre Unterstützung, uns bei der Aufklärung des Falls zu helfen.«

»Gerne, das ist ja mein Job.«

»Natürlich ist es das«, erwiderte Rocco. »Ich habe nur ganz wenige Fragen. Damit ich das richtig verstehe. Sie hatten ausgesagt, dass kein Mitarbeiter der Klinik mit Ihnen sprechen wollte, weil alle Beteiligten von ihrem Zeugnisverweigerungsrecht Gebrauch gemacht hatten. Das macht jetzt ein bisschen so den Eindruck, als wären Sie auf eine Mauer des Schweigens gestoßen, oder?«

»Ja, genauso war das. Keiner wollte etwas sagen.«

»Und ist das Ihrer Meinung nach ungewöhnlich, oder ist das nicht jedes Mal so?«

Baller rutschte auf seinem Sitz ein bisschen hin und her. Er fühlte sich offensichtlich von Rocco gereizt, was genau das war, was Rocco erreichen wollte.

»Na ja, ob das jedes Mal so ist, kann ich nicht sagen, ich bin ja nicht jedes Mal dabei.«

Rocco nickte. »Na klar, das habe ich auch nicht gemeint. Aber ist es nicht jedes Mal so gewesen, wenn Sie in einem möglichen Arzthaftungsfall ermittelt haben?«

Baller schien kurz nachzudenken. Dann nickte er. »Ja, das ist tatsächlich jedes Mal so. Da sagen die nie aus.«

Rocco beschloss, Baller noch ein wenig weiter aus der Reserve zu locken. »Und das macht die Ermittlungen für Sie natürlich nicht einfacher, oder?«

Jetzt lachte Baller auf und setzte sich gerade in seinem Stuhl hin. »Nein, natürlich macht es das nicht. Je mehr Informationen wir haben, desto leichter können wir einen Fall natürlich beurteilen.«

»Und das Schweigen hilft da nicht«, stellte Rocco noch einmal fest.

»Nein, natürlich nicht.«

»Und können Sie sich erklären, warum die Mitarbeiter dann nichts sagen?«

Baller zuckte mit den Schultern. »Klar. Die wollen nicht zu ihrer eigenen Überführung beitragen. Wenn die etwas gemacht haben, müssen ja wir, also die Ermittlungsbehörden, das nachweisen. Solange wir das nicht können, gilt jeder als unschuldig.«

Jetzt machte Rocco wiederum eine kurze Pause und blickte zu den Schöffen. Beide schienen keine Ahnung zu haben, worauf er hinauswollte, folgten ihm aber aufmerksam. Das war genau das, was Rocco beabsichtigt hatte. Er beschloss, den Sack zuzumachen.

»Verstehe. Nur damit wir uns richtig verstehen. Die möglichen Zeugen haben also lediglich das Recht wahrgenommen, das ihnen das Gesetz zugesteht, oder?«

Baller dachte kurz nach. »Ja, das stimmt.«

»Und haben Sie es in Ihrer Laufbahn jemals erlebt, dass anwaltlich vertretene Zeugen bei der Polizei aussagen, wenn diese auch als Beschuldigte in Betracht kommen und sich durch ihre Aussage selbst belasten könnten?«

Baller lachte auf. »Nur einmal, aber das ist nicht gut ausgegangen«, sagte er, sah dann selbst ein, worauf Rocco hinauswollte, und seufzte.

»Also ist es nach Ihrer Einschätzung absolut normal und nicht ungewöhnlich, dass die Zeugen, die selbst ins Visier der Ermittlungen geraten könnten und anwaltlich vertreten sind, nichts ausgesagt haben. Ich meine, das war keine Besonderheit dieses Falls, oder?«

Baller schüttelte den Kopf. »Nein, das war es nicht.«

Rocco blickte zu den Schöffen. Scarletts Gesichtszüge hatten sich merklich entspannt, und sie machte sich eine Notiz.

»Gut, ich habe nur noch eine Frage, und dann sind wir hier fertig. Hätten Sie, Herr Hauptkommissar Baller, wenn Sie aufseiten des Krankenhauspersonals gewesen wären, ebenfalls von Ihrem Recht Gebrauch gemacht, nicht auszusagen?«

Baller dachte kurz nach und sah zu Oberstaatsanwältin Doktor Bunzel, die nur ihre Augen verdrehte.

Dann wandte er sich wieder an Rocco. »Ja, ich hätte in jedem Fall auch von meinem Recht Gebrauch gemacht und nicht ausgesagt.«

35. KAPITEL

Berlin-Moabit, Turmstraße 91, Kriminalgericht
Montag, 15. Juli, 14.52 Uhr

Rocco hatte mit der Befragung von Hauptkommissar Baller einen Punkt gemacht. Jedem im Saal war jetzt klar, dass Schweigen kein Schuldeingeständnis war. Der in der Allgemeinheit oft gebrauchte Satz »Wenn du nichts zu verbergen hast, kannst du ja sagen, was passiert ist« galt hier nicht. Doch dieser kleine Sieg wog im Verhältnis zu den Geschützen, die die Staatsanwaltschaft noch auffahren würde, nur wenig.

Als nächster Punkt des heutigen Tages stand die Aussage von Doktor Katrin Bonnet als Sachverständige auf der Tagesordnung. Die Rechtsmedizinerin hatte Jens Dauber obduziert und war zu dem Ergebnis gekommen, dass ein Behandlungsfehler der Grund für dessen Tod war.

Rocco hatte ihr Gutachten, das er aus der Akte kannte, von einem unabhängigen Arzt zur Sicherheit überprüfen lassen. Wenn es irgendwo auch nur die Chance der Angreifbarkeit gegeben hätte, wollte er diese nicht außer Acht lassen.

Allerdings hatte er von Anfang an die Befürchtung, dass das wenig bringen würde. Er kannte die Berliner Rechtsmedizin und wusste, dass die Gutachten aus Jarmers Institut so gut wie unangreifbar waren.

Wenig überraschend war das Ergebnis dann auch nicht hilfreich: Der beauftragte Mediziner bestätigte, dass Bonnet ordentlich gearbeitet hatte und dass es eine Kausalität zwischen Behandlung und Tod gab.

Damit hatte Rocco aktuell wenig in der Hand, um seine Mandantin erfolgreich zu verteidigen. Außer möglicherweise dem Gutachten, das Doktor Brockhoff glücklicherweise ja nun doch erstellen würde. Mit einem Ergebnis konnten sie indessen nicht vor Ende der Woche rechnen.

Vollkommen unabhängig von ihrer mehr als bescheidenen Ausgangslage beschlich Rocco in den letzten Tagen ein diffuses Unwohlsein. Seine Intuition sagte ihm, dass irgendetwas hier nicht stimmte und er etwas übersehen hatte. Er hatte keine Ahnung, was das sein konnte, und war daraufhin alle Akten und Informationen, die ihnen zur Verfügung standen, erneut durchgegangen. Ohne Ergebnis. Dennoch verstärkte sich das Gefühl, dass sie den Fall von der gänzlich falschen Seite betrachteten und bisher überhaupt nicht verstanden, worum es hier eigentlich ging.

Außer diesem Gefühl fehlte ihm allerdings jeglicher konkrete Anhaltspunkt. Rocco beschloss daher, zunächst auf Zeit zu spielen und zu sehen, ob sich durch die Aussagen der Zeugen und Sachverständigen weitere Hinweise ergaben, die seine Vermutung bestätigten.

Was Doktor Bonnet betraf, würde er sie nicht zu hart rannehmen. Ihm fehlten dafür jegliche Anhaltspunkte.

Lediglich einen Punkt, der Vorbereitung und Durchführung der Operation betraf, wollte er verdeutlichen und hoffte, dass die Rechtsmedizinerin ihm keinen Strich durch die Rechnung machen würde.

Nachdem Doktor Bonnet belehrt worden war und sie den wesentlichen Inhalt ihres Gutachtens wiedergegeben hatte, stellte die Vorsitzende Richterin ihr nur wenige Fragen, ehe sie Oberstaatsanwältin Bunzel das Wort erteilte.

»Frau Doktor Bonnet«, begann Bunzel und stand von ihrem Platz auf. »Nur um sicherzugehen, dass ich alles richtig verstanden habe, möchte ich kurz zusammenfassen, was Sie uns gesagt haben.«

Rocco runzelte die Stirn, konnte aber nicht verhindern, dass Bunzel die nach ihrer Ansicht offensichtliche Schuld seiner Mandantin sowohl den Richtern als auch der Presse noch mal direkt unter die Nase rieb.

»Sie sind nach der Obduktion zu dem Ergebnis gekommen, dass Jens Dauber an den Folgen eines Behandlungsfehlers gestorben ist, nämlich der Verabreichung eines Kontrastmittels, das zu einem anaphylaktischen Schock geführt hatte. Und nach ihrer Einschätzung wäre der Erfolg, also Daubers Tod, ausgeblieben, wenn die Angeklagte gerade diese Handlung nicht vorgenommen hätte.«

Bonnet nickte. »Das ist zutreffend. Wir haben einen direkten Zusammenhang zwischen Handlung und Erfolg.«

»Gut«, sagte Bunzel, als im selben Moment jemand laut und mit zitternder Stimme »NEIN!!« rief.

Rocco drehte sich zum Zuschauerraum um und brauchte einen Moment, bis er sah, woher das gekommen war.

Eine junge Frau, die er nicht kannte, stand dort. Ihr Gesicht war rot, und Tränen rannen über ihre Wangen.

Doktor Christiane Benke, die Vorsitzende Richterin, richtete sofort das Wort an sie: »Entschuldigen Sie bitte, ist alles okay bei Ihnen?«, fragte sie.

»Nein«, erwiderte die junge Frau mit weiterhin bebender Stimme. »Hier ist absolut nichts okay. Mein Vater ist tot. Er ist gestorben. Bei einer OP. Wer daran schuld ist, weiß ich nicht. Und ich verstehe es auch nicht.«

Die junge Frau schluchzte, und Rocco wurde klar, dass es sich bei ihr um Sophie, Daubers Tochter, handeln musste.

»Als wenn das alleine nicht schlimm genug wäre«, fuhr sie mit tränenerstickter Stimme fort, »reden hier alle vom Erfolg einer Handlung. Was soll diese Sprache? Vielleicht ist das ja die Art, wie man im Gericht spricht, aber ich kann das nicht verstehen. Mein Vater ist gestorben. Das ist kein Erfolg. Das ist das Schlimmste, was jemals in meinem Leben passiert ist. Er war mein Vater. Und jetzt ist er tot. Das ist kein Erfolg. Das ist …« Sie hielt kurz inne und versuchte, sich zu fangen. »… das ist einfach nur …«

An der Stelle brach sie ab, ganz offensichtlich weil sie keine Worte finden konnte, die ihren Schmerz widerspiegelten. Sie hatte hektische rote Flecken im Gesicht und stürmte, noch bevor ihre Mutter, die neben Doktor Bunzel saß und ebenfalls aufgesprungen war, sie erreichen konnte, in Richtung Ausgang des Gerichtssaals und rannte durch die Tür nach draußen.

Im Saal war es totenstill. Sophie Daubers emotionaler Ausbruch hatte keinen der Anwesenden unberührt gelassen. Während ihre Mutter ihr hinterhereilte, legte Rocco seiner Mandantin, die selbst mit den Tränen kämpfte und verkrampft das Medaillon ihrer Kette umklammerte, die Hand auf die Schulter. Als er sich im Saal umblickte, konnte er auf den Augen der Zuschauer das ganze Spektrum der Gefühle, das von Erschütterung bis Anteilnahme reichte, ablesen. Einzig in der ersten Reihe des Zuschauerraums entdeckte Rocco eine junge Gerichtsreporterin, die nicht wie alle anderen in Schock erstarrt war, sondern sich eifrig in ihrem Block Notizen machte.

Die Vorsitzende Richterin Doktor Christiane Benke unterbrach die Stille. »Wir pausieren die Verhandlung für fünfzehn Minuten. Im Anschluss werden wir mit der Befragung der Sachverständigen fortfahren.«

36. KAPITEL

Berlin-Moabit, Turmstraße 91, Kriminalgericht
Montag, 15. Juli, 15.47 Uhr

Jule Hermanns Daumen flogen über das Display ihres iPhones. Sie hatte nur noch drei Minuten Zeit, die kurze Meldung fertigzustellen, ehe sie wieder zurück in den Gerichtssaal musste. Der Ausbruch von Sophie Dauber war das perfekte emotionale Element, das sie gebraucht hatte, um der Berichterstattung um den Fall der *Tödlichen Intelligenz* neues Leben einzuhauchen. In den Wochen vor Prozessbeginn hatten die Zugriffszahlen auf ihre Artikel weiter abgenommen, was schlichtweg an der fehlenden Bewegung in dem Fall lag. Marion Hahn, ihre Chefredakteurin, hatte ihr mehr als deutlich zu verstehen gegeben, dass sie die Serie ganz streichen würde, wenn sich nicht bald etwas änderte. Seit Beginn des Verfahrens waren schon zwei Monate vergangen, und wenn das Thema in der Presse noch mal aufblühen sollte, musste sie einen Aufhänger finden. Jule fühlte sich von ihrer Chefin stark unter Druck gesetzt. Und obwohl sie der Auffassung war, dass sie ja nur das bringen konnte, was tatsächlich passiert war, verlangte Hahn ein kreativeres Vorgehen von ihr. Sie sollte aus dem, was hier geschah, gefälligst etwas machen, was auch für *Das Blatt* passte. Und das waren vor allem Emotionen. Gefühle verkauften Zeitungen, nicht Fakten.

Na dann, dachte Jule, wenn du Emotionen willst, kriegst du Emotionen, und veröffentlichte im selben Moment ihren kurzen Artikel unter der Rubrik »Live aus dem Gericht«. Sie schloss ihre Augen und schickte ein Stoßgebet in Richtung Himmel, verbunden mit dem Wunsch, dass sie ihre Serie nicht verlieren würde und sich das Verfahren am besten in eine Richtung entwickeln würde, mit der keiner gerechnet hatte. Solange es einfach und glatt vor sich hin lief, war es schlichtweg zu langweilig.

37. KAPITEL

Berlin-Moabit, Turmstraße 91, Kriminalgericht
Montag, 15. Juli, 15.56 Uhr

Weder Sophie Dauber noch ihr Bruder Felix oder ihre Mutter waren im Saal, als die Vorsitzende Richterin nach der kurzen Unterbrechung das Verfahren wieder eröffnete. Der Rechtsanwalt der Familie, Doktor Thies, teilte kurz und knapp mit, dass Frau Dauber, die im Anschluss an Doktor Bonnet auch als Zeugin geladen war, rechtzeitig wieder im Saal sein würde. Die Protokollführerin nahm die Information auf, und die Befragung von Bonnet durch Oberstaatsanwältin Doktor Julia Bunzel wurde fortgesetzt. Allerdings nicht länger als für fünf Minuten. Bonnets Schlussfolgerung, es läge ein Behandlungsfehler vor, war genau das, was die Staatsanwaltschaft für eine Verurteilung brauchte, und diesen Punkt hatten sie klargestellt.

Damit ging das Fragerecht an Rocco über. »Frau Doktor Bonnet«, begrüßte er die Rechtsmedizinerin und lächelte ihr freundlich zu.

»Guten Tag, Herr Rechtsanwalt Eberhardt«, erwiderte Bonnet ebenso freundlich.

»Ich habe nur wenige Fragen. Zum Kern Ihres Gutachtens haben Sie ja bereits selbst umfassend berichtet und den Inhalt dank der Nachfragen der Staatsanwaltschaft noch mal ausführlich wiederholt.«

Rocco konnte sich diese kleine Spitze in Richtung von Oberstaatsanwältin Doktor Bunzel nicht verkneifen. Er fragte sich, ob die Ermittlerin außer Bonnet keine anderen Karten in der Hand hatte, die ihr zur Untermauerung ihres Vortrages halfen, denn ansonsten hätte sie die Rechtsmedizinerin sicher nicht alles dreimal wiederholen lassen.

Fairerweise musste Rocco zugeben, dass er dem momentan wenig entgegenzusetzen hatte. Und für den Fall, dass sich das nicht ändern sollte, musste er zumindest einen Punkt klarstellen.

»In Ihrem Gutachten stellen Sie den Zusammenhang zwischen einem Ihrer Einschätzung nach vorliegenden Behandlungsfehler meiner Mandantin und dem Tod des Patienten dar. Dazu habe ich folgende Frage: Ist es Ihrer Einschätzung nach möglich, dass meine Mandantin sich einfach nur exakt an den Behandlungsplan gehalten hat und der Fehler dort zu finden war? Oder, mit anderen Worten, meine Mandantin einfach auf die Ergebnisse der sie unterstützenden Technologie und Lösungen vertraut hat?«

Rocco war klar, dass Bonnet diese Frage nicht beantworten würde, weil sie schlichtweg nicht von ihrem Gutachterauftrag erfasst war. Sie hatte lediglich den Leichnam obduziert und die Todesursache festgestellt. Die Antwort auf die Frage zu finden, wie es dazu gekommen war, war nicht ihre Aufgabe.

Entsprechend zog sie ihre Augenbrauen hoch und blickte Rocco ungläubig an.

Rocco hoffte inständig, dass sie einfach antworten und ihm nicht in den Rücken fallen würde.

Für einen Moment schien es so, als überlegte die Rechtsmedizinerin, welche Auswirkung ihre Antwort haben könnte, ehe sie nüchtern feststellte: »Das ist eine überraschende Frage.« Für einen weiteren Moment hielt sie inne und legte den Kopf leicht auf die rechte Seite. »Tatsächlich habe ich keine Ahnung, welche Motivation Ihre Mandantin bei der Operation hatte. Wie Ihnen bekannt sein dürfte, ist das auch nicht Gegenstand meines Auftrages. Ich stelle lediglich fest, was passiert ist, nicht aber, was die ausführenden Personen dazu bewogen hat.«

Rocco wusste, dass er keine bessere Antwort von Bonnet bekommen würde, was auch gar nicht nötig war. Denn wenn alles so lief, wie er sich das vorstellte, würde dieses Statement ihm genug helfen.

»Vielen Dank, dann habe ich keine weiteren Fragen.«

Die Vorsitzende Richterin blickte noch einmal zur Bank der Staatsanwaltschaft. Mit einem Kopfschütteln zeigte Doktor Bunzel an, dass sie ebenfalls keine weiteren Fragen hatte, woraufhin Doktor Bonnet mit Dank entlassen wurde.

»Damit«, sagte die Vorsitzende Richterin, »kommen wir zum letzten Tagesordnungspunkt für heute, der Befragung der Nebenklägerin, Frau Dauber.«

Sie blickte zu Doktor Thies, dem Anwalt von Daubers Familie, der sich daraufhin erhob und zwei Minuten später mit Frau Dauber wieder im Saal erschien.

Nach einer kurzen Belehrung über ihre Rechte und Pflichten bat die Vorsitzende sie um eine Schilderung der Ereignisse aus ihrer Sicht. Johanna Dauber, der man den Schmerz ansah, den nicht nur der Tod ihres Mannes, sondern auch das Verfahren und der kürzliche Ausbruch ihrer Tochter in ihr verursachten, rang sichtlich um Fassung.

»Bitte entschuldigen Sie«, sagte sie, »wenn ich ein wenig emotional bin. Das Ganze nimmt meine Familie und mich doch sehr mit.«

»Natürlich, das verstehen wir«, erwiderte die Vorsitzende mit ruhiger Stimme. »Aber vielleicht können Sie uns trotzdem kurz schildern, wie die Besprechung vor der Operation mit der Angeklagten, Frau Doktor Müller, genau abgelaufen ist.«

»Na ja, die Sache war im Nachhinein schon ein wenig skurril für uns alle«, sagte sie. »Ich meine, nach der Aufnahme im Krankenhaus, die übrigens sehr gut und auch fürsorglich ablief, hatten wir das Gespräch mit Frau Doktor, ich meine, mit der Angeklagten. Sie hat uns genau erklärt, wie die Operation ablaufen würde und dass das Ganze ein Eingriff wäre, den sie schon viele Male erfolgreich durchgeführt hatte. Sie gab uns das Gefühl, das wäre alles einfach und reine Routine.« Johanna Dauber machte eine kurze Pause und schnäuzte in ihr Taschentuch. »Insbesondere der Umstand, dass die Operation durch die neueste Technologie unterstützt wurde und dadurch besonders detailliert vorbereitet sei, schien ihr wichtig zu sein.«

»Und hat sie Sie auch über die Risiken belehrt?«

»Na ja, Risiken. Ja, das hat sie schon irgendwie. Und mein Mann hat das ja alles unterschrieben. Ich hatte allerdings den Eindruck, als wenn wir da recht schnell drüber hinweggegangen sind. Aber am Ende waren es doch eine ganze Menge von Zetteln, die wir unterschreiben mussten. Ich bin mir gar nicht sicher, ob mein Mann das überhaupt alles durchgelesen hatte. Im Nachhinein kommt es mir so vor, als wenn alles wahnsinnig schnell ging. Ich meine, mich zu erinnern, als wenn Frau Doktor, also die Angeklagte, ein bisschen unter Zeitdruck stand.«

»Und was geschah dann?«, hakte die Vorsitzende nach.

»Nichts weiter. Wir haben das unterschrieben, also mein Mann, und dann war sie auch schon wieder verschwunden.«

»Ich verstehe«, sagte die Vorsitzende. »Gibt es noch einen anderen Punkt, der Ihnen wichtig ist und den Sie mit uns teilen wollen?«

»Ja, den gibt es. Ich bin mir sicher, dass wir bei der Aufnahme ins Krankenhaus ausdrücklich auf die Allergie meines Mannes hingewiesen haben. Und dass die Ärztin, das war eine andere als die Angeklagte, ich glaube die Stationsärztin, die das aufgenommen hat, das verstanden und in der Akte festgehalten hat. Deshalb verstehe ich nicht, wie das um alles in der Welt auf einmal vergessen werden konnte. Das ist einfach so …«, sie rang nach Worten, »… so traurig.«

Die Vorsitzende wartete kurz, ehe sie sich wieder an Frau Dauber wandte. »Vielen Dank für Ihre Aussage, Frau Dauber. Und ja, der Umstand, dass Ihr Mann das angegeben hat, steht auch in der Akte. Das ist dort vermerkt.«

Dann wandte sie sich an Oberstaatsanwältin Bunzel. »Haben Sie noch Fragen an die Zeugin?«

»Keine Fragen«, erwiderte Doktor Bunzel.

»Gut«, sagte die Vorsitzende und wandte sich an Rocco. »Herr Rechtsanwalt Eberhardt, damit sind Sie an der Reihe.«

Rocco, der alles andere im Sinn hatte, als Johanna Dauber, der die Befragung sichtlich zu schaffen machte, weiter zu quälen, wollte nur einen Punkt klarstellen, der für seine weitere Verteidigungsstrategie von ganz erheblicher Bedeutung war.

»Frau Dauber. Ich will ehrlich sein«, begann er. »Ich kann mir nicht vorstellen, wie es Ihnen geht, und wie jeder andere im Saal bedaure ich den Verlust Ihres Mannes sehr. Aber es ist meine Aufgabe, ebenso wie die der Staatsanwaltschaft und des Gerichts, dass wir alle Informationen kennen, die für die Bewertung dieses tragischen Unglücks nötig sind. Deshalb habe ich nur eine Frage: Hat meine Mandantin, hat Frau Doktor Müller, mit Ihnen darüber gesprochen, dass die Operation durch Unterstützung von computergestützten Systemen erfolgt?«

Johanna Dauber blickte Rocco direkt an. In ihren Augen konnte er nicht nur Trauer, sondern auch Wut und Hass sehen. Trotzdem hatte er das Gefühl, dass sie sich zusammenriss, um eine vernünftige Antwort zu geben.

»Ja«, sagte sie schließlich. »Das hat sie. Aber um ehrlich zu sein, hatte ich keine Ahnung, was das bedeutet.«

Im Anschluss an diese Aussage verließ Johanna Dauber nicht nur den Zeugenstand, sondern auch gleich den Gerichtssaal. Als sie die Tür hinter sich geschlossen hatte, wandte die Vorsitzende Richterin sich schlicht an die versammelten Beteiligten.

»Damit beenden wir den heutigen Verhandlungstag. Am Mittwoch geht es um neun Uhr in der Früh weiter mit der Befragung der nächsten Zeugen.«

Dann stand sie gemeinsam mit ihrem Richterkollegen und den beiden Schöffen auf und verschwand im Richterzimmer.

Rocco klappte seine Akte zusammen und wandte sich an Sasha Müller. »Das war wirklich nicht einfach, aber den Umständen entsprechend lief es heute nicht schlecht«, sagte er. »Nach der Aussage von Baller konnten wir klarstellen, dass Ihr Schweigen gegenüber Polizei und Staatsanwaltschaft kein Schuldeingeständnis war. Baller war ja sogar nett genug, darauf hinzuweisen, dass er in einer vergleichbaren Situation auch nichts gesagt hätte.«

Die Ärztin nickte, sah aber nicht besonders überzeugt aus.

»Und von Bonnet«, fuhr Rocco fort, »haben wir immerhin gehört, dass sie keine Aussage dazu treffen konnte, warum Sie im OP so agiert haben. Damit bleibt uns nach wie vor die Möglichkeit, dass Sie lediglich den von der KI erstellten Behandlungsplan ausgeführt haben und dieser Ihnen eine Behandlung vorgab, die im Ergebnis zu dem fatalen Tod von Jens Dauber geführt hat. Denn alles, was wir erreichen müssen, ist, die Fahrlässigkeit vom Tisch zu bekommen. Und obwohl das jetzt am Ende wirklich herausfordernd war, hat auch Frau Dauber bestätigt, dass Sie sie über den Einsatz der KI belehrt haben.«

Sasha Müller schüttelte den Kopf. »Ich weiß, was Sie meinen. Und ja, den Umständen nach war das einigermaßen okay. Aber das ist eigentlich egal. Ich verstehe einfach nicht, wie ich hier gelandet bin. Ich habe die OP nach bestem Wissen und Gewissen durchgeführt. Meine Behandlung war einwandfrei, und die KI hat bislang noch nie falsche Ergebnisse geliefert. Warum sitze ich dann hier?«

Rocco sah seine Mandantin skeptisch an. Es stimmte durchaus. Seit Beginn des Verfahrens erzählte sie ihm, dass sie keinen Fehler gemacht hatte. Allerdings maß er dem wenig Bedeutung bei. Denn die Sachlage war nun mal recht eindeutig. Die KI musste offensichtlich einen Fehler gemacht haben, als sie die Allergie nicht in ihre Analyse mit einbezogen hatte, und Sasha Müller hatte den Behandlungsplan ohne weitere Prüfung der Akte übernommen.

Lediglich ein Punkt stimmte Rocco nachdenklich. Sein Instinkt. Und der sagte ihm nach wie vor, dass hier irgendetwas faul war. Er konnte es sich nicht erklären, es gab eigentlich keinen Anhaltspunkt, zumindest keinen, den er greifen konnte. Außer der Tatsache, dass der KI bislang tatsächlich keine Fehler dieser Art unterlaufen waren und sich die Frage stellte, warum das in diesem Fall geschehen war. Er konnte nur hoffen, dass Brockhoff in ihrem Gutachten eine Antwort darauf finden würde …

38. KAPITEL

Berlin-Charlottenburg, Fasanenstraße 72, Kanzlei Eberhardt
Dienstag, 16. Juli, 9.23 Uhr

Am Dienstag war Verhandlungspause. Rocco hatte sich mit Tobi in der Kanzlei verabredet. Es gab einige Punkte, die er mit seinem besten Freund besprechen musste. Das Gefühl, das ihn seit Beginn des Verfahrens begleitet hatte, dass er irgendetwas übersah, wurde von Tag zu Tag stärker. Und obwohl der Vortag vor Gericht den Umständen entsprechend gut gelaufen war, war Rocco nach der Aussage von Frau Dauber noch einmal mehr verunsichert, wohin die Reise gehen würde. Er saß jetzt schon seit einer guten Stunde in der Kanzlei und war alle Unterlagen erneut durchgegangen, die er in dem Fall zusammengestellt hatte. Er fühlte eine gewisse Unruhe und konnte nicht lokalisieren, woher sie kam, was ihn ärgerte. Das änderte sich schlagartig, als Tobi sein Büro betrat.

Dessen gute Laune und sein positives Wesen wirkten ansteckend.

»Hey, Rocco«, begrüßte er ihn mit einem breiten Grinsen. »Du siehst ja scheiße aus. Irgendwas Schlimmes passiert?«

Rocco musste schmunzeln. Es war erstaunlich, wie gut sein Freund ihn kannte. Doch noch bevor Rocco antworten konnte, fuhr Tobi fort.

»Ich kenne diesen Gesichtsausdruck. Es hat mit dem Fall zu tun.«

»Wie kommst du darauf?«

»Ganz einfach, in den acht Monaten Pause, in denen du nicht wirklich gearbeitet hast, hast du nie so ausgesehen.«

Tobi schnappte sich zwei Gläser vom Besprechungstisch und goss für Rocco und sich Wasser ein.

»Also, schieß los«, forderte er Rocco auf. »Lass es einfach raus, dann geht es dir besser.«

»Also gut«, fing Rocco an. »Die Sache ist die. Gestern hat Bonnet ausgesagt und ihr Gutachten, das wir ja schon kennen, verteidigt.«

»Und trotzdem beteuert deine Mandantin ihre Unschuld«, fuhr Tobi fort.

Rocco nickte. »Aber nicht nur das. Sie sagt auch, dass die Systeme von Augmentum, die bei der Planung der OP geholfen haben, bislang noch nie einen Fehler gemacht haben.«

Tobi legte seine Stirn in Falten und sah Rocco zweifelnd an. »Eine Mandantin von dir, der ein Tötungsdelikt vorgeworfen wird, beteuert ihre Unschuld. Na, das ist ja noch nie vorgekommen.«

Rocco winkte ab. »Ich weiß, ich weiß. Du willst darauf hinaus, dass alle immer sagen, dass sie unschuldig sind und nichts mit der Sache zu tun haben. Und das stimmt ja auch. Nur dieses Mal ist es irgendwie anders. Sasha Müller ist auf ihrem Fachgebiet eine der anerkanntesten Chirurginnen, die wir in Deutschland haben. Und obwohl die Beweise gegen sie sprechen, wirkt sie doch bislang völlig integer. Und was das Augmentum-System betrifft und dessen bisherige Ergebnisse, gab es da keine Probleme. Und nicht zuletzt hat die Klinik alles mitgetragen. Ich kann mir einfach nicht vorstellen, dass sie diese Technik so vehement verteidigt, wenn sie davon nicht überzeugt wäre. Das wäre auch gar nicht gegangen. Sie kann schließlich nicht vor aller Augen fehlerhafte Ergebnisse vertuschen – das passt alles nicht zusammen.«

»Und was ist jetzt der Plan?«, fragte Tobi.

»Wir müssen auf das Gutachten von Brockhoff setzen. Zum Glück hat sie sich doch dafür entschieden. Da sie selbst Ärztin und Expertin für KI ist, verfügt sie über genug Sachkunde, um sowohl das Vorgehen und die Ausführung der Operation durch Sasha Müller als auch die Leistung der KI zu bewerten. Das ist momentan der einzige wirkliche Trumpf, den wir in der Hand halten, um zu beweisen, dass nicht Sasha Müller, sondern die KI verantwortlich ist – in der Hoffnung, dass Brockhoff auch zu diesem Ergebnis kommt.«

Tobi nickte. »Wann ist das Gutachten fertig?«

»Angeblich Freitag«, sagte Rocco.

»Aber morgen geht es schon weiter?«, fragte Tobi.

»Allerdings. Morgen kommt der KI-Experte der Staatsanwaltschaft. Professor Doktor Carsten Schwarz.«

»Und was wird der aussagen?«, fragte Tobi.

»Oh, das ist eigentlich fast egal«, erwiderte Rocco und musste unwillkürlich schmunzeln. »Denn bei der Auswahl dieses Experten hat die Staatsanwaltschaft einen Fehler gemacht.«

Nach allem, was bislang geschehen war, standen sie weiß Gott nicht besonders gut da. Doch Rocco hoffte, dass sich das jetzt ändern würde. Denn mit dem morgigen Tag hatten sie die erste richtige Gelegenheit, den Fall zu drehen. Und die würde er sich nicht nehmen lassen, ja er freute sich geradezu darauf.

39. KAPITEL

Berlin-Wannsee, Colomierstraße
Dienstag, 16. Juli, 19.35 Uhr

»Wer um alles in der Welt glaubt sie zu sein?«

Sasha Müller schmiss die aktuelle Ausgabe von *Das Blatt* auf ihr Sofa und ließ ihrer Wut freien Lauf.

Ihr Mann war mit den Kindern zusammen ein paar Tage vor dem offiziellen Ferienbeginn nach Mallorca geflogen. Sasha hatte ihn darum gebeten, weil der Druck, der auf ihr und ihrer Familie lastete, ohnehin schon groß genug war und sie davon ausgegangen waren, dass das mit dem Beginn des Prozesses nur noch schlimmer werden würde. Und das aus gutem Grund. Der Prozess beschäftigte nicht nur die sozialen Medien und deren Hobbyexperten, sondern nahm auch in der klassischen Presse wieder an Fahrt auf. Nach einigen Wochen der Pause, in denen seit Beginn der Ermittlungen bis zum Start des Gerichtsverfahrens andere Themen die Schlagzeilen beherrscht hatten, rückte der Fall um Doktor Sasha Müller und ihre KI wieder in den Fokus der Aufmerksamkeit.

Sie hatten sich regelrecht auf sie eingeschossen, ganz so als ob sie eine Todesmaschinerie bedienen und mithilfe einer außer Kontrolle geratenen Technik wahllos Patienten opfern würde. Sie verstand die Welt nicht mehr. Wie hatte es so weit kommen können? Wie hatte die Situation dermaßen aus dem Ruder laufen können? Das Einzige, was sie immer wollte, war doch nur, Menschen zu helfen, so banal das klingen mochte. Zu banal anscheinend für die Boulevardpresse. War sie zu naiv? Sie begann, die Entscheidungen ihrer professionellen Karriere infrage zu stellen. Wo würde das alles hinführen?

Vor allem *Das Blatt* und ihre übereifrige Gerichtsreporterin, diese Hermann, heizten die Stimmung an. Nachdem sie schon gestern mit ihren Live-Tweets aus dem Gerichtssaal gezündelt hatte, war sie mit ihrem neuesten Artikel so weit über das Ziel hinausgeschossen, dass Sasha sich im ersten Moment fühlte, als hätte ihr jemand die Luft zum Atmen genommen.

Ohnmächtig und mit einem überwältigenden Gefühl der Verzweiflung blickte sie auf die Schlagzeile, die auf der Titelseite in großen schwarzen Lettern eine Frage stellte, die ferner von ihrer eigenen Wahrnehmung nicht hätte sein können:

Opfert berühmte Chirurgin ahnungslosen
Patienten für ihre Profilierungssucht?

40. KAPITEL

Berlin-Moabit, Turmstraße 91, Kriminalgericht
Mittwoch, 17. Juli, 9.23 Uhr

Doktor Carsten Schwarz war etwa einen Meter achtzig groß, sehr schlank und hatte dunkle, akkurat geschnittene Haare. Zu einem hellgrauen Anzug mit weißem Hemd und auffallend schmaler Krawatte trug er eine teure Uhr um sein rechtes Handgelenk. Alles in allem machte er einen seriösen, wenngleich für Roccos Geschmack allzu selbstbewussten Eindruck.

»Doktor Schwarz«, begann die Vorsitzende Richterin die Befragung, nachdem Sie den sachverständigen Zeugen belehrt hatte. »Sie sind auf Antrag der Staatsanwaltschaft zu der Klärung der Frage geladen worden, ob die vor und während der Operation des Geschädigten eingesetzten Systeme, die von einer künstlichen Intelligenz unterstützt werden, ausschlaggebend für dessen Todesfall gewesen sein könnten.«

Doktor Schwarz nickte.

»Und was können Sie uns dazu sagen?«, fuhr die Vorsitzende fort und eröffnete mit dieser sehr offenen Frage die Zeugenvernehmung des Gutachters.

»Nun«, begann Schwarz, »das ist nicht einfach in einem Satz zu erklären. Dazu muss ich ein kleines bisschen ausholen, damit die Zusammenhänge klar werden.«

»Bitte, nur zu.«

»Wenn wir von künstlicher Intelligenz reden, müssen wir stark differenzieren, was damit gemeint ist. Denn zum einen gibt es Computerprogramme, die darauf programmiert sind, eine große Menge an Abläufen zu beherrschen, ohne dabei allerdings wirklich eine eigene Lernleistung zu erzielen. Ein Beispiel sind selbstfahrende Autos der ersten Generation. Die Programmierer haben alle möglichen

Verkehrszeichen oder Hindernisse, die einem Auto im Straßenverkehr begegnen können, erfasst und vorgegeben, was das Auto beim Auftauchen ebendieser Hindernisse machen soll. Mit anderen Worten ist das eine Wenn-das-dann-das-Programmierung. Konkret bedeutet das in diesem Beispiel, dass das Auto über zahlreiche Kameras die Umgebung erfasst, um entsprechend agieren und reagieren zu können. Ist eine Ampel rot, wird es bremsen, ist sie grün, wird es fahren. Steht ein Lastwagen vor dem Auto oder überquert ein Fußgänger die Straße, bleibt es stehen oder bremst. Wenn ein selbstfahrendes Auto allerdings in eine Situation gerät, die es nicht kennt, kann es zu fatalen Folgen kommen. Wie jüngst in Amerika, als ein selbstfahrendes Auto gegen das Heck eines Flugzeugs gekracht ist, weil ebendiese Situation nicht programmiert war und es ebenjenes Flugzeugheck nicht richtig interpretiert hatte.«

Doktor Schwarz machte eine kurze Pause, augenscheinlich um sich zu vergewissern, dass ihm Richter und Staatsanwältin folgten. Die Vorsitzende Richterin lächelte ihm aufmunternd zu.

»Eine wirkliche künstliche Intelligenz kann auch dann Entscheidungen treffen, wenn sie vor einer unbekannten Situation steht. Der erste Schritt ist die Feststellung der KI, dass sie die Situation nicht kennt, sie also nicht mit den programmierten Daten übereinstimmt. Im zweiten Schritt analysiert sie die Situation und fängt an, in den ihr bekannten Daten Muster zu finden, die gegebenenfalls eine Vergleichbarkeit zu der unbekannten Situation aufweisen. Dann handelt sie und lernt von dem Ergebnis dieser Handlung für die Zukunft. Im Beispiel mit dem Auto und dem Flugzeug hätte die KI zwar keine Ahnung, was da vor ihr steht. Aber sie kannte schon diverse Hindernisse, wie andere Autos, Tiere, die plötzlich die Straße überqueren, und so weiter. Also hätte eine wirkliche künstliche Intelligenz vermutlich gestoppt.«

Doktor Schwarz machte eine Pause und goss Wasser aus der Karaffe in das kleine Glas vor sich. Er trank einen Schluck und blickte zur Richterbank.

»Wenn ich Sie richtig verstehe«, fragte die Vorsitzende Richterin Doktor Christiane Benke, »geht es im ersten Fall um eine Anwendung von Mustern und im zweiten Fall um eine Abwägung und Lernleistung.«

Schwarz nickte. »Genau so ist es«, stimmte er zu.

»Dann schildern Sie uns jetzt doch bitte, welche Relevanz das Ihrer Meinung nach in dem vorliegenden Fall hat.«

»Natürlich«, fuhr Schwarz fort. »Ich habe anhand der Unterlagen, die mir die Staatsanwaltschaft zur Verfügung gestellt hat, die Ergebnisse der KI der Firma Augmentum ausgewertet. Bei den Lösungen des Unternehmens handelt es sich eindeutig um die zweite von mir beschriebene Kategorie, also eine selbstlernende KI.«

Doktor Schwarz griff sich sein iPad und wischte mit seinem rechten Mittelfinger über den Bildschirm, um die richtige Stelle seiner Notizen zu finden.

Rocco musste anerkennen, dass Schwarz einen besseren Eindruck vermittelte, als er ursprünglich vermutet hatte. Allerdings gab er bisher auch nur Wissen weiter, das jeder Grundschüler im Internet googeln konnte.

»Also, die Systeme der Firma Augmentum kann man in zwei Bereiche unterteilen: Unterstützung bei der Vorbereitung der Operation. Und Hilfe während der Operation.«

Rocco blickte sich im Gerichtssaal um. Es war Schwarz tatsächlich gelungen, die Aufmerksamkeit des ganzen Saals in seinen Bann zu ziehen. Gespannt folgten ihm Zuschauer und Prozessbeteiligte gleichermaßen.

»Dabei müssen wir zwischen Theorie und Praxis unterscheiden. Denn theoretisch weisen der Behandlungsplan ebenso wie die aufgezeichneten Daten während der Operation ein klares und erklärliches Bild auf.«

Schwarz scrollte weiter in seinen Aufzeichnungen und teilte mit einer Mischung aus Vorlesen und freier Rede das Ergebnis seiner Analyse mit dem Publikum, welche genauen Empfehlungen die KI anhand der zur Verfügung stehenden Patientendaten seiner Meinung nach abgegeben hatte. Dabei wechselte er von seiner anfänglich sehr klaren Darstellungsweise in einen von Fachtermini geprägten Vortragsstil, in dessen Folge die Aufmerksamkeit der Beteiligten jetzt doch von Minute zu Minute nachließ. Kurz darauf war es nahezu unmöglich, ihm zu folgen, obwohl man aufgrund seiner ruhigen und präzisen Artikulation das Gefühl hatte, dass Schwarz etwas sehr Schlaues und Bedeutendes sagte.

Verdammt, ist der gut, dachte Rocco. Erst startet er mit Allgemeinplätzen und Erklärungen, die jeder versteht, wodurch er schnell das Vertrauen seiner Zuhörer gewinnt, nur um dann im wesentlichen Teil seiner Aussage so viel Nebel in den Gerichtssaal zu blasen, dass ihm keiner mehr folgen kann. Wenn er jetzt noch mit einer einfachen Schlussfolgerung kommt, die im Ergebnis genau das sagt, was die Staatsanwaltschaft will, und nur scheinbar Bezug zu dem Fundament seiner Erklärung nimmt, sollte man ihm einen Oscar verleihen.

Rocco lehnte sich entspannt in seinem Stuhl zurück und verfolgte fasziniert die beeindruckende Darstellung, die sich vor seinen Augen abspielte. Zwanzig lange Minuten später, die Rocco wie Stunden vorkamen, begann Schwarz tatsächlich zum Ende seines Vortrages zu kommen.

»Wenn wir nach alldem dann die von der KI erstellten Informationen mit dem Ergebnis der Obduktion der Rechtsmedizinerin Doktor Bonnet abgleichen, ergibt sich eindeutig, dass der Tod Folge eines Behandlungsfehlers war. Und nach allem, was wir wissen, liegt das daran, dass die Operateurin sich an die Empfehlung der KI gehalten und entsprechend gehandelt hat, was zum Tod des Patienten führte. Woraus sich schließen lässt, dass diese Empfehlung schlichtweg falsch war.«

Die Vorsitzende Richterin blickte auf und sah Doktor Schwarz prüfend an. »Wenn ich Sie richtig verstehe, können Sie also schwarz und weiß sagen, dass die KI einen Fehler gemacht hat?«

Gute Frage, dachte Rocco und schaute Schwarz gespannt an.

»Genau das kann ich«, erwiderte er selbstbewusst. »Wie sich aus dem OP-Bericht ergibt, hat sich Frau Doktor Müller, also die Angeklagte, exakt an den zuvor erstellten Behandlungsplan gehalten. Dieser hat ihr die Zufügung des Kontrastmittels empfohlen. Darauf war der Geschädigte allergisch. Daraus folgt zwangsläufig, dass dieser fehlerhaft war und die Handlung von Doktor Müller so zum Tod des Geschädigten geführt hat.«

Rocco sah aus dem Augenwinkel, wie seine Mandantin, die während der ganzen Aussage des Experten kaum eine Miene verzogen hatte, unter dem Tisch die Faust ballte.

Sasha Müller beugte sich zu ihm rüber und flüsterte ihm ins Ohr. »Die Schlussfolgerung ist im Ergebnis zutreffend, allerdings ist die Begründung lächerlich. Ebenso wie die gesamten Ausführungen dieses angeblichen Experten zu der Vorgehensweise der KI. Der Typ hat doch überhaupt keine Ahnung, wovon er redet.«

Rocco nickte. »Ich weiß«, erwiderte er so leise, dass es außer Sasha Müller niemand hören konnte. »Und glauben Sie mir, das werden wir gleich, wenn wir an der Reihe sind, auch klarstellen. Erst ist allerdings die Staatsanwaltschaft dran.«

Sasha Müller sah Rocco erst fragend an, nickte dann aber. Sie schien für den Moment mit der Antwort zufrieden zu sein.

»Das heißt«, wiederholte Richterin Doktor Benke und zog damit Roccos Aufmerksamkeit wieder auf sich, »Sie kommen zu dem Ergebnis, dass die KI falsche Ergebnisse ausgeworfen hat, die ursächlich für die Behandlung des Angeklagten waren und in dessen Folge zum Tod führen mussten.«

Doktor Schwarz nickte. »Genau das, Frau Vorsitzende. Wobei ich auch eine Meinung zu der Verantwortlichkeit habe. Da die Beantwortung dieser Frage nicht von meinem Auftrag erfasst war, möchte ich sie allerdings den Profis überlassen.«

Was für ein Arschkriecher, dachte Rocco. Aber geschickt. Er lenkt von seinem in Wahrheit inhaltsleeren Gutachten die gesamte Aufmerksamkeit wieder auf die Frage der Schuld seiner Mandantin.

»Gut«, sagte die Richterin nur. »Ich erteile das Wort jetzt der Staatsanwaltschaft. Frau Doktor Bunzel, haben Sie noch Fragen an den Zeugen?«

Rocco blickte zu der Bank der Staatsanwaltschaft, wo Doktor Bunzel ihre Robe zurechtrückte und dann aufstand. Ihrem Blick war anzusehen, dass sie mit der Aussage ihres Gutachters sehr zufrieden war. Nun, das würde sich bald ändern, dachte Rocco und spürte, wie ihn ein Gefühl der Freude überkam. Es war viel zu lange her, dass er sich im Gerichtssaal einen Fight mit einem offensichtlichen Blender geleistet hatte.

Die Oberstaatsanwältin blickte erst zu dem Zeugen und dann auf die Unterlagen, die vor ihr auf dem Tisch lagen. »Doktor Schwarz«, begann sie ihre Befragung. »Vielen Dank erst einmal für die ausführliche Darstellung zum Thema KI. Eine sehr komplexe Materie, die Sie für uns alle hier anschaulich erklärt haben.«

»Gerne.«

»Ich habe nur zwei kurze Punkte und denke, dass wir mit Ihrer Befragung schon sehr bald fertig sein dürften.«

Bunzel blickte kurz zu Rocco, der ihren Blick erwiderte und freundlich lächelte, während er dachte, wie falsch sie doch mit ihrer Einschätzung lag. So bald würden sie keineswegs fertig sein.

»Wenn ich Sie richtig verstanden habe«, fuhr sie fort und wandte sich wieder an Doktor Schwarz, »dann lag der Fehler bei der KI. Das System hat Ihrer Untersuchung zufolge die zugrunde liegenden Daten auf eine Art und Weise interpretiert, die zu einer falschen Empfehlung im Hinblick auf die Durchführung der Operation geführt haben.«

»Das ist zutreffend.«

»Vielen Dank, ich wollte nur sichergehen, dass ich das richtig verstanden hatte. Offensichtlich ja ein Beleg dafür, dass so einer Technik nicht vertraut werden darf.«

Rocco schüttelte den Kopf. Es stand für ihn außer Frage, dass Bunzel die Befragung mit Schwarz geübt hatte. Die ganze Art, wie sie mit ihm sprach, wirkte künstlich und einstudiert.

»Dann nur noch eine letzte Frage. Widerspricht das Ergebnis Ihrer Auswertung dem Gutachten von Doktor Bonnet?«

Doktor Schwarz schien für einen Moment nachzudenken, ehe er antwortete. Geschickt, dachte Rocco. Die rhetorische Pause erhöht die Bedeutung seiner Antwort.

»Nein«, sagte er schließlich mit fester Stimme. »Nein, das tut es nicht. Im Gegenteil. Das Gutachten der Kollegin Bonnet wird in seiner Aussagekraft durch meine Beurteilung sogar unterstützt.«

Unfassbar, dachte Rocco und musste sich zusammenreißen, den Kopf nicht zu schütteln. Er wollte »Doktor« Schwarz nicht den geringsten Anlass geben, sich auf das, was gleich folgen würde, einzustellen. Doch mit dem letzten Satz, in dem er quasi die Qualität von Bonnets Gutachten gutheißt, ganz so, als hinge das von seinem Urteil ab, hatte er den Bogen überspannt. Ursprünglich hatte Rocco geplant, seine Aussage lediglich auseinanderzunehmen. Aber jetzt würde er einen Schritt weitergehen. Er würde es nicht bei dem Gutachten belassen, sondern auch vor Schwarz keinen Halt machen.

»Dann«, sagte Oberstaatsanwältin Doktor Bunzel mit einem Lächeln auf den Lippen, »habe ich keine weiteren Fragen an den Sachverständigen. Vielen Dank.«

Bunzel nahm wieder Platz, und die Vorsitzende wandte sich an Rocco. »Herr Verteidiger, haben Sie noch Fragen an den Zeugen?«

»Ja, habe ich«, sagte Rocco und blickte Doktor Schwarz entspannt und freundlich an.

»Als Erstes, Doktor Schwarz, bitte ich Sie, uns mitzuteilen, an welcher Universität Sie Medizin studiert haben.«

Schwarz zog die Augenbrauen hoch. »Ich verstehe nicht genau, was Sie meinen.«

»Ganz einfach«, sagte Rocco. »Sie hatten ja eben die Rechtsmedizinerin Doktor Bonnet als Kollegin bezeichnet. Also bin ich davon ausgegangen, dass Sie auch Mediziner sind.«

Schwarz zuckte leicht, ließ sich aber nicht weiter aus der Ruhe bringen. »Ah, jetzt verstehe ich.« Er lächelte Rocco an. »Das ›Kollegin‹ bezog sich auf unsere Gemeinsamkeit als Gutachter in diesem Verfahren und nicht auf den Umstand, dass wir beide Mediziner sind. Tatsächlich bin ich Experte für künstliche Intelligenz.« Er machte eine kurze Pause und schaute Rocco selbstbewusst an. »Machine Learning, um genau zu sein.«

»Verstehe«, erwiderte Rocco. »Und das haben Sie ja auch in der vergangenen Stunde ausführlich mit uns geteilt.«

Schwarz nickte.

»Könnten Sie mir bitte noch einmal kurz erläutern, wie Sie zu der Erkenntnis gelangt sind, dass die KI der Firma Augmentum einen Fehler gemacht hat. Ich meine, welcher wissenschaftlichen Untersuchung zufolge sind Sie zu diesem Ergebnis gekommen?«

»Nun«, sagte Schwarz und lehnte sich in dem Zeugenstuhl zurück. »Das habe ich ja gerade ausführlich erläutert, oder?«

»Möglicherweise«, erwiderte Rocco. »Aber ich bin mir nicht sicher. Denn ich habe es nicht genau verstanden. Ich habe lediglich verstanden, wie Sie uns einen kurzen Einblick in die Funktionsweise einer KI im Allgemeinen gegeben haben, nur um dann zwanzig Minuten lang komplexe Fachtermini zu zitieren, deren Bedeutung mir, um ehrlich zu sein, nicht ganz klar war.« Rocco machte eine Pause. »Möglicherweise bin ich ja der Einzige in diesem Saal«, fuhr er fort, »aber ich habe nicht wirklich mitbekommen, wovon Sie gesprochen haben. Das ist allerdings notwendig, um zu verstehen, inwiefern das eine Auswirkung auf die Handlung meiner Mandantin hat. Denn Doktor Müller steht wegen des Vorwurfs der fahrlässigen Tötung vor Gericht. Da muss ich als ihr Verteidiger schon ganz genau verstehen, worum es geht.«

Doktor Schwarz setzte sich aufrecht in seinem Stuhl hin und sah leicht nervös zu Oberstaatsanwältin Bunzel. Die schien alles andere als glücklich mit der aktuellen Situation zu sein, nickte Schwarz dann allerdings zu, als wollte sie ihm sagen, er könne Roccos Frage ruhig beantworten.

»Na gut«, sagte Schwarz gestärkt, wobei wieder ein Hauch von Hochmut in seiner Stimme schwang. »Es ist grundsätzlich so, dass in einem Szenario wie dem hier vorliegenden eine KI dafür eingesetzt wird, anhand vorhandener Daten eine Vorhersage zu treffen. Als einfaches Beispiel nehmen wir die Hautkrebsfrüherkennung. Die KI schaut sich ein Foto an, auf dem ein Pigmentmal, ein Leberfleck, abgebildet ist. Aufgabe der KI ist jetzt, herauszufinden, ob dieses Hautmal harmlos ist oder es sich um Hautkrebs handelt. Die KI wird dabei Struktur, Größe und Farbe sowie zahlreiche weitere Kennzeichen mit Hautmalen abgleichen, die sie schon einmal gesehen hat und von denen sie weiß, ob es sich dabei um Krebs handelt oder eben nicht. Dann wird sie eine Einschätzung abgeben.« Schwarz machte eine Pause und schaute Rocco eindringlich an. »Verstehen Sie jetzt, was ich meine?«, fragte er mit dem Tonfall eines Menschen, dessen Gegenüber schwer von Begriff war.

Du versuchst mich doch zu verarschen, dachte Rocco und blickte sich im Saal um. Der überwiegende Teil der Zuschauer nickte zustimmend, so als wenn sie mit der Erklärung des Gutachters einverstanden wären. Merkten die denn alle nicht, wie er ihnen etwas vorspielte? Rocco musste allerdings zugeben, dass Schwarz sehr geschickt vorging.

»Das ist eine wirklich gute Erklärung, wie KI in einem praktischen Fall arbeitet«, sagte Rocco deshalb. »Dann sagen Sie uns doch bitte noch einmal mit ebenso einfachen Worten, denn jetzt habe ich Sie sehr gut verstanden, wie Sie in dem konkreten Fall die Fehlerhaftigkeit der KI von Augmentum festgestellt haben.«

Schwarz pustete genervt Luft durch seine Lippen und schüttelte den Kopf, so als könne er nicht fassen, welche unbedeutenden Fragen man ihm stellte. »Das habe ich genau so gemacht«, antwortete er schließlich.

Rocco drehte sich jetzt zur Richterbank. »Frau Vorsitzende, bitte helfen Sie mir. Bin ich der Einzige, der den Eindruck hat, dass der Zeuge meiner Frage ausweicht?«

Doktor Christiane Benke dachte einen Moment nach, bevor sie antwortete. »Nein, ich denke, Sie haben da einen validen Punkt.« An Schwarz gewandt sagte sie dann: »Bitte erklären Sie uns genau, anhand welcher Ergebnisse Ihrer Untersuchung Sie die Fehlerhaftigkeit der KI von Augmentum festgestellt haben.«

»Natürlich«, sagte Schwarz freundlich in Richtung der Vorsitzenden, und für einen Moment meinte Rocco, doch eine gewisse Unsicherheit in der Stimme des eben noch so selbstbewussten Gutachters zu entdecken. »Anhand des Ergebnisses der Rechtsmedizinerin, die in ihrer Aussage schlüssig und zutreffend ist, habe ich auf die Funktionsweise der KI geschlossen.«

Ha, dachte Rocco. Überführt. Ich wusste, dass er uns etwas vormacht.

Bevor die Vorsitzende darauf reagieren konnte, fragte Rocco mit einer nicht zu überhörenden Skepsis in der Stimme: »Moment, das verstehe ich nicht. Sie hatten uns doch gerade erklärt, dass Sie kein Mediziner sind. Wie können Sie dann die Qualität von Doktor Bonnets Gutachten beurteilen?«

»Nun ja, wollen Sie etwa dessen Richtigkeit infrage stellen?«, versuchte Schwarz sich aus der Situation zu winden.

Im nächsten Moment schaltete sich die Vorsitzende Richterin wieder ein. Sie hatte sich über den Tisch nach vorne gebeugt und blickte den Zeugen jetzt auch mit einem Anflug von Skepsis an. »Bitte beantworten Sie die Frage des Verteidigers und sehen Sie davon ab, stattdessen Gegenfragen zu stellen.«

»Natürlich«, sagte Schwarz. »Also, ich bin aufgrund der Expertise und des Rufs davon ausgegangen, dass die Ausführungen Doktor Bonnets zutreffend sind.«

Rocco nickte. »Ich verstehe. Aber beurteilen können Sie das nicht?«

»Nein, das kann ich nicht.«

»Erklären Sie uns doch bitte noch einmal, mit welchem analytischen Vorgehen Sie nun die Fehlerhaftigkeit der KI festgestellt haben.«

»Wie ich bereits gesagt habe«, antwortete Schwarz, jetzt mit einem Anflug von Stress in der Stimme, »habe ich das Gutachten von Doktor Bonnet zur Grundlage genommen.«

»Das heißt mit anderen Worten«, fragte Rocco, »dass Sie tatsächlich gar keine eigene Analyse durchgeführt haben, oder? Sie haben lediglich die Richtigkeit von Doktor Bonnets Gutachten unterstellt und sind im Rückschluss dann zu dem Ergebnis gelangt, dass die KI eine falsche Empfehlung ausgesprochen hat.«

»Nun ja, ganz so einfach war es natürlich nicht«, versuchte Schwarz die Kontrolle über die Befragung zurückzugewinnen. »Ich habe natürlich auch genau das Protokoll der Operation studiert und abgeglichen, inwieweit Ihre Mandantin, Doktor Müller, nach den Regeln der ärztlichen Kunst operiert hat.«

»Und wie bitte wollten Sie das wohl feststellen, wenn Ihnen, wie Sie uns ja selbst mehrfach bestätigt haben, jegliche medizinische Fachkunde fehlt?«

»Ich, also ich …«, stotterte Schwarz jetzt, doch Rocco fiel ihm ins Wort, noch ehe er weiter antworten konnte.

»Lassen wir diesen Punkt einmal kurz beiseite. Sie hatten ja vorhin mitgeteilt, dass Sie Experte für Machine Learning sind. Ist das auch das Fach, in dem Sie promoviert haben?«

Von einem Moment auf den anderen entspannten sich Schwarz' Gesichtszüge, und er schien sein Selbstbewusstsein zurückzugewinnen.

»Das stimmt. Ich habe meinen PhD tatsächlich in Machine Learning erworben.«

»Ausgezeichnet«, erwiderte Rocco und beschloss, dem albernen

Schauspiel jetzt ein schnelles Ende zu bereiten. »Zu welchem Thema haben Sie denn promoviert?«

Schwarz schaute ihn irritiert an. »Was meinen Sie? Das habe ich doch gerade gesagt. Zum Thema Machine Learning.«

»Ich meinte, wie lautet der Titel Ihrer Doktorarbeit?«

»Das, also … ich wüsste nicht, inwieweit das hier relevant sein sollte«, sagte Schwarz und schien von einem Moment auf den nächsten wieder sein Selbstbewusstsein zu verlieren.

Rocco blickte ihn mit einem Ausdruck von Mitleid an. »Ich will es Ihnen sagen. Der Titel Ihrer Doktorarbeit lautet ›Machine Learning and Artificial Intelligence‹.«

Schwarz nickte. »Natürlich lautet er so. Aber wenn Sie das so genau wissen, warum haben Sie mich dann gefragt?«

»Weil ich der Meinung bin, dass Sie ein Schwindler sind.«

Schwarz wollte gerade protestieren, als Oberstaatsanwältin Doktor Bunzel empört aufsprang.

»Frau Vorsitzende, ich bitte Sie eindrücklich, dieser Scharade ein Ende zu bereiten. Seit fast zehn Minuten befragt der Vertreter der Verteidigung meinen Sachverständigen«, begann Bunzel, nur um sich zu korrigieren, »ich meine den Sachverständigen, auf eine Art, als würde dieser auf der Anklagebank sitzen und nicht seine eigene Mandantin. Ihn jetzt als Schwindler zu bezeichnen dürfte sogar den Straftatbestand der Beleidigung erfüllen.«

Die Vorsitzende Richterin blickte von der Oberstaatsanwältin zu Rocco. »Ich stimme Ihnen nicht völlig zu«, sagte sie dann, »denn auch mir sind zwischenzeitlich Fragen zur Qualität des Gutachtens Ihres Sachverständigen gekommen, aber Doktor Schwarz als Schwindler zu bezeichnen geht wohl doch einen Schritt zu weit, Herr Verteidiger.«

»Das glaube ich nicht«, sagte Rocco, griff in seine Akte und zog sechs DIN-A4-Seiten heraus. Er ging erst zu der Richterbank und gab jedem der vier Richter je eine Seite. Die übrigen beiden Exemplare waren für Schwarz selber und für Doktor Bunzel bestimmt.

»Die Seite, die Sie in den Händen halten, ist die komplette Doktorarbeit des Zeugen Schwarz. Eine Seite. Eingereicht bei der sogenannten Fernuniversität von Split in Kroatien.«

Ein Raunen ging durch den Saal, und Rocco drehte sich zu den Zuschauern um. Die überwiegende Anzahl von ihnen schüttelte ungläubig den Kopf, während die Journalisten in den ersten beiden Reihen eifrig Notizen in ihre Blöcke schrieben.

»Herr Doktor Schwarz, könnten Sie uns bitte sagen, wie lange Sie an der Universität studiert haben, ehe Sie Ihre einseitige Doktorarbeit, die neben dem Titel aus insgesamt fünf Sätzen besteht, angefertigt haben?«

Schwarz' Gesicht war puterrot angelaufen, und er blickte hektisch zwischen Oberstaatsanwältin Doktor Bunzel, Rocco und der Saaltür hin und her. Ganz offensichtlich wünschte er sich nichts sehnlicher, als sofort aus dieser unangenehmen Situation zu entkommen.

»Sie brauchen die Frage nicht zu beantworten«, sagte Rocco und gab sich keinerlei Mühe, die Verachtung in seiner Stimme zu verbergen. »Meine Mitarbeiterin hat dort angerufen und uns die Unterlagen für den Studiengang zukommen lassen. Der Kurs besteht aus drei Onlinemodulen, bei denen die Teilnahme nicht kontrolliert wird. Die Kosten dafür liegen bei eintausend Euro. Im Gegenzug für diesen Preis erhalten Sie dann einen Mastertitel im Fach Ihrer Wahl. Für weitere fünfhundert Euro gibt's noch einen Doktortitel obendrauf.«

Rocco blickte nur kurz zur Bank der Staatsanwaltschaft, ehe er sich wieder an den nun vollkommen auf seinem Stuhl zusammengesunkenen »Doktor« Schwarz wandte.

»Ich möchte daher zusammenfassen, was Sie uns gerade erzählt haben. Sie verfügen weder über medizinische Expertise noch über irgendwelche wissenschaftlichen Fähigkeiten im Bereich der künstlichen Intelligenz. Das Einzige, was Sie uns hier aufgetischt haben, ist ein gekaufter und damit völlig wertloser akademischer Titel einer angeblichen Universität, deren Geschäftsmodell darin besteht, titelsüchtigen Menschen das Geld aus der Tasche zu ziehen.«

Rocco blickte zur Richterbank. »Frau Vorsitzende, ich habe keine weiteren Fragen an den Zeugen.«

41. KAPITEL

Berlin-Charlottenburg, Fasanenstraße 72, Kanzlei Eberhardt
Donnerstag, 18. Juli, 9.27 Uhr

Der Eklat um Gutachter »Doktor« Schwarz hatte die Runde gemacht, und das erste Mal seit Beginn der Ermittlungen gegen Sasha Müller sprach sich eine nennenswerte Anzahl an Kommentatoren in den sozialen Medien für eine differenziertere Sichtweise des Verfahrens aus. Ausschlaggebend dafür war unter anderem eine Schlagzeile im *Berliner Anzeiger*, der zweiten großen Boulevardzeitung der Hauptstadt, die in Auflagenstärke und Reichweite nur knapp hinter *Das Blatt* zurückfiel. In fetten Lettern titelten sie auf der ersten Seite des Lokalteils:

Meisterstück von Rechtsanwalt Rocco Eberhardt:
Berliner Starverteidiger zerreißt Gutachter
der Staatsanwaltschaft in der Luft

Falscher Doktor blamiert sich vor Gericht. Was ist
wirklich dran am Vorwurf gegen Chefärztin Doktor
Sasha Müller und die künstliche Intelligenz?

»Kannste ma sehn, was ein bisschen gute Anwaltsarbeit für einen Unterschied macht«, lachte Tobi und warf die Ausgabe des *Berliner Anzeigers* lässig auf den Besprechungstisch in Roccos Büro.

»Stimmt«, sagte Rocco und konnte sich ein Grinsen nicht verkneifen. »Hat direkt Spaß gemacht. Im Anschluss an die Verhandlung ist Oberstaatsanwältin Bunzel ohne einen weiteren Kommentar aus dem Gerichtssaal gerauscht, und auch ihr Starzeuge hat sofort das Weite gesucht.«

»Wie um alles in der Welt ist sie an diesen Deppen geraten?«, fragte Tobi.

»Ich vermute mal, sie hat die Auswahl des Experten für KI ihrem Referendar überlassen. Während meiner Befragung habe ich gesehen, wie der Referendar neben Bunzel immer weiter in sich zusammengesackt ist.«

»Typischer Anfängerfehler«, sagte Tobi kopfschüttelnd. »Wundert mich, dass ihr so was passieren konnte. Sie war vom Donner gerührt, als du ihren Zeugen zerlegt hast. Die hat dir beileibe mehr als nur einen bösen Blick zugeworfen.«

»Ja, hat sie. Und das macht die nächsten Tage nicht einfacher für uns. So ein Fehler passt so gar nicht zu ihr, vollkommen nervös und fahrig war sie«, sagte Rocco, während er zu seinem Sideboard ging und eine Kapsel in die Espressomaschine steckte. Während die dunkelbraune Flüssigkeit unter einem Gurgeln langsam in die Espressotasse lief, erfüllte ein wunderbarer Duft sein Büro. »Unter normalen Umständen wäre ihr das vermutlich auch nie passiert«, fuhr er fort. »Sie kennt die meisten Gutachter in der Hauptstadt sehr gut und wäre niemals auf so einen Scharlatan reingefallen. Das Problem, auf das sie gestoßen ist, ist das gleiche, vor dem wir ebenfalls stehen. Im Bereich künstliche Intelligenz gibt es so gut wie keine Sachverständigen. Und dieser angebliche Doktor Schwarz hat einfach durch sein selbstbewusstes Auftreten und seine vermeintliche Ausbildung überzeugen können.«

»Was ihm am Ende wenig gebracht hat«, stellte Tobi zustimmend fest.

»Uns allerdings auch weniger, als es nach dem Termin gestern den Anschein hatte. Denn mit diesem Zeugen hat Bunzel noch mal ihre Strategie bekräftigt«, sagte Rocco und reichte Tobi den ersten Espresso, nur um dann eine zweite Kapsel für sich in die Maschine zu legen. »Ganz gleich ob die KI einen Fehler gemacht hat oder nicht, die Verantwortung liegt nach ihrer Einschätzung bei meiner Mandantin.«

»Und was bedeutet das juristisch?«, fragte Tobi.

»Dass wir noch einiges an Arbeit vor uns haben. Denn wenn es

Bunzel gelingt, die Beurteilung von Sasha Müllers Schuld von der Frage abzukoppeln, ob die KI einen Fehler gemacht hat oder nicht, müssen wir genau diesen Punkt entkräften.«

»Und an was hattest du dabei gedacht?«, hakte Tobi nach.

»Na ja, die einzige Chance, die wir haben, ist, Müllers Verantwortungsbereich zu reduzieren. Die Frage ist dann nämlich, ob es ihr zuzumuten war, die Ergebnisse der KI zu überprüfen. Wir können das so darstellen, dass sie ebenso wie jeder andere Arzt auf der Welt die Daten der übrigen Geräte, die während einer OP verwendet werden, nicht gegenchecken kann. EKG, Sauerstoff und so weiter. Und schließlich hängt auch einiges davon ab, was das von uns beauftragte Gutachten von der Ärztin aus Kanada ergeben wird.«

»Na, wenn das mal nicht genauso eine Luftnummer wird wie gestern.«

»Das hoffe ich inständig«, stimmte Rocco seinem Freund zu. »Allerdings scheint die Gute eine anerkannte Ärztin und Expertin im Bereich der medizinischen KI zu sein. Ich habe mir im Internet ziemlich genau angeschaut, über welche Referenzen sie verfügt, und so wie es aussieht, steht ihre Qualifikation außer Frage.«

»Dein Wort in Gottes Ohr«, sagte Tobi und blickte auf seine Uhr. »Ich muss jetzt los. Hab noch ein Treffen, zu dem ich nicht zu spät kommen will.«

Rocco horchte auf. »Worum geht's?«, fragte er.

»Das, mein Lieber«, erwiderte Tobi, »kann ich dir momentan nicht sagen. Nur so eine Idee, die mir gekommen ist. Eine Spur, die ich verfolgen will. Wenn dabei was rumkommt, sage ich es dir. Und wenn nicht, ist es ganz gut, dass du nichts davon weißt.«

Mit einem Augenzwinkern fügte er hinzu: »Plausible deniability.«

Rocco legte die Stirn in Falten. Er schätzte Tobi sehr und arbeitete nicht nur mit ihm zusammen, weil sie seit der Schulzeit beste Freunde waren, sondern weil er ihn für den besten privaten Ermittler hielt, den er kannte. Er wusste allerdings auch, dass Tobi bei seinen Nachforschungen manchmal auf unkonventionelle Mittel zurückgriff, und hatte deshalb ein bisschen Sorge. Das Letzte, was er jetzt gebrauchen konnte, war, dass ihm eine von Tobis Ideen um die Ohren flog und sie selbst ein ähnliches Debakel erlitten wie die Staatsanwaltschaft am Vortag.

Tobi schien seine Gedanken zu lesen. »Mach dir mal keine Sorgen, Rocco. Du weißt, du kannst dich auf mich verlassen.«

Rocco blickte seinem Freund nach, als der das Büro verließ.

Von wegen mein Wort in Gottes Ohr.

42. KAPITEL

Berlin-Kreuzberg, Zentrale des Axel Läufer Verlages, Redaktion der überregionalen Tageszeitung *Das Blatt*
Donnerstag, 18. Juli, 10.13 Uhr

Für Insider war es kein Geheimnis, dass *Das Blatt* und der *Berliner Anzeiger* Zeitungen des gleichen Verlages waren. Und auch wenn es sich für die Öffentlichkeit so darstellte, als würden sich die beiden bekämpfen, taten sie das in der Realität genauso wenig wie Media Markt und Saturn. Die scheinbar miteinander konkurrierenden Elektronikfachhändler gehörten in Wirklichkeit zu einer Unternehmensgruppe.

Jule Hermann wusste das natürlich. Trotzdem konnte sie nur schwer damit umgehen, dass ihre in den letzten Wochen an Leserzahlen schwächelnde Serie über den Prozess gegen die *Tödliche Intelligenz*, die jetzt gerade wieder an Fahrt aufnahm, mit einem Mal vom *Anzeiger* unter Beschuss genommen wurde.

»Das ist doch absurd, was wir da machen«, rutschte es ihr etwas lauter raus, als sie beabsichtigt hatte. Erregung und Wut standen in ihren Augen, und sie ärgerte sich im selben Moment über sich selbst, dass sie ihre Gefühle nicht besser im Griff hatte.

Marion Hahn, die als Chefredakteurin von *Das Blatt* Mitglied des Managementteams des Verlages war, schaute Jule Hermann leicht belustigt an. »Und was, liebe Jule«, sagte sie in einem Tonfall, der gönnerhafter nicht hätte sein können, »soll daran falsch sein? Seit dieser Trottel von Gutachter gestern von Eberhardt auseinandergenommen wurde, haben sich die Lager etwas verschoben. Waren bis dahin noch mehr als achtzig Prozent der Meinung, KI sei das letzte Teufelszeug und unsere attraktive Chirurgin gehöre für immer ins Gefängnis, steht es jetzt nur mehr zwei Drittel gegen ein Drittel.«

Jule merkte, wie die Wut in ihr weiter anstieg. Sie hatte keine Lust, sich von ihrer Chefin wie eine dumme Praktikantin zurechtweisen zu lassen. Sie kannte die Zahlen ganz genau. Man musste sie dazu nicht belehren.

»Marion, das weiß ich auch. Es will mir nur nicht in den Kopf, wie wir als Journalisten jetzt auf einmal für Sasha Müller Partei ergreifen.«

»Das tun wir doch gar nicht«, entgegnete die Chefredakteurin kopfschüttelnd. »Genauso wenig, wie wir uns gegen sie richten.«

»Aber du hast mich auf die Story angesetzt, weil wir was in der Hand hatten. Weil ein Mensch gestorben ist und ich der Sache nachgehen sollte. Damit wir die Verantwortlichen finden und die Wahrheit ans Licht bringen können.«

»Stimmt genau. Ich habe dich darauf angesetzt. Und das aus gutem Grund. Du hast einen exzellenten Spürsinn. Du gibst nicht auf und lässt dich nicht abwimmeln. Und du kannst schreiben. Aber«, fuhr sie fort, wobei ihr Ausdruck an Schärfe zunahm, »doch nicht, damit wir das Urteil über Recht und Unrecht fällen. Na klar, wir wollen Licht in die Sache bringen. Ob wir damit auch die Wahrheit herausfinden, ist eine ganz andere Frage.« Hahn hielt inne und zuckte mit den Schultern. »Wahrheit, was ist das schon? Das ist subjektiv. Der Patient, dieser Dauber, ist tot, und ich wette, sein Sohn besteht jeden Lügendetektortest, wenn man ihn dazu befragt, ob nach seiner Meinung die Ärztin daran schuld ist. Das ist seine Wahrheit. Und im Gegenzug würde die Ärztin, diese Müller, vermutlich ebenso jeden Test bestehen, wenn man sie befragt, ob sie die Schuld daran trägt, und sie das verneint, weil sie alles in ihrer Kraft Stehende getan hat und Menschen nun einmal sterben. Und das ist eben ihre Wahrheit. Allerdings schließen die beiden sich komplett gegenseitig aus, oder?«

Jule schaute ihre Chefin irritiert an. Wovon um alles in der Welt redete Marion Hahn?

»Tatsächlich geht es doch darum, eine Zeitung zu verkaufen, die gelesen wird. Davon leben wir. Je höher die Auflage, desto mehr können wir verdienen. Und das müssen wir auch, denn wir sind nun mal ein Wirtschaftsunternehmen. Und damit zum Erfolg verdammt. Dabei geht es nicht nur um dich oder mich. An unserem Erfolg hängen verdammt viele Jobs und an diesen Jobs verdammt viele Familien. Wir haben eine Verantwortung, dafür zu sorgen, dass die Mitarbeiter unserer Zeitung auch morgen ihren Kindern ein anständiges Leben bieten können.«

»Und das machen wir genau noch mal womit?«, fragte Jule, der die pathetischen Ausführungen ihrer Chefin etwas hohl vorkamen.

»Ganz einfach«, erwiderte diese. »Das machen wir, indem wir dem Volk aufs Maul schauen und den Leuten genau das geben, was sie hören wollen. Meine liebe Jule, heutzutage verkauft man keine Zeitung mehr, um den Menschen da draußen neue Informationen zu vermitteln. Heute verkauft man Zeitungen, indem man die Menschen in ihrer ohnehin schon vorgefertigten Meinung bestätigt.«

»Und warum dann der Angriff vom *Berliner Anzeiger?*«, echauffierte Jule sich. »Hast du mal gesehen, wie die Leser in ihren Kommentaren über *Das Blatt* herziehen? Und über mich!?«

»Na klar habe ich das, das ist doch mein Job. Und ehrlich gesagt konnte uns nichts Besseres passieren. Bislang hatten wir überhaupt keinen glaubhaften Ansatzpunkt, die andere Seite der Medaille darzustellen, denn dieser Eberhardt hat sich ja nicht in die Karten blicken lassen. Aber jetzt, wo er vor Gericht anfängt, sich zu positionieren, haben wir endlich ein bisschen Fleisch in der Suppe.«

Jule, die an sich nicht auf den Kopf gefallen war, sah mit einem Mal das ganze Bild. Und sie fragte sich, ob es das war, was sie von ihrem Job in Berlin erwartet hatte. Sicher, sie hatte die Hoffnung, investigativen Journalismus mit einer emotionalen Erzählweise in Einklang zu bringen. Aber das hier ging doch in eine andere Richtung. Für ihre Chefin drehte sich alles ausschließlich darum, mehr Leser zu gewinnen. Und jetzt, wo es eine wachsende Zahl von Lesern aufseiten der Ärztin gab, würde der Verlag diese auch bedienen. Ganz nach dem Motto: Gib dem Affen Zucker. Nachdem sie den *Berliner Anzeiger* positioniert hatten, konnte es dem Axel Läufer Verlag vollkommen egal sein, auf wessen Seite die Leser standen. Für oder gegen Sasha Müller. Für oder gegen die KI. Sie fanden in jedem Fall in einer der beiden Zeitungen ein Zuhause.

Marion Hahn stand auf und ging um den Konferenztisch zu Jule Hermann. Sie setzte sich in den Stuhl neben der jungen Redakteurin und klopfte ihr auf die Schulter.

»Aber weißt du was, liebe Jule? Wenn ich ehrlich bin, glaube ich trotzdem an dich. Und dass du auf der richtigen Spur bist. Ich glaube, du solltest dich ein bisschen mehr mit der Familie von Dauber auseinandersetzen. Und außerdem könntest du noch ein Porträt über die Müller schreiben. So nach dem Motto: Müller die Todesärztin – wer bei ihr auf dem Tisch liegt, wird Opfer ihrer technischen Versuche. Irgendwas, was den Fall wieder ein bisschen anheizt.«

Jule sah ihre Chefin an und fragte sich, ob sie gerade mit ihr spielte oder es ernst meinte. In ihren Augen konnte sie nichts lesen. Allerdings war sie darin noch nie gut gewesen. Und eigentlich war es auch egal. Selbst wenn Hahn und der Verlag und der *Berliner Anzeiger* ihr eigenes Spiel spielten, musste das doch nichts daran ändern, wie sie die Sache sah.

43. KAPITEL

Berlin-Charlottenburg, Fasanenstraße 72, Kanzlei Eberhardt
Freitag, 19. Juli, 17.12 Uhr

Die Verhandlung am Donnerstag hatte kaum neue Erkenntnisse gebracht, und der ganze Tag zog sich hin wie ein zäher Klumpen Kaugummi. Die Einzige, die darüber einigermaßen froh zu sein schien, war Oberstaatsanwältin Bunzel, der ihr Debakel vom Mittwoch noch deutlich anzumerken war. Sie wirkte blass und hatte eine neue Referendarin, die neben ihr saß, um sie zu unterstützen.

Am Vormittag sagte ein Mitarbeiter aus der IT-Abteilung des Krankenhauses aus, der detailliert dazu Auskunft gab, wie lange die Systeme von Augmentum bereits eingesetzt wurden. Im Ergebnis stellte sich heraus, dass die erste sogenannte Proof-of-Value-Phase, in der die Technologie in einer Art Testumgebung ausführlich gecheckt wurde, schon vor drei Jahren stattgefunden hatte. Das Ergebnis war so vielversprechend, dass vor ziemlich genau achtzehn Monaten mit dem Livebetrieb in der Gefäßchirurgie begonnen wurde. Auf die Frage, wie erfolgreich die Systeme denn liefen, konnte der Techniker nichts sagen. Er sei IT-Mann, kein Arzt oder KI-Experte. Seine Aufgabe bestand darin, dafür zu sorgen, dass die Technik eingebunden wurde und lief, nicht darin, wie gut die Ergebnisse waren.

Am Nachmittag erging sich Oberstaatsanwältin Doktor Bunzel in einer endlosen Befragung mit einer weiteren Sachverständigen, die sie zum Thema des Einsatzes und der Zuverlässigkeit technischer Geräte in der Medizin befragte. Im Ergebnis bestätigte die Expertin, dass die während einer OP verwendeten Geräte, wie Blutdruckmessgerät oder EKG, bereits seit mehreren Jahrzehnten Verwendung finden. Und das nicht nur in der Gefäßchirurgie des Klinikums Spreehöhe, sondern auf der ganzen Welt.

Der komplette Tag diente dem einzigen Zweck, den Rocco längst ausführlich mit Tobi besprochen hatte. Oberstaatsanwältin Doktor Bunzel kam es weniger darauf an, ob die KI eine falsche Empfehlung abgegeben hatte oder nicht, sondern einzig und alleine darauf, dass es selbst in diesem Fall Sache der Angeklagten war, die Ergebnisse der KI zu überprüfen und ihnen nicht blind zu vertrauen. Dass diese nicht mit den Ergebnissen eines EKG oder Blutdruckmessers vergleichbar waren, ergab sich nach Bunzels Logik einzig und alleine daraus, dass man einer neuen Technologie nicht so sehr vertrauen durfte wie seit Jahrzehnten erprobten Systemen.

Schließlich wiederholte sie ihr Hauptargument, dass sich die Allergie Daubers aus der Akte schwarz auf weiß ergab und an prominenter Stelle im Anamnesebogen zu sehen war und dass ein einziger Blick in die Akte genügt hätte, um den fatalen Ausgang der OP zu verhindern.

Rocco musste Bunzel zugestehen, dass es eine ganze Reihe von Punkten gab, die für ihre Argumentation sprachen, aber genauso viele, die dagegenstanden. Das würde er sich allerdings für sein Schlussplädoyer aufheben und je nachdem, wie das Gutachten der Ärztin aus Kanada ausfallen würde, gegebenenfalls noch anpassen.

Ja, das Gutachten der Ärztin. Rocco schaute auf seine Uhr. Es war jetzt kurz nach halb sechs, und spätestens in einer halben Stunde sollte ihm die Unterlage vorliegen. Weil Doktor Joline Brockhoff vom Peter Munk Cardiac Center des Toronto General Hospital in Kanada die Unterlage in Englisch erstellen würde, hatte Rocco bereits eine staatlich anerkannte Übersetzerin beauftragt, die den Text noch am Wochenende übersetzen würde, damit er ihn in der kommenden Woche vor Gericht verwenden konnte. Um sich selbst allerdings einen ersten Eindruck über den Inhalt zu verschaffen, hatte Rocco die Webseite der Übersetzungs-KI www.deepl.com aufgerufen. Sein Englisch war zwar ganz passabel, aber wenn es um das Verständnis medizinischer oder technischer Fachausdrücke ging, stieß er doch an seine Grenzen, weshalb er hier jedes Risiko vermeiden wollte, etwas falsch zu verstehen.

Fünf Minuten später vibrierte Roccos iPhone. Die WhatsApp von Joline Brockhoff war kurz und präzise: »Sie haben Post«

Rocco checkte sein E-Mail-Postfach, und tatsächlich war das Gutachten vor einer Minute eingegangen.

Mit Drag-and-drop zog er das PDF aus der E-Mail direkt in das Browserfenster von deepl und beobachtete fasziniert, mit welchem Tempo der Fortschrittsbalken die Geschwindigkeit der Übersetzung des wissenschaftlichen Textes anzeigte.

Eine knappe Minute später war das Ergebnis für Rocco zum Download bereit. Er klickte zweimal auf die Datei, und das Dokument öffnete sich auf dem Display seines MacBooks. Auf insgesamt dreiundzwanzig Seiten, die neben Text eine ganze Reihe von Grafiken und Datentabellen enthielten, hatte Brockhoff zunächst untersucht, wie sicher und verlässlich sie den Betrieb des Augmentum-Systems im Klinikum Spreehöhe beurteilte, um im Anschluss die Fragen, die den Gutachterauftrag umfassten, zu beantworten:

- Hat das Augmentum-System fehlerhafte Empfehlungen abgegeben, in deren Folge Jens Dauber verstorben ist?
- Oder haben sowohl Müller als auch die KI korrekt gearbeitet?

Rocco scrollte neugierig ans Ende des Dokuments, weil er davon ausging, dort eine kurze Zusammenfassung zu finden, und er wurde nicht enttäuscht. Als er las, zu welchem Ergebnis die Wissenschaftlerin gekommen war, zog er erstaunt die Augenbrauen hoch.

44. KAPITEL

Berlin-Moabit, Turmstraße 91, Kriminalgericht
Montag, 22. Juli, 9.56 Uhr

Doktor Joline Brockhoff erinnerte Rocco auf den ersten Blick eher an Lagertha, eine der Hauptfiguren aus der populären Serie *Vikings,* als an eine Wissenschaftlerin. Neben ihren strahlend grünen Augen stachen ihre blonden Haare hervor, die sie zu einer Flechtfrisur trug.

Brockhoff war gebürtige Holländerin, lebte aber seit ihrer Grundschulzeit in Kanada, sodass sie heute von einem Übersetzer für die englische Sprache unterstützt wurde.

Nach der Belehrung durch die Vorsitzende Richterin begann sie, immer unterbrochen durch die Übersetzungen des Dolmetschers, den Inhalt ihres Gutachtens wiederzugeben. Dabei nutzte sie einen großen Bildschirm, der extra zu ihrer Unterstützung in den Gerichtssaal gebracht wurde. Anhand von Grafiken und Tabellen erklärte sie, wie sie die ihr zur Verfügung gestellten Daten genutzt hatte, um mit verschiedenen Versuchsreihen deren Qualität zu beurteilen. Dabei wurde sie gleich zu Beginn von der Vorsitzenden Richterin gebeten, die sehr technischen Begriffe so zu erklären, dass jeder sie verstehen konnte. Offensichtlich wollte Richterin Benke ein weiteres Fiasko wie bei »Doktor« Schwarz vermeiden. Brockhoff versprach mit einem charmanten Lächeln, alles so einfach wie möglich darzustellen, und bat darum, sie jederzeit zu unterbrechen, wenn dennoch etwas unverständlich blieb. Im Anschluss an ihren Einstieg erklärte sie, wie das Augmentum-System im Klinikum Spreehöhe eingeführt und getestet wurde und welche Ergebnisse es seitdem im Produktionsbetrieb erstellte. Sie kam zu dem Schluss, unterstützt durch sogenannte Peer-Reviews unabhängiger Stellen, die den damaligen Testlauf begleitet hatten, dass es insoweit keine

Hinweise auf eine fehlerhafte Funktion gab und das Krankenhauspersonal auf die Ergebnisse vertrauen durfte.

Aufgrund der Art ihrer Darstellung, die sie mit Zahlen und Daten untermauerte, war jedem im Saal klar, dass im Unterschied zum Gutachter der Staatsanwaltschaft in diesem Moment eine echte Expertin vor ihnen saß.

»Am Ende läuft es daher auf Folgendes hinaus«, übersetzte der Dolmetscher ihre Worte. »Die Frage, ob die Daten, die Augmentum zur Verfügung standen, den Daten entsprechen, die die Rechtsmedizin für ihre Beurteilung herangezogen hat.«

»Das müssen Sie uns genauer erklären«, sagte die Vorsitzende.

»Na ja, das ist gar nicht schwer. Nach den Daten, die mir zur Verfügung stehen, hatte Augmentum keinen Hinweis auf die Allergie des Patienten. Dass die Allergie hier überhaupt eine Rolle spielt, habe ich erst gestern erfahren, als mir Rechtsanwalt Eberhardt davon erzählt hat.«

Richterin Benke staunte. »Meinen Sie damit, dass Augmentum Ihnen möglicherweise nicht alle Unterlagen zur Verfügung gestellt hat?«, hakte sie nach.

»Nein, das meine ich nicht. Ich kann nur sagen, dass ganz eindeutig die von Augmentum für die Beurteilung des Zustandes des Patienten und in der Folge für die Erstellung des Behandlungsplanes verwendeten Daten keinen Hinweis auf eine Allergie des Patienten enthielten. Und daraus wiederum folgt, dass die KI einwandfrei gearbeitet und keinen Fehler gemacht hat.«

»Ich hatte, ehrlich gesagt, etwas mehr von Ihrer Expertin erwartet«, sagte Oberstaatsanwältin Bunzel in Richtung von Rocco in einer Lautstärke, dass man es im ganzen Saal hören konnte, was ihr einen strengen Blick der Vorsitzenden einbrachte.

»Sie können die Sachverständige gleich befragen«, sagte sie, ehe sie nach einer kleinen Pause hinzufügte: »Sobald Sie an der Reihe sind.«

Im Anschluss stellten sie selbst und die übrigen Richter noch einige Fragen, insbesondere wie es dazu kommen konnte, dass Augmentum keine Daten zu der Allergie vorlagen. Dazu konnte Brockhoff keine Auskunft geben. Die Frage, wem wann welche Daten zur Verfügung standen, sei nicht von ihrem Gutachterauftrag umfasst, und sie hatte unabhängig davon tatsächlich auch keinerlei Informationen dazu. Damit ging das Fragerecht auf die Staatsanwaltschaft über.

»Ich habe eigentlich nur zwei Fragen«, begann Doktor Bunzel in einem Tonfall, der Rocco an eine Lehrerin aus längst vergangener Zeit erinnerte, die einen Schüler eines Versäumnisses überführen wollte. »Meine erste Frage lautet: Nutzen Sie Augmentum denn selbst bei Ihrer Arbeit und in Ihrer Forschung?«

»Ja, natürlich. Augmentum ist einer der führenden Entwickler von KI Lösungen in der Medizin. Diese kommen auch bei uns zum Einsatz.«

»Interessant«, erwiderte Bunzel und fuhr siegessicher fort. »Es wäre also für Sie und Ihre Arbeit ein Nachteil, wenn hier ein fehlerhaftes Arbeiten von Augmentum konstatiert werden würde?«

Verwundert blickte Doktor Brockhoff die Staatsanwältin an, so als verstände sie deren Frage nicht, ehe sie ruhig, aber bestimmt antwortete: »Das Gegenteil ist natürlich der Fall. Wir setzen die Systeme gerade im Interesse der Allgemeinheit bei uns ein, um vor allem deren mögliche Fehleranfälligkeiten aufzudecken, damit diese Fehler behoben werden können. Das ist das, was man Forschung und Entwicklung nennt. Das ist für mich das höchste Prinzip der Wissenschaft. Mal abgesehen davon, dass Augmentum nur eines von vielen Systemen ist, die wir verwenden und testen und deren Ergebnisse wir mit den Herstellern austauschen, sodass diese die Möglichkeit haben, ihre Lösungen weiterzuentwickeln.«

Rocco konnte Bunzel am Gesicht ansehen, dass sie nicht mit einer solchen Parade ihres Angriffes gerechnet hatte. Die Ermittlerin war aber erfahren genug, nicht weiter auf dem Punkt herumzureiten.

»Soso, verstehe«, sagte sie schmallippig. »Meine nächste Frage hat mit der Herkunft der Informationen zu tun, die Sie verwendet haben. Habe ich es richtig verstanden, dass alles, was Sie uns heute erzählt haben, Ergebnisse aufgrund eines Datensatzes sind, den Sie von Augmentum erhalten haben und der offensichtlich nicht vollständig ist?«

Erneut ließ sich die Wissenschaftlerin nicht aus der Ruhe bringen, sondern antwortete mit einem extrem entspannten Gesichtsausdruck auf die Frage der Oberstaatsanwältin lediglich mit einem einzigen Wort: »Nein.«

Bunzel schaute sie ungläubig an. »Aber das haben Sie uns doch gerade eben erzählt«, hielt sie Brockhoff vor.

»Nein, habe ich nicht«, erwiderte Brockhoff seelenruhig.

»Sondern?«, fragte Bunzel, die für den Moment etwas aus dem Konzept gebracht schien.

»Ich habe meine Schlussfolgerung nicht aufgrund eines unvollständigen Datensatzes gezogen, sondern aufgrund von Daten, die augenscheinlich von denen Ihnen vorliegenden Daten in einer ganz entscheidenden Stelle abweichen.«

»Aber das ist doch das Gleiche«, versuchte Bunzel ihre ursprüngliche Frage zu retten.

»Nein, ist es nicht.«, erwiderte Brockhoff. »Es muss zwei Datensätze geben. Den, der Ihnen vorliegt, und den, auf den die KI Zugriff hatte. Und die beiden sind nicht identisch.«

45. KAPITEL

Berlin-Moabit, Turmstraße 21, Institut für Rechtsmedizin
Montag, 22. Juli, 10.56 Uhr

Die Auftritte als Sachverständiger vor Gericht, die elementarer Bestandteil seiner Tätigkeit als Rechtsmediziner waren, gehörten nicht zu den bevorzugten Tätigkeiten im Berufsleben von Doktor Justus Jarmer. Am wenigsten schätzte er die oft sehr pathetischen Angriffe durch mittelmäßige Strafverteidiger, die versuchten, ihm das Wort im Mund herumzudrehen und seine Arbeit infrage zu stellen. Aus diesem Grund versuchte er die Zeit bei Gericht so gering wie möglich zu halten. Da er heute allerdings in einer neuen Sache zu einer Besprechung mit der Staatsanwaltschaft, die ja im selben Gebäude wie das Landgericht Räume nutzte, verabredet war, und weil sich dieser Termin um eine gute Stunde verzögerte, hatte er die Zeit genutzt, um sich den Prozess gegen Doktor Sasha Müller anzuschauen. Er hatte Rocco Eberhardt, der ihn sofort bemerkt hatte, kurz zugewunken und sich dann in den Zuschauerraum gesetzt.

Tatsächlich war es mehr dem Zufall als irgendeiner Planung geschuldet, dass er genau in dem Moment dazustieß, als die holländische Wissenschaftlerin ihr Gutachten vortrug. Und weil sie sehr interessant und differenziert über KI, eine für ihn immer noch fremde Technologie, berichtete, hörte Jarmer ihren Ausführungen aufmerksam zu. Es wurde schnell klar, warum die promovierte Medizinerin, die überdies einen Doktortitel in Machine Learning der University of California, Berkeley, innehatte, zu den renommiertesten Wissenschaftlern auf ihrem Gebiet gehörte. Ihre Aussage war verständlich, auf den Punkt und in keiner Weise parteiisch. Als sie zum Ende kam und die provokanten Fragen der Staatsanwältin elegant gemeistert hatte, hatte sie sich Jarmers vollen Respekt verdient.

Allerdings, und das konnte man ihr nicht vorwerfen, stellte sich der Eindruck ein, dass ihr Gutachten aufgrund eines fehlerhaften Datensatzes erstellt wurde. Es war doch sehr überraschend, dass die Informationen zu Daubers Allergie Augmentum nicht zur Verfügung gestanden haben sollten, weshalb Jarmer sich wunderte, dass Brockhoff nicht zu der gleichen Schlussfolgerung gekommen war. Ganz offensichtlich entstand hier der Eindruck, dass Augmentum möglicherweise nicht sauber spielte, um eine mögliche Haftung von sich zu weisen. Aber war das wirklich möglich? Und welchen Einfluss würde das auf den weiteren Verlauf der Verhandlung nehmen?

Ein Umstand, der Jarmer nachdenklich machte und bei dem er sich fragte, ob sich hinter den scheinbar offensichtlichen Tatsachen nicht noch etwas ganz anderes verbarg. Er überlegte kurz und entschied sich dann, der Sache später nachzugehen. Halb aus Interesse, um seinen Verdacht zu bestätigen oder zu relativieren, halb, weil er es irgendwie für seine Pflicht hielt.

Im Anschluss an die Vernehmung musste er sich eigentlich beeilen, um nicht zu spät zu seinem Termin zu kommen, passte aber dennoch Oberstaatsanwältin Doktor Bunzel auf dem Gang ab. Er bat die Ermittlerin, ihm per E-Mail eine Kopie von Brockhoffs Gutachten inklusive einer deutschen Übersetzung zuzusenden, was diese ihm gerne zusagte.

Als er knappe zwei Stunden später wieder im Institut für Rechtsmedizin angekommen war, stellte er mit großer Freude fest, dass Bunzel ihm die gewünschten Unterlagen bereits geschickt hatte.

Doch weil er noch andere Aufgaben erledigen musste, kam er erst am späten Nachmittag dazu, sich den dreiundzwanzig Seiten langen Text inklusive Grafiken und Tabellen sowie den ebenso umfangreichen Daten, die von Augmentum kamen, zu widmen. Für einen ersten Durchgang brauchte er etwa fünfundvierzig Minuten. Danach hatte er sich für eine weitere Stunde den Passagen gewidmet, die nach seiner Einschätzung den Schlüssel zur Schlussfolgerung von Brockhoffs Ergebnis ausmachten. Diesen Vorgang hatte er insgesamt zwei Mal wiederholt.

Schließlich hatte er sich in seinem Schreibtischsessel zurückfallen lassen, den Kopf in den Nacken gelegt und nachgedacht, während er in atemberaubender Geschwindigkeit seinen Kugelschreiber um die Finger seiner rechten Hand kreisen ließ. Mit der bisherigen Herangehensweise beziehungsweise dem bisherigen Blick auf den Fall war diese Widersprüchlichkeit nicht zu erklären. Er besann sich darauf, die Sache von einer anderen Seite anzugehen, und da gab es nur eine einzig mögliche Schlussfolgerung. Das war extrem überraschend. Und dafür konnte es nach seiner Meinung lediglich einen Grund geben. Der würde einen ganz erheblichen Einfluss auf den weiteren Verlauf des Verfahrens haben. Denn Jarmers neue Erkenntnis lief darauf hinaus, dass alle bisherigen Betrachtungen des Falls komplett belanglos waren.

Jarmer dachte nach. Er musste seine Theorie teilen. Sofort. Und er wusste auch, mit wem.

46. KAPITEL

Berlin-Moabit, Turmstraße 91, Staatsanwaltschaft Berlin,
Abteilung Kapitaldelikte
Montag, 22. Juli, 18.23 Uhr

Wie schön wäre es, wenn sich das Verbrechen in Berlin an normale Arbeitszeiten halten würde. Nine to five wäre perfekt. Aber leider war dem nicht so. Doktor Julia Bunzel blickte auf den Aktenberg auf ihrem Schreibtisch, der von Tag zu Tag größer wurde. Wie um alles in der Welt sollte sie das schaffen?

Es kam ihr so vor, als ob für jede Akte, die sie abschloss, zwei neue auf ihrem Tisch landeten. Wie bei dieser Schlange aus der griechischen Mythologie. Für jeden abgeschlagenen Kopf wuchsen zwei neue nach. Es war unmöglich, dessen Herr zu werden. Andererseits war aufgeben auch keine Option.

Was soll's, dachte sie, pustete ihren Pony aus dem Gesicht und rieb sich mit dem Handrücken über ihre Augen. Sie waren trocken und brannten. Mit zwei geübten Griffen holte sie die weichen Kontaktlinsen heraus und schmiss sie in den Papierkorb unter ihrem Schreibtisch. Mit der rechten Hand fasste sie in die Reverstasche ihres Blazers und fluchte leise, weil sie mit dem Finger direkt auf das Glas ihrer Lesebrille gekommen war. Sie zog die Brille heraus und polierte den kleinen Fettfleck mit dem Ärmel ihrer Bluse weg.

Zurück zu den Akten.

Sie griff nach dem ersten Ordner, als ihr Telefon klingelte. Für einen Moment überlegte sie, ob sie den Anruf einfach ignorieren sollte. Sie schaute auf ihre Uhr. Halb sieben. Ein Blick auf den Aktenstapel vor ihr sagte ihr, dass sie hier heute vor einundzwanzig Uhr eh nicht rauskommen würde. Und wenn ihr jetzt noch jemand ein Ohr abkaute, würde sich das weiter hinauszögern. Sie ließ das

Klingeln also Klingeln sein und widmete sich wieder den Akten vor ihr.

Überfall auf einen Dönerladen in Neukölln. Zwei Verletzte und ein Toter …

Bevor sie den Satz zu Ende lesen konnte, klingelte das Telefon erneut.

Bunzel seufzte laut. Vermutlich würde der Anrufer keine Ruhe geben.

»Ja«, meldete sie sich, wobei sie sich gar keine Mühe gab, gut gelaunt zu klingen.

»Oh, ich störe. Entschuldigen Sie bitte«, hörte sie den Anrufer am anderen Ende der Leitung. Sie erkannte die Stimme sofort. Es war Jarmer von der Rechtsmedizin. Julia Bunzel setzte sich aufrecht in ihrem Stuhl hin.

»Nein, nein«, antwortete sie und klang dabei schon etwas geduldiger. »Es ist einfach ein Scheißtag heute. Bitte entschuldigen Sie meine Ausdrucksweise.«

»Hm«, erwiderte Jarmer. »Ich vermute mal, dass Ihr Schreibtisch unter der Last unbearbeiteter Akten zusammenzubrechen droht und Ihre Abteilung nicht gerade überbesetzt ist.«

»Ja, das ist eine ziemlich akkurate Beschreibung des derzeitigen Zustandes. Aber sei's drum«, fuhr sie fort. »Was kann ich für Sie tun?«

»Die Frage ist wohl eher, wie ich Ihnen helfen kann«, sagte Jarmer.

»Okay, jetzt haben Sie mich neugierig gemacht.«

»Die Sache ist die«, fuhr Jarmer fort. »Nach der Zeugenbefragung der kanadischen Ärztin in dem Verfahren gegen Sasha Müller heute habe ich mir deren Gutachten noch einmal angeschaut. Vielen Dank übrigens, dass Sie das so schnell geschickt hatten. Und da …«

»Ja, ja«, unterbrach Bunzel ihn, »da machen Sie sich mal keine Sorgen. Das Ergebnis steht zwar im direkten Widerspruch zu der

Schlussfolgerung Ihrer Kollegin, aber das sollte kein Problem sein. Bei Aussage gegen Aussage bewerten wir immer die Glaubwürdigkeit der Person und die Glaubhaftigkeit des Gesagten selbst. Und da gewinnt die Berliner Rechtsmedizin locker. Mal abgesehen davon, dass diese Wissenschaftlerin ja ganz offensichtlich mit falschen Daten gearbeitet hat, was ihr gesamtes Gutachten meiner Meinung nach ohnehin vollkommen unglaubwürdig macht. Da muss man sich schon fragen, ob dieses IT-Unternehmen nicht versucht, von sich abzulenken. Nun, am Ende ist mir das egal, weil es sowieso keine Auswirkungen auf unseren Fall hat. Zumindest nicht für mich. Ergo kein Grund, sich Sorgen zu machen.«

»Vielen Dank«, erwiderte Jarmer. »Aber das ist gar nicht das Problem. Es ist viel mehr genau andersherum.«

Andersherum?, dachte Julia Bunzel und kratzte sich mit der rechten Hand an der Stirn. Wovon um alles in der Welt sprach Jarmer?

»Die Sache ist nämlich die«, fuhr Jarmer fort, »dass Doktor Brockhoff meines Erachtens recht hat. Ich bin ihr Gutachten heute zwei Mal durchgegangen. Und auch die Unterlagen, die sie dafür von Augmentum zur Verfügung gestellt bekommen hat. Und ich habe mir ihre Argumentation noch einmal genau angeschaut. Fakt ist, dass Doktor Brockhoff und meine Kollegin die Betrachtung von zwei verschiedenen Seiten her angegangen sind. Während wir vom Ergebnis her, also dem toten Patienten, auf die Todesursache geschlossen haben, hat sie die Art der Behandlung aus dem Blickwinkel vor Durchführung des Eingriffs anhand der vorliegenden Daten begutachtet. Mein Ergebnis lautet ganz klar: Behandlungsfehler. Ihr Ergebnis lautet: Alles richtig gemacht.«

»Ja, aber doch nur, weil Sie von unterschiedlichen Datensätzen ausgegangen sind«, sagte Bunzel.

»Das stimmt. Die Daten, die Frau Brockhoff für ihre Betrachtung herangezogen hat, waren andere als die Daten, die mir zur Verfügung standen. Augmentum wusste demnach nichts von einer

Allergie und konnte entsprechend auch nicht darauf aufmerksam machen.«

»Schon klar«, erwiderte Bunzel. »Oder die behaupten das zumindest. Ist mir im Ergebnis aber wie gesagt vollkommen egal. In der für mich relevanten Akte, die im Krankenhaus für alle einsichtig war, stand was von der Allergie. Und das ist das Einzige, was hier zählt.«

Bunzel war mittlerweile leicht genervt und wusste nicht, worauf Jarmer hinauswollte. Sie hegte langsam die Befürchtung, dass er sie jetzt mit der gleichen Argumentation überzeugen wollte wie schon zuvor Rechtsanwalt Eberhardt. Im Ergebnis spielte das aber keine Rolle. Denn ob und warum Augmentum andere Daten hatte, oder das behauptete, was ja viel naheliegender war, war irrelevant. So oder so war Sasha Müller dafür verantwortlich, die Akte zu überprüfen. Selbst wenn Augmentum keinen Fehler gemacht hatte, aus welchem Grund auch immer, entlastete das die handelnde Chirurgin nicht. In der Krankenhausakte, im Anamnesebogen, war die Allergie verzeichnet. Und alleine darauf kam es an. Bunzel blickte auf ihre Uhr und dann wieder auf ihren Aktenstapel. Dieses Verfahren nahm ein Ausmaß an, das ihr überhaupt nicht passte. Aus einem scheinbar einfachen Haftungsfall war durch diese verrückte KI ein absurdes Monster an Verfahren geworden. Dafür hatte sie keine Zeit. Sie musste Jarmer so schnell wie möglich loswerden. Sie nahm alles, was sie an Geduld noch aufbringen konnte, zusammen und versuchte, es sich nicht ganz mit dem Rechtsmediziner zu verderben.

»So oder so, und entschuldigen Sie bitte meine Direktheit, war es eine gute Idee, Herr Doktor Jarmer, dass Sie mich darüber informiert haben. Ich werde das in jedem Fall noch mal prüfen«, sagte sie, ohne allerdings auch nur im Geringsten daran zu denken, das wirklich zu tun. Stattdessen verabschiedete sie sich von Jarmer und widmete sich dann wieder ihrer Arbeit.

Überfall auf einen Dönerladen in Neukölln. Zwei Verletzte und ein Toter …

47. KAPITEL

Berlin-Tiergarten
Montag, 22. Juli, 19.12 Uhr

Doktor Justus Jarmer steuerte seinen kleinen blauen Smart sicher durch den Berliner Abendverkehr in Richtung Westend, ohne selbst zu realisieren, dass er gerade fuhr. Es war einer dieser Momente, den jeder Autofahrer kennt, in denen man wie mit Autopilot fährt und erst am Zielort mitbekommt, dass man schon da ist.

Seine Gedanken drehten sich immer noch um das Gespräch mit Oberstaatsanwältin Doktor Bunzel. Er wurde das Gefühl nicht los, dass sie ihn nicht wirklich ernst genommen hatte, sie hatte ihm ja nicht einmal die Gelegenheit gegeben, seine eigentlichen Bedenken zu erörtern.

Was hatte sie gesagt? Wenn Aussage gegen Aussage stünde, dann würden Glaubwürdigkeit und Glaubhaftigkeit siegen? Und er solle sich keine Sorgen machen. Bei der Situation seiner Kollegin gegen Doktor Brockhoff würde die Berliner Rechtsmedizin auf jeden Fall die Oberhand behalten.

Aber das war es ja gar nicht, was er wollte. Es ging ihm nicht darum, dass sie recht behielten. Oder in irgendeiner Form gewannen. Es ging ihm um die Wahrheit. Ein Mensch war gestorben. Und es war die Aufgabe des Gerichts, festzustellen, ob Doktor Sasha Müller dafür auf eine Weise die Verantwortung trug, dass sie dafür bestraft werden musste. Und es war die Aufgabe der Staatsanwaltschaft, in alle Richtungen zu ermitteln und jedem Hinweis nachzugehen. Und das passierte hier nach Jarmers Meinung nicht.

Gut, ganz gleich wie das Verfahren ausging, würde das wenig Einfluss auf sein Leben haben. Genauso wenig wie auf das von Oberstaatsanwältin Doktor Julia Bunzel. Für Sasha Müller allerdings würde es alles bedeuten. Und für diese schwedische Firma sicher auch. Vermutlich hatte es sogar Einfluss auf die Art und Weise, wie künstliche Intelligenz in der Medizin in den nächsten Jahren in Deutschland eingesetzt würde. Es ging also um weitaus mehr, als man auf den ersten Blick sah.

Jarmer bremste seinen Wagen und stellte mit Erstaunen fest, dass er schon zu Hause angekommen war. Er blickte durch die Windschutzscheibe zu der Wohnung, in der er mit seiner Familie lebte, und musste schmunzeln. Durch die großen Altbaufenster konnte er seine beiden Kinder Frederik und Florentine sehen, die sich gerade um irgendwas zu streiten schienen. Er blickte auf die Uhr. Halb acht durch. Zeit, dass er zu seiner Familie kam. Eine Sache musste er allerdings noch erledigen. Er griff zu seinem Telefon und wählte die Nummer von Rocco Eberhardt. So wie Jarmer den Rechtsanwalt kannte, war Eberhardt bezüglich der verschiedenen Datensätze zu einer ähnlichen Erkenntnis gekommen wie er selbst. Und wenn nicht, würde er ihm zumindest seine Idee mitteilen.

48. KAPITEL

Berlin-Charlottenburg, Motel One Berlin-Upper West
Dienstag, 23. Juli, 7.30 Uhr

Der Ausblick von der lang gezogenen Terrasse des Motel One war spektakulär und stahl dem benachbarten Waldorf Astoria, in dem die Zimmer ein Vielfaches kosteten, nach Anderssons Ansicht in jedem Fall die Show. Doch im Moment fehlte ihm leider die Zeit, diesen Ausblick zu genießen.

Stattdessen lief er nervös in seinem Zimmer auf und ab, während seine Gedanken um sein wirkliches Problem kreisten. Seit Beginn der Ermittlungen gegen Doktor Sasha Müller stand auch seine Firma im Fadenkreuz der Öffentlichkeit. Der Aktienkurs des Unternehmens war auf ein Allzeittief gefallen, die Auftragsbücher waren leer, und ausnahmslos alle Krankenhäuser, die die Systeme des Unternehmens weltweit gekauft hatten, hatten die Nutzung für den Moment eingestellt. Oder, mit anderen Worten, wenn sich nicht bald etwas änderte, waren sie wirklich pleite. Er hatte sich das ganz anders vorgestellt. Aber egal was er einfädelte, alles ging nach hinten los. Wenigstens Brockhoffs entlastendes Gutachten, wonach Augmentum keinen Fehler gemacht hat, hätte dafür sorgen müssen, dass die Investoren beruhigt sind und sich der Kurs am Aktienmarkt erholen würde. Doch das ist schlicht nicht geschehen. Tatsächlich hing jetzt der Verdacht im Raum, dass Augmentum hier nicht sauber spielte. Was absoluter Quatsch war. Die Daten, die sie Brockhoff gegeben hatten, waren die Daten von den Spreehöhe-Servern und damit die Daten, die auch sie analysiert hatten. Doch das schien momentan keinen zu interessieren.

Dazu kam noch die Krisensitzung mit dem Board der Firma heute, bei der ganz andere Töne gesprochen wurden. Es wurden personelle Konsequenzen gefordert. Allerdings nicht nur in Bezug auf Persson, sondern auch auf ihn selbst.

Er war verzweifelt. Ein Zustand, der ihn immer weniger Herr der Lage sein ließ. Er wusste nicht mehr, was er tun konnte, um seinen ursprünglichen Plan auf Kurs zu halten. Die Zügel glitten ihm aus der Hand.

49. KAPITEL

Berlin-Charlottenburg, Fasanenstraße 72, Kanzlei Eberhardt
Dienstag, 23. Juli, 19.47 Uhr

Das Dream-Team war wieder zusammen, dachte Rocco und blickte zu Tobias Baumann und Doktor Justus Jarmer, die gerade an dem langen, gläsernen Besprechungstisch in seinem Büro Platz genommen hatten. Jarmer hatte ihn gestern Abend angerufen und um ein Treffen gebeten. Es gäbe etwas, über das er mit ihm und Tobias Baumann sprechen musste. Jarmer hatte nur angedeutet, dass es um das Gutachten von Doktor Brockhoff ging, ohne allerdings weiter darauf einzugehen

Entsprechend neugierig war Rocco, was der Rechtsmediziner ihnen zu sagen hatte. Bisher hatte er nicht das Gefühl, dass Jarmer irgendetwas mit dem Fall zu tun hatte. Nur gestern war er kurz im Gericht gewesen, zu der gleichen Zeit, als Brockhoff ausgesagt hatte.

Rocco goss allen Wasser aus der Karaffe in ihre Gläser und setzte sich zu Jarmer und Tobi an den Tisch.

»Also, Doktor Jarmer, warum erzählen Sie uns nicht einfach, was Sie hierhergeführt hat«, begann Rocco das Gespräch.

Jarmer nickte und griff dabei in die Tasche seines Sakkos. Rocco war sich sicher, dass er nach einem Kugelschreiber suchte, und tatsächlich konnte er nur wenige Sekunden später durch die Glasplatte sehen, wie Jarmer einen Stift in absolut artistischer Manier um die Finger seiner rechten Hand kreisen ließ.

»Die Sache ist die«, setzte Jarmer an. »Ich bin den Obduktionsbericht meiner Kollegin Doktor Bonnet heute noch einmal durchgegangen und habe mich auch mit der Sektionsassistentin, Frau Öttinger, besprochen. Das Ergebnis ist und bleibt dasselbe: Ihre Mandantin hat einen Fehler begangen, der ursächlich für den Tod des Patienten war.«

Rocco blickte Jarmer skeptisch an. Um ihnen das mitzuteilen, hätte der Rechtsmediziner sich nun wirklich nicht mit ihnen treffen müssen. Doch noch bevor er etwas sagen konnte, war es Tobi, der sich an Jarmer wandte. »Aber das ist bestimmt nicht der Grund, warum wir hier sitzen, oder?«

»Zum Teil schon«, erwiderte Jarmer. »Allerdings nur zu fünfzig Prozent, um genau zu sein. Denn gestern habe ich das Gutachten von Doktor Brockhoff, Ihrer Expertin, genau durchgearbeitet. Inklusive der Unterlagen, die diese von Augmentum erhalten hatte. Und weil ich nicht glauben konnte, was ich da gelesen habe, habe ich mich kurzerhand heute erneut mit ihr dazu besprochen.«

»Ich vermute einmal, dass es in Ihrem Gespräch um die abweichenden Datensätze ging«, sagte Rocco.

»Ganz genau«, nickte Jarmer.

»Nur«, fuhr Rocco fort, »scheint Bunzel dieser Umstand völlig egal zu sein, was ich ihr nicht übel nehmen kann. Sie beharrt auf der Verantwortlichkeit meiner Mandantin. In der Akte, die sie vom Krankenhaus bekommen hat, steht Allergie. Das reicht ihr.«

»Na ja«, erwiderte Jarmer, »ihr reicht das vermutlich in der Tat. Aber um ehrlich zu sein, macht sie es sich meiner Meinung damit etwas zu leicht.«

»Wie genau meinen Sie das?«, fragte Rocco.

»Ich habe, wie gesagt, das Gutachten analysiert und mit Frau Brockhoff gesprochen. Und dann habe ich gestern auch noch mal mit Professor Sonnenberg telefoniert. Wir kennen uns von früher. Lustigerweise scheint er mir gar nicht so sehr gegen KI zu sein, wie man das in der Presse liest. Und tatsächlich war er es sogar, der mich auf einen Gedanken gebracht hat. Er meinte, bei der Vielzahl von Daten, die in all den verschiedenen Systemen rumschwirren, ist er gar nicht so erstaunt, dass die KI hier einen Fehler gemacht haben könnte. Er glaubt auch nicht unbedingt daran, dass Augmentum absichtlich etwas anders darstellt, als es gewesen ist, oder gar falsche Datensätze zur Verfügung stellt, um ein Gutachten zu beeinflussen. Das würde früher oder später ohnehin untersucht werden und auffliegen.«

»Okay«, sagte Rocco jetzt. »Das ließe sich untersuchen. Aber ich habe das Gefühl, dass Sie auf etwas anderes hinauswollen?«

»Na ja, das hat mich auf einen ganz anderen Gedanken gebracht. Haben Sie schon mal daran gedacht, dass es bewusst eingefädelt worden sein könnte, dass die KI einen falschen, unvollständigen Datensatz bekommt?«

»Sie meinen, vorsätzliche Datenmanipulation?«, fragte Rocco. Daran hatte er bisher tatsächlich nicht gedacht.

»Genauso ist es. Zwei verschiedene Versionen mit zwei verschiedenen Datensätzen. Könnte es nicht sein, dass Jens Dauber nur deshalb gestorben ist, weil jemand die Akte mutwillig so manipuliert hat, dass die KI einen Behandlungsplan erstellt hat, der bei seiner Durchführung zwangsläufig zu einem fatalen Ergebnis führen musste?«

Rocco dachte nach. Jetzt, wo Jarmer das so offen ansprach, klang es ziemlich logisch. Und Rocco fragte sich, warum er selbst noch nicht auf diese Idee gekommen war.

»Das würde dann bedeuten«, fasste Tobi zusammen, »dass Jens Dauber ermordet wurde und dieser Mord Doktor Sasha Müller und der KI in die Schuhe geschoben werden sollte.«

50. KAPITEL

Berlin-Charlottenburg, Fasanenstraße 72, Kanzlei Eberhardt
Dienstag, 23. Juli, 20.43 Uhr

Seit einer knappen Stunde saßen Jarmer, Tobi und Rocco jetzt um den Besprechungstisch in Roccos Kanzlei. Und doch hatte die kurze Zeit gereicht, dass Rocco und Tobi ihre Sichtweise auf den Fall gegen Doktor Sasha Müller komplett geändert hatten.

Mit einem Mal stellte sich nicht mehr die Frage, ob die Chirurgin einen Fehler gemacht hatte oder nicht. Denn selbst wenn das der Fall war, war ihr das vielleicht gar nicht zuzurechnen. Sollte Jarmer mit seiner Idee recht haben und jemand anderes, ein Dritter, hatte die Patientenakte so manipuliert, dass die OP tödlich verlaufen musste, wäre das womöglich endlich der rettende Strohhalm für eine neue Verteidigungsstrategie.

Um allerdings nicht zu früh in Euphorie zu verfallen, wollte Rocco wissen, ob die neuen Erkenntnisse einer Überprüfung standhielten. Nichts war so schlimm, wie auf das falsche Pferd zu setzen und das erst auf der Zielgeraden zu erkennen. Oder, mit anderen Worten, wenn er zum jetzigen Zeitpunkt des Prozesses seine Strategie änderte, musste er sich sicher sein, dass sie damit durchkamen.

»Wenn das, was Sie sagen, richtig ist, habe ich zwei Fragen«, begann Rocco daher Jarmers Argumentation auf die Probe zu stellen. »Erstens, warum ist das, was Sie sagen, noch niemand anderem aufgefallen? Und zweitens, wer könnte ein Interesse daran haben, die Patientenakte von Dauber so zu manipulieren, dass dieser in der Folge sterben würde?«

»Also«, antwortete Jarmer, nachdem er einen großen Schluck Wasser getrunken hatte, »auf die zweite Frage kann ich Ihnen keine Antwort geben. Auf die erste allerdings schon. Bevor wir das Gutachten von Doktor Brockhoff erhalten haben, hatten wir nur eine

Version der Patientenakte gesehen. Die, die das Krankenhaus der Staatsanwaltschaft zur Verfügung gestellt hatte und die wir dann auch in der Rechtsmedizin hatten. Die Polizei hat ja alles mitgenommen, was auf den Rechnern der Klinik zur Verfügung stand. Und da alle Beteiligten an der OP inklusive des Krankenhauses und Ihrer Mandantin keine Aussage gemacht hatten, konnten wir vonseiten der Rechtsmedizin nur mit den Informationen aus der Akte arbeiten. Und diese enthielt eindeutig einen Hinweis auf die Allergie. Es konnte also niemand vorher die Unstimmigkeiten erkennen.«

Rocco nickte. »Das stimmt. Sasha Müller hat mir auch erzählt, dass sie und ihre Kollegen schon kurz nach der OP vom Dienst freigestellt worden sind und sie sich deshalb nicht noch mal die Akte anschauen konnte, wo ihr die Unstimmigkeit zu der Allergie sofort aufgefallen wäre. Das ganze Team hatte sich ja ausschließlich auf den Behandlungsplan von Augmentum verlassen.«

»Sag mal«, entfuhr es Tobi, »hätte die Müller sich nicht an die Allergie ihres Patienten erinnern müssen?«

»Nicht notwendigerweise«, erwiderte Jarmer. »Tatsächlich wird das Anamnesegespräch bei Aufnahme im Krankenhaus in der Regel von einer Stationsärztin oder einem Stationsarzt durchgeführt und nicht von der Operateurin. Und selbst wenn das besprochen worden sein sollte, ist es bei der Vielzahl von Patienten und OPs, die im Klinikum Spreehöhe durchgeführt werden, schon möglich, sich nicht auswendig an alle Daten von allen Patienten erinnern zu können.«

»Verstehe«, sagte Tobi. »Aber dann lasst uns mal aufschlüsseln, wie das Ganze zeitlich abgelaufen sein muss. Wenn Sie, Doktor Jarmer, recht haben, hieße das doch zwangsläufig, dass die Akte insgesamt zwei Mal verändert worden sein musste«, sagte Tobi.

»Ein erstes Mal, bevor die KI den Behandlungsplan für die OP erstellte. Die erste Manipulation war nötig, damit ebendieser Plan fatale Folgen haben musste«, dachte Rocco ihren Gedanken weiter.

»Genau«, nahm Tobi den Ball auf. »Und ein weiteres Mal, nach der OP, also bevor die Staatsanwaltschaft die Patientenakte vom Krankenhaus zur Verfügung gestellt bekommen hat. Da wurden die Daten wieder zurückgeändert, sodass der Obduktionsbericht zu dem Ergebnis eines offensichtlich Behandlungsfehlers kommen musste.«

»Okay«, sagte Rocco, stand auf und ging zu dem Whiteboard, das an der Wand seines Büros hing. Er machte mit seinem Handy ein Foto von den Notizen, die noch darauf standen, ehe er es sauber wischte und einen Zeitstrahl aufmalte.

»Dann haben wir zwei Ereignisse, die wir relativ präzise datieren können«, sagte er an Jarmer und Tobi gewandt und zeichnete diese auf der geraden Linie ein.

»Die erste und die zweite Änderung der Daten.«

»Stimmt«, sagte Tobi. »Den Behandlungsplan hatte die KI ausweislich des Gutachtens von Brockhoff am Tag vor der Operation erstellt, also am fünften Mai. Die OP fand ja am sechsten statt.«

Rocco schrieb das Datum unter den ersten Strich auf das Whiteboard.

»Und die zweite Änderung musste nach der OP-Besprechung, aber noch vor der Übergabe der Akte an die Staatsanwaltschaft erfolgt sein. Also um den sechsten Mai.«

»Stimmt, oder?«, fragte Rocco und blickte Jarmer an.

Der überlegte kurz, blickte in sein Notizbuch und nickte schließlich. »Ja, genau so muss es gewesen sein.«

»Ausgezeichnet«, sagte Rocco und fühlte, wie er von einem Moment zum anderen seine alte, lange verloren gegangene Energie wieder zurückgewann. Der Fall nahm eine unerwartete Wendung, und das war genau das, was er brauchte, um zu gewinnen. Auch wenn ein gutes Stück Arbeit vor ihnen lag. Denn wenn Jarmers Theorie Bestand hatte, hatten sie bislang noch keine Ahnung, wer ihr Gegner war.

»Dann stellen sich also folgende Fragen«, fuhr er mit einem Funkeln in den Augen fort. »Wer könnte ein Interesse daran gehabt haben, dass Jens Dauber sterben musste? Und was war das Motiv, das dahintersteckte?«

Tobi stand auf und ging ebenfalls zu dem Whiteboard. Er schnappte Rocco den blauen Marker aus der Hand und malte unter den Zeitstrahl eine einfache Tabelle mit zwei Spalten. In die oberste Zeile der ersten Spalte schrieb er das Wort: WER

In die zweite Spalte daneben schrieb er: WARUM

»Rocco hat recht«, sagte er.

»Schon«, erwiderte Jarmer. »Aber ich denke, wir müssen das Ganze in drei Kategorien unterteilen.«

»Und welche?«, fragte Tobi.

»Die Frage ist …«, sagte er und teilte die Tabelle mit zwei weiteren Querlinien in drei Bereiche, »… ob die Manipulation der Daten tatsächlich Ihrer Mandantin schaden sollte, ob es gegen die Firma Augmentum geht oder ob wir vollkommen falschliegen und jemand Jens Dauber töten wollte, von dem wir so gut wie überhaupt nichts wissen.«

Tobi ging einen Schritt zurück und betrachtete die Tabelle. »Okay. Dann haben wir insgesamt vier Ansatzpunkte«, sagte er schließlich.

»Wieso vier?«, fragte Jarmer jetzt überrascht.

»Ganz einfach«, entgegnete Tobi. »Wir müssen rausfinden, wer etwas gegen Müller, die Schweden oder Dauber haben könnte und dafür bereit ist, einen Menschen zu töten.«

»Das sind aber nur drei Punkte«, sagte Jarmer.

»Stimmt«, erwiderte Tobi und zeigte auf den Zeitstrahl. »Der vierte Punkt ist rein technischer Natur. Wir müssen auch rausfinden, wer die Gelegenheit und zudem das technische Wissen hatte, die Daten zu manipulieren. Das wird ja wohl nicht so leicht sein. Vermutlich ist das jemand, auf den eines der drei Motive zutrifft.«

»Oder«, setzte Rocco Tobis Satz fort, »der von dem Hintermann beauftragt wurde und selbst wieder ein ganz anderes Motiv hat, das mit den ersten dreien nicht zwangsläufig in Einklang stehen muss. In jedem Fall muss ich gleich morgen früh mit Sasha Müller darüber sprechen. Denn dadurch ändert sich unsere gesamte Verteidigungsstrategie.«

»Und meinen Sie, dass wir die Staatsanwaltschaft über unsere Theorie informieren müssen?«, fragte Jarmer.

»Sie hatten mir doch gestern am Telefon erzählt, dass Sie bereits mit Doktor Bunzel darüber gesprochen hatten, oder?«

»Ja schon«, erwiderte der Rechtsmediziner. »Und tatsächlich hat sie sich nicht im Geringsten dafür interessiert, was ich ihr gesagt habe.«

»Womit ihr wohl auch nicht zu helfen wäre«, sagte Rocco. »Ich vermute mal, dass Bunzel ihre Meinung nicht ändert, solange es keinen Beweis für unsere neue Theorie gibt. Um ehrlich zu sein, geht es mir genauso.«

Jarmer nickte. »Da haben Sie recht, das stimmt wohl. Aber wie können wir das ändern? Wer könnte uns dabei helfen, das zu verifizieren?«

Rocco klopfte mit den Fingern auf die Platte des Besprechungstisches und blickte zu Tobi, der ihn breit angrinste.

»Denkst du gerade das Gleiche wie ich?«, fragte er.

»Denke schon«, erwiderte Rocco. »Meinst du, er könnte sich sofort daransetzen?«

»Klar«, erwiderte Tobi. »Auf den Bahamas ist es gerade mal vier Uhr nachmittags.«

Jarmer schaute die beiden verständnislos an. »Wovon um alles in der Welt reden Sie?«

»Davon, dass wir beide einen alten Freund um einen Gefallen bitten werden, uns etwas zu helfen«, ergänzte Tobi.

Plötzlich stoppte Jarmer den Stift, der bis eben nahezu ununterbrochen um seine Finger gekreist war, und blickte Rocco fragend an.

Der nickte einfach und sagte: »Genau, Lars Cleve.«

51. KAPITEL

Berlin-Charlottenburg, Starbucks am Olivaer Platz
Mittwoch, 24. Juli, 8.17 Uhr

Der für heute angesetzte Gerichtstermin in dem Verfahren gegen Doktor Sasha Müller war aufgrund einer schweren Erkältung der Schöffin und des beisitzenden Richters kurzfristig abgesagt worden, sodass Jule Hermann vor der Herausforderung stand, anderweitig Material für ihren täglichen Artikel in ihrer Serie zu finden. Dabei war es ihr wichtig, die Berichterstattung des *Berliner Anzeigers* nicht außer Acht zu lassen. Nachdem seit der Demontage des staatsanwaltlichen Gutachters durch Rechtsanwalt Eberhardt die ersten unterstützenden Stimmen für die Angeklagte aufgekommen waren, hatte die Berichterstattung in dem Blatt an Fahrt aufgenommen. Das wurde noch cinmal verstärkt durch die Aussage der holländischen Expertin am Montag, die der *Anzeiger* zur absoluten Sympathieträgerin aufbaute. Dass es komplette Unstimmigkeiten in den Daten gab und keiner genau einschätzen konnte, was sie davon halten sollten, schien dabei überhaupt niemanden zu interessieren. Es gab jetzt zwei Lager, die nur hörten, was sie hören wollten. Das Ergebnis war faszinierend und führte Jule Hermann die Macht der Presse vor Augen: Die noch zu Beginn des Falls überwältigende Stimmung gegen den Einsatz von KI und Doktor Sasha Müller als Person hatte sich insofern gedreht, als die Anzahl der Unterstützer der neuen Technologie und der Chirurgin so stetig zugenommen hatte, dass die Stimmen sich inzwischen annähernd die Waage hielten.

Jule checkte die Anzahl der Kommentare unter ihrem gestrigen Artikel und verglich sie mit denen des *Berliner Anzeigers.* Beide kamen auf gut zweieinhalbtausend. Sie wusste, dass ihre Chefin mit dem Ergebnis zufrieden war, denn die absolute Anzahl der Leser, die sich ihre Meinung über den Fall bildeten, hatte für den Verlag ein Allzeithoch erreicht, auch wenn die Zahl bei *Das Blatt* selbst leicht rückläufig war. Diese wurde jedoch von den zusätzlichen Lesern des *Anzeigers* mehr als aufgefangen.

Jule war das Gesamtbild des Verlages vollkommen egal. Sie hatte Leser verloren. An den *Anzeiger*. Das schmerzte und tat weh. Persönlich. Das konnte und würde sie nicht einfach hinnehmen. Und sie hatte auch eine Idee, wie das klappen konnte. Im Unterschied zum *Anzeiger*, der vor allem wissenschaftlich und rational argumentierte, gelang es Jule, ihre Leser über die emotionale Seite des Falls zu gewinnen. Dabei konzentrierte sie sich auf zwei Hauptbereiche, die sie wechselnd beleuchtete. Zum einen schrieb sie über das Schicksal und den Schmerz der Hinterbliebenen von Jens Dauber, und hier vor allem über dessen Sohn Felix. Zum anderen befeuerte sie die schwer zu fassende Angst und das Unwohlsein, das sich in der Bevölkerung breitmachte, wenn es um die Sorge vor einer unkontrollierten Übernahme durch künstliche Intelligenz im Allgemeinen ging. An dieser Stelle nutzte sie so prominente Stimmen wie die von Professor Sonnenberg.

Der *Berliner Anzeiger* verfolgte einen anderen Weg. Es wurden die Probleme im Gesundheitswesen, die nach der Corona-Pandemie weltweit in den Fokus der Öffentlichkeit gerückt waren, thematisiert und zudem die mittlerweile bekannten Argumente, dass eine Versorgung der immer älter werdenden Bevölkerung ohne den Einsatz künstlicher Intelligenz nicht mehr gewährleistet werden könnte, wiederholt. Außerdem propagierten die *Anzeiger*-Beiträge eine zukunftsgerichtete Nutzung von KI, die schon jetzt helfen konnte, Gesundheitsrisiken bei jedem Einzelnen von uns zu erkennen, um diese frühzeitig zu adressieren und schlimme Krankheiten in der Zukunft zu vermeiden.

Das Problem, vor dem Jule Hermann zunehmend stand, war, dass sie der Argumentation des *Berliner Anzeigers* durchaus etwas abgewinnen konnte. So schwarz und weiß, wie sich der Fall für sie am Anfang dargestellt hatte, war er einfach nicht mehr.

Allerdings war sie nicht davon überzeugt, dass nur weil etwas im Gesundheitswesen nicht mehr funktionierte, KI die einzige Antwort sein konnte. Denn wenn die nicht so performte, wie sich das alle erhofften, würden sie vom Regen in die Traufe kommen. Oder noch schlimmer. Sie mussten diesen Punkt weiter beleuchten.

Sie trank einen großen Schluck ihres Iced Mocha und stürzte sich dann in eine offene Google-Recherche über die Gefahren von KI im Allgemeinen. Dabei stieß sie relativ schnell auf einen Artikel, den sie zunächst für einen Scherz hielt. Auf der Seite eines wissenschaftlichen Magazins prangte in großen Lettern die Überschrift:

United States Air Force – KI-Drohne tötet eigenen Operator

52. KAPITEL

Berlin-Charlottenburg, Fasanenstraße 72, Kanzlei Eberhardt
Mittwoch, 24. Juli, 10.13 Uhr

»Kommt Jarmer nicht?«, fragte Tobi in bester Laune, als er eine knappe Viertelstunde nach dem verabredeten Zeitpunkt durch die Tür in Roccos Büro platzte und sich nach dem Rechtsmediziner umsah.

Rocco, der an dem langen Besprechungstisch saß, blickte erst zu Tobi, dann auf seine Uhr, dann wieder zu Tobi und schließlich zu seinem Handy, das er in der rechten Hand hielt.

»Er ist schon da«, sagte er trocken. »Seit knapp fünfzehn Minuten habe ich ihn in der Leitung.«

Tobi ließ sich von dieser Bemerkung nicht im Geringsten aus der Ruhe bringen und ließ sich lässig in einen der Konferenzstühle fallen. »Ausgezeichnet«, erwiderte er. »Wir sind komplett.«

Rocco verkniff sich eine Bemerkung, weil er keine weitere Zeit verlieren wollte. »Habt ihr Erfolg gehabt?«, fragte er.

»Na, was denkst du denn?«, erwiderte Tobi, und ein breites Grinsen zeichnete sich auf seinem Gesicht ab.

»Sehr gut«, war jetzt Jarmers Stimme aus dem Lautsprecher von Roccos iPhone zu hören. »Und werden Sie uns auch verraten, was das war?«

»Na gut«, sagte Tobi. »Ich weiß ja, dass Ihre Zeit knapp ist.« Dann flüsterte er Rocco zu: »Glück gehabt, dass wir nicht alleine sind.«

Rocco schüttelte einfach nur den Kopf und wusste genau, worauf Tobi hinauswollte. Wann immer er in der Vergangenheit in einem Fall, in dem er für Rocco ermittelte, etwas besonders Positives herausgefunden hatte, bereitete es ihm einen Heidenspaß, Rocco so lange damit auf die Folter zu spannen, bis der seine Geduld verlor.

Dass Tobi sich jetzt genauso verhielt, war Hinweis genug, dass er einen Erfolg erzielt haben musste, was Rocco wiederum freute.

»Also. Die Daten sind tatsächlich manipuliert worden. Genauso, wie wir es vermutet haben. Und wir wissen auch, von wo aus das geschehen ist.«

Rocco setzte sich aufrecht in seinem Stuhl hin. Jetzt wurde es interessant. »Kannst du uns bitte ein paar Details geben?«

»Na klar. Die Änderungen in der Patientenakte sind in den Logfiles festgehalten. Allerdings nicht in den Logfiles, die noch im normalen Zugriff der IT stehen. Denn die wurden gelöscht, sodass eine Manipulation eigentlich unauffindbar wäre. Da wir aber etwas tiefer gebohrt hatten, um sicher nichts zu übersehen, wurden wir schließlich fündig. Und zwar in Kopien der redundanten Server. Wer auch immer an der Akte rummanipuliert hat, hat das ganz anständig gemacht und sozusagen nicht einfach alle Beweise im Mülleimer versenkt. Mit anderen Worten, die Daten wurden von jemandem verändert, der genau wusste, was er tat. Oder er wurde zumindest von jemandem unterstützt, der wusste, was er tat.«

»Okay, verstehe«, schaltete sich Jarmer ein. »Haben Sie eine Ahnung, von wo aus die Patientenakte gehackt wurde? Haben Sie das auch rausbekommen?«

Wieder musste Tobi grinsen. »Eine gute Frage, Doktor Jarmer. Und ja, das habe ich«, sagte er. »Beziehungsweise Cleve, um genau zu sein.«

»Au verdammt, Tobi«, sagte Rocco jetzt leicht genervt. »Nun lass dir doch bitte nicht alles aus der Nase ziehen.« Mit einer Geste zeigte er auf das Konferenztelefon, um seinen Freund daran zu erinnern, dass Jarmer nicht ewig Zeit hatte.

Tobi blickte ihn gespielt beleidigt an. »All right, all right«, sagte er schließlich. »Also, die Änderungen wurden von einem Rechner im Ärztezimmer durchgeführt. Oder zumindest über den Rechner im Ärztezimmer von außen, das können wir noch nicht genau sagen.«

Rocco blickte auf. »Wie meinst du das?«

»Na ja, entweder hat jemand die Daten direkt am Rechner im Ärztezimmer verändert, oder jemand hat über den Rechner im Ärztezimmer einen Kanal nach außen geöffnet, sodass der Rechner das Einfallstor war.«

»Nur um sicherzugehen, wir sprechen vom Ärztezimmer des Klinikums Spreehöhe?«

»Ganz genau. Es befindet sich keine zehn Meter von dem OP-Saal, in dem Jens Dauber gestorben ist.«

»Und wissen wir, wer die Daten verändert hat? Ich meine, geben die Logfiles das her?«

»An den gelöschten Logfiles«, erwiderte Tobi, »hängen auch User-IDs, aber an der Wiederherstellung arbeitet Cleve noch. Da gibt es 'ne Menge Daten, die sich im Wiederherstellungsprozess als stark beschädigt herausgestellt haben. Auch Videomaterial ist dabei. Einiges davon wird Cleve wiederherstellen können, nur macht er sich keine großen Hoffnungen, dass er alles hinkriegt. Obwohl er es natürlich versucht. Alles in allem können wir also erst weitermachen, wenn die nächsten Daten wiederhergestellt sind.«

»Okay, das heißt, wir wissen, dass die Daten verändert wurden und von wo. Wer dafür verantwortlich ist, bleibt aber offen«, fasste Jarmer die Informationen noch einmal zusammen.

»Genau«, stimmte Tobi ihm zu. »Und das heißt, dass die eigentlichen Ermittlungen jetzt losgehen. Wir brauchen eine Liste der Personen, die Zugriff auf den Rechner haben. Die sollten wir mit den Mitarbeitern des Klinikums Spreehöhe abgleichen, die etwas mit der OP zu tun hatten oder irgendwie im Zusammenhang mit Sasha Müller oder Augmentum oder Jens Dauber stehen könnten.«

Tobi stand von seinem Stuhl auf und ging zu dem Whiteboard, an dem immer noch ihre Überlegungen vom Vortag standen.

»Und wir müssen natürlich ausschließen, dass nicht vielleicht ein krankenhausfremder Dritter den Rechner missbraucht hat.«

Rocco dachte nach. Das war nicht gerade wenig an Aufgaben.

Und ihnen lief langsam die Zeit davon, denn der Prozess ging bald weiter. Und wenn sie sich nicht beeilten, könnte das in die falsche Richtung gehen.

»Okay«, sagte er und blickte zu Tobi, »dann werde ich mich mit Sasha Müller treffen und mit ihr alle in Betracht kommenden Personen aufschreiben, die ihr dazu einfallen. Parallel dazu setzt du dich erneut mit Cleve in Verbindung und checkst mit ihm, wer sich wann in einem Zeitraum von zwei Monaten vor der OP bis heute alles an den Rechnern angemeldet hat.«

Im Stillen schickte Rocco einen Dank gen Himmel, weil ihm einst Lars Cleve begegnet war. Vor Jahren hatte er dem Hacker in einem komplizierten Fall die Freiheit gerettet. Und seither hatte Cleve ihm schon mehrfach aus der Ferne unschätzbare Dienst erwiesen.

»So machen wir das«, erwiderte Tobi und war schon halb zur Tür raus, als er sich noch einmal umdrehte. »Und dann nageln wir das Schwein fest.«

53. KAPITEL

Berlin
Mittwoch, 24. Juli, 11.27 Uhr

Für heute hatte sie nichts geplant. Ein freier Tag. Einfach nur für sich. Das kam selten genug vor.

Sie blickte aus ihrem Fenster. Die Sonne stand schon lange hoch am Himmel, und das Wetter war grandios. Echtes Tageslicht. Anders als in der Klinik, wo sie einen großen Teil ihrer Zeit im OP bei Kunstlicht verbrachte.

Vielleicht würde sie an den See fahren? Oder doch lieber durch die Stadt bummeln und sich in ein Café setzen? Während sie noch überlegte, klingelte ihr Telefon. »Unbekannter Anrufer« stand im Display. Bestimmt wieder eines dieser Callcenter, die Werbung für etwas machten, was keiner brauchte.

Sie ließ den Anruf in die Mailbox laufen.

Sie würde an den See fahren. Sie liebte Schwimmen. Und den Geruch von Wasser. Und Bäumen und Gras. Das war wirklich einer der Vorteile an Berlin. Die Stadt war so grün. Das würde sie vermissen, wenn sie wegzog. Sie griff sich eine Tasche und packte Badeanzug, Handtuch, Sonnencreme und Deo ein, als ihr Telefon wieder klingelte.

Lassen die einem denn keine Ruhe? Ärgerlich griff sie nach ihrem Handy und nahm das Gespräch an. »Ja«, sagte sie genervt.

»Hallo«, erwiderte die Stimme am anderen Ende der Leitung. Sie erkannte sofort, wer das war, und zuckte unwillkürlich zusammen. Sie wollten doch erst nach dem Verfahren miteinander reden. Warum rief er jetzt an?

»Können Sie mich verstehen?«, fragte die Stimme weiter.

»Ja, ja, kann ich«, erwiderte sie. »Was gibt es. Ich meine, was ist …«

»Hören Sie mir zu«, unterbrach sie die Stimme. »Wir haben da vielleicht ein Problem.«

»Ein Problem, was für ein Problem?«, fragte sie und spürte, wie ihr die Hitze ins Gesicht schoss.

»Jemand hat die Datenmanipulation entdeckt.«

»Wie kann das sein? Wir haben doch sämtliche Sicherheitsvorkehrungen getroffen? Das haben Sie mir versichert. Was bedeutet das denn jetzt?«

»Das bedeutet lediglich, dass jemand die Datenmanipulation entdeckt hat. Nicht mehr und nicht weniger. Ich informiere Sie nur darüber. Das ist alles. Also bleiben Sie ruhig. Ich habe das unter Kontrolle, ich weiß, was ich tue. Ich werde unsere Sicherheitsvorkehrungen verschärfen. Halten Sie sich einfach an unseren Plan. Dann wird nichts passieren.«

54. KAPITEL

Berlin-Charlottenburg, Fasanenstraße 72, Kanzlei Eberhardt
Mittwoch, 24. Juli, 16.13 Uhr

Doktor Sasha Müller war nach Roccos Einschätzung in erster Linie eine rational handelnde und strukturierte Ärztin. Dieser Umstand war unter anderem schon an ihrer akkuraten und stets gleichen Tagesplanung zu erkennen.

Bevor sie suspendiert wurde, stand als erster Punkt um acht Uhr dreißig die Morgenbesprechung mit ihrem Team in der Klinik auf der Agenda. Welche Operationen waren für den Tag geplant, wer würde sie durchführen, wo gab es kritische Punkte zu beachten? Im Anschluss ging es auf Visite mit Fokus auf die am Vortag operierten Patienten. Ab neun Uhr dreißig stand Sasha Müller dann im OP. Je nach Komplexität der Eingriffe führte sie zwischen einer und fünf Operationen am Tag durch. Um sieben Uhr schließlich noch eine Stunde E-Mails und andere administrative Arbeiten, bevor sie nach Hause zu ihrer Familie fuhr, wo sie gemeinsam zu Abend aßen. Diese Routine wurde im Schnitt einmal pro Monat durch den Besuch oder die Ausrichtung einer Fachveranstaltung unterbrochen.

Lukas, ihr Mann, arbeitete als angestellter Architekt nur halbtags und kümmerte sich nachmittags um ihre beiden Kinder. Die Wochenenden gehörten der Familie und waren Sasha und ihrem Mann heilig.

Diese Struktur und Disziplin hatten Sasha Müller Halt und Stärke gegeben und ihren Weg zu einer erfolgreichen und über die Grenzen des Landes hinaus bekannten Spezialistin geebnet.

Das alles hatte sich von einem Moment auf den anderen am Tag nach der verhängnisvollen Operation von Jens Dauber geändert. Als der Verdacht eines Behandlungsfehlers im Raum stand, hatte die Krankenhausleitung sie und ihr ganzes Team für die Dauer des Verfahrens suspendiert. In den ersten Wochen hatte sie auch Rocco gegenüber noch gute Miene zum bösen Spiel gemacht. Doch als die Berichterstattung in der Presse, allen voran durch *Das Blatt,* sie und die künstliche Intelligenz zum Täter hochgeschrieben hatte, begann das an ihr zu zehren und wirkte sich auch auf ihre Erscheinung aus. Sie hatte noch weiter an Gewicht verloren und wirkte nahezu ausgemergelt. Von der natürlichen Präsenz, mit der sie jeden Raum füllen konnte, war kaum mehr etwas zu spüren.

Rocco kam es so vor, als würde seine Mandantin langsam von innen sterben. Dieser Zustand schien heute, als Sasha Müller in seine Kanzlei gekommen war, damit sie die völlig veränderte Sachlage besprechen konnten, einen vorläufigen Tiefpunkt erreicht zu haben. Vor ihm an seinem Besprechungstisch saß eine gebrochene Frau. Natürlich hatte Rocco den schleichenden Verfall seiner Mandantin über die vergangenen Wochen mitbekommen. Weil es aber so langsam und Schritt für Schritt passierte, hatte er nicht so sehr darauf geachtet. Doch Müllers heutiger Anblick war erschreckend. Rocco schwor sich, dass es ab hier bergauf gehen musste. Er würde alles dafür tun, Sasha Müller wieder aufzubauen und auch in der Öffentlichkeit zu rehabilitieren. Und das erste Mal seit Beginn des Verfahrens glaubte er tatsächlich daran, dass ihnen das gelingen würde. Die Entdeckung der Datenmanipulation durch Doktor Jarmer war ein Wendepunkt. Nachdem wegen Krankheit heute keine Verhandlung stattgefunden hatte, würde Rocco die Bombe beim nächsten Termin am kommenden Montag durch einen Beweisantrag platzen lassen. Um dem wirklichen Schuldigen auf die Spur zu kommen, brauchte Rocco allerdings die Unterstützung seiner Mandantin.

Nachdem er ihr in kurzen Sätzen geschildert hatte, was sie herausbekommen hatten, saß die Chirurgin kopfschüttelnd und mit gesenktem Blick vor ihm.

»Jemand hat also die Patientenakte gefälscht«, wiederholte Sasha

Müller Roccos Ausführungen und schaute ihn mit einem ungläubigen Ausdruck an. Sämtliche Farbe war ihr aus dem Gesicht gewichen. »Und das war die Ursache für den Tod von Dauber?«

»Ja, so sieht es momentan aus«, entgegnete Rocco.

Sie schüttelte den Kopf.

»Das heißt, es geht hier um vorsätzlichen Mord.«

»Mord?«

»Ja, Mord. Wären die Daten nicht manipuliert worden, hätten Sie ganz sicher das Kontrastmittel nicht gespritzt, und in der Folge hätte Dauber keinen anaphylaktischen Schock erlitten, an dem er schließlich verstorben wäre.«

Sasha Müller nickte und sah aus, als ob es ihr erheblich schwerfallen würde, diese Informationen zu verdauen.

»Allerdings, so zynisch das klingen mag, ist dieser Umstand extrem hilfreich für unsere Verteidigungsstrategie. Da die Daten manipuliert waren, hatte das zur Folge, dass die KI einen falschen Behandlungsplan erstellt hat. Außerdem entkräftet diese Manipulation die Argumentation der Staatsanwältin, dass Sie selbst die Akte hätten studieren müssen und sich nicht auf die KI verlassen hätten dürfen. Hätten Sie die manipulierte Akte selbst gelesen, hätten Sie darin die Information um die Allergie ebenfalls nicht gefunden. Denn zu dem Zeitpunkt kurz vor der OP waren die Daten da ja auch gefälscht.«

Nur langsam schien Müller zu begreifen, was Rocco ihr sagte. »Und was bedeutet das jetzt?«

»Das bedeutet, dass wir unsere Verteidigungsstrategie anpassen. Und«, fügte er hinzu, »dass wir herausfinden müssen, wer dahintersteckt. Denn eins ist klar: Irgendwo läuft ein Mörder frei herum.«

»Ein Mörder«, wiederholte Sasha Müller, und von einem Moment auf den anderen begann sich etwas in ihr zu ändern. Sie lockerte ihre Schultern, setzte sich aufrecht auf dem Besprechungsstuhl hin und blickte Rocco mit einer Klarheit in den Augen an, die er bei seiner Mandantin in der Form noch nicht gesehen hatte. Es war so, als hätte jemand einen Schalter bei ihr umgelegt. Verrückt, dachte Rocco, doch im Ergebnis war es genau das, was sie brauchten. Ihr Selbstbewusstsein und der jetzt so nötige Kampfeswille schienen wieder in ihr zu erstarken.

»Wissen Sie was, Herr Eberhardt«, sagte sie. »Für den ersten Moment hat mich Ihre Nachricht noch mehr niedergeschlagen. Aber wenn das Gutachten von dieser Brockhoff nicht die Dateninkongruenz festgestellt hätte und Doktor Jarmer im Anschluss nicht auf die Idee einer mutwilligen Manipulation gekommen wäre, wäre dieser Umstand vermutlich einfach unter den Tisch gefallen, und das Gerichtsverfahren hätte seinen Lauf genommen.«

Sasha Müller stand von ihrem Stuhl auf und lief in Roccos Büro auf und ab. Es kam Rocco so vor, als würde die Medizinerin zahlreiche Geschehnisse in ihrem Kopf zu einer logischen Kette verbinden, um langsam Klarheit in den Nebel zu bringen.

»Wissen Sie was, Herr Eberhardt«, sagte sie jetzt. »Ich glaube nicht mal, dass dahinter nur eine einzige Person stecken kann. Wer um alles in der Welt sollte das denn sein. Ich kann mir sogar vorstellen, dass dahinter eine Gruppe, eine Art Interessengemeinschaft steckt.« Sie hielt kurz inne, die Augen geschlossen und den Kopf leicht nach vorne geneigt. Dann öffnete sie ihre Augen wieder und blickte Rocco an. »Meiner Meinung nach können das nur ideologische Gründe sein. Es kommt mir so vor, als wenn das jemand ist, der die Nutzung von KI infrage stellen will. Da gibt es durchaus eine Reihe von Ärzten, die das kritisch sehen. Sonnenberg zum Beispiel, der mich schon die ganze Zeit mit seiner Kritik verfolgt. Oder vielleicht auch jemand, der eigene Interessen mit einem parallelen Weg verfolgt und ein anderes System etablieren möchte.« Sasha Müller war jetzt ganz in ihrem Element. »Demnach könnten wir den Kreis der Beteiligten vermutlich auf Gegner oder Befürworter von KI eingrenzen.«

Rocco, der die Euphorie seiner Mandantin auf keinen Fall bremsen wollte, da er sie für die nächsten Schritte unbedingt brauchte, wunderte sich zwar ein bisschen über die spontane Wesensänderung, lächelte ihr aber aufmunternd zu.

»Da haben Sie absolut recht. Genauso sehe ich das auch. Es gibt allerdings noch ein weiteres Motiv, das wir prüfen müssen«, sagte er.

Sasha Müller sah ihn fragend an.

»Wir können nicht ausschließen, dass die oder der Täter es einfach nur auf Jens Dauber abgesehen haben könnte.«

Sie nickte und strich sich eine Strähne aus der Stirn, und ihr Gesicht verdüsterte sich für einen kurzen Moment. »Gut«, sagte sie dann aber recht schnell wieder gefasst. »Lassen Sie uns eine Liste erstellen, wer alles dahinterstecken könnte.«

»Okay«, stimmte Rocco ihr zu, stand auf und ging zu seinem Whiteboard. »Dabei müssen wir zwei Gruppen unterscheiden. Wer das gemacht hat und wer dahintersteckt. Kann natürlich auch ein und dieselbe Gruppe oder Person sein. Fangen wir mit Ihrem Team an. Und dann mit allen anderen, die Ihrer Einschätzung nach ebenfalls Zugriff auf den Rechner im Ärztezimmer haben könnten.«

»Alles klar«, erwiderte Müller. »Als Erstes nehmen wir mein OP-Team. Und dann natürlich den Oberarzt und die Fachärzte.«

Die Chirurgin zählte einen Namen nach dem anderen auf, und Rocco musste immer kleiner schreiben, damit er die ganzen Einträge überhaupt auf die Tafel bekam. Nachdem sie fünf Minuten später alle infrage kommenden Mitarbeiter des Klinikums Spreehöhe notiert hatten, fingen sie an, erst über außenstehende Personen und schließlich Firmen, Institutionen oder andere Unternehmen nachzudenken.

Eine knappe Stunde später waren sie fertig.

»Glauben Sie, dass wir jetzt alle erfasst haben?«, fragte Rocco und blickte auf die gut dreißig Einträge auf dem Whiteboard.

»Ja«, sagte Sasha Müller. »Auch wenn es mir weiterhin schwerfällt, zu glauben, dass mich einer meiner Kollegen derart hintergangen hat, könnte es einer von denen sein. Wir müssen nur noch rausfinden, wer.«

»Und«, vervollständigte Rocco den Gedanken, »es dann vor Gericht beweisen.«

55. KAPITEL

Berlin-Frohnau, Speerweg 36d
Mittwoch, 24. Juli, 18.13 Uhr

»Was um alles in der Welt hast du dir dabei gedacht?«, fragte Sophie Dauber ihren Bruder Felix und hielt ihm ihr iPad unter die Nase.

»Wovon redest du?«, fragte der genervt und zeigte mit beiden Händen auf den großen Curve-Monitor vor sich. »Wir sind gerade mitten beim Zocken.«

»Das hier meine ich«, erwiderte Sophie gereizt und zeigte auf das Display ihres Tablets. »Das ist schon das zweite Interview, das du denen gegeben hast. Und nicht nur das, jetzt erzählst du auch noch, was Mama und ich denken.«

Unter einem Foto, auf dem Felix Dauber mit seinem Vater zu sehen war, stand in großen Lettern:

DIE MASCHINENINTELLIGENZ HAT
MIR MEINEN VATER GENOMMEN

»Na und, stimmt doch«, sagte Felix flapsig, setzte seinen Kopfhörer wieder auf und drehte sich zu seinem Monitor.

»Du hörst mir jetzt verdammt noch mal zu«, sagte Sophie in einem Ton, der keinen Widerspruch duldete, zog kurzerhand den Stecker der Tastatur und riss sie vom Tisch.

»Spinnst du total?«, schrie Felix seine Schwester an.

»Ich spinne?«, schrie sie zurück. »ICH?«

Hektisch schwenkte sie das iPad vor ihrem Bruder hin und her. »Weißt du überhaupt, was du mit dem ganzen Scheiß in der Zeitung anrichtest? Mal vollkommen abgesehen davon, dass du über Sachen sprichst, von denen du nicht die geringste Ahnung hast, und mit deiner Geilheit, in der Zeitung zu stehen, Tausende von Menschen gegeneinander aufbringst, lässt du auch Mama und mich nicht zur Ruhe kommen.« Sophie standen Tränen in den Augen. »Papa ist tot. Und das ist schlimm. Das wird es auch noch lange, lange bleiben. Na, wir müssen sehen, dass wir damit umgehen lernen. Vor allem Mama. Aber du verhinderst das mit deinem dämlichen Zeitungsscheiß.«

»Ich verhindere das nicht«, verteidigte Felix sich lautstark. »Ich sorge dafür, dass die Schuldigen nicht davonkommen. Siehst du denn nicht, wie die uns verarschen?«

»Verarschen? Wer genau verarscht uns denn? Und was leistest du, dass sie nicht damit davonkommen?«

»Die Ärzte. Diese Sasha Müller, die Papa operiert hat. Und diese KI-Typen. Die alle.«

»Ach ja? Was haben denn die KI-Typen getan?«

»Papa umgebracht. Das haben sie getan!«, schimpfte Felix weiter.

»Und wie genau haben sie das wohl angestellt?«, fragte Sophie ihren Bruder und versuchte vergeblich, sich zu beruhigen.

»Du bist so blind, Sophie!«, erwiderte Felix mit nicht zu überhörender Herablassung in der Stimme. »Wenn es die nicht geben würde, würde Papa noch leben.«

»Das wissen wir überhaupt nicht«, gab Sophie zurück, tippte etwas auf ihrem iPad und drückte es ihrem Bruder in die Hand. »Hat dir deine tolle Freundin von *Das Blatt* auch hiervon erzählt?«

Felix Dauber wischte mit seinen Fingern über das Display und gab es dann kopfschüttelnd seiner Schwester zurück. »Du glaubst nicht etwa den Scheiß, der im *Berliner Anzeiger* steht? Die sind doch von den KI-Leuten gekauft. Darauf kannst du wetten.«

»Jetzt habe ich dich, du Idiot. Von wegen, ich begreife gar nichts. Der *Berliner Anzeiger* und *Das Blatt* gehören beide zum gleichen Verlag. Du bist hier derjenige, der nichts versteht. Die haben dich von Anfang an ausgenutzt, um in *Das Blatt* gegen KI zu schreiben, nur um im *Berliner Anzeiger* genau das Gegenteil zu behaupten.

Damit decken die beide Seiten ab und kriegen so jeden Leser, den sie wollen.« Sophie stellte sich direkt vor ihren Bruder. »Du bist hier derjenige, der nichts versteht, und nicht ich. Und ja, mit einem Punkt hast du doch recht. Die verarschen dich. Allerdings nicht die Ärzte oder die KI-Typen oder das Krankenhaus. Sondern einzig und alleine deine tolle Freundin von der Presse.«

Felix riss den Mund auf, so als wollte er etwas erwidern, hielt dann aber inne. »Das stimmt doch nicht, oder?«, sagte er. »Ich meine, die gehören nicht wirklich zusammen.«

»Doch, gehören sie«, sagte Sophie und zeigte auf das Display ihres iPads. »Es ist nicht gerade so, dass sie das in der Öffentlichkeit offensiv bewerben würden, aber ein Geheimnis ist es auch nicht.«

Felix blickte auf die Wikipedia-Seite des Axel Läufer Verlages, wo unter »zugehörige Unternehmen« sowohl das markante rot-weiße Logo von *Das Blatt* als auch das in einer geschwungenen blauen Schrift geschriebene Markenzeichen des *Berliner Anzeigers* zu sehen waren.

»Verdammte Scheiße«, rief er und schaute seine Schwester irritiert an. Für einen Moment schien er nachzudenken, was er von der Situation halten sollte. Dann zeichnete sich ein triumphierendes Lächeln auf seinem Gesicht ab. »Weißt du was, du hast vielleicht sogar recht, dass die von dem Verlag das echt draufhaben. Das ist natürlich ziemlich schlau, beide Seiten zu verkaufen. Aber …«, fuhr er fort, wobei seine Stimme einen ernsten Ton annahm, »… das ändert nichts an der Tatsache, dass das mit der KI trotzdem viel zu gefährlich ist. Hast du nicht mitbekommen, wie das Drohnenprogramm letzte Woche seinen eigenen Piloten ausschalten wollte? Da hat die KI einen Terroristen gefunden, oder glaubte das zumindest, und hat eine Drohne beauftragt, den abzuschießen. Das ging aber nicht, weil das immer noch von einem Menschen freigegeben werden muss. Und weißt du, was die KI dann gemacht hat? Die hat einfach den Piloten selbst ausgeschaltet, damit der das nicht blockieren kann.«

»Natürlich habe ich davon gehört«, sagte Sophie. »So wie vermutlich jeder andere Mensch auch, der Nachrichten hört. Aber das war nur eine Simulation, die zeigen sollte, welche Gefahren KI mit sich bringen kann. Das war doch nicht echt.«

»Nee, war es vielleicht nicht«, sagte Felix. »Weißt du, ob das nicht genauso hätte passieren können?«

»Keine Ahnung«, sagte Sophie. »Weiß ich natürlich nicht. Genauso wenig wie du und vermutlich irgendwer. Und natürlich mache ich mir auch meine Gedanken über die KI und was das alles soll. Aber was hat das mit Papa zu tun? Denk mal nach. Glaubst du wirklich, dass die Ärztin, die ihn operiert hat, ihn töten wollte? Oder das riskieren? Dann ist die doch ihren Job los. Und musste damit rechnen, dass sie in der Presse komplett zerrissen wird. Genau so, wie das jetzt gerade passiert. Und diese KI-Typen. Die verdienen am meisten Geld, wenn ihre Systeme Leben retten. Dann können die mehr davon verkaufen. Warum um alles in der Welt sollten die riskieren, dass da etwas schiefgeht? Da gehen die pleite. Das macht doch beides überhaupt keinen Sinn!«

Felix wollte instinktiv seiner Schwester widersprechen, doch Sophie kam ihm zuvor.

»Denk darüber nach, bevor du dich das nächste Mal mit deiner Freundin von der Zeitung triffst. Und vielleicht fragst du sie das einfach bei Gelegenheit. Wäre ja interessant, was sie dazu denkt, oder?«

56. KAPITEL

Berlin
Mittwoch, 24. Juli, 21.33 Uhr

Sie ließ das Telefon klingeln, ohne den Anruf anzunehmen. Sie wusste nicht, ob sie heute noch eine schlechte Nachricht vertragen konnte. Seit er ihr erklärt hatte, dass die Datenmanipulation entdeckt wurde, hatte sie Angst, aufzufliegen. Ihr Plan stand auf Messers Schneide. Wenn man ihr auf die Schliche kam, würde sie alles verlieren. Sie sollte Ruhe bewahren, hatte er ihr eingeschärft.

Andererseits fiel es ihr auch schwer, tatenlos zuzusehen. Vielleicht konnten sie ja doch noch was tun. Nach dem sechsten Klingeln entschied sie sich, den Anruf anzunehmen.

»Hallo«, sagte sie einfach.

»Ich habe das Problem gelöst«, erwiderte die Stimme am anderen Ende der Leitung.

Gelöst?, fragte sie sich. Wie konnte das sein?

»Wie genau meinen Sie das?«

»Die Logfiles waren schon gelöscht, nur irgendwie hat sich irgendwer illegal Zugriff auf die Systeme des Krankenhauses verschafft. Der Tracker, den ich zur Sicherheit eingebaut hatte, nachdem Sie mir über den Rechner im Ärztezimmer einen dauerhaften Zugang eingerichtet hatten, hat mich darauf aufmerksam gemacht.«

»Und warum soll mein Problem damit jetzt doch gelöst sein?«, fragte sie irritiert nach.

»Ganz einfach. Die sind gut, aber ich bin auch nicht schlecht. Ich habe alle Spuren beseitigt. Das heißt konkret, dass sie zwar von einer Datenmanipulation wissen, nur eben nicht mehr.«

»Und das soll reichen?«

»Das wird reichen!«, erwiderte die Stimme auf der anderen Seite. »Wenn Sie jetzt cool bleiben, wird die Sache ihren Lauf nehmen.

Der Prozess wird in den nächsten Wochen vorbei sein, und damit ist dann auch die Gefahr gebannt.«

Nachdem das Gespräch beendet war, dachte sie kurz nach. Am Anfang, als sie den Plan entworfen hatten, hörte sich alles ganz logisch und einfach an. Sie hatten alles so eingefädelt, dass es wasserdicht schien. Und anfangs war es noch nach Plan gelaufen. Aber jetzt wurde die Datenmanipulation entdeckt. Dabei hatte er ihr versprochen, dass das nicht passieren würde. Mehr und mehr lief die Sache für sie aus dem Ruder, und sie hatte große Sorgen, dass am Ende doch noch alles aufflog. Sie atmete tief durch. Panik würde auch nicht helfen. Panik half nie. Sie musste an ihrem Plan festhalten und konnte nur hoffen, dass er recht hatte und das Problem gelöst war. Es gab ohnehin kein Zurück mehr.

57. KAPITEL

Berlin-Charlottenburg, Fasanenstraße 72, Kanzlei Eberhardt
Donnerstag, 25. Juli, 8.57 Uhr

»O Mann, ich hoffe, wir haben den Scheiß bald hinter uns«, sagte Tobi, nachdem er mit verquollenen Augen und gähnend in Roccos Büro gekommen war. Mit einem Lächeln fügte er allerdings hinzu: »Ach, und könntest du mir bitte 'nen Kaffee machen?«

Rocco schüttelte den Kopf und schaute seinem Freund zu, der sich im gleichen Moment in einen der Stühle hineinfläzte, als wäre es ein Liegesessel, und die Füße auf dem Besprechungstisch ablegte.

»Hey, Tobi, es ist fast neun. Wir haben uns ja nicht um Mitternacht getroffen.«

»Ja, aber ich habe bis drei Uhr morgens mit Cleve zusammengesessen. Virtuell meine ich.«

»Okay«, horchte Rocco auf. »Und was haben du und unser Superhacker rausbekommen?«

»Das kann ich dir sagen«, erwiderte Tobi. »Allerdings erst, wenn ich einen Kaffee habe.«

Hm, dachte Rocco. Ganz klar Tobis übliche Verzögerungstaktik. Es gibt also gute Nachrichten. Und anders als an den vorherigen Tagen nervte ihn das heute gar nicht. Denn obwohl sie noch jede Menge vor sich hatten und der Prozess gegen Sasha Müller nach wie vor alles andere als rosig aussah, hatte er nach den neuesten Erkenntnissen wieder zu seinem alten Kampfeswillen zurückgefunden. Er wusste, dass er den Prozess gewinnen konnte. Er hatte momentan zwar keine Ahnung, wie er das anstellen sollte, aber das war ihm völlig egal. Sein Instinkt sagte ihm, dass sie am Ende alles auflösen würden, und seinem Instinkt konnte er vertrauen.

»Na klar. Soll ich dir auch noch ein Wasser dazu bringen?«, fragte er deshalb überfreundlich und stellte die Tasse vor seinem Freund auf dem Tisch ab.

Der legte enttäuscht die Stirn in Falten. »Bringt gar keinen Spaß, dich auf die Folter zu spannen, wenn du dich nicht ärgerst«, sagte Tobi und trank einen Schluck von dem Kaffee. »Aber ja«, fügte er hinzu, »Wasser wäre nett.«

Im selben Moment kam Klara Schubert ins Büro und brachte ihnen einen Teller mit Croissants und zwei Flaschen Wasser. Dann schnappte sie sich selbst ein Croissant, biss rein und lächelte Rocco und Tobi an. »Ist ja nicht so, dass ich mich nicht um euch kümmern würde.«

»Danke, Klara, Sie sind die Beste«, sagte Rocco, während Tobi sogar Anstalten machte, sich aus seiner Liegeposition zu bemühen.

»Bleiben Sie ruhig sitzen«, sagte Klara Schubert fröhlich und hatte im nächsten Moment schon wieder das Büro verlassen.

Tobi blickte Rocco ernst an. »Ich hoffe, du weißt, was du an ihr hast«, sagte er, und Rocco nickte, wobei ihn gleichzeitig sein schlechtes Gewissen überkam. Natürlich wusste er das, aber ihm war auch klar, dass er Klara das viel zu selten zeigte. Er würde sich etwas überlegen, um ihr eine Freude zu machen. Das war schon viel zu lange überfällig.

»Also«, riss Tobi ihn aus seinen Gedanken. »Wir, Cleve und ich, haben Folgendes rausbekommen. Erstens haben die Hacker, wenn wir sie mal so nennen, mitbekommen, dass wir ihnen auf die Schliche gekommen sind.«

Rocco zog die Augenbrauen hoch. »Wie denn das? Beziehungsweise, woher wisst ihr das?«

»Ganz einfach, sie haben die ursprünglich gelöschten Logfiles, die Cleve nur auf dem Back-up-System gefunden und allesamt kopiert hatte und die uns ja erst auf ihre Spur gebracht haben, mittlerweile komplett vom System gelöscht. Die Originale, die Sicherungen, alles.«

»Okay«, sagte Rocco erstaunt. »Und wie genau hat Cleve das festgestellt?«

»Tja«, entgegnete Tobi. »Er ist denen schlicht immer einen Schritt voraus. Er hatte ein kleines Programm auf den Servern des Klinikums Spreehöhe installiert, das jede Änderung protokollierte.«

»Und woher um alles in der Welt wussten sie, dass wir ihnen auf die Schliche gekommen waren?«

»Ganz einfach«, sagte Tobi. »Die hatten auch einen Tracker installiert. Und das so geschickt, dass Cleve ihn bei unserem ersten Besuch auf den Spreehöhe-Servern übersehen hatte.«

»Gar nicht schlecht«, gab Rocco zu. »Wir wissen jetzt also, dass wir es mit Profis zu tun haben.«

»Genau«, sagte Tobi, während er völlig ungeniert so in sein Croissant biss, dass ein Großteil der Krümel zu gleichen Teilen auf Roccos Tisch und dem Parkett landete.

Rocco schüttelte innerlich den Kopf, beschloss aber, das Essverhalten seines Freundes für den Moment zu ignorieren. Das andere Thema war jetzt wichtiger.

»Und darüber hinaus konnten wir den Kreis derjenigen, die die Daten am Rechner manipuliert hatten, auf zwei Personen eingrenzen.«

»Wirklich?«, sagte Rocco. »Das ist aber mal eine gute Nachricht.«

»Ja und nein«, erwiderte Tobi mit vollem Mund, ehe er einen dicken Bissen Croissant mit einem großen Schluck Kaffee herunterspülte. »Denn die beiden sind aus dem OP-Team deiner Mandantin.«

»Echt? Krass!«, entfuhr es Rocco. »Und wer genau?«

»Moment«, sagte Tobi, wischte sich den Mund mit dem Handrücken ab und zog einen Zettel aus seiner dunkelblauen Jogginghose. »Also, während der OP selbst waren Sasha Müller und ihre Assistenzärztin Anna Donath im Saal. Und dann noch der Anästhesist, Christian Zwosta.«

»Das waren alle?«, fragte Rocco, der davon ausgegangen war, dass bei einer OP mehr Beteiligte anwesend waren.

»Nein, zwei weitere Assistentinnen für die technischen Geräte, ein Springer und zwei weitere OP-Pfleger. Aber die spielen keine Rolle.«

»Wieso?«, fragte Rocco.

»Ganz einfach, weil lediglich die ersten beiden, also Donath und Zwosta, im kritischen Zeitraum Zugriff auf den Rechner im Ärztezimmer gehabt haben können. Die anderen scheiden aus.«

»Ah«, sagte Rocco. »Verstehe. Und da sind wir sicher?«

»Ja, zu einhundert Prozent. Die haben gar keinen Zugriff auf den Rechner.«

»Okay«, erwiderte Rocco. »Und vermutlich wissen wir jetzt auch, dass die das nicht alleine durchgezogen haben können, oder?«

»Da schau an«, stieß Tobi hervor. »Gar nicht so dumm für einen Anwalt. Kannst ja direkt deduzieren.«

»Na ja, das war nicht so schwer. Wenn Cleve erst heute Nacht rausgefunden hat, dass die Hacker so gut waren, eine Software zu installieren, die ein Profi wie er selbst im ersten Anlauf übersehen hat, kann ich mir schwer vorstellen, dass einer unserer Mediziner alleine dahinterstecken soll.«

»Genauso ist es«, stimmte Tobi ihm zu. »Allerdings haben wir trotzdem einen kleinen Background-Check bei den beiden möglichen Datenfälschern durchgeführt. Hätte ja sein können, dass Donath und Zwosta heimlich noch 'ne Karriere als IT-Experten verfolgen.«

Rocco zog die Augenbraue hoch.

»War aber nicht so. Cleve legt seine Hand dafür ins Feuer, dass es auf jeden Fall einen Hintermann geben muss. Jemanden, der entweder selbst die entsprechenden IT-Kenntnisse hat oder Zugriff auf Leute, die das können.«

»Okay«, sagte Rocco. »Dann müssen wir also zwei Sachen klären. Erstens: Wer von den beiden hat im Ärztezimmer die Daten manipuliert und dadurch auch Jens Dauber auf dem Gewissen? Und wer steckt tatsächlich dahinter und hat einen unserer beiden neuen Verdächtigen dazu angestiftet oder zumindest unterstützt?«

Rocco dachte kurz nach. »Könnte jemand von Augmentum damit zu tun haben? Vielleicht dieser Andersson?«

»Keine Ahnung«, sagte Tobi und schnappte sich ein weiteres Croissant. »Kann schon sein. Technisch wäre er sicher dazu in der Lage. Stellt sich nur die Frage, welches Motiv er haben könnte. Aber, da mach dir mal keine Sorgen.«

»Wieso? Hört sich an, als hättest du 'ne Ahnung, wie wir weitermachen?«, stellte Rocco halb fragend fest.

»Allerdings«, sagte Tobi und lächelte Rocco an, während er weitere Krümel auf Tisch und Boden verteilte. »Die habe ich.«

58. KAPITEL

Berlin-Charlottenburg, Fasanenstraße 72, Kanzlei Eberhardt
Freitag, 26. Juli, 9.23 Uhr

»Anna Donath oder Christian Zwosta«, sagte Sasha Müller skeptisch und schüttelte energisch den Kopf. »Das kann ich mir beim besten Willen nicht vorstellen.«

Rocco beobachtete seine Mandantin genau. Trotz der überraschenden Neuigkeiten schien es so, als wenn sie langsam die Energie, die sie beim ersten Besuch in seiner Kanzlei noch gehabt und dann im Laufe der vergangenen Monate nach und nach verloren hatte, wieder zurückgewann. Ganz so als würden die neuen Informationen ihr wieder etwas von der verlorenen Kraft zurückgeben. Das war auch nur zu verständlich, denn der Verdacht des Fehlers, der anfänglich noch unumstößlich festzustehen schien, war mit der Entdeckung der Datenfälschung erst einmal vom Tisch. Für Rocco war es außerdem enorm wichtig, dass Sasha Müller jetzt konzentriert und engagiert mitarbeitete, da weder Tobi noch Jarmer oder er die beiden Mitarbeiter so gut kannten wie Sasha Müller selbst. Er brauchte ihre volle Unterstützung für die Vorbereitung der nächsten beiden Verhandlungstage.

»Und doch muss es so gewesen sein«, erwiderte Rocco. »Einer von Ihren Kollegen hat die Daten in der Akte manipuliert.«

»Und da sind Sie hundertprozentig sicher?«, fragte Sasha Müller.

Rocco nickte.

»Ich kann das eigentlich nicht glauben«, erwiderte sie kopfschüttelnd. »Aber wenn ich genau drüber nachdenke, hat Zwosta sich tatsächlich schon öfter unkollegial verhalten. Er ist vom Typ her eher eigenbrötlerisch. Und Anna, also Doktor Donath, ist meiner Meinung nach zwar gewissenhaft und loyal, doch auch mitunter etwas übereifriger, als es ihr guttäte. Ich habe sie schon das ein oder andere Mal ausbremsen müssen, und da hat es dann gelegentlich gekracht.« Sasha Müller schaute Rocco mit fragendem Blick an. »Aber so was? Ich weiß nicht, das ist etwas zu krass. Das hätte ich beiden niemals zugetraut.«

»Was Menschen dazu treibt, Verbrechen zu begehen«, erwiderte Rocco, »beruht fast immer auf einer Motivation, die in den Menschen selbst begründet liegt. Und auch wenn Dritte, Außenstehende oder andere Umstände ein auslösendes Moment sein können, um diese Motivation in Gang zu bringen, sind es doch immer die handelnden Personen selbst, die die Kraft, den Willen, die Energie oder auch die Traumatisierung besitzen, das Vergehen umzusetzen. Irgendeinen Grund wird es geben, und genau den müssen wir herausfinden. Deshalb möchte ich gerne Folgendes machen. Wir werden uns jetzt eine Stunde Zeit nehmen und uns nacheinander auf jeden der beiden konzentrieren. Ich muss sie so gut kennenlernen, wie es irgendwie möglich ist. Dabei kommt es nicht nur darauf an, wie gut oder schlecht sie bei der Arbeit sind, sondern vor allem auch, welche Persönlichkeiten sie haben. Wie sind sie im Umgang mit Ihnen, wie verhalten sie sich untereinander, wie mit Kolleginnen und Kollegen, die andere Aufgaben wahrnehmen oder in der Hierarchie eines Krankenhauses vielleicht weniger prominent wahrgenommen werden. Was wissen Sie über das Privatleben der beiden, ihre Familien, ihre Freunde, ihre Hobbys, Urlaubsreisen?«

Sasha Müller sah Rocco skeptisch an. »Das alles wollen Sie wissen? Wofür soll das gut sein?«

»Ganz einfach. Als Erstes werden wir die Datenmanipulation durch ein Gutachten in den Prozess einbringen. Und dann, vermutlich nachdem die Staatsanwaltschaft unser Manipulationsgutachten bestätigt hat, werden wir im nächsten Schritt die beiden vor Gericht laden lassen und sie befragen.«

»Aber«, fiel ihm Sasha Müller ins Wort, »warum sollten sie aussagen? Bisher war doch die Ansage der Krankenhausleitung und deren Anwälte, das OP-Team solle auf keinen Fall vor Gericht auftreten, weil sie sich im Zweifel nur selbst belasten würden.«

»Stimmt. Allerdings hat sich jetzt die Sachlage geändert. Sobald wir die Datenfälschung bewiesen haben, werden Sie mit einem Schlag als Opfer einer Verschwörung dastehen. Und dann werden Sie selbst Ihre Kollegen bitten, auszusagen, um Ihnen zu helfen.«

»Hm«, meinte Sasha Müller. »Aber wenn einer von den beiden dahintersteckt, wird er das wohl nicht machen, oder?«

»Ganz im Gegenteil. Ich denke, er oder sie muss das dann sogar machen. Denn wenn sie Ihnen den Gefallen ausschlagen würden, würden sie sich doch erst recht verdächtig machen, oder? Denn den Grund, aus dem sie Ihnen nicht helfen wollen, müssten sie ja um jeden Preis verheimlichen.«

Sasha Müller dachte nach. Schließlich sagte sie: »Sie haben recht. Aber würden die beiden dann nicht sowieso alles abstreiten?«

»Das ist der knifflige Punkt an der Sache. Sollten wir durch unseren Hacker bis dahin keine anderen Beweise haben, die den Täter oder die Täterin überführen, haben wir nur eine Chance. Ich muss jedem der beiden eine Falle stellen, in die allein der wahre Täter tappen wird. Und um diese Falle aufzustellen, brauche ich alles an Informationen, was ich kriegen kann.«

DRITTER TEIL

SHOWDOWN

59. KAPITEL

DREI TAGE SPÄTER

Berlin-Moabit, Turmstraße 91, Kriminalgericht
Montag, 29. Juli, 9.12 Uhr

Obwohl das Gespräch mit Sasha Müller ihm keine grundlegend neuen Informationen über ihre Verdächtigen gebracht hatte, war Rocco sich im Klaren darüber, dass der Fall gegen seine Mandantin in den kommenden Stunden eine entscheidende Wendung nehmen würde.

Er blickte sich im Gerichtssaal um und sah, wie die Vertreter der Presse und die letzten Zuschauer ebenso wie Tobi und Doktor Jarmer in den Bänken Platz nahmen.

Zuversichtlich sah er zu Sasha Müller, die heute in einem schlichten blauen Hosenanzug neben ihm saß. Sie wirkte nervös. Mehr als sonst.

Kein Wunder, dachte Rocco. Würde mir genauso gehen, wenn man mir sagen würde, dass mich ein Kollege hintergangen hat.

»Wird schon gut gehen«, sagte er und lächelte ihr aufmunternd zu.

Im nächsten Moment erhob die Vorsitzende Richterin das Wort und zog damit die Aufmerksamkeit sämtlicher Beteiligter auf sich.

»Guten Morgen zusammen«, sagte sie und setzte sich mit den übrigen Richtern an die lange, durch das Podest erhobene Bank an der Stirnseite des Saals. Sie eröffnete offiziell den Verhandlungstag und wandte sich dann an Rocco. »Herr Verteidiger«, sagte sie. »Sie hatten ja im Vorgespräch einen Beweisantrag angekündigt.«

»Genauso ist es«, erwiderte Rocco und versuchte, dabei so gelassen wie möglich zu wirken, was ihm trotz seiner jahrelangen Erfahrung einiges an Konzentration abverlangte. In wenigen Momenten würde er im Saal eine Bombe platzen lassen und dem bisher mehr oder weniger gradlinig vor sich hin laufenden Prozess eine entscheidende Wendung geben. Einen Coup landen, der nicht nur das Gericht, sondern am Ende auch die Staatsanwaltschaft von der Unschuld seiner Mandantin überzeugen sollte. Rocco stand auf und zog sechs Exemplare einiger zusammengehefteter DIN-A4-Seiten aus seiner Mappe. Er verteilte diese bis auf ein Exemplar, das er für sich behielt, an die beiden Berufsrichter, die Schöffen sowie an Oberstaatsanwältin Doktor Bunzel. Danach stellte er sich wieder an den Tisch der Verteidigung und begann mit ruhiger Stimme die Verlesung seines Antrages.

»In der Strafsache gegen Doktor Sasha Müller wegen fahrlässiger Tötung stelle ich namens meiner Mandantin folgenden Beweisantrag: Zum Beweis der Tatsache, dass wesentliche Daten innerhalb der Patientenakte des Geschädigten Jens Dauber vor der Planung der gegenständlichen Operation und im Anschluss an ebendiese Operation absichtlich manipuliert wurden, mit der Absicht, den Verlauf der Operation negativ zu beeinflussen, beantrage ich, den von der Verteidigung ausweislich des Ladungsnachweises geladenen und zur Hauptverhandlung erschienenen Sachverständigen Herrn Martin Schmidt zu vernehmen.«

Noch bevor Rocco den Satz beendet hatte, setzte Unruhe in den Reihen der Pressevertreter und Zuschauer ein. Rocco konnte auf den Gesichtern der Anwesenden ihre Überraschung bildlich ablesen.

Hatte der Verteidiger gerade wirklich gesagt, dass die Akte gefälscht wurde?

War das wieder einer dieser juristischen Tricks?

Oder war da was dran?

Doch bevor das Durcheinander seinen Lauf nehmen konnte, schallte die durch die Lautsprecher verstärkte Stimme der Vorsitzenden Richterin durch den Saal. »Bitte kommen Sie wieder zur Ruhe und behalten Sie Platz, sonst lasse ich den Saal räumen. So wollen wir heute gar nicht erst anfangen.«

Sie wartete einen Moment, wiederholte ihre Aufforderung ein zweites Mal, und kurze Zeit später war es wieder still.

Rocco, der mit der Reaktion der Zuschauer gerechnet hatte, blickte zu Oberstaatsanwältin Doktor Bunzel. Nur für einen Moment erwiderte die Ermittlerin seinen Blick, wandte sich dann aber von ihm ab und machte sich eine Notiz in ihrer Akte. Rocco hatte eigentlich damit gerechnet, dass sie sich jeden Moment zu Wort melden würde, um die Aussage seines Sachverständigen zu verhindern. So wäre er vermutlich an ihrer Stelle vorgegangen. Bislang lief die Verhandlung in ihre Richtung, und jede Veränderung konnte ihren Erfolg in dem Prozess gefährden.

Doch die Oberstaatsanwältin blieb völlig ruhig. Rocco fragte sich für einen Moment, ob er einen Fehler gemacht oder etwas übersehen hatte, schob den Gedanken dann aber beiseite. Dafür war jetzt keine Zeit.

Stattdessen begründete er seinen Antrag in wenigen Sätzen, und kurz darauf wurde der sachverständige Zeuge aufgerufen und in den Saal gelassen.

Martin Schmidt machte auf den ersten Blick einen sehr sympathischen Eindruck, was neben seiner Expertise einer der Gründe war, warum Rocco ihn so kurzfristig um Unterstützung gebeten hatte. Er hatte schon in zwei vorangegangenen Verfahren mit Schmidt zusammengearbeitet und wusste aus Erfahrung, dass die ruhige und souveräne Vortragsweise des IT-Fachmanns bei den Richtern gut ankam.

Schmidt war knapp einen Meter neunzig groß, schlank und trug ein dunkelblaues Sakko zu seiner Jeans. Seine lichten dunkelblonden Haare hatte er bis auf wenige Millimeter rasiert, was ihm auffallend gut stand. Er nickte erst Rocco zu und nahm dann in der Zeugenbank Platz. Parallel dazu rollten die Wachtmeister zwei große Flachbildschirmfernseher in den Saal und positionierten diese so, dass auf der einen Seite Richter und Prozessbeteiligte und auf der anderen Seite Pressevertreter und Zuschauer im Saal jeweils gute Sicht darauf hatten. Als die Bildschirme positioniert waren, reichte einer der Wachtmeister dem Sachverständigen einen Dongle, den dieser mit seinem Tablet verband.

Nach der Feststellung seiner persönlichen Daten begann die eigentliche Vernehmung zur Sache.

Die Vorsitzende begann wie immer mit einer offenen Frage. »Herr Schmidt, die Verteidigung hat in ihrem Beweisantrag behauptet, die Krankenakte des Verstorbenen Dauber sei manipuliert worden. Was können Sie uns dazu sagen?«

»Vielen Dank, Frau Vorsitzende«, erwiderte Martin Schmidt. »Dazu kann ich tatsächlich einiges sagen.«

Er tippte auf sein Tablet, worauf die beiden Bildschirme zum Leben erwachten. Die großen Displays waren zweigeteilt und zeigten sowohl auf der linken als auch auf der rechten Seite zwei identisch erscheinende Dokumente.

»Was Sie hier sehen«, sagte Schmidt, »sind zwei Versionen der Patientenakte des Verstorbenen Jens Dauber. Auf der linken Seite sehen Sie die Version, die Sie aus der Ermittlungsakte der Staatsanwaltschaft kennen. Das ist das Exemplar, das der Sachverständigen, Rechtsmedizinerin Doktor Bonnet, zur Erstellung ihres Gutachtens zur Verfügung stand.«

Interessiert blickten Prozessbeteiligte und Zuschauer auf die Bildschirme.

»Auf der rechten Seite sehen Sie das Exemplar der Patientenakte, das wir von den Servern der Firma Augmentum erhalten haben, das nicht nur Grundlage zur Erstellung des Behandlungsplanes durch ihre KI, sondern auch für das Gutachten von Doktor Brockhoff war. Eine entsprechende eidesstattliche Versicherung liegt den Beweisanträgen bei.«

Rocco konnte sehen, wie der Schöffe, dem er den Spitznamen Heinz verpasst hatte, kurz durch die zusammengehefteten Seiten blätterte, um sich zu vergewissern, ob die eidesstattliche Versicherung sich tatsächlich unter den Papieren befand. Zufrieden nickend wandte er sich dann wieder dem Sachverständigen zu.

Der griff zu seinem Tablet und scrollte so durch die Patientenakte, dass die beiden Exemplare, die man auf den großen Bildschirmen sehen konnte, parallel Seite für Seite nach vorne blätterten. Obwohl das recht schnell ging, sahen beide Exemplare absolut identisch aus.

»Ich entschuldige mich für die Geschwindigkeit, mit der ich durch die Akte gehe, aber ich versichere Ihnen, dass es bis jetzt keine Unterschiede gibt. Erst hier …«, sagte er dann und stoppte auf einer eng beschriebenen Seite, »… ändert sich das. Wenn Sie bitte Ihre Aufmerksamkeit auf die linke Seite des Monitors richten wollen. Das ist wie gesagt die Akte der Staatsanwaltschaft. Und dort, als Blatt 34 der Akte laufend fortgezählt, sehen Sie einen der Anamnesebögen. Bei den Fragen zu möglichen Allergien ist die später relevant werdende Allergie gegen Kontrastmittel eindeutig bejaht.«

Schmidt machte eine kurze Pause, um sicherzugehen, dass ihm jeder folgte.

»Auf der anderen Seite des Monitors sehen Sie dieselbe Seite, wobei hier der Hinweis zur Allergie fehlt. Das heißt nichts anderes, als dass der Anamnesebogen, der die Frage der Allergie klärt, ausgetauscht wurde und damit die Informationen dazu in der Akte, die Augmentum zur Verfügung gestellt wurde, nicht enthalten war.«

Rocco beobachtete, wie sich sowohl Zuschauer und Pressevertreter als auch Richter und Schöffen und jetzt zudem Oberstaatsanwältin Doktor Bunzel in ihren Sitzen nach vorne beugten, um die Monitore genau in Augenschein zu nehmen.

»Vermutlich denkt sich der ein oder andere von Ihnen«, fuhr Schmidt fort, »dass die Akte von Augmentum ja von dem Unternehmen selbst manipuliert sein könnte und sie damit nur eine Fehlfunktion ihres Systems verschleiern wollten. Und ich kann Ihnen versichern, dass mir dieser Gedanke natürlich auch sofort gekommen ist. Eine Überprüfung hat allerdings sehr schnell ergeben, dass das nicht der Fall ist. Denn ich habe auch die Übertragungsprotokolle der Übermittlung vom Krankenhaus an Augmentum und die Echtheit der durch eine Signatur nicht veränderbaren Akte überprüft. Es steht daher einwandfrei fest, dass Augmentum genau diese Version der Akte, bei der die alles entscheidende Information gefehlt hat, vom Klinikum Spreehöhe erhalten und demzufolge die Akte selbst nicht manipuliert hat.«

Nach und nach wurde jedem Anwesenden im Saal klar, welche Bedeutung die Worte von Schmidt hatten. Von einer Sekunde auf die andere erschien der ganze Prozess in einem völlig neuen Licht. Unruhe breitete sich im Saal aus. Doch anstatt die Zuschauer zur Ruhe zu rufen, fragte die Vorsitzende den Sachverständigen: »Können Sie uns auch erklären, wie es zu diesen unterschiedlichen Versionen einer Akte gekommen ist?«

»Ich denke schon«, erwiderte Schmidt mit einem Lächeln, und automatisch wurde es im Saal wieder still. Niemand wollte sich entgehen lassen, was er zu sagen hatte. »Ich werde jetzt von der Akte, beziehungsweise den beiden unterschiedlichen Versionen der Akte, zu einem anderen Dokument wechseln«, fuhr Schmidt fort, und nach einem kurzen Klick auf seinem Tablet erschien auf den Bildschirmen etwas, das aussah wie der Screenshot einer Reihe von Computercode-Zeilen. »Was Sie hier sehen, sind die Logdaten der Patientenakte zu einem Zeitpunkt unmittelbar nach der Operation. Aus den Daten ergibt sich, dass die Akte zu keinem Zeitpunkt manipuliert wurde. Es ist keine Änderung vermerkt.«

Wie zum Beweis seiner Behauptung führte Schmidt mit seinem Finger kreisende Bewegungen auf der Oberfläche seines Tablets aus, woraufhin auf den Bildschirmen ein virtueller Laserpointer zu sehen war.

»Moment mal«, unterbrach ihn die Vorsitzende. »Steht das nicht im Widerspruch zu Ihrer vorherigen Aussage, wonach die Akte manipuliert wurde?«

»Ja«, nickte Schmidt. »Da haben Sie absolut recht. Das steht tatsächlich in einem krassen Widerspruch.«

»Jetzt haben Sie mich verloren«, sagte die Vorsitzende. »Ist die Akte nun verändert worden oder nicht?«

»Das ist sie« sagte Schmidt. »Denn die Logfiles, die Sie gerade auf dem Schirm sehen, wurden ebenfalls manipuliert, sodass der Anschein entstehen musste, dass die Akte einwandfrei war.«

»Und woher wissen Sie das?«, schaltete sich der beisitzende Richter ein.

»Aus diesen Daten«, erwiderte Schmidt und brachte durch ein Wischen auf seinem Tablet eine weitere Folie auf dem großen Bildschirm nach vorne. »Denn was Sie jetzt sehen, ist eine wiederhergestellte Datei auf den Servern des Klinikums Spreehöhe, aus der sich insgesamt drei Manipulationen ergeben. Die erste Änderung erfolgte unmittelbar nach der Anamnese des Geschädigten, am 29. April. Wir können den Logfiles entnehmen, dass direkt im Anschluss daran die eine Seite aus dem sechsseitigen Anamneseformular ausgetauscht wurde, sodass bei der Beurteilung des Zustands des Patienten für die behandelnden Ärzte der Eindruck entstehen musste, dass keine Allergie gegen das Kontrastmittel vorlag.«

Jetzt hob die Schöffin, die Rocco an Scarlett Johansson erinnerte, ihre Hand. »War das der Zustand der Akte«, fragte sie, »die der KI zur Verfügung stand? Also, die falsche Akte sozusagen?«

»Genau, das ist absolut zutreffend. Zusammengefasst kann ich also aufgrund der Zeitstempel der Änderungen sagen, dass die der KI und auch Doktor Sasha Müller unmittelbar vor der Operation zur Verfügung stehenden Daten manipuliert waren.«

Schmidt kreiste erneut mit seinem Finger auf dem Display seines Tablets, sodass der Pointer auf die entsprechende Stelle in dem Datensatz zeigte. Die Manipulation war deutlich zu erkennen.

»Die zweite Änderung«, fuhr er fort, »wurde am 6. Mai durchgeführt, direkt im Anschluss an die Operation. Hier wurde das manipulierte Blatt wieder entfernt und das ursprüngliche Blatt wieder eingefügt, sodass die Patientenakte, zumindest was diese Daten betraf, wieder korrigiert worden ist. Und dieses war dann auch der

Stand, der der Staatsanwaltschaft und damit der Rechtsmedizin zur Verfügung stand.« Für einen Moment hielt er inne und blickte von einem Beteiligten zum nächsten. »Sollten Sie Fragen dazu haben, halten Sie sich bitte nicht zurück. Ansonsten werde ich fortfahren und zur dritten Änderung kommen.«

»Nein, bitte, so weit ist alles klar«, sagte die Vorsitzende. »Bitte machen Sie weiter.«

»Sehr gut«, sagte Schmidt, stand auf und ging direkt zu dem Bildschirm, auf den die Richter und Oberstaatsanwältin Doktor Bunzel blickten. »Die letzte Änderung, die ich anhand der mir zur Verfügung gestellten Daten begutachtet habe, ist folgende«, sagte er und zeigte auf das untere Drittel des Bildschirms. »Hier können Sie sehen, wie die Logfiles, die ich Ihnen soeben gezeigt habe, allesamt gelöscht worden sind.«

Rocco, der aus dem Gespräch mit Schmidt am Wochenende haargenau wusste, was »sein« Gutachter aussagen würde, konzentrierte sich auf die beiden Berufsrichter und die Schöffen Scarlett und Heinz. Bislang nickten sie wahlweise zustimmend oder folgten den Ausführungen von Schmidt aufmerksam und konzentriert.

Mit dem letzten Satz des Gutachters hatte sich das allerdings geändert. Der beisitzende Richter runzelte die Stirn und kratzte sich nachdenklich an der Schläfe.

»Moment mal«, sagte er dann. »Ich muss jetzt doch genauer nachfragen, um zu verstehen, was Sie uns hier gerade erzählen. Denn selbst wenn das alles zutreffen sollte, was Sie sagen, und wenn, wie ich vermute, die letzte Information aus einer Wiederherstellung gelöschter Daten stammt, stellt sich doch die Frage, wie um alles in der Welt Sie an all diese Informationen gekommen sind?«

Schmidt schien mit dieser Frage gerechnet zu haben und antwortete dem Richter mit einem zuversichtlichen Ausdruck auf dem Gesicht. »Zum einen haben Sie absolut recht damit, dass die letzte Information aus einer Wiederherstellung gelöschter Daten auf den gespiegelten Servern der Klinik stammt. Denn wer auch immer hinter der Manipulation der Daten steckt, hat ja ganz offensichtlich versucht, diese zu vertuschen. Allerdings sind sie dabei nicht sorgfältig genug vorgegangen, sodass es einem Spezialisten gelungen ist, das wiederherzustellen. Und was Ihre weitere Frage, hinsichtlich der Herkunft der Informationen, betrifft, so habe ich diese von Rechtsanwalt Eberhardt erhalten.«

Die Blicke der Richter und Schöffen wechselten zeitgleich und parallel von Schmidt zu Rocco. Rocco, der nicht im Geringsten daran dachte, Lars Cleve zu verpfeifen, erwiderte die Blicke gelassen.

»Was der Sachverständige sagt, ist absolut zutreffend«, sagte er. »Tatsächlich sind mir diese Informationen von einem meiner Mandanten zugespielt worden, der über beträchtliche IT-Fähigkeiten verfügt. Da er aber, wie gesagt, auch einer meiner Mandanten ist, darf ich seine Identität nicht preisgeben, ohne das Anwaltsgeheimnis zu verletzen, das vertrauliche Informationen der Mandanten schützt.«

»Also beim besten Willen«, mischte sich jetzt die Vorsitzende Richterin ein. »Das hört sich alles sehr nach einer Räuberpistole an. Von einem Moment auf den nächsten präsentieren Sie einen Zeugen, der aussagt, dass die Patientenakte gefälscht sei, wodurch der Fall in ein neues Licht getaucht und die Schuldfrage Ihrer Mandantin infrage gestellt wird. Ohne Ihnen irgendetwas unterstellen zu wollen, kann ich nur sehr für Sie hoffen, dass das Ganze sich nicht als Luftnummer herausstellt.«

»Oder als gefälschte Beweise«, ergänzte Heinz und beäugte Rocco kritisch.

»Sie haben vollkommen recht«, stimmte Rocco den beiden zu. Es war klar, dass die Richter das alles infrage stellen würden. Doch anstatt sich zu verteidigen, nutzte er deren berechtigte Zweifel für seinen nächsten Schachzug. »Wir waren nicht weniger überrascht als Sie«, fuhr er fort, »als wir von der Fälschung gehört haben. Und genau aus diesem Grund habe ich Martin Schmidt mit der Erstellung eines Gutachtens betraut. Mir ist allerdings vollkommen klar, dass der Beweiswert eines von der Verteidigung in Auftrag gegebenen Gutachtens in Zweifel gezogen werden kann, ja vielleicht sogar in Zweifel gezogen werden muss. Zumindest wenn sich die Beurteilung des gesamten Falls dadurch von Grund auf ändert. Genau aus diesem Grund empfehle ich, die erneute Überprüfung der Korrektheit der Daten durch einen vom Gericht oder der Staatsanwaltschaft zu beauftragenden Experten. Denn fairerweise muss ich zugeben«, fügte Rocco mit einem Schmunzeln hinzu, »dass ich an Ihrer Stelle ebenfalls Gewissheit haben wollen würde.«

Oberstaatsanwältin Bunzel, die sich während der ganzen Vernehmung des Sachverständigen in für sie ungewohnter Weise zurückgehalten hatte, runzelte die Stirn. Sie schien zu überlegen, ob Rocco nur bluffte oder ob an seinem Vortrag etwas dran war.

»Ich bin mir sicher, dass das Gericht auch ohne Ihre Empfehlung entscheiden kann, ob und wann es einen Sachverständigen hinzuziehen will«, hielt sie Rocco schließlich entgegen.

»Natürlich«, erwiderte er. »Und für den Fall, dass das Gericht und auch die Staatsanwaltschaft das beabsichtigt, habe ich alle uns zur Verfügung stehenden Informationen auf einem verschlüsselten Laufwerk gespeichert und den Zugang zu den Daten über einen Link an Ihre jeweiligen Geschäftsstellen senden lassen.«

Die Vorsitzende nickte nachdenklich und sah erst zu ihrem beisitzenden Richter und dann zu den beiden Schöffen. Rocco vermutete, dass sie in Gedanken bereits die nächsten Schritte plante.

»Um ein weiteres Gutachten werden wir wohl nicht herumkommen. Und bevor das erstellt ist, macht es keinen Sinn, weitere Zeugen zu hören«, sagte sie. »Für heute habe ich genug gehört.« An ihre Kollegen gewandt fragte sie: »Haben Sie noch eine Frage an den Sachverständigen?«

Die drei Angesprochenen verneinten ebenso wie Oberstaatsanwältin Doktor Bunzel. Die vorgetragenen Fakten waren eindeutig, und allen war bewusst, dass erst ein weiteres unabhängiges Gutachten klären würde, inwieweit die vorgetragenen Behauptungen einer Überprüfung standhielten. Der Sachverständige selbst hatte gesagt, was es zu sagen gab.

»Nun denn«, sagte die Vorsitzende. »Damit wird der Sachverständige mit Dank entlassen, und wir können den heutigen Verhandlungstag beenden. Wir werden das Verfahren so lange aussetzen, bis ein weiteres, durch dieses Gericht in Auftrag zu gebendes Sachverständigengutachten Aufschluss über die heute vorgetragenen Informationen gegeben hat. Danach geht es dann mit der Vernehmung der letzten Zeugen weiter.«

Rocco, der innerlich die Faust über diesen Sieg ballte, blickte zu Oberstaatsanwältin Bunzel. Die Ermittlerin sah alles andere als glücklich aus, was er ihr nicht verdenken konnte. Ihr ursprünglicher Plan, den ganzen Fall so schnell wie möglich vom Tisch zu bekommen und die Dateninkongruenz als nicht relevant abzutun, hatte sich soeben in Luft aufgelöst.

60. KAPITEL

Berlin-Moabit, Turmstraße 91, Kriminalgericht
Montag, 29. Juli, 11.13 Uhr

Jule Hermann stand auf der Straße vor dem Gericht. Sie hatte mit vielem gerechnet, aber nicht damit, dass das Verfahren eine so drastische Wendung nehmen würde. Von einem Moment auf den anderen schien ihre komplette Berichterstattung der vergangenen Monate infrage zu stehen. Wenn der Gutachter recht hatte und jemand die Patientenakte manipuliert hatte, konnte man möglicherweise weder die Chirurgin noch die KI für den Tod von Jens Dauber verantwortlich machen. Und dann hatten sich sämtliche Interviews mit Daubers Sohn Felix mit der ganzen emotionalen Seite des Falls gegen die Falschen gerichtet. Um ehrlich zu sein, hatte sie keine Ahnung, wie sie jetzt weitermachen sollte. Sie griff zu ihrem Handy und wählte die Nummer ihrer Chefin. Vielleicht wusste Marion, was zu tun war.

»Hallo, Jule«, nahm die Chefredakteurin von *Das Blatt* unmittelbar nach dem ersten Klingeln ihren Anruf an. »Ich habe gerade schon gehört, was passiert ist. Kaum zu glauben, oder?«

»Ja, wirklich«, erwiderte Jule und war froh, dass sie ihre Chefin erreicht hatte.

»Besser hätte es nicht laufen können, oder? Das gibt einen super Artikel. Damit können wir wieder auf die Titelseite. Wie schnell, glaubst du, kannst du uns zweitausend Zeichen schreiben? Länger als bis 15 Uhr solltest du nicht brauchen, oder?«

Jule fiel ein Stein von der Seele, als sie hörte, dass ihre Chefin vollkommen begeistert über die neueste Entwicklung war.

»Klar, kriege ich hin«, sagte sie. »Aber ich bin nicht sicher, wie wir das drehen sollen. Bisher hatte ich alles darauf aufgebaut, dass Daubers Ärztin oder die KI schuld waren.«

»Ja und? Ist doch vollkommen egal. Viel wichtiger ist, dass wir eine krasse Wendung haben. Kommt ein bisschen Fahrt in die Sache. Das fing ja schon an, langweilig zu werden. Ich dachte an so was wie: ›Wendung im Fall gegen die *Tödliche Intelligenz!* Was steckt wirklich hinter der Fälschung der Akte?‹ So oder so ähnlich könnten wir damit rausgehen.«

Jule machte sich eifrig Notizen. »Und dann?«, fragte sie.

»Na, dann schreibst du, dass jetzt wieder alles offen ist. Und wenn du kannst, schau doch, ob du Felix Dauber noch mal interviewen kannst. Frag ihn einfach, was er über die Änderung denkt.«

Jule nickte. Nachdem sie das Gespräch beendet hatten, war sie zwar dankbar für die Unterstützung ihrer Chefin. Sie musste allerdings auch feststellen, dass ihr diese boulevardeske Art des Journalismus einfach nicht lag. Irgendwie fehlte ihr die Trüffelschnauze für solche Schlagzeilen, die ihre Chefin nur so aus der Hand zu schütteln schien.

Über kurz oder lang würde Hahn erwarten, dass sie das ohne ihre Hilfe hinbekam.

Aber was soll's, dachte sie. Fürs Erste hatte sie genug Futter, Eigenleistung hin oder her. Solange am Ende ihr Artikel so erfolgreich ausfallen würde wie die letzten, sollte es ihr egal sein.

61. KAPITEL

ZWEI WOCHEN SPÄTER

Berlin-Charlottenburg, Fasanenstraße 72, Kanzlei Eberhardt
Montag, 12. August, 18.27 Uhr

Rocco saß zufrieden in seiner Kanzlei und trank einen großen Schluck Rotwein. Der Tag vor Gericht hätte nicht besser laufen können. Nach einer zweiwöchigen Unterbrechung, die notwendig war, damit der vom Gericht bestellte Gutachter die Ausführungen von Roccos Sachverständigem Martin Schmidt überprüfen konnte, war die Verhandlung heute fortgesetzt worden. Der gerichtliche Gutachter hatte bestätigt, dass die Akte, wie behauptet, manipuliert wurde. Das alleine bedeutete allerdings noch keine große Änderung des weiteren Verfahrensablaufs. Denn Oberstaatsanwältin Bunzel war weit entfernt davon, die Anklage nur deshalb fallen zu lassen. Das alles war viel zu vage, sagte sie. Und der Umstand allein, dass Daten manipuliert waren, sei zwar relevant, exkulpiere aber die Angeklagte noch lange nicht.

Rocco, dem das klar war, ging daher in die nächste Phase über, um die Unschuld seiner Mandantin zu beweisen. Er musste den wahren Täter überführen. Da Cleve in der Zwischenzeit keine weiteren Daten wiederherstellen hatte können, die zusätzliche Informationen geliefert hätten, war Rocco auf sich gestellt. Ihm blieb daher nur die Befragung der beiden Verdächtigen als Zeugen, um sein Ziel vor Gericht zu erreichen. Wie er vorhergesagt hatte, hatten sich auf Bitte von Sasha Müller sowohl der Anästhesist Doktor Christian Zwosta als auch Müllers Assistenzärztin Doktor Anna Donath zu einer Aussage bereit erklärt. Müller hatte sie schlichtweg gebeten, als Leumundszeugen für sie zur Verfügung zu stehen, was beide nach ihren Angaben gerne machen wollten.

Und damit hatte Rocco sie genau da, wo er sie brauchte. Nach allem, was sie wussten, hatte einer der beiden die Akte manipuliert. Jetzt lag es an Rocco, während der Zeugenvernehmung herauszubekommen, wer von ihnen das gewesen war. Er musste sie auf eine Weise aus der Reserve locken, dass sie sich in Widersprüche verstrickten. Gleichzeitig musste er dabei äußerst geschickt vorgehen, damit die Richter ihm nicht das Fragerecht entzogen, weil er sie allzu sehr in die Zange nahm. Das war nicht unheikel, denn er hatte weder mit dem Gericht noch mit der Staatsanwaltschaft geteilt, dass er eindeutige Beweise für die Beteiligung der Befragten in der Hand hielt. Der Grund dafür war einfach. In dem Moment, wo einer der beiden oder beide als Täter infrage kämen, würden sie von normalen Zeugen zu Beschuldigten und in der Folge ganz sicher die Aussage verweigern. Solange der Schuldige aber davon ausgehen konnte, dass er nicht verdächtigt wurde, würde er seine Rolle weiterspielen. Und genau diesen Umstand musste Rocco für sich nutzen. Leider war das auch schon alles, was er in der Hand hielt.

62. KAPITEL

Berlin-Moabit, Kriminalgericht, Schwurgerichtssaal 700
Mittwoch, 14. August, 9.23 Uhr

Doktor Christian Zwosta war zum ersten Mal in seinem Leben vor Gericht. Und auch wenn er sich noch am frühen Morgen gesagt hatte, dass er diesen Termin einfach locker durchstehen und sich keinesfalls beeindrucken lassen wollte, fühlte er sich zunehmend unwohl.

Ihm schossen die Worte seines eigenen Anwalts wieder ins Gedächtnis. Der Rechtsverdreher hatte ihm dringend von einer Aussage abgeraten. Schließlich wisse kein Mensch, hatte er gesagt, wie sich ein Prozess vor Gericht entwickeln würde, und er könne nicht ausschließen, dass Zwosta auch ins Fadenkreuz der Ermittler geriete. Schließlich war sein Verhalten während der OP nicht gerade wie aus dem Lehrbuch gewesen.

Natürlich hatte er darüber nachgedacht, sich am Ende aber doch entschieden, auszusagen. Er war es Müller schlicht schuldig. Schließlich hatte sie ihn damals eingestellt, als er dringend eine Stelle brauchte, und nachdem es ja nur darum ging, als Fürsprecher für sie auszusagen, tat er das jetzt einfach. Und weiß Gott, er konnte Müller ohnehin auf seiner Seite gebrauchen, denn die Angelegenheit mit seiner Pause während der OP war im Krankenhaus noch lange nicht vom Tisch.

Das war allerdings auch das Einzige, was seiner Einschätzung nach kritisch war. Und dieser Punkt war hinlänglich bekannt, im OP-Bericht vermerkt und vor Gericht längst dokumentiert. Von allem anderen konnte niemand etwas wissen. Also hatte er nichts zu befürchten. Ganz einfach.

Zwosta blickte sich um und ließ die Atmosphäre auf sich wirken. Den riesigen, bis auf den letzten Platz gefüllten Saal mit den dunklen Holztäfelungen. Die vielen Reporter und Zuschauer. Die lange, erhöhte Bank auf der Stirnseite mit den Richtern. Er zählte vier. Zwei in dunklen Roben und dann die beiden Schöffen. Alle mit dem gleichen Ziel: einen Schuldigen für ein vermutlich vermeidbares Unglück zu finden. Ein Patient war gestorben. Und dafür sollte jemand büßen. Okay, er war dabei. Aber am Ende traf ihn keine Schuld. Sollten sie ihn doch mit allen Fragen bombardieren, die sie hatten. Er hatte sich nichts vorzuwerfen. Zumindest nichts, was hiermit etwas zu tun hatte. Von dieser anderen Sache sollte keiner hier eine Ahnung haben. Trotzdem dachte er jetzt schon wieder darüber nach. Er musste das einfach für den Moment verdrängen.

Er versuchte, sich zu konzentrieren und so entspannt wie möglich auszusehen. Wenn er verkrampft wirkte oder am Ende gar schuldbewusst, würde das bestimmt nicht helfen.

Nachdem ihn die Richterin belehrt hatte, wies sie ihn ausdrücklich darauf hin, dass er die Aussage verweigern dürfte, wenn er sich dadurch selbst belastete. Wenn er allerdings aussagte, müsste es die Wahrheit sein.

Sollte kein Problem sein, dachte er. Soweit sie das eine Thema nicht streiften.

Er atmete tief durch. Die Zeugenbank, an der er saß, war so weit vorne im Saal, dass er ohne sich umzudrehen gerade mal links neben sich Doktor Müller und ihren Anwalt sah. Auf der anderen Seite, rechts von ihm, waren die Staatsanwältin und eine Mitarbeiterin. Und dann auch noch die Frau und der Sohn des Patienten. Er versuchte, soweit es ging, den Blickkontakt mit der Familie zu meiden. Patienten und deren Schicksale an sich ranzulassen war überhaupt nicht sein Ding. Hatte er vor vielen Jahren aufgegeben. Das Einzige, was sich ein bisschen komisch anfühlte, waren die ganzen Zuschauer. Und Reporter. Er hatte das Gefühl, als würden sich deren Blicke direkt in seinen Rücken bohren. Ob jemand von denen was wusste? Hatten die Reporter vorher recherchiert, was es mit den Zeugen auf sich hatte? Hatten sie gar einen Verdacht? Nein. Konnte ja nicht sein.

Er musste das ausblenden. Und ruhig bleiben. Sich konzentrieren. Und aussagen, was alles passiert war. Na ja, vielleicht nicht alles. Aber das, was ohnehin schon bekannt war. Einfach nur so viel, dass es für ihn kein Problem werden würde. Das musste doch zu schaffen sein. Und durchweg versuchen, entspannt auszusehen. Nur nicht schuldbewusst.

»So, Herr Doktor Zwosta«, schallte auf einmal die Stimme der Richterin, die in der Mitte der Bank saß, aus den Lautsprechern. »Dann wollen wir jetzt mit Ihrer Zeugenvernehmung beginnen.«

Na los, dachte er und setzte das entspannteste Lächeln auf, zu dem er gerade in der Lage war.

63. KAPITEL

Berlin-Moabit, Kriminalgericht, Schwurgerichtssaal 700
Mittwoch, 14. August, 9.29 Uhr

Rocco atmete tief ein. Jetzt ging es ums Ganze. Immer wieder hatten er, Jarmer, Tobi und Lars Cleve alle Steine umgedreht, die sie finden konnten. Sie hatten jede noch so kleine Spur verfolgt, um Hinweise aufzustöbern, welcher der beiden Mitarbeiter des Klinikums Spreehöhe die Patientenakte von Jens Dauber gefälscht haben könnte. Doch sie waren keinen Schritt weitergekommen.

Auch auf der Suche nach dem Motiv hatten sie nichts Neues gefunden. Nichts deutete darauf hin, dass das Ganze ein Mordkomplott war, um Jens Dauber aus dem Verkehr zu ziehen. Und auch Roccos Mandantin, Sasha Müller, schien keine wirklichen Feinde zu haben. Sicher, da gab es zahlreiche Onlinepöbler, die sich gegen sie aussprachen. Aber diese Entwicklung hatte erst nach Beginn des Prozesses eingesetzt. Und die Gegner der künstlichen Intelligenz im medizinischen Umfeld aus dem Kreis etablierter Wissenschaftler erweckten allesamt nicht gerade den Eindruck, berechnende Mörder zu sein. Roccos Frage, ob Andersson dahinterstecken konnte, erwies sich überdies als Luftnummer. Wenngleich er brillante Ideen hatte, wie man ein KI-Unternehmen aufbauen konnte, war es mit seinen eigenen Computerfähigkeiten nicht weit her, wie Cleve rausgefunden hatte. Und im Umfeld anderer KI-Unternehmen hatten sie auch nichts gefunden. Für ihre ursprüngliche Arbeitshypothese, dass ein Konkurrent von Augmentum das Ganze inszeniert haben könnte, um sich selbst einen Marktvorteil zu verschaffen, gab es keinerlei Belege. Nicht die geringsten. Und jetzt war es ohnehin so, dass die gesamte Branche unter dem Verfahren litt. Was keine überraschende Wendung war.

Im Ergebnis saßen sie also vor Gericht, ohne wirklich etwas in der Hand zu haben. Damit blieb Rocco lediglich sein Geschick bei der Zeugenvernehmung. Es musste ihm gelingen, den wahren Täter so sehr in Sicherheit zu wiegen, dass er am Ende einen Fehler beging und sich selbst überführte. Und er musste seine Fragestellung so lenken, dass die Richterin ihn wenigstens so lange gewähren ließ, bis er die entscheidenden Infos aus den beiden herausgekitzelt hatte. Eine riskante Aufgabe, aber eine, der sich Rocco gewachsen fühlte.

Rocco blickte seine Mandantin zuversichtlich an. »Wird schon werden«, sagte er, doch Sasha Müller, die immer noch erschüttert davon war, dass einer ihrer Kollegen sie hintergangen haben sollte, schien heute abwesender als an den vorherigen Tagen. Rocco konnte ihr das nicht verübeln. In den letzten Monaten war ihre gesamte Karriere von der Presse zerrissen worden, und ihr Leben, wie sie es bis kurz vor der Operation geführt hatte, existierte nicht mehr. Und dieses Leben würde sie auch nie wieder zurückbekommen. Allerdings hatte sie natürlich die Chance für einen Neuanfang. Vorausgesetzt, sie würden den Prozess gewinnen. Dazu mussten sie zuallererst unmissverständlich klarstellen, dass Sasha Müller nicht für den Tod von Jens Dauber verantwortlich war, sondern einer der beiden Zeugen, die heute gehört wurden.

Christian Zwosta, oder, genauer gesagt, Doktor Christian Zwosta, würde der erste sein.

Rocco blickte von seinem Platz auf den Anästhesisten, der keine drei Meter von ihm entfernt in der Zeugenbank Platz genommen hatte. Er wusste durch Tobis Recherche, dass er gerade vierundfünfzig Jahre alt geworden war, geschieden mit zwei Kindern und einer Ex-Frau, der er nach wie vor erhebliche monatliche Beträge überwies. Finanziell gesehen war er aus diesem Grund trotz seines recht stattlichen Gehaltes angeschlagen und konnte die monatlichen Raten für das Haus gerade so bedienen.

Im Lauf der Jahre hatte Rocco Hunderte von Zeugen befragt und mit der Zeit ein untrügliches Gespür dafür entwickelt, wenn jemand etwas zu verbergen hatte oder versuchte, ihm etwas vorzumachen. Es waren die kleinen Zeichen, die unauffälligen Gesten, die einen verrieten. Unbewusste Signale, die der Körper aussandte und die nur der geschulte und aufmerksame Beobachter zu deuten wusste. Und genau diese Signale sandte Christian Zwosta aus.

Rocco war sich sicher, dass der Mediziner etwas verheimlichte. Und er würde alles daransetzen, dieses Geheimnis in der nächsten Stunde zu lüften.

64. KAPITEL

Berlin-Moabit, Kriminalgericht, Schwurgerichtssaal 700
Mittwoch, 14. August, 9.36 Uhr

»Sehr gut«, begann die Vorsitzende Richterin freundlich und wandte sich direkt an Zwosta. »Dann erzählen Sie uns doch bitte einmal genau, was an dem Tag, als der Geschädigte Dauber operiert wurde, alles passiert ist. Vielleicht von dem Zeitpunkt an, als Sie ins Krankenhaus gekommen sind.«

»Gerne. Also, im Prinzip war es ein Tag wie jeder andere«, begann Zwosta seinen Bericht und fasste in den nächsten zwanzig Minuten sämtliche Geschehnisse des Tages bis zu dem Zeitpunkt zusammen, als die OP begann.

»Am Anfang lief alles wie geplant. Es war ja mehr oder weniger ein Routineeingriff. Bis zu dem Zeitpunkt, als der Patient einen anaphylaktischen Schock erlitten hat, den wir nicht mehr in den Griff bekommen haben.«

»Könnten Sie uns bitte erklären, was genau das bedeutet«, fragte die Vorsitzende.

»Natürlich, gerne«, fuhr Zwosta fort und erweckte zusehends den Eindruck, als fühle er sich nicht besonders wohl in seiner Haut. »Also, ein anaphylaktischer Schock ist deshalb so gefährlich, weil die Symptome nicht nur an einer Stelle auftreten, sondern quasi den gesamten Körper erfassen. Das ist sozusagen die stärkste Reaktion des Körpers auf einen allergischen Stoff. Das Erste, was da passiert, ist, dass Histamin ausgeschüttet wird, und daraus ergibt sich eine Kettenreaktion im Körper. Die Blutgefäße weiten sich, worauf der Blutdruck rapide absackt. Dadurch werden lebenswichtige Organe schlechter oder nicht mehr durchblutet, und das kann zu einem Zusammenbruch des Kreislaufs führen. In unserem Fall war es besonders heftig, und bei dem Patienten sind im Kehlkopfbereich Schwellungen aufgetreten, die dann auch eine akute Luftnot ausgelöst haben.«

»Aber zu dem Zeitpunkt, als die Reaktion ausgelöst wurde, befanden Sie sich nicht im Operationssaal, oder?«

»Nein, da war ich noch draußen.«

»Und die Angeklagte, Frau Doktor Müller, hatte das erlaubt?«

»Ja, ich hatte sie natürlich gefragt. Schließlich hat Doktor Müller die OP geleitet. Aber wie gesagt, bis dahin war alles nach Plan gelaufen.«

Die Vorsitzende machte sich eine Notiz. »Und was ist dann geschehen?«

»Na ja, als ich wieder im OP war, und das war ja wirklich unmittelbar nach der Reaktion, haben wir mit allen uns zur Verfügung stehenden Mitteln versucht, den Patienten zu retten. Aber leider hat nichts geholfen. Weder die sofortige Injektion von Adrenalin noch das Kortison noch alle anderen Maßnahmen.«

»Was genau war die Folge?«, hakte jetzt Heinz nach.

»Ganz einfach«, erwiderte Zwosta. »Das bedeutet, dass der Patient an einem Kreislaufstillstand verstorben ist. Wir haben ihn nicht mehr reanimieren können.«

Rocco bemerkte, dass Zwosta bei dieser Antwort deutlich gefasster wirkte als am Anfang seiner Schilderung des Vorfalls. Seine Unsicherheit schien also weniger mit seinem Verlassen des OPs als mit etwas anderem zu tun zu haben.

Nachdem die Richter und im Anschluss Oberstaatsanwältin Doktor Bunzel einige weitere Fragen gestellt hatten, erteilte die Vorsitzende Rocco das Wort.

»Herr Doktor Zwosta«, begann er mit freundlichem Ton, während er sich von seinem Stuhl erhob und auf den Zeugen zuging. »Vielen Dank, dass Sie uns heute noch einmal genau schildern, was am gegenständlichen Tag passiert ist. Ich bin mir sicher, das muss Sie ganz schön mitgenommen haben. Passiert ja wohl nicht so häufig, dass Sie einen Patienten verlieren.«

Christian Zwosta wiegte den Kopf langsam hin und her. »Na ja, im Laufe der Jahre ist das leider einige Male vorgekommen«, antwortete er. »Allerdings eher selten bei Routineeingriffen wie diesem. Das ist schon ungewöhnlich.«

»Okay, verstehe«, sagte Rocco und beschloss, unmittelbar zum Angriff überzugehen. Er war sich nahezu sicher, dass Zwosta irgendetwas verbarg, was ihn vorhin für einen kurzen Moment aus der Fassung gebracht hatte. Und er fragte sich, ob das etwas mit der Manipulation der Akte zu tun hatte. War Zwosta ihr Mann?

»Was Ihre Schilderung betrifft, war die ja sehr klar«, fuhr Rocco fort, entschlossen, Zwosta aus der Reserve zu locken. In der Vergangenheit hatte er in solchen Situationen meistens dann Erfolg gehabt, wenn er einen Zeugen mit einer überraschenden Frage auf die Wahrheit stoßen konnte. »Trotzdem möchte ich gerne erneut auf einen Punkt zurückkommen«, sagte er deshalb, »den ich nicht genau verstanden habe. Als der Patient, Jens Dauber, den Schock erlitten hat, woher genau wissen Sie, was in einem solchen Fall zu tun ist? Ich meine, hätte es vielleicht andere Maßnahmen gegeben, die den Patienten hätten retten können?«

Noch bevor der Zeuge antworten konnte, sprang Oberstaatsanwältin Bunzel auf. »Frau Vorsitzende, bitte entschuldigen Sie meine Unterbrechung. Das ist eine Suggestivfrage, und ich habe das Gefühl, der Vertreter der Verteidigung geht schon wieder fischen. Ich habe keine Ahnung, wieso er das macht, aber der Zeuge kann unmöglich wissen, was geschehen wäre, wenn er den Geschädigten anders behandelt hätte. Und die Sachkunde, wie jemand zu behandeln ist, hat er ohne Frage aufgrund seiner Qualifikation. Schließlich ist er Facharzt für Anästhesiologie.«

Rocco schaute Oberstaatsanwältin Bunzel halb bewundernd, halb irritiert an. Sie hatte sofort erkannt, was er hier abzog. Auf der anderen Seite war es in deutschen Gerichtssälen eher unüblich, dass die Staatsanwaltschaft die Zeugenvernehmung unterbrach, wie man das etwa aus US-amerikanischen Gerichtsfilmen kannte.

»Vielen Dank für diesen Hinweis, Frau Doktor Bunzel«, sagte die Vorsitzende entsprechend mit hochgezogenen Augenbrauen und einem nicht zu überhörenden kritischen Ton. Sie schätzte es gar nicht, wenn man ihr vorgab, was sie zu tun hatte. An Rocco gewandt sagte sie: »Bitte achten Sie bei Ihren weiteren Fragen darauf, wie Sie diese stellen. Ich bin mir sicher, dass das kein Problem sein sollte.«

»Natürlich nicht«, erwiderte Rocco und widmete sich wieder dem Zeugen. Er hatte vorhin das Gefühl, dass Zwosta exakt bei dem Themenkomplex, als es um die Behandlung des Schocks ging, auffällige Zeichen von Unsicherheit gezeigt hatte. Hier würde er noch ein bis zwei Fragen verbringen, ehe er ihn auf das eigentliche Thema stoßen würde.

»Also, erzählen Sie uns doch bitte, woher genau Sie wussten, welches das richtige Mittel der Wahl war, um den Patienten zu behandeln. Ist das generell Aufgabe des Anästhesisten, oder hätte nicht auch ein anderes Mitglied aus dem Team das machen können?«

Anstatt zu antworten, blickte Doktor Zwosta sich um. »Entschuldigung«, sagte er mit etwas zu lauter Stimme zu der Vorsitzenden. »Könnte ich vielleicht ein Glas Wasser haben?«

Rocco war sich nicht sicher, ob Zwosta auf Zeit spielte, um sich eine vernünftige Antwort auf die an sich einfache Frage zu überlegen, oder ob er wirklich Durst hatte. In jedem Fall wirkte er zunehmend verunsichert.

»Haben Sie eine Ahnung, warum Ihr Kollege so nervös ist?«, fragte er leise Sasha Müller.

Die zuckte nur mit den Schultern. »Weiß ich auch nicht. Mir würde allenfalls einfallen, dass er sich verantwortlich fühlt, weil er nicht im OP war, als der Patient in den Schock gefallen ist. Aber da das Ganze in meiner Verantwortung lag und ich das erlaubt hatte, ist er grundsätzlich aus dem Schneider. Und das ist ja kein Geheimnis mehr.«

Rocco nickte. Trotzdem war er sicher, dass Zwosta etwas zu verbergen versuchte. Er wusste allerdings, dass die Geduld des Gerichts nahezu erschöpft war, wenn er noch weitere Wiederholungsfragen stellte.

Nachdem ein Wachtmeister dem Zeugen das Wasser gebracht und er das halbe Glas in einem Zug leer getrunken hatte, begann er unmerklich, mit dem Bein zu wippen.

»Bevor wir hier weitermachen, muss ich mich bei Ihnen entschuldigen«, sagte Rocco und hatte kurzerhand beschlossen, dass jetzt der richtige Zeitpunkt für seinen Angriff war. »Ich hatte vorhin ganz vergessen, eine Frage zu stellen, die ich noch auf meinem Zettel notiert hatte. Sagen Sie, können Sie sich erinnern, ob Sie am Tag der OP auch mit dem Rechner im Ärztezimmer gearbeitet haben? Haben Sie sich vielleicht die Patientenakte des Geschädigten erneut angesehen? Wollten Sie vielleicht noch mal schauen, ob Ihnen etwas durchgerutscht ist?«

Zwosta wippte jetzt immer stärker mit seinem Bein.

Treffer versenkt, dachte Rocco und war sich sicher, dass er auf der richtigen Spur war. Und damit Zwosta gar keine Gelegenheit bekam, sich wieder zu fangen, würde Rocco genau da weiterbohren.

»Entschuldigen Sie«, sagte er deshalb. »Habe ich Sie etwa verunsichert?«

Zwosta schaute Rocco jetzt beinahe panisch an. Doch anstatt zu antworten, trank er einen weiteren Schluck Wasser.

Im selben Moment mischte sich die Vorsitzende ein. Auch ihr war Zwostas merkwürdiges Verhalten offensichtlich nicht entgangen. »Ich bin mir zwar nicht ganz sicher«, sagte sie, »worauf der Verteidiger hinauswill, aber Sie müssen bitte seine Frage beantworten.«

»Ja, ja natürlich«, stotterte Zwosta schließlich. »Tatsächlich war ich wirklich noch mal an dem Rechner. Und ja, ich bin deshalb etwas nervös, weil die ärztliche Direktorin uns im Anschluss an die OP jeglichen Zugang zu den Systemen untersagt hat. Das Problem ist nur, dass ich an einer wissenschaftlichen Studie gearbeitet habe, die wir zusammen mit einem großen Pharmaunternehmen durchführen. Es geht da um ein neues Anästhetikum. Wir haben ein Zeitfenster, innerhalb dessen wir die Studie abschließen und das Paper veröffentlichen müssen. Und um ehrlich zu sein, war ich eh schon weit hinter dem Zeitplan. Ich habe mir deshalb am Rechner noch die Datei kopiert, damit ich wenigstens zu Hause daran weiterarbeiten konnte. Wenn Sie wollen, kann ich das gerne etwas ausführen. Ich meine, wenn das wichtig für hier ist.«

Eine Studie? No way! Rocco glaubte Zwosta kein Wort. Er war sich sicher, dass der Arzt ihnen etwas vorspielte. Er konnte sich einfach nicht vorstellen, dass er wegen einer Studie kurz davor war, komplett seine Fassung zu verlieren.

»Und wegen dieser Studie haben Sie die Anweisung der ärztlichen Direktorin ignoriert?«, hakte er nach. »Ich meine, wäre das nicht auch unkomplizierter gegangen? Sicher hätte Ihnen Doktor Hendry doch im Beisein eines Kollegen oder IT-Experten gestattet, sich eine Kopie zu ziehen, oder? Sie musste ja nur sicherstellen, dass die Daten zu der OP nicht weiter verändert werden.«

Rocco machte eine Pause und nahm Zwosta für den finalen Stoß genau ins Visier. Der blickte ihn leichenblass an.

»Es ging immerhin um einen Todesfall. Das ist doch eine ernste Sache, oder?«

Zwosta war wie in Schockstarre.

Und dann, von einem Moment auf den nächsten und vollkommen überraschend, schlug der Arzt mit der Faust auf den Tisch. Die Unsicherheit in seinem Blick war einer Entschlossenheit gewichen, und Rocco ging fest davon aus, dass Zwosta jetzt ein Geständnis ablegen würde. Er ballte seine Faust. Er war sich sicher, dass sie ihren Mann gefunden hatten.

»Die Sache ist die«, begann Zwosta mit fester Stimme. »Ich mache meinen Job schon so lange und bin bereits seit fünf Jahren in Berlin. Ich wollte die Stelle am Klinikum Spreehöhe unbedingt haben. Und ich brauchte auch die Beförderung. Finanziell gesehen habe ich nach meiner Scheidung, sagen wir mal, schwierige Zeiten erlebt.« Er machte eine kurze Pause, füllte sich etwas von dem Wasser aus der Karaffe nach und trank es in gierigen Schlucken herunter. Dann setzte er sich aufrecht in seinem Stuhl hin und sagte mit fester und überzeugter Stimme: »Ich bin ein Betrüger. Ich habe die Facharztausbildung nie abgeschlossen. Die Trennung von meiner Frau kam dazwischen und noch ein paar andere Sachen. Und ja, ich war an dem Rechner im Ärztezimmer, um den gefälschten Nachweis zur Facharztausbildung zu löschen. Ich hatte Panik, dass die Polizei bei den Ermittlungen darauf stoßen könnte und ich dann auffliege.«

Zwosta schaute sich um, von der Staatsanwältin zu den Richtern und wieder zur Bank der Verteidigung. Seine Augen waren rot, von Tränen gefüllt. Und da war noch etwas anderes. Er schien erleichtert zu sein. Als wäre er von einer zentnerschweren Last befreit.

Rocco wurde schlagartig klar, dass die ganze Unsicherheit und Nervosität, die Zwosta beschäftigte, gar nichts mit dem Tod von Jens Dauber zu tun hatte. Er hatte schlichtweg seinen Lebenslauf frisiert und sich als Facharzt beworben, um die Stelle im Klinikum Spreehöhe zu bekommen, ohne wirklich über die entsprechende Qualifikation zu verfügen. Vor ihm saß nicht, wie er noch vor wenigen Momenten vermutet hatte, der Verschwörer des Datenskandals. Vor ihm saß ein verzweifelter Arzt, der in einer schwierigen Situation seines Lebens einen Fehler begangen hatte.

»Dieses Problem«, sagte Rocco völlig resigniert und enttäuscht von dieser Entwicklung, weil ihm klar war, dass sie mit Zwosta keinen Blumentopf gewinnen würden, »scheint mir ein Themenkomplex zu sein, den Sie in allererster Linie mit Ihrem Arbeitgeber klären müssen.«

An die Richterbank gewandt fügte er hinzu: »Frau Vorsitzende, ich habe keine weiteren Fragen an den Zeugen.«

65. KAPITEL

Berlin-Moabit, Kriminalgericht, Schwurgerichtssaal 700
Mittwoch, 14. August, 13.27 Uhr

Nachdem bekannt war, dass das größte Problem von Doktor Christian Zwosta nicht die Manipulation von Jens Daubers Patientenakte, sondern die Fälschung seines Lebenslaufs war, hatte die Vorsitzende Richterin nach einem kurzen Blick auf ihre Uhr die Mittagspause eingeläutet. Der Umstand, dass Rocco eine ungewöhnliche Art der Befragung durchgeführt hatte, war ihr dabei offenbar nicht so bewusst geworden, wie Rocco befürchtet hatte, sodass er beschloss, bei der nächsten Aussage noch direkter vorzugehen. Jetzt mussten sie einfach einen Treffer landen.

Kurz bevor die Verhandlung mit der Aussage der Assistenzärztin Doktor Anna Donath weitergehen sollte, kam Tobi zu Rocco an die Bank der Verteidigung, während Justus Jarmer, der sich für den heutigen Tag extra freigenommen hatte, schon einmal im Zuschauerraum Platz nahm.

Während Rocco und Tobi ihre Einschätzung des bisherigen Verlaufs des Tages miteinander abglichen, schrieb Jarmer irgendetwas in sein Notizbuch. Rocco wollte ihn eigentlich noch fragen, ob ihm was aufgefallen war, vermutete aber, dass das nicht der Fall war. Sonst wäre Jarmer sicher zu ihm gekommen. Stattdessen grinste Tobi ihn breit an.

»Da der Verdächtige Numero eins offensichtlich ausscheidet, haben wir nach dem Sherlock-Holmes-Prinzip unsere Täterin gefunden«, sagte er.

»Yep«, erwiderte Rocco trocken und freute sich für einen Moment über Tobis gute Laune. Das schätzte er so sehr an seinem Freund, der niemals aufgab und in allem immer das Positive sah. »Recht hast du. Und das ist gut, denn dann kann ich mir die gesamte Befragung sparen und vorschlagen, dass wir gleich zu den Schlussplädoyers übergehen.«

Sasha Müller, die gerade von der Toilette zurückkam und nur die letzten beiden Sätze mitbekommen hatte, schaute die beiden Männer verwundert an. »Habe ich was verpasst?«

»Nein, gar nicht«, antwortete Rocco. »Ein alter Witz beziehungsweise eine Anlehnung an Conan Doyle. Nach dem Sherlock-Holmes-Prinzip muss derjenige der Täter sein, der nach dem Ausscheiden aller übrigen infrage kommenden Verdächtigen als Letzter übrig bleibt. Ganz gleich wie unwahrscheinlich das auch erscheinen mag. Und da Zwosta aus dem Schneider ist, bleibt nur noch Ihre Assistenzärztin Doktor Donath übrig.«

Sasha Müller verzog kurz ihren Mund, ehe sie sich mit deutlich nervöser Miene wieder auf ihren Platz setzte.

»Wie auch immer«, sagte Rocco und blickte zu der Tür hinter der Richterbank, aus der die Berufsrichter und die beiden Schöffen gerade zurück in den Verhandlungssaal kamen. »Wenn das echte Leben so einfach wäre wie ein Kriminalroman, gäbe es eine deutlich höhere Aufklärungsrate von Verbrechen, und die Verfahren vor Gericht würden sich nicht so endlos in die Länge ziehen.«

Dann setzte er sich neben seine Mandantin, während Tobi zurück in den Zuschauerraum ging. Die Vorsitzende eröffnete keine zwei Minuten später die Verhandlung, und der Termin wurde mit der Vernehmung von Doktor Anna Donath fortgesetzt.

Sasha Müllers Assistenzärztin wirkte auf den ersten Blick völlig ruhig und souverän. Sie schilderte zunächst auf Fragen des Gerichts und im Anschluss auf wenige Nachfragen von Oberstaatsanwältin Doktor Bunzel objektiv und sachlich die Geschehnisse des Tages, an dem Jens Dauber sein Leben verloren hatte. Im Unterschied zu der Befragung von Zwosta schien auch die Oberstaatsanwältin langsam in Form zu kommen. Sie hakte mehr nach als zuvor und ging bei scheinbar nebensächlichen Themen so sehr ins Detail, dass

Rocco, als ihm die Vorsitzende das Fragerecht zuteilte, wenig offene Fragen blieben.

Einen Bereich hatten bislang allerdings weder Gericht noch Staatsanwaltschaft beleuchtet. Und das aus gutem Grund. Denn im Unterschied zu Rocco wussten sie nicht, was er und sein Team in Erfahrung gebracht hatten. Dass nämlich einer der beiden heute geladenen Zeugen über den Rechner im Ärztezimmer die Akte manipuliert haben musste. Und so wie es aussah, hatte Tobi mit seiner flapsigen Bemerkung zum Sherlock-Holmes-Prinzip am Ende die einzig logische Möglichkeit auf den Tisch gelegt. Deshalb beschloss Rocco, ohne große Umschweife direkt zum entscheidenden Punkt zu kommen.

»Frau Doktor Donath. Dank der umfassenden Fragen, die Ihnen schon gestellt worden sind, haben wir alle eine gute Vorstellung davon, wie der Tag verlaufen ist. Also vielen Dank dafür. Ich habe daher eigentlich auch nur einen weiteren Punkt, der mich interessiert und bei dem Sie mir helfen können.«

»Natürlich, sehr gerne«, erwiderte Anna Donath.

»Mich würde interessieren, ob und wie Sie an dem Tag, an den Sie sich ja noch ausgezeichnet erinnern können, am Rechner im Ärztezimmer gearbeitet haben.«

Von einer Sekunde auf die andere wurde die Ärztin rot im Gesicht, und Rocco jubelte innerlich. Deutlicher konnte ein Körper nicht reagieren.

»Ich, also ich …«, stammelte Anna Donath, ehe sie tief durchatmete und sich kurz sammelte. »Ich«, fuhr sie fort, »würde gerne wissen, ich meine, ich frage mich, warum das von Bedeutung sein soll.«

Rocco blickte nur kurz zur Vorsitzenden, die ihm zunickte und sich unmittelbar darauf an die Zeugin wandte. »Bitte, Frau Doktor Donath, beantworten Sie die Fragen des Rechtsanwalts. Als Zeugin ist es Ihre Aufgabe, zu dem Thema zu sprechen, zu dem Sie geladen worden sind. Das beinhaltet Fragen des Gerichts, der Staatsanwaltschaft und der Verteidigung.«

Rocco kam es so vor, als ob Anna Donaths Gesichtsfarbe sich um eine weitere Nuance von Rot in Dunkelrot verfärbte.

»Also, tatsächlich weiß ich das noch sehr genau. Und nein, ich war nicht an dem Rechner.«

Rocco war sich sicher, dass Anna Donath in diesem Moment log. Doch anstatt sie jetzt schon zu unterbrechen, ließ er sie weiterreden. Ohne Zweifel war sie gerade dabei, sich ihr eigenes Grab zu schaufeln. Und davon wollte er sie nicht abhalten. Er war nur gespannt, welches Märchen sie ihnen auftischen würde.

»Als Assistenzärztin ist es eigentlich meine Aufgabe«, fuhr sie mit gepresster Stimme fort, »jeden Tag alle Infos und Updates zu checken. Zum Beispiel Artikel über neue medizinische Entwicklungen, die jemand teilt, oder interne Informationen aus unserer Abteilung. Ich bin da allerdings nicht immer besonders gründlich.« Sie machte eine kurze Pause und blickte schuldbewusst zu Sasha Müller. »An den Tag der Operation kann ich mich besonders gut erinnern, weil ich beinahe zu spät in den OP gekommen wäre. Ich hatte mich mit einer anderen Assistenzärztin, Angela, in der Kaffeeküche verquatscht. Erst als sie mich gefragt hat, ob ich nicht längst losmüsse, habe ich gemerkt, wie spät es ist. Und deshalb weiß ich auch noch, dass ich definitiv nicht an dem Rechner war. Dafür hatte ich keine Zeit. Das tut mir echt leid.«

»Okay«, sagte Rocco, der sich immer sicherer war, dass Anna Donath sie anlog. »Das ist eine interessante Geschichte, die Sie uns da erzählen. Und nur um sicherzugehen, dass ich Sie wirklich richtig verstehe, lassen Sie mich erneut nachfragen: Sie waren an diesem Tag, als Jens Dauber operiert wurde, nicht an dem Rechner im Ärztezimmer?«

Rocco wollte noch einmal hören, ob die Assistenzärztin weiter bei ihrer Geschichte blieb. Was sie ja nicht wissen konnte, war, dass er die Beweise von Cleve in der Hinterhand hatte. Und genau die wollte er jetzt nutzen. Er fragte sich, ob Tobi das genauso sah wie er, und drehte sich kurz in Richtung Zuschauerraum um.

Tobi, der seinen Blick sofort erwiderte, schien kurz nachzudenken und wiegte den Kopf von links nach rechts, ehe er schließlich nickte und den Daumen seiner rechten Hand hochhob.

Als Anna Donath dann ein weiteres Mal wiederholte, dass sie sehr sicher an diesem Tag nicht an dem Rechner eingeloggt hatte, war Rocco fest davon überzeugt, dass Doktor Anna Donath, Sasha Müllers Assistenzärztin, hier ein ganz großes Schauspiel abzog.

An die Richterbank gewandt sagte er: »In diesem Fall, Frau Vorsitzende, möchte ich gerne einen weiteren Beweisantrag stellen.« Er zog ein dreiseitiges geheftetes Dokument inklusive der benötigten Anzahl von Kopien aus seiner Aktentasche und legte diese vor sich ab. »Zum Beweis der Tatsache, dass Frau Doktor Anna Donath am Montag, den sechsten Mai, um exakt 14.53 Uhr über den Rechner im Ärztezimmer der Chirurgie des Klinikums Spreehöhe die Patientenakte des Geschädigten Jens Dauber verändert hat, beantrage ich, den Sachverständigen Martin Schmidt zu befragen. Der Sachverständige wird Unterlagen und Logfiles vorlegen, die diesen Zugriff und die entsprechende Manipulation eindeutig belegen.«

Im selben Moment blickte Rocco zu Anna Donath. Er wollte wissen, wie sie auf seinen Antrag reagierte. Ungläubig starrte ihn die Ärztin an.

»Ich, ich war doch gar nicht …«, begann sie zu stammeln, wurde aber im selben Moment von der Vorsitzenden Richterin so rigoros unterbrochen, dass sie überfordert von der Situation innehielt.

»Frau Doktor Donath, ich rate Ihnen hiermit ausdrücklich, jedes weitere Wort genau zu überlegen. Sie müssen nichts sagen, wenn Sie sich dadurch selbst belasten würden.« Dann machte sie eine kurze Pause und blickte von der Zeugin direkt in Roccos Richtung. »Außerdem«, fuhr sie mit harschem Ton fort, »werden wir die Verhandlung für zehn Minuten unterbrechen. Zuschauer und Presse können gerne in den Bänken bleiben. Verteidigung und Staatsanwaltschaft bitte ich, mich in das Richterzimmer zu begleiten.«

Ohne ein weiteres Wort stand sie auf und war im nächsten Moment durch die Tür hinter der Richterbank verschwunden.

66. KAPITEL

Berlin-Moabit, Kriminalgericht, Schwurgerichtssaal 700
Mittwoch, 14. August, 15.13 Uhr

»Wenn Sie glauben, dass Sie meinen Gerichtssaal für Ihre windige Verteidigung missbrauchen können«, fuhr die Vorsitzende Richterin Rocco an, als er die Tür des Richterzimmers hinter sich geschlossen hatte, »dann haben Sie sich getäuscht. Was um alles in der Welt haben Sie sich dabei gedacht?«

Mit hinter dem Rücken verschränkten Händen lief sie in dem gut zwanzig Quadratmeter großen Raum, in dessen Mitte ein großer Besprechungstisch mit acht Stühlen stand, auf und ab und gab sich nicht die geringste Mühe, ihren Ärger zu verbergen.

Rocco entschied sich dagegen, unmittelbar auf die Vorwürfe der Richterin zu reagieren. Stattdessen wollte er ihr die Gelegenheit geben, erst einmal alles rauszulassen.

»Sollten Sie tatsächlich über Informationen verfügen«, fuhr sie erregt fort, »aus denen sich ergibt, dass Doktor Donath die Akten manipuliert hat, haben Sie die Zeugin gerade mutwillig ins Messer laufen lassen.« Die Vorsitzende baute sich vor Rocco auf. Ihre Augen blitzten. »Und damit hätten Sie sie ihres Rechtes beraubt, von ihrem Aussageverweigerungsrecht Gebrauch zu machen. So etwas«, echauffierte sie sich weiter, »ist mir im gesamten Verlauf meiner Karriere noch nicht untergekommen. Ich bin mir sicher, dass Sie damit gegen Standesrecht verstoßen haben. Und«, fügte sie wütend hinzu, »vermutlich auch gegen eine ganze Reihe anderer Vorschriften.«

Sie sah Rocco noch einmal an, schüttelte den Kopf und setzte sich dann auf die eine Ecke des Besprechungstisches.

Rocco konnte die Reaktion der Richterin verstehen, fühlte sich aber nicht im Geringsten schuldig. Denn ihr fehlten entscheidende

Informationen, um den Sachverhalt in seiner Gänze beurteilen zu können. Trotzdem war ihm klar, dass er jedes einzelne seiner Worte sehr vorsichtig wählen musste, um die Situation in die richtige Richtung zu drehen.

»Frau Vorsitzende«, begann er deshalb mit ruhiger Stimme. »Zunächst möchte ich eines klarstellen. Bis die beiden Zeugen heute ausgesagt haben, hatte ich nicht den geringsten Beweis, dass Doktor Donath die Akte manipuliert hat. Und darüber hinaus bitte ich Sie, nicht Täter und Verteidiger zu verwechseln. Wir haben mittlerweile etabliert, dass die Akte gefälscht wurde, was unweigerlich zum Tod von Jens Dauber geführt hat. Sollte die Zeugin dafür verantwortlich sein, ist es nicht unwahrscheinlich, dass sie zum einen eine Mitverantwortung am Tod des Geschädigten trägt und zum anderen vor Gericht gelogen hat.«

Die Vorsitzende Richterin atmete tief durch. Dann sah sie Rocco an. »Sie haben nicht gewusst, dass Doktor Donath die Akte manipuliert hat?«, fragte sie ungläubig. »Und wie bitte darf ich daraufhin Ihren Beweisantrag einordnen?«

»Ganz einfach«, erwiderte Rocco. »Mir liegen Informationen vor, wonach die Akte durch den Rechner im Ärztezimmer manipuliert worden ist. Und zu dem Zeitpunkt, der dafür infrage kommt, waren lediglich zwei User über den Rechner eingeloggt.«

»Die beiden Zeugen, die wir heute gehört haben?«, schaltete sich jetzt das Scarlett-Double ein und sah Rocco fragend an.

»Genau«, sagte er. »Allerdings habe ich erst im Laufe der Aussagen eine Idee davon bekommen, welche der beiden das sein könnte. Daher der Antrag.«

»Wenn das stimmt«, erwiderte die Vorsitzende, ohne dass ihr Ton an Schärfe verloren hätte, »rechtfertigt das in meinen Augen immer noch nicht Ihr Verhalten. Aber so wie es aussieht, bleibt mir keine andere Wahl, als Ihrem Beweisantrag stattzugeben und der Sache auf den Grund zu gehen.«

Oberstaatsanwältin Doktor Bunzel, die sich bis zu diesem Moment wohlweislich aus dem Disput zwischen Rocco und der Vorsitzenden rausgehalten hatte, fügte trocken hinzu: »Da die Zeugin nach der aktuellen Sachlage an der Tat beteiligt sein könnte, werde ich sie gleich entsprechend belehren. Und wenn sie nur ein bisschen Verstand in sich trägt, wird sie umgehend einen Anwalt beauftragen und jedes weitere Wort verweigern. Dass die Voraussetzungen eines Haftbefehls vorliegen, halte ich ohne stichhaltige Beweise vor der Aussage des Sachverständigen allerdings nicht für gegeben.« An Rocco gewandt fügte sie hinzu: »Ich hoffe nur, dass Sie wissen, was Sie da tun.«

Darauf können Sie wetten, dachte Rocco. Er hatte eine Mandantin, der er verpflichtet war. Nicht mehr und nicht weniger. Und wenn Gericht und Staatsanwaltschaft ein Problem damit hatten, wie er dieser Verpflichtung nachkam, dann konnte er das nicht ändern. Und eigentlich war es ihm auch vollkommen egal.

»Damit hätten wir ja wohl alles besprochen«, sagte er schlicht. »Wollen wir weitermachen?«

67. KAPITEL

Berlin-Moabit, Kriminalgericht, Schwurgerichtssaal 700
Freitag, 16. August, 9.13 Uhr

Am Mittwoch endete der Verhandlungstag nach dem Gespräch im Richterzimmer sehr schnell. Doktor Anna Donath hatte nach der Belehrung durch Oberstaatsanwältin Bunzel, dass sie als Beschuldigte in Betracht kam, wie zu erwarten jede weitere Aussage verweigert, und die Vorsitzende hatte Roccos Beweisantrag stattgegeben.

Damit stand am heutigen Freitag die Aussage des Sachverständigen Martin Schmidt auf der Tagesordnung. Wie schon bei seinem ersten Auftritt in diesem Verfahren verband Schmidt nach der Belehrung durch die Richterin sein iPad mit den beiden Monitoren, die die Wachtmeister für die Anwesenden aufgestellt hatten.

»Einen Moment«, sagte er, während er auf dem Touchdisplay etwas einstellte, und schon wenige Sekunden später wurde eine Reihe von Daten auf dem Bildschirm sichtbar.

»Was Sie hier sehen«, erklärte er, »sind die Logdaten des RFID-Chips, der in den Mitarbeiterausweis der Assistenzärztin Doktor Anna Donath verbaut ist. Anhand dieser Daten lässt sich ihr Aufenthaltsort innerhalb der Klinik zu jedem Zeitpunkt genau bestimmen.« Schmidt klickte weiter, und eine andere Übersicht erschien auf den Monitoren. »Zusätzlich enthalten die Ausweise einen weiteren Chip, der sie legitimiert, sich an einem beliebigen Rechner innerhalb des Kliniknetzwerkes einloggen zu können. Sobald das geschieht, wird dieses Event, also die Anmeldung, gleichfalls in den Logfiles gespeichert. Die entsprechenden Daten können Sie hier sehen.«

Schmidt machte eine kurze Pause und blickte erst zu Rocco und dann zur Richterbank und vergewisserte sich, dass sie seinen Ausführungen so weit folgen konnten.

»Sehr gut«, fuhr er fort. »Kommen wir also zum nächsten Ausschnitt, in dem Sie sowohl die Bewegungsdaten als auch die Logfiles für den relevanten Zeitpunkt sehen, an dem die Patientenakte von Jens Dauber im Anschluss an die Operation manipuliert wurde. Das war am sechsten Mai dieses Jahres um 14.53 Uhr.« Schmidt tippte auf sein Tablet, und auf dem Bildschirm erschienen zwei rote Kreise, die die entsprechenden Daten einschlossen. »Wie Sie hier sehen, hat sich Doktor Anna Donath um exakt 14.49 Uhr in den Rechner im Ärztezimmer eingeloggt.«

Erneut blickte Schmidt von Rocco zur Richterbank und dann wieder zu Rocco. Der nickte ihm bestätigend zu und war sich sicher, dass sie damit einen wichtigen Punkt markiert hatten, der weitere Zweifel am Schuldvorwurf seiner Mandantin brachte. Und das war alles, wozu er beauftragt wurde. Welche Strafbarkeit für Doktor Donath in Betracht kam, lag einzig und allein im Verantwortungsbereich der Staatsanwaltschaft und ihres Verteidigers.

»Haben Sie noch weitere Informationen für uns, oder war das alles?«, fragte die Vorsitzende Richterin.

»Nein, damit bin ich fertig«, sagte Schmidt und legte sein Tablet vor sich ab.

Die Vorsitzende blickte erst ihren Beisitzer und danach die beiden Schöffen an. »Haben Sie noch Fragen an den Zeugen?«

Der Heinz-Erhardt-Typ schien erst zu überlegen und wandte sich dann an Schmidt. »Im Prinzip habe ich nur eine Frage: Haben Sie die Daten, die Sie uns gerade gezeigt haben, offiziell von den Krankenhausservern?«

»Nein, die Daten habe ich von der Verteidigung erhalten.«

»Und inwieweit können Sie die Echtheit der Daten verifizieren? Ich meine, nicht dass ich der Verteidigung unterstellen möchte, gefälschte Daten zu verwenden. Es interessiert mich einfach nur.«

»Die Überprüfung, wie schon bei meinem letzten Gutachten, ist der erste Schritt meiner Arbeit. Und wie bei der letzten Begutachtung hat die Verteidigung nach meinen Informationen auch wieder alle entsprechenden Daten für Gericht und Staatsanwaltschaft zur Verfügung gestellt.«

»Das ist zutreffend«, sprang Rocco kurz ein. »Mein Büro hat die Informationen wie schon beim letzten Mal vor einigen Minuten an die Geschäftsstellen übermittelt.«

»Soso«, sagte Heinz kopfschüttelnd. Es kam Rocco so vor, als könne der sich nur schwer damit abfinden, dass Rocco über Wissen verfügte, das weder Gericht noch Staatsanwaltschaft zur Verfügung stand und dessen Herkunft er nicht offenlegte.

»Dann habe ich keine weiteren Fragen.«

»Gut«, sagte die Vorsitzende zu Oberstaatsanwältin Doktor Bunzel. »Sie sind jetzt an der Reihe.«

»Ausgezeichnet. Tatsächlich habe ich auch ein paar mehr Fragen.« Sie stand von ihrem Platz auf und griff sich das Papier, auf dem sie sich während der Ausführungen von Schmidt eine Reihe von Notizen gemacht hatte. »Vielen Dank erst mal, Herr Schmidt, für Ihre sehr detaillierte Schilderung«, sagte Bunzel in einem Ton, bei dem sämtliche Alarmglocken in Roccos Kopf zu läuten begannen. Das war genau die Art von Freundlichkeit, die er selbst auch an den Tag legte, wenn er kurz darauf einen Zeugen in der Luft zerreißen würde. Was um alles in der Welt lief hier? Welchen Fehler hatten sie gemacht? Was hatten sie übersehen, das Bunzel nicht übersehen hatte?

»Sehr gerne«, erwiderte Schmidt ebenso freundlich und hatte ganz offensichtlich nicht die Spur einer Ahnung davon, was gleich passieren würde.

»Wenn ich Sie richtig verstehe, hat Ihre Auswertung zu der Schlussfolgerung geführt, dass es Doktor Anna Donath gewesen sein muss, die zu der gegenständlichen Zeit am Rechner im Ärztezimmer gearbeitet hatte?«

»Ja, genau«, sagte Schmidt. »Wie ich es eben geschildert habe, ergibt sich das aus den Daten, die auf den Servern der Klinik aufgezeichnet wurden.«

Rocco beobachtete mit steigender Anspannung, wie die Oberstaatsanwältin seinen Sachverständigen befragte. Er hegte die Befürchtung, dass sie mit ihm spielte, dass sie ihn an die Hand nahm und im übertragenen Sinn mit jeder weiteren Frage einen Weg entlangführte, der zwangsläufig in der Katastrophe enden würde. Sie würde ihn Schritt für Schritt bis an den Rand einer Klippe begleiten, nur um ihn dann mit einer finalen Abschlussfrage, die seine vorherige Aussage ad absurdum führen würde, hinunterzustoßen. Und Schmidt ging sehenden Auges in sein Unglück, ohne den Plan der Oberstaatsanwältin zu durchschauen.

»Und halten Sie es für möglich«, fuhr Bunzel fort, »dass diese Daten gegebenenfalls manipuliert worden sind? Schließlich sind das angeblich wiederhergestellte Daten, die aktuell im System des Klinikums Spreehöhe nicht zu finden sind.«

»Da bin ich mir absolut sicher. Die Bewegungsdaten halten jeder Überprüfung stand«, antwortete Schmidt. »Das war ja der erste Punkt, den ich überprüft hatte.«

Jetzt stehen sie an der Klippe, dachte Rocco und wusste, dass Bunzel Schmidt mit der nächsten Frage in den Abgrund stürzen würde.

»Gut, ich verstehe«, sagte die Oberstaatsanwältin, und auf ihrem Gesicht zeichnete sich ein süffisantes Lächeln ab. »Erklären Sie mir doch bitte, wie es sein kann, dass Doktor Anna Donath, die ja nach Ihren Ausführungen seit 14.49 Uhr im Rechner im Ärztezimmer eingeloggt war, um dann um 14.53 Uhr die Daten an der Patientenakte des Geschädigten zu manipulieren, von halb bis Viertel nach drei im Institut für Transfusionsmedizin des Klinikums Spreehöhe gewesen ist. Sie hat sich nach dem schrecklichen Todesfall im OP nämlich dort mit einer befreundeten Assistenzärztin getroffen, um sich diese schreckliche Erfahrung von der Seele zu reden. Und ebendiese Begegnung hat die befreundete Ärztin eidesstattlich bezeugt. Damit kann Doktor Anna Donath gar nicht am Rechner gewesen sein.«

Schmidt, der noch immer nicht realisierte, was hier gerade geschah, schaute die Staatsanwältin irritiert an, während Rocco verzweifelt versuchte, Sinn in die Sache zu bringen.

Wenn die Karte und das Password der Assistenzärztin dazu benutzt wurden, sich um 14.49 Uhr in den Rechner im Ärztezimmer einzuloggen, dachte er, und exakt vier Minuten später die Daten zu ändern, aber die Assistenzärztin zu diesem Zeitpunkt nicht im Ärztezimmer gewesen sein kann, dann gab es nur zwei mögliche Lösungen: Entweder waren die ganzen Informationen, die sie von Lars Cleve erhalten hatten, falsch, oder eine dritte Person hat die Karte von Anna Donath bewusst genutzt, um eine falsche Fährte zu legen.

Da Rocco sicher war, dass Cleve keinen Fehler gemacht hatte, kam lediglich die zweite Variante in Betracht. Irgendjemand spielte ein Spiel mit ihnen. Und zwar auf eine so raffinierte Art und Weise, dass diese Person sie mit falschen Hinweisen fütterte, und dies auch noch so geschickt machte, dass sie sich nicht nur lächerlich gemacht hatten, sondern obendrein wieder ganz am Anfang standen. Rocco kam sich vor wie eine Marionette, die ein geschickter Puppenspieler seit Beginn des Verfahrens nach seinen Vorstellungen tanzen ließ.

Bevor das Drama seinen Lauf nahm und Roccos Gutachter komplett von Doktor Bunzel zerlegt wurde, entschloss er sich, Schmidt eine Erklärung entgegenzuwerfen, wenngleich ihm klar war, dass er damit Bunzels Vernehmung torpedierte und sich eine Ermahnung der Vorsitzenden einfangen würde. Er versuchte das allerdings so geschickt zu verpacken, dass der Ärger so gering wie möglich ausfiel.

»Was die Oberstaatsanwältin eigentlich fragen will, ist, ob es nach Ihrer Einschätzung möglich ist, dass nicht nur Doktor Anna Donath, sondern jede beliebige Person, die die Personalkarte von

Doktor Donath bei sich trägt, sich in den Rechner im Ärztezimmer eingeloggt haben könnte.«

Für einen Moment schaute Schmidt Rocco fragend an, ehe die Realisation dessen, was in den letzten fünf Minuten geschehen war, langsam einsetzte. »Ich verstehe«, sagte er und war offensichtlich peinlich berührt, wie ein Anfänger in Bunzels Falle getappt zu sein. »Natürlich ist das auch möglich, Frau Doktor Bunzel«, sagte er schließlich.

»Herr Verteidiger«, rügte die Vorsitzende Rocco erwartungsgemäß im selben Moment. »Wenn Sie bitte die Fragen an den sachverständigen Zeugen der Staatsanwaltschaft überlassen wollen. Sie werden im Anschluss ausreichend Gelegenheit haben, Ihre Fragen zu stellen.«

»Natürlich«, erwiderte Rocco vollkommen ungerührt und zufrieden, dass sein kleines Manöver Erfolg gehabt hatte. »Verzeihen Sie. Für einen Moment hatte ich das vergessen.«

Er blickte zu Doktor Bunzel, die nur den Kopf schüttelte. »Nun, dann kann ich ja jetzt weitermachen«, sagte sie und fügte mit nicht zu überhörendem Zynismus in der Stimme hinzu, »sofern die Verteidigung keine weitere Interpretation meiner Überlegungen mit uns teilen möchte.«

Rocco ignorierte diese Spitze und lächelte die Oberstaatsanwältin an.

»Ich habe nur noch eine letzte Frage«, fuhr Bunzel fort. »Vorausgesetzt, die von Ihnen vorgelegten Daten sind zutreffend, und man unterstellt, dass es nicht Doktor Anna Donath war, die sich in den Rechner im Ärztezimmer eingeloggt hat, um im Anschluss die Akte zu fälschen, haben Sie dann irgendeine Ahnung oder irgendeinen Hinweis, wer diejenige oder derjenige gewesen sein könnte?«

Martin Schmidt blickte zu Rocco, und es sah so aus, als würde er von ihm eine Antwort erwarten, was seine Glaubwürdigkeit nicht gerade erhöhte. Nachdem Rocco, der wusste, dass der überwiegende Teil der Anwesenden im Schwurgerichtssaal 700 jetzt ebenfalls auf ihn schaute, nicht eine Miene verzog, antwortete Schmidt: »Nein, wenn das alles so sein sollte, habe ich nicht die geringste Ahnung, wer das gewesen sein könnte.«

Er räusperte sich kurz, und Rocco beschlich das ungute Gefühl, dass Schmidt nach der erlittenen Schmach das Verlangen hatte, sich zu rechtfertigen. »Ich könnte nicht einmal ausschließen«, fügte er hinzu, »dass es sich bei der verwandten Karte um ein Duplikat des Originals gehandelt hat.«

68. KAPITEL

Berlin-Moabit, Kriminalgericht, Schwurgerichtssaal 700
Freitag, 16. August, 15.14 Uhr

Nachdem die Oberstaatsanwältin mit Schmidt fertig war, hatte Rocco auf weitere Fragen verzichtet. Das hätte alles nur schlimmer gemacht und war das Letzte, was sie jetzt gebrauchen konnten. Spätestens als nach einer kurzen Pause auf Antrag von Doktor Bunzel auch noch die besagte Assistenzärztin, die Doktor Anna Donath zu der gegenständlichen Zeit im Institut für Transfusionsmedizin des Klinikums Spreehöhe aufgesucht hatte, unter Eid aussagte, dass ihre Freundin tatsächlich bei ihr gewesen war, konnte Rocco auch Donath endgültig von der Liste der Verdächtigen streichen.

Sasha Müller saß nach der Aussage von Schmidt schweigend neben Rocco und hatte sich nach dem Ende der Verhandlung sehr kurz und wortkarg von ihm verabschiedet. Ihr Vertrauen in Roccos Fähigkeiten als Verteidiger schien erschüttert, was Rocco ihr nicht verübeln konnte. Der Tag war alles andere als perfekt verlaufen, und in gewisser Hinsicht standen sie wieder genauso da wie am Anfang des Verfahrens.

Doch Rocco wäre nicht Rocco, wenn er dem nicht dennoch etwas Positives abgewinnen konnte. Immerhin hatten sie beweisen können, dass jemand mit der Karte von Doktor Anna Donath die Daten manipuliert hatte, versuchte er sich zu motivieren, als er den Gerichtssaal verließ. Dem gegenüber stand, dass sie damit allerdings auch alle ihre Trümpfe ausgespielt hatten. Denn unabhängig davon, ob die Firma Augmentum einen Fehler gemacht hatte, war die Frage von Sasha Müllers Verantwortung nicht eindeutig geklärt. Sicher, es war ihnen gelungen, berechtigte Zweifel an ihrer Schuld zu säen, aber einen Freispruch hatten sie damit noch lange nicht erreicht. Dafür mussten sie den oder die wirklichen Schuldigen an der Datenmanipulation finden.

Die zahlreichen Reporter, die am Ausgang des Gerichtssaals auf ihn warteten und sich ein Interview oder zumindest einen Kommentar erhofften, ignorierte Rocco wie schon an jedem vorherigen Verhandlungstag. Stattdessen lief er zielstrebig Richtung Ausgang. Er dachte darüber nach, am Abend erneut ausführlich alle in Betracht kommenden Motive zu überprüfen und sämtliche Informationen, die sie hatten, durchzugehen, als er Justus Jarmer und Tobias Baumann in die Arme lief.

»Hallo«, sagte Rocco. »Lief ja doch ein bisschen anders, als wir uns das erhofft hatten.«

»Stimmt«, erwiderte Jarmer ernst und blickte sich um. »Können wir irgendwo in Ruhe reden? Mir ist etwas aufgefallen, das wir besprechen sollten.«

Rocco zog die Augenbrauen hoch. Er hatte nicht die Spur einer Ahnung, worauf Jarmer hinauswollte, vermutete aber, dass es wichtig war.

»Natürlich, lassen Sie uns ins Anwaltszimmer gehen«, erwiderte er und lief den beiden voraus. Dort angekommen, suchten sie sich einen ruhigen Tisch in der Ecke, wo sie ungestört miteinander sprechen konnten.

»Ich saß relativ weit hinten bei den Zuschauern«, begann Jarmer, »hatte allerdings ziemlich freie Sicht auf die Bank der Verteidigung und den Sachverständigen.«

»Dann konnten Sie ja genau sehen, wie wir Schiffbruch erlitten haben. Na ja, zumindest leckgeschlagen sind.«

»Ja und nein«, sagte Jarmer. »Auf den ersten Eindruck sieht es tatsächlich so aus. Mir ist aber etwas aufgefallen, was Ihnen möglicherweise entgangen ist.«

»Ach ja?«, sagte Rocco zweifelnd und fragte sich, worauf Jarmer hinauswollte. Er hatte während der ganzen Verhandlung sowohl seinen Zeugen als auch die übrigen Beteiligten genau im Auge gehabt und war sich ziemlich sicher, dass er nichts Wesentliches übersehen hatte.

»Ja«, sagte Jarmer und blickte sich um. Nachdem er sich vergewissert hatte, dass sie niemand hören konnte, begann er, mit leiser Stimme seine Beobachtungen mit Rocco und Tobi zu teilen. »Mir ist aufgefallen, dass Ihre Mandantin alles andere als begeistert war, als Anna Donath entlastet wurde. Tatsächlich sah sie sogar ziemlich erbost aus, dass Donath nicht überführt wurde. Und noch während Schmidt von der Staatsanwältin weiter in der Luft zerrissen wurde, hat Müller ganz hektisch etwas in ihr Handy getippt. Sie wirkte geradezu aufgebracht. Ist doch merkwürdig, oder?«

Rocco runzelte die Stirn und wusste nicht wirklich, was er mit Jarmers Beobachtung anfangen sollte. »Ich finde eine enttäuschte Reaktion durchaus nachvollziehbar, schließlich hatten wir uns erhofft, dass wir die Schuldige überführen und der Albtraum für Müller ein Ende hat.«

»Enttäuscht vielleicht, aber erbost? Mir kam das jedenfalls sehr merkwürdig vor, zumal zu einem ungewöhnlichen Zeitpunkt«, fuhr Jarmer fort. »Nun, Druck und Angst um die eigene Rehabilitierung machen ja einiges mit den Menschen …«

»Hm«, sagte Rocco. »Ist schon komisch. Um ehrlich zu sein, ist mir das überhaupt nicht aufgefallen. Und ja, ich hatte auch vermutet, dass sie sich über die Entlastung ihrer Assistenzärztin eher hätte freuen müssen. Auf der anderen Seite wäre deren Schuld ihr Ticket aus der ganzen Nummer gewesen.«

»Ich weiß ja nicht, ob da was dran ist«, sagte Jarmer. »Aber mir kam das merkwürdig vor.« Damit stand er auf, verabschiedete sich von Rocco und Tobi und war im nächsten Moment verschwunden.

»Und«, sagte Rocco zu Tobi. »Was meinst du dazu?«

»Keine Ahnung«, erwiderte der. »Weiß nicht, mal gucken.« Dann griff er nach seinem Handy und schaute auf das Display. »Cleve«, sagte er zu Rocco. »Sieht so aus, als wenn er noch was gefunden hat. Ich werd mal nach Hause fahren und gucken, was er zu sagen hat.«

69. KAPITEL

Berlin-Charlottenburg, Motel One Berlin-Upper West
Freitag, 16. August, 18.53 Uhr

Erik Andersson blickte auf dem Bildschirm seines MacBooks in die besorgten Mienen der Mitglieder des Aufsichtsrats von Augmentum.

»Der Aktienkurs ist seit Beginn des Verfahrens um über siebzig Prozent eingebrochen«, sagte Andreas Slej, der wie alle übrigen Teilnehmer des Zoom-Calls Vertreter einer Investmentfirma und somit finanziell erheblich an Augmentum beteiligt war. »Das war nicht der Plan, als wir in deine Firma eingestiegen sind«, fuhr er fort. »Und um ehrlich zu sein, können wir das nicht einfach so hinnehmen.«

Erik Andersson, der vor seiner Abberufung als CEO von Augmentum Slejs Firma als Geldgeber akquiriert hatte, konnte dessen Ärger verstehen. Wie alle Investoren der letzten Finanzierungsrunde vor dem Börsengang hatte auch er auf eine Vervielfachung seines Einsatzes gehofft. Doch aufgrund der aktuellen Entwicklung hatten sie alle viele Millionen verloren.

»So wie es aussieht, ist keiner für die aktuelle Situation verantwortlich«, hielt Linnea Persson, die als CEO operative Chefin des Unternehmens war, Andreas Slej entgegen. »Das Ganze ist doch …«

»Linnea, ich bitte dich«, unterbrach Slej sie scharf. »Die Frage der Verantwortung ist jetzt völlig unerheblich. Das Einzige, auf das wir uns fokussieren müssen, ist die Frage, wie wir die aktuelle Situation in den Griff kriegen können.«

»Ja natürlich«, erwiderte Persson. »Das sehe ich ja genauso, nur momentan sind mir die Hände gebunden.«

»Das ist inakzeptabel. Irgendetwas kann man immer machen«,

entgegnete Slej, und es war ihm deutlich anzusehen, dass er sich sehr beherrschen musste, um seinem Ärger nicht freien Lauf zu lassen.

»Erik«, wandte er sich wieder an den Gründer und ursprünglichen Chef von Augmentum. »Welche Ideen hast du, damit wir endlich das Ruder herumreißen können? Es kann doch nicht sein, dass hier alle einfach abwarten, bis sich der Knoten von alleine löst. Das wird nie und nimmer passieren.«

»Nun ja«, erwiderte Andersson. »Linnea hat schon recht. Die Situation ist alles andere als ideal. Und ja, ich stimme dir zu. Wir alle haben das gleiche Interesse. Und bitte vergiss nicht, dass ich die Firma gegründet habe. Für euch geht es vor allem um Geld. Für mich geht es um alles.«

Beinahe eine Ironie des Schicksals, dachte Andersson, dass Andreas Slej gerade ihn der Untätigkeit beschuldigte, obwohl es vor allem dessen Firma und ihm persönlich zu verdanken war, dass man Erik, den Gründer von Augmentum, als CEO abberufen und statt seiner Linnea Persson als Chefin eingesetzt hatte. Er konnte sich noch gut an die Sitzung erinnern, als Slej ihm offenbarte, er solle das nicht persönlich nehmen, aber ihm fehle einfach die Erfahrung, die Firma während und nach dem Börsengang leiten zu können.

Und sosehr es ihn reizte, Slej diese Entscheidung unter die Nase zu reiben, entschied er sich dagegen. Jetzt war weder die Zeit noch der Ort dafür. »Damit wir das Ruder wieder herumreißen können, bin ich ja seit Beginn des Gerichtsverfahrens in Berlin. Und seit dem Gutachten von Doktor Joline Brockhoff hat der Prozess eine vorteilhafte Wendung genommen. Es ist also nicht alles schlecht. Und wie ihr selbst wisst, steht ein Fehler durch unser System nicht mehr wirklich zur Diskussion.«

»Aber dem Aktienkurs hat das nicht geholfen«, sagte Slej.

»In gewisser Weise schon«, erwiderte Andersson. »Denn seit dem Gutachten und der Berichterstattung darüber in der Presse ist der Verfall des Kurses gestoppt worden.«

»Ja«, erwiderte Slej. »Er ist allerdings noch weit von dem Wert entfernt, zu dem wir investiert haben. Erholt hat er sich nicht. Kurzum, ich erwarte bis spätestens morgen einen umfassenden und gut begründeten Plan, wie wir den Wert von Augmentum wiederherstellen. Und du, Linnea, bist als CEO dafür verantwortlich. Ich schicke euch gleich einen Zoom-Termin für neunzehn Uhr.«

»Aber …«, begann Linnea Persson, doch sie wurde erneut von Andreas Slej unterbrochen.

»Damit, glaube ich, ist für heute alles besprochen.«

Und mit diesen Worten beendete er die Onlinesitzung.

70. KAPITEL

Berlin-Wilmersdorf, Tübinger Straße
Samstag, 17. August, 10.12 Uhr

Tobias Baumann war anzusehen, dass er die ganze Nacht keine Minute geschlafen hatte. Seine Augen waren rot und leicht geschwollen, und auf seinen Wangen bildete sich ein Bartschatten.

»Alter, du siehst ja richtig scheiße aus«, begrüßte Rocco seinen Freund und wies mit der Hand auf die Sitzgruppe.

»Komm, setz dich, ich mach dir 'nen Espresso.«

»Danke, gerne einen doppelten«, erwiderte Tobi und ließ sich in einen der ledernen Sessel fallen.

Rocco griff sich eine Tasse und zwei Kapseln, und kurze Zeit später erfüllte der Duft von frischem Kaffee die Wohnung.

»Also«, sagte Rocco, stellte den Espresso vor seinem besten Freund ab und setzte sich zu ihm. »Was habt ihr rausbekommen?«

»Du willst das nicht hören, aber jetzt ist alles glasklar. Wir haben den Beweis gefunden. Cleve hat es heute Nacht doch noch geschafft, die Videologs wiederherzustellen. Zumindest teilweise. Der von uns gesuchte Zeitraum war dabei. Und ausnahmsweise muss ich gestehen, freue ich mich nicht so sehr, dir die Nachricht zu überbringen, wer sich da am Rechner mit Donaths Karte eingeloggt hat.« Er trank einen Schluck von dem Espresso und wischte sich mit dem Handrücken über den Mund. »War nicht ganz unbegründet, was Jarmer da gestern erzählt hat.«

Rocco sah seinen Freund fragend an. »Also sieht man auf den Aufnahmen, wer die Daten an dem Rechner im Ärztezimmer geändert hat?«

»Ja. Absolut eindeutig und ohne jeden Zweifel. Mit Zeitstempel und Frontaufnahme.« Tobi zog ein Tablet aus seinem Eastpak-Rucksack und rief die entsprechende Datei auf.

»Wow«, sagte Rocco, nachdem sie den etwa sechs Minuten dauernden Clip angeschaut hatten. »Das ist krass. Mannomann. Ich glaube, damit haben wir jetzt nur noch einen einzigen Weg.«

»Sehe ich auch so«, sagte Tobi. »Zeit für die Stunde der Wahrheit. Wie, glaubst du, wird sie reagieren?«

»Schwer zu sagen«, erwiderte Rocco. »Bin mir nicht mal so sicher, ob es eine große Überraschung für sie sein wird.« Er schaute auf seine Uhr. »Ich werde Jarmer anrufen und ihm Bescheid sagen. Sasha Müller kommt am Montag. Kannst du es auch einrichten? Ich denke, es wird helfen, wenn sie die Neuigkeiten von uns beiden hört. Schließlich hast du das meiste mit Lars Cleve geklärt.«

Tobi nickte. »Klar, kein Problem. Ich komme.«

71. KAPITEL

Berlin-Charlottenburg, Fasanenstraße 72, Kanzlei Eberhardt
Montag, 19. August, 11.03 Uhr

»Frau Müller ist da«, sagte Klara, als sie ihren Kopf durch die Tür in Roccos Büro steckte.

»Danke, dann werde ich sie holen«, erwiderte Rocco, stand von dem gläsernen Besprechungstisch in seinem Büro auf und ging nach vorne in die Kanzlei. Kurz darauf kam er mit Sasha Müller wieder zurück.

»Hallo, Herr Baumann«, begrüßte sie Tobi knapp und nahm ihm gegenüber Platz.

Nachdem auch Rocco sich gesetzt und alle mit Wasser versorgt hatte, sagte er: »Ich glaube, wir sind einen gewaltigen Schritt weitergekommen, was unseren Fall betrifft.«

»Das wäre zur Abwechslung ja mal was«, erwiderte Sasha Müller, wobei sie etwas gereizt klang. »Die Sache geht mir mittlerweile wirklich an die Substanz. Das Ganze begann schon so absurd. Es ist immer fürchterlich, wenn ein Mensch stirbt. Und wenn das ein Patient in meinem OP ist, geht es mir natürlich besonders nahe. Leider habe ich über die Jahre akzeptieren müssen, dass das nun mal passiert. Dann aber vor Gericht zu stehen und angeklagt zu sein, obwohl wir Ärzte alles geben, um die Patienten so gut wie möglich zu versorgen, war nicht einfach. Nicht für mich und auch nicht für meine Familie. Insbesondere für die Kinder.«

»Natürlich, das kann ich gut verstehen«, erwiderte Rocco. »Deshalb ist es gut, dass das ganze Spiel ein Ende hat.«

»Es wäre an der Zeit«, erwiderte Sasha Müller. »Ich meine, der Umstand, dass die Akte gefälscht wurde und es sogar Beweise dafür gibt, wie das geschehen ist, müssten eigentlich reichen, oder? Das wird doch auch das Gericht anerkennen, oder?«

»Das wird es«, sagte Rocco.

»Sehr gut«, sagte sie und schob sich eine Strähne ihrer dunklen Haare aus dem Gesicht, bevor sie eher unbewusst mit der Hand nach ihrer Halskette griff. »Und konkret bedeutet das doch, jetzt wo nachgewiesen ist, dass die Akte gefälscht war, dass man mich nicht mehr verurteilen wird, oder?« Sie trank einen Schluck Wasser. »Am Ende bin ich, um ehrlich zu sein, sogar heilfroh, dass sich die Spur mit Anna ebenfalls als falsch herausgestellt hat.«

»Ja, da haben wir für einen Moment wirklich auf das falsche Pferd gesetzt«, stimmte Rocco ihr zu. »Allerdings bleibt leider weiter die Frage im Raum stehen, wer die tatsächlichen Drahtzieher sind. Und auch, was das Motiv ist.«

Sasha Müller nickte. »Aber so wie es aussieht, wird das wohl vermutlich erst mal ungelöst bleiben, oder? Also wenn die Staatsanwaltschaft nicht in der Lage ist, den Täter aufzuspüren, geht mein Verfahren doch trotzdem zu Ende, wenn klar ist, dass ich nicht fahrlässig, sondern aufgrund falscher Informationen gehandelt habe? Das hatten Sie gemeint mit dem Fortschritt, oder?«

»Wenn Sie meinen, dass das Verfahren zu Ende geht, weil die Staatsanwaltschaft keine weiteren Beweise mehr vorbringt«, sagte Rocco, »kann das genauso laufen.«

Erleichtert atmete Sasha Müller auf und ließ im selben Moment ihre Kette los. »Sehr gut. Das heißt, die Sache vor Gericht ist dann auch zu Ende.«

»Im Prinzip schon«, sagte Rocco. »Es ist allerdings so, dass wir, das heißt eigentlich Herr Baumann, inzwischen weitere Informationen ermitteln konnten, die den Fall in ein gänzlich neues Licht rücken.«

»Ach ja?«, erwiderte Sasha Müller und runzelte die Stirn. »Wie meinen Sie das? Das ist jetzt aber nicht wieder so ein Verdacht wie bei Anna Donath, der sich als falsch herausstellt, oder?«

»Nein«, sagte Rocco. »Dieses Mal nicht. Denn der Fehler, den wir beim ersten Mal gemacht haben, beruhte darauf, dass wir die

Manipulation von Daten der ersten offensichtlichen Person, die diese Daten manipuliert haben könnte, zugeordnet hatten. In diese Falle tappen wir nicht schon wieder, darauf können Sie sich verlassen.«

»Okay«, erwiderte sie unsicher und schaute Rocco nervös an, ohne allerdings etwas zu sagen.

»Also gut«, sagte der dann. »Bringen wir es hinter uns.«

Er blickte zu Tobi, und der stellte sein Tablet so mit der Hülle auf den Tisch, dass Sasha Müller das Display gut sehen konnte.

»Es ist uns nämlich gelungen«, fuhr Tobi fort, »weitere Daten zu rekonstruieren, nach denen wir im ersten Schritt gar nicht gesucht hatten.«

»Und welche Daten sollen das sein?«

»Die Videoaufnahmen der Sicherheitskameras aus dem Klinikum Spreehöhe. Am besten sehen Sie selbst«, fuhr Tobi fort und tippte auf das Display seines Tablets. Im nächsten Moment erschien die Aufnahme, die er schon einmal abgespielt hatte.

Rocco, der die Aufnahmen kannte, blickte nicht auf das Display, sondern schaute seine Mandantin ganz genau an. Keine fünf Sekunden nachdem das Video begonnen hatte, wich sämtliche Farbe aus dem Gesicht der berühmten Chirurgin.

72. KAPITEL

Berlin-Charlottenburg, Fasanenstraße 72, Kanzlei Eberhardt
Montag, 19. August, 11.14 Uhr

Wie in Schock starrte sie auf das Tablet. Es gab keinen Zweifel, wer die Person war, die am Rechner im Ärztezimmer die Daten der Patientenakte von Jens Dauber gefälscht hatte. Frontal und hochauflösend aufgenommen waren sogar kleine Hautunebenheiten zu erkennen. Sasha Müller blickte in ihr eigenes Gesicht.

Nach vollen zwei Minuten, die Rocco wie eine Stunde vorkamen, hob sie ihren Blick und sah zu ihm auf. Sie war aufgeflogen. Sie hatte ihnen die ganze Zeit etwas vorgespielt. Und sie war gut gewesen. Rocco hatte das nicht kommen sehen.

Er war sich nicht sicher, was genau es war, was er jetzt in ihren Augen las. Es war nichts Böses in ihrem Blick. Keine Habgier, kein Hass, keine Verachtung, wie er das bei anderen Straftätern beobachtet hatte. Das hier war anders als bei all den Drogendealern, Clanmitgliedern, Mördern und Totschlägern aus seiner Vergangenheit. Es kam ihm nicht so vor, als blickte er in die Augen eines Verbrechers, sondern stattdessen in die Augen einer Frau, deren Träume zerplatzt waren. Aber nicht erst in diesem Moment. Sondern schon vor einiger Zeit.

»Können Sie uns das erklären?«, fragte Rocco.

Sasha Müller vergrub ihr Gesicht in ihren Händen und schüttelte ihren Kopf.

»Vielleicht«, begann Rocco sie zu ermutigen, »stelle ich erst einmal eins klar. Was wir Ihnen gerade gezeigt haben und was auch immer Sie uns jetzt sagen, dürfen wir dem Gericht nicht ohne Ihre Zustimmung mitteilen. Das ist alles vom Anwalts- und Mandantengeheimnis gedeckt.«

Sasha Müller sah ihn aus ihren roten, verweinten Augen ungläubig an. »Sie werden mich nicht verraten?«

»Ich werde Sie nicht verraten, und ich darf Sie nicht verraten. Aber ich kann Ihnen nicht garantieren, dass Sie nicht trotzdem auffliegen werden. Denn eines ist sicher. Die Ermittler, die Polizei und die Staatsanwaltschaft werden keine Ruhe geben, bis auch sie rausgefunden haben, wer die Akte manipuliert hat. Und obwohl sie nicht über die Ressourcen verfügen, die wir haben, können sie früher oder später dahinterkommen.«

Sasha Müller sah Rocco stumm an, ohne etwas zu erwidern. Er hatte das Gefühl, dass er ihr helfen konnte und helfen wollte. Er war sich sicher, dass es eine Geschichte gab, die das alles zwar nicht rechtfertigte, aber erklärte.

»Ich bin weiterhin Ihr Anwalt, ich werde Sie weiterhin verteidigen. Ich kann und will Ihnen helfen, nur müssen Sie mit mir reden.«

Sasha Müller blickte auf den Boden und dann zu Rocco. Er hatte das Gefühl, dass sie kurz davor war, ihm alles zu erzählen.

Doch statt etwas zu sagen, stand sie auf und ging zur Bürotür. »Ich bin gleich wieder da. Geben Sie mir bitte einen Moment.«

73. KAPITEL

Berlin-Charlottenburg, Fasanenstraße 72, Kanzlei Eberhardt
Montag, 19. August, 11.22 Uhr

Klara Schubert wusste genau, was Rocco und Tobi mit Sasha Müller besprachen. Als die Ärztin aus Roccos Büro kam, konnte sie in ihren Augen lesen, dass sie am Boden zerstört war. Klara glaubte allerdings auch eine Spur von Erleichterung in ihrem Blick zu erkennen.

»Kaffee?«, fragte sie schlicht.

Sasha Müller blickte überrascht auf. Dann nickte sie.

»Kommen Sie einfach mit in die Küche«, sagte Klara Schubert, stand auf und ging durch den langen Flur mit seinen hohen Wänden vorbei am Besprechungsraum in den hinteren Teil der Kanzlei.

Sasha Müller folgte ihr und lehnte sich mit dem Rücken an die Wand, als sie in der Küche angekommen waren. Klara Schubert steckte eine Kapsel Kaffee in die Maschine.

Während das heiße Getränk langsam in die weiße Porzellantasse strömte, blickte Sasha Müller Klara Schubert unsicher an.

»Wird er mir helfen? Obwohl ich ihn belogen habe? Und viele unentschuldbare Fehler begangen habe?«

Klara Schubert nickte. »Ja, das wird er ganz bestimmt. Ich mache meinen Job jetzt schon seit über vierzig Jahren. In der Zeit habe ich einiges erlebt, das können Sie mir glauben. Und in all den Jahren habe ich keinen besseren Anwalt als Rechtsanwalt Eberhardt getroffen. Womit ich nicht sagen will, dass er einen Freispruch für Sie erzielen kann. Oder ob er das überhaupt will. Aber ich kann Ihnen versichern, dass er weiter an Ihrer Seite stehen wird.«

Sasha Müller schaute sie mit großen Augen an und sackte im nächsten Moment beinahe zusammen. Klara Schubert griff sofort nach ihr und stützte sie. Dann zog sie die vollkommen fertige Ärztin in eine Umarmung. Müller fing an, wie ein Kind zu schluchzen, kurz, nur für einen Moment, ehe sie Klara Schubert aus roten Augen anblickte.

»Was habe ich getan? Wie erkläre ich das meinen Kindern?«

Sie löste sich aus der Umarmung und schien sich langsam zu fangen. Sie atmete drei Mal tief ein und wieder aus und drückte dann ihr Kreuz durch.

»Ich weiß jetzt, was ich zu tun habe. Ich habe so viel falsch gemacht. Ich muss das geraderücken. Ich muss dafür einstehen, was ich getan habe. Auch wenn das nicht einfach wird.«

»Das ist es nie«, erwiderte Klara und lächelte ihr aufmunternd zu. »Aber ich bin mir sicher, Sie werden sich danach besser fühlen. Kommen Sie, ich bringe Sie wieder in sein Büro.«

74. KAPITEL

Berlin-Charlottenburg, Fasanenstraße 72, Kanzlei Eberhardt
Montag, 19. August, 11.29 Uhr

Rocco wusste sofort, was er Klara Schubert zu verdanken hatte, als sie mit Sasha Müller zurück in sein Büro kam. Für einen Moment kreuzten sich ihre Blicke, und er nickte ihr dankbar zu, bevor sie wieder an ihren Arbeitsplatz ging und Roccos Bürotür hinter sich schloss.

Sasha Müller setzte sich an den Besprechungstisch, den sie keine zehn Minuten zuvor verlassen hatte. Sie ballte ihre Fäuste und wandte sich mit starker, aber sich leicht überschlagender Stimme an Rocco und Tobi. »Gut. Ich will versuchen, es Ihnen zu erklären. Wie Sie wissen, bin ich seit vielen Jahren Chirurgin, und seit beinahe so vielen Jahren unterstütze ich den Einsatz von neuen Technologien in der Medizin. Ich arbeite schon immer daran. Anstatt auf Unterstützung stoße ich allerdings dauernd nur auf Hürden, auf Gegner, auf Menschen, die sich nicht trauen, das Notwendige und für alle doch so Offensichtliche zu erkennen. Stattdessen verstecken sie sich hinter ihrer Bürokratie. Und ich? Versauere in einer Klinik, die zwar nach jahrelangem Zögern endlich zugestimmt hat, dass wir bei Routine-OPs KI einsetzen, sich dann aber nicht getraut hat, den nächsten Schritt zu gehen. Ich hatte einfach keine Vision mehr, keinerlei Glauben daran, dass ich im Klinikum Spreehöhe weiterkomme. Die Vision hat mir Augmentum irgendwann geboten. Das fing im Prinzip schon vor etwa fünf Jahren an. Als sie ihre ersten Publikationen zu ihren KI-Systemen auf einem medizinischen Kongress vorgestellt hatten, war mir sofort klar, welchen Durchbruch in der Behandlung von Patienten das bedeuten würde. Direkt im Anschluss an den Vortrag habe ich Kontakt mit dem damaligen Geschäftsführer und Gründer von Augmentum, Erik Andersson, aufgenommen. Er hat mich sofort begeistert und bestätigt, dass die Technologie von Augmentum nur dann ihre Verbreitung in der Welt finden würde, wenn sie sowohl in der Theorie als auch in der Realität Einsatz findet. Daraufhin habe ich mich nicht nur für einen sogenannten Piloten, also einen Test, und später für einen echten Betrieb im Klinikum Spreehöhe eingesetzt, sondern mich auf Bitten von Andersson auch bereit erklärt, als Referenzsprecherin für die Augmentum-Systeme und für KI im Allgemeinen zur Verfügung zu stehen. Nachdem die Systeme erst im Klinikum Spreehöhe und durch meine Hilfe dann relativ schnell auch in anderen Krankenhäusern eingesetzt wurden, stand ich nicht nur als Referenz für Augmentum, sondern auch als ständige Ansprechpartnerin für die Weiterentwicklung des Systems beratend zur Verfügung. Ich sollte mithelfen, ihre Ideen und Anderssons Visionen mit umzusetzen, ja richtiggehend mit ihm zusammenzuarbeiten. Man hatte mir eine Stelle als Chief Medical Officer angeboten. Ich hätte so viel auf den Weg bringen können, so viel bewegen. Doch kurz darauf, noch bevor ich zugesagt und das Angebot angenommen habe, ist die Firma an die Börse gegangen und hat von ihrem eigentlichen Kurs immer mehr Abstand genommen. Und Andersson, an den ich wirklich geglaubt hatte, hat das Angebot zurückgezogen. Er hat mir gesagt, dass meine Hilfe nicht mehr gebraucht wird. Es ging ihm selbst an den Kragen, und er hatte keinen Einfluss mehr. Er hat anschließend zwar alles Mögliche probiert, aber ohne Erfolg. Am Ende haben sie ihn auch ruhiggestellt. Für mich war damit alles dahin. Alles, woran ich geglaubt hatte. Alles, wofür ich Jahre durch Talkshows getingelt bin und mir auf Veranstaltungen den Mund fusselig geredet habe, nur damit dann so ein Wichtigtuer wie Sonnenberg mir die ganze Zeit erzählt, wie gefährlich alles ist und dass wir lieber doch nichts machen. Ich konnte das noch eine Weile ertragen, irgendwann aber habe ich mich in meiner Wut und meinem

Frust verloren. Ich kann mir jetzt gerade nicht mehr erklären, warum ich das getan habe und wie ich ernsthaft ein Menschenleben opfern konnte. Aber, und das ist nur eine schwache Entschuldigung, ich habe Dauber nicht einfach zufällig ausgewählt. Tatsächlich hatte er nicht mehr lange zu leben. Denn neben der OP, die wir durchgeführt haben, hatte er noch ein ganz anderes Problem, das ich bei einer Routineuntersuchung entdeckt habe. Eine seltene Herzkrankheit, die schwer zu diagnostizieren und deren Stadium so weit fortgeschritten war, dass eine Heilung ausgeschlossen schien. Als ich mit ihm darüber gesprochen habe, war er ohne große Hoffnung. Er hatte mich nur gebeten, seiner Familie nichts davon zu erzählen. Die Tatsache, dass er nicht mehr lange leben würde, und sein sehr lebensmüder Gemütszustand haben mich in dem Moment denken lassen, dass er sterben will. Ich weiß, das ist vermessen, und ich will mich damit nicht rechtfertigen, aber das waren damals meine Gedanken. Ich wollte es Augmentum heimzahlen und sie zwingen, sich zu ändern. Sie waren auf so einem guten Weg und haben dann alles dem Profit geopfert. Geld zuerst und wichtige Innovationen an zweiter Stelle. Ich wollte es Augmentum zurückzahlen. Sie für ihren Betrug an mir, zudem für den Betrug an ihrem Idealismus, der so viel hätte bewegen können, bluten lassen. Mir war klar, dass ich damit auch ins Kreuzfeuer gerate, aber ich war mir sicher, dass es die KI und Augmentum und, wenn überhaupt, das Krankenhaus treffen würde. Schließlich hatte die Klinik die KI implementiert, ganz davon zu schweigen, dass ich gedacht hätte, dass wir uns mit dem Haftungsausschluss, den Dauber vor der OP unterschrieben hatte, unangreifbar gemacht hätten, wenn ein Fehler durch die KI passiert. Dass sich alle, sogar Staatsanwaltschaft und Gericht, so auf mich einschießen, damit hätte ich nie gerechnet. Ich dachte, ich würde am Ende der Verhandlung freigesprochen. Ich wollte, dass Augmentum endlich aufwacht.« Sasha Müller machte eine Pause und atmete tief durch. »Ich kann mich selbst nicht wiedererkennen. Ich höre eine Fremde, die Ihnen das alles erklärt. Was ist nur aus mir geworden?«

Alle schwiegen einen Moment, Rocco musste diese Beichte erst einmal verdauen. Und alle weiteren Fragen, die ihm in den Sinn kamen, nicht stellen. Mit Ausnahme eines Punktes, den er schon zu Beginn des Verfahrens mit Müller besprechen wollte, es dann aber immer wieder vergessen hatte. Irgendwie sagte ihm sein Instinkt, dass das jetzt wichtiger sein könnte als je zuvor. Er konnte nach wie vor nicht glauben, dass Sasha Müller, trotz dieser absurden Tat, ein böser Mensch war. Es war so, als fehlte Rocco ein Puzzleteil, um seine Mandantin und deren nur schwer zu verstehende Handlung nachvollziehen zu können.

»Darf ich Ihnen eine Frage stellen?«

»Ja, natürlich.«

»Was ist Ihre ursprüngliche Motivation gewesen, dass Sie sich so sehr für den Einsatz von KI in Ihrem Tätigkeitsfeld, der Medizin, starkgemacht haben?«

Sasha Müller sah Rocco mit roten Augen an und griff nach dem Medaillon, das an einer goldenen Kette um ihren Hals hing. Sie öffnete es, und Rocco konnte darin ein Foto sehen, das eine Frau mittleren Alters zeigte.

»Das ist meine Mutter«, sagte Sasha Müller. »Die Aufnahme wurde keine drei Monate gemacht, bevor sie an den Folgen einer Sepsis verstorben ist.«

Rocco blickte sie fragend an, weil er keine Ahnung hatte, was das medizinisch bedeutete, hatte aber das Gefühl, dass hier der Schlüssel zu den Geschehnissen liegen konnte.

»Vereinfacht gesagt ist eine Sepsis eine Blutvergiftung, bei der das Immunsystem außer Kontrolle gerät und mit seiner Abwehrreaktion gegen Entzündungsherde im Körper so weit über das Ziel hinausschießt, dass es dabei mehr Schaden anrichtet, als zu helfen. Als Folge fällt der Blutdruck ab, der Sauerstoff wird knapp, und das Herz kämpft vergeblich gegen die Unterversorgung an. Und dann versagen nach und nach lebenswichtige Organe, und der Patient stirbt.«

»Und das ist Ihrer Mutter passiert«, sagte Rocco.

Sasha Müller nickte. »Das Tragische daran ist«, fuhr sie fort, »dass meine Mutter heute noch leben würde, wenn die Sepsis rechtzeitig diagnostiziert worden wäre. Doch die Situation wurde damals falsch eingeschätzt. Bei einer Sepsis, müssen Sie wissen, kann es auf jede Minute ankommen. Wäre sie innerhalb der ersten Stunde der Erkrankung behandelt worden, hätte sie mit neunzigprozentiger Wahrscheinlichkeit überlebt. Die Chancen fallen dann rapide ab. Nach fünf Stunden sind es nur noch um die sechzig Prozent, und nach eineinhalb Tagen sinken die Chancen auf unter zehn Prozent.«

Rocco begann zu verstehen. Sasha Müllers Kampf für den Einsatz von KI in der Medizin lag in ihrer persönlichen Geschichte begründet. Hätten die Helfer damals zusätzliche diagnostische Unterstützung erhalten, würde ihre Mutter womöglich noch leben.

»Vielen Dank, dass Sie das mit uns geteilt haben«, sagte er ruhig. »Trotzdem müssen wir jetzt eine Entscheidung treffen, wie wir mit der ganzen Situation umgehen sollen.«

Sasha Müller nickte. »Welche Möglichkeiten habe ich denn?«

»Na ja, wie ich Ihnen schon gesagt habe, sind alle Informationen, die wir haben, und alles, was Sie uns gerade erzählt haben, durch das Anwaltsgeheimnis gedeckt. Wir müssen uns allerdings auch darüber im Klaren sein, dass die Staatsanwaltschaft jederzeit darauf stoßen könnte. Und ohne die Informationen, die Sie uns gerade mitgeteilt haben, wird das nicht gut für Sie ausgehen. Vermutlich werden sie die Anklage wegen fahrlässiger Tötung in Totschlag oder Mord ändern. Und dann steht eine lebenslange Freiheitsstrafe im Raum.«

»Und was wäre die Alternative?«

»Wir bereiten eine Erklärung vor, und Sie gestehen. Ich werde das Ganze mit Ihnen so formulieren, dass Sie rechtlich so gut wie möglich dabei wegkommen. Aber ich kann Ihnen jetzt schon versichern, dass Sie auch bei dieser Variante nicht straffrei ausgehen werden.«

Sasha Müller schien kurz nachzudenken. Dann nickte sie und blickte Rocco in die Augen. »Gut, machen wir es so.«

75. KAPITEL

Berlin-Moabit, Turmstraße 21, Institut für Rechtsmedizin
Montag, 19. August, 12.07 Uhr

Doktor Justus Jarmer war nicht wirklich überrascht, als Rocco ihm am Telefon von der Beichte seiner Mandantin berichtete.

Was ihn allerdings verwunderte, war die Bitte, mit der Rocco an ihn herangetreten war. Er wollte wissen, ob es irgendeine Möglichkeit gab, die von Sasha Müller behauptete Herzkrankheit, an der Dauber angeblich gelitten haben soll, nachzuweisen. Jarmer verstand natürlich, warum die Beantwortung dieser Frage für Rocco und damit auch für das Verfahren und die Beurteilung der Schuld von Sasha Müller relevant war. Rocco wollte sichergehen, dass Müller hier die Wahrheit gesagt hatte und Dauber nicht in Wirklichkeit, abgesehen von seinem Raucherbein, absolut gesund gewesen war.

Nur gab es ein großes Problem. Denn der Leichnam von Jens Dauber war längst bestattet worden. Verbrannt, um genau zu sein. Seine Familie hatte eine Feuerbestattung gewählt. Justus Jarmer blieb zur Bestätigung von Müllers Behauptung also lediglich die Möglichkeit, auf die Daten, die sie zu Dauber im System gespeichert hatten, zuzugreifen.

Neben den Ergebnissen der Blutuntersuchung waren das die Bilder, die sie mithilfe ihres postmortalen Mehrschichten-Computertomografen erstellt hatten.

Jarmer checkte wieder und wieder den Teil des Scans, auf dem er alle Details von Daubers Herz erkennen konnte. Dabei half ihm vor allem die Möglichkeit, den untersuchten Bereich in 3-D zu begutachten, da sich so ein vollkommen detailliertes Bild zeigte. Er machte sich eine Reihe von Notizen und widmete sich danach der Untersuchung der Aufnahmen von Daubers Lymphknoten. Auch hier wurde er fündig, sodass er sich schließlich die Scans seiner Beine und am Schluss ein Foto von Daubers Gesicht vornahm. Dann war er sich sicher. Zumindest beinahe. Denn bevor er Eberhardt anrufen und von dem Ergebnis berichten würde, wollte er sich noch eine zweite Meinung einholen und mit seiner Kollegin sprechen. Jarmer checkte kurz den Ablaufplan des heutigen Tages, um zu sehen, ob und wo er Katrin Bonnet erreichen konnte, und griff dann nach seinem Telefon.

Bonnet nahm seinen Anruf unmittelbar entgegen und stand keine fünf Minuten später in Jarmers Büro.

»Hallo, danke, dass du so schnell gekommen bist«, sagte er. »Es geht um den Fall Dauber. Du weißt schon, der Arzthaftungsfall aus dem Klinikum Spreehöhe.«

»Klar, ich kann mich gut erinnern. Bevor du mit der Obduktion anfangen konntest, musstest du kurzfristig weg, und ich habe übernommen. Im Ergebnis waren wir uns allerdings einig. Dauber war infolge eines anaphylaktischen Schocks gestorben, ausgelöst durch ein Kontrastmittel, das ihm im Krankenhaus gespritzt worden war.«

»Genau. Und was das betrifft, war das Ergebnis deiner Untersuchung zutreffend«, bestätigte Jarmer.

»Ach«, sagte Bonnet und schaute ihren Kollegen verwundert an. »Und in einer anderen Hinsicht war es das nicht, oder wie?«

»Na ja, schon. Aber vielleicht gab es da noch was, was eine Rolle in dem Fall spielen könnte. Etwas, was nicht unmittelbar mit seinem Tod zusammenhing und dennoch wichtig sein könnte«, erwiderte Jarmer und wies mit seinem Finger auf den hochauflösenden Monitor auf seinem Schreibtisch. »Schau dir bitte das mal an«, sagte er und kreiste mit dem Zeiger seiner Maus um eine bestimmte Stelle auf dem Bildschirm.

»Sieht aus wie ein Herz«, sagte Bonnet und wusste offensichtlich nicht, worauf Jarmer hinauswollte.

»Stimmt, ist auch ein Herz. Aber guck bitte genauer hin«, fuhr er fort. »Und schau dir bitte noch diese beiden Fotos an«, fügte er hinzu und reichte seiner Kollegin Aufnahmen, auf denen erst Daubers Gesicht und schließlich sein ganzer Körper zu sehen war.

Katrin Bonnet schaute von dem Monitor zu den Fotos und wieder zurück.

»O verdammt«, rief sie dann aus. »Das habe ich vollkommen übersehen. Meinst du, dass es sich hier um eine kardiale Sarkoidose handelt?«

»Ganz genau das«, bestätigte Jarmer nickend. »Wir beide wissen, dass diese Krankheit unfassbar schwer zu erkennen ist. Und wenn man, wie bei unserem Fall, überhaupt keinen Anlass hat, danach zu suchen, wird es noch mal schwerer. Die Symptome sind nicht einfach in Zusammenhang zu bringen, die Erkrankung ist wahrlich ein leicht zu übersehendes Chamäleon.«

»Stimmt«, erwiderte Bonnet. »Aber ich ärgere mich trotzdem total. Das hätte mir auffallen müssen.«

»Mach dir keine Sorgen«, sagte Jarmer. »Das hätte ich vermutlich auch übersehen.«

»Hat das irgendwelche Auswirkungen auf den Fall?«, fragte sie.

»Ich glaube schon«, nickte Jarmer. »Denn wenn ich mir den Zustand von Daubers Herz genau anschaue, wäre er vermutlich in den nächsten Monaten daran verstorben.«

»Wenn er kein Transplantat erhalten hätte«, hielt Katrin Bonnet dagegen.

»Was bei dem fortgeschrittenen Stadium seiner Krankheit und der aktuellen Verfügbarkeit von Spenderorganen allerdings sehr unwahrscheinlich gewesen wäre«, erwiderte Jarmer.

»Und was machen wir jetzt damit?«, fragte Bonnet.

»Ich befürchte, du wirst deinen Bericht noch einmal ergänzen und dann die Staatsanwaltschaft informieren müssen.«

»Pffff«, machte Bonnet und sah gar nicht glücklich aus, was Jarmer nur zu gut nachvollziehen konnte. Vor Jahren hatte er bei einer Obduktion ebenfalls zunächst etwas übersehen, was in einem Strafprozess von erheblicher Relevanz gewesen war. Seinen Fehler einzugestehen und der Staatsanwaltschaft mitzuteilen war damals auch kein Vergnügen, aber selbstverständlich notwendig gewesen. So war es nun einmal in ihrem Beruf. Letztlich in jedem anderen auch. Fehler passierten, das war unabänderlich. Das Entscheidende war lediglich, wie man damit umging.

Nachdem Bonnet sein Büro wieder verlassen hatte, griff Jarmer zu seinem Telefon. Er musste dringend Rocco Eberhardt zurückrufen.

76. KAPITEL

Berlin-Moabit, Turmstraße 91, Kriminalgericht
Mittwoch, 21. August, 9.32 Uhr

»Frau Vorsitzende, Hohes Gericht«, begann Rocco, wenige Sekunden nachdem Doktor Benke die Verhandlung eröffnet hatte. »Bevor wir mit der Zeugenbefragung beginnen, möchte ich gerne eine Erklärung im Namen meiner Mandantin abgeben. Vermutlich ist es danach nicht mehr nötig, weitere Zeugen zu hören.«

Oberstaatsanwältin Doktor Bunzel zog erst überrascht ihre Augenbrauen hoch, ehe sie abschätzig ihren Kopf schüttelte. Vermutlich hielt sie Roccos Erklärung für einen neuen Verfahrenstrick, der, außer Zeit zu kosten, keinen wirklichen Fortschritt in ihrem Fall bringen würde.

Wenn Bunzel wüsste, was sie in den nächsten zwanzig Minuten zu hören bekommt, dachte Rocco, *wird sie ihre Meinung allerdings schnell ändern.* Ihm war klar, dass nach seinem Statement die Befragung heute voraussichtlich ihr letzter regulärer Verhandlungstag sein würde. Wenn alles gut ging, würden sie schon am Freitag ihre Schlussplädoyers halten, und die beiden Berufsrichter und die Schöffen würden ihr Urteil fällen. Ob und wie das ausging, konnte Rocco nur extrem schwer einschätzen. Und mehr als in den meisten anderen Fällen, die er bisher verhandelt hatte, kam es in dieser Sache ganz entscheidend darauf an, inwiefern insbesondere die beiden Schöffen seiner Argumentation folgen würden.

»Kommen Sie doch bitte zu mir nach vorne«, winkte die Vorsitzende Rocco und Oberstaatsanwältin Bunzel zu sich. An ihrem dezent genervten Tonfall konnte Rocco hören, dass sie ebenfalls nicht davon ausging, dass er etwas Sinnvolles vorschlagen wollte.

Nachdem beide unmittelbar vor der Richterbank standen, vergewisserte sich die Vorsitzende, dass ihr Mikrofon ausgeschaltet war.

»Könnten Sie mir bitte verraten, welche Absicht Sie verfolgen?«, fragte sie und blickte Rocco skeptisch an.

»Natürlich, sehr gerne. Ich werde eine umfassende Erklärung abgeben, nach der meiner persönlichen Einschätzung zufolge alle Punkte des Falls geklärt und alle offenen Fragen beantwortet sein dürften.«

»Mal wieder? Da können wir ja gespannt sein«, entfuhr es Oberstaatsanwältin Bunzel, worauf sie sich einen ungehaltenen Blick und ein kurzes Kopfschütteln der Richterin einfing, die sich allerdings unmittelbar darauf an Rocco wandte: »Ich hoffe auch in Ihrem eigenen Interesse, dass es sich hier nicht um irgendeinen windigen Verfahrenstrick handelt, von dem Sie sich einen Vorteil erhoffen.«

»Ich kann Ihnen versichern, Frau Vorsitzende«, sagte Rocco schlicht und von der subtilen Ermahnung vollkommen unbeeindruckt, »dass das nicht der Fall sein wird. Ganz im Gegenteil.«

»Nun denn«, entgegnete sie. »Seien Sie bitte so gut und gehen wieder zu Ihrer Mandantin zurück und lassen uns hören, was Sie so Wichtiges vorbereitet haben.«

Doktor Bunzel musterte Rocco kurz, zuckte aber nur mit den Achseln und begab sich gleichermaßen an ihren Platz zurück.

Rocco drehte sich von der Richterbank ab und blickte erst zu seiner Mandantin, die sichtlich angespannt am Tisch der Verteidigung saß, und ließ seinen Blick dann in den Zuschauerraum schweifen. In der zweiten Reihe, unmittelbar hinter den Vertretern der Presse, saßen Tobi und Justus Jarmer, die ihm beide parallel ein Thumbs-up gaben. Er schmunzelte kurz und freute sich, dass sie heute da waren, denn kurz nachdem er mit seinem Statement beginnen würde, konnte er jede moralische Unterstützung, die er kriegen konnte, dringend gebrauchen.

Als er an seinem Platz angekommen war, nickte er Sasha Müller, die vor lauter Aufregung die Fingernägel ihrer Daumen in ihre Zeigefinger presste, zuversichtlich zu. Dann tippte er auf sein iPad. Das

Display erhellte sich, und Rocco konnte seine Notizen vor sich sehen. Wie immer würde er seine Erklärung vollkommen frei halten und nicht auf seine Stichpunkte angewiesen sein. Aber es war ein gutes Gefühl, sie im Zweifelsfall parat zu haben.

»Hohes Gericht, Frau Oberstaatsanwältin«, begann er mit fester, ruhiger Stimme. »Meine Mandantin, Doktor Sasha Müller, hat die elektronische Patientenakte von Jens Dauber selbst manipuliert. Darüber hinaus übernimmt sie die volle Verantwortung für Verlauf und Ausgang der Operation.«

77. KAPITEL

Berlin-Moabit, Turmstraße 91, Kriminalgericht
Mittwoch, 21. August, 9.47 Uhr

Roccos Worte waren eingeschlagen wie eine Bombe, und im Gerichtssaal war es von einem Moment auf den anderen so still geworden, dass man die sprichwörtliche Stecknadel hätte fallen hören können.

Rocco blickte erst zur Vorsitzenden Richterin Doktor Benke und ihrem Beisitzer und dann direkt zu den beiden Schöffen. Die beiden Berufsrichter erwiderten seinen Blick überrascht, auf den Gesichtern von Heinz und Scarlett konnte er nur reine Ungläubigkeit entdecken. Aber auf die beiden kam es an. Sie hatten in der aktuellen Besetzung das gleiche Stimmrecht wie die beiden Profis und daher eine größere Macht als in anderen Verfahren, in denen die Zahl der Berufsrichter überwog.

Rocco, der sich entsprechend der seitlichen Anordnung des Tisches der Verteidigung immer leicht nach links drehen musste, um die Richter zu sehen, warf einen kurzen Blick nach rechts in den Zuschauerraum. An den Gesichtern konnte er ebenfalls erkennen, dass sie die Informationen nur langsam verarbeiteten und jeden Moment miteinander zu sprechen beginnen würden. Um ihnen zuvorzukommen, wandte er sich wieder zur Richterbank.

»Bevor ich die Motivation meiner Mandantin schildere und welche Umstände sie zu ihrem Verhalten veranlasst haben, möchte ich mich in ihrem Namen zunächst bei der Familie des Verstorbenen Jens Dauber entschuldigen.«

Rocco blickte zu der Bank der Staatsanwaltschaft, wo zur Linken von Oberstaatsanwältin Doktor Bunzel die Witwe von Jens Dauber und dessen Sohn Felix neben Doktor Thies, ihrem Anwalt, saßen. Ursprünglich hatte Sasha Müller darauf bestanden, die Erklärung selbst abzugeben, doch Rocco hatte ihr dringend davon abgeraten. Mit Daubers Familie und insbesondere seinen Kindern im Saal hätte das mit Sicherheit zu einer sofortigen Reaktion und Schuldvorwürfen geführt. Was nur zu verständlich gewesen wäre. Und das hätte den Sinn und Zweck des Geständnisses und die Erklärung der Hintergründe torpediert. Das, hatte Rocco ihr deutlich gemacht, war das Letzte, was sie jetzt brauchten. Sasha Müller würde eine Strafe erhalten. Wie hoch diese ausfiele, würde entscheidend von der jetzigen Erklärung abhängen. Da machte es keinen Sinn, unnötig etwas zu riskieren. Schließlich hatte Sasha Müller dann unter Protest zugestimmt, aber darauf bestanden, im Anschluss an das Verfahren, wenn ein wenig Zeit vergangen war, sich noch einmal persönlich bei Daubers Familie zu entschuldigen. Dagegen war nichts zu sagen. Doch das lag in der Zukunft. Und jetzt mussten sie zunächst den Prozess hinter sich bringen.

»Meine Mandantin ist sich bewusst, dass sie Ihnen unendliches Leid zugefügt hat«, begann Rocco respektvoll. »Und auch wenn ihr Verhalten dadurch nicht entschuldigt wird, möchte ich an dieser Stelle eine eidesstattliche Versicherung von Doktor Justus Jarmer und seiner Kollegin Doktor Katrin Bonnet vorlegen.«

Rocco griff die fünf Exemplare der zweiblättrigen Unterlage, die vor ihm auf dem Tisch lag, und verteilte sie an die Prozessbeteiligten.

»Wie Sie der eidesstattlichen Versicherung entnehmen können, litt Jens Dauber an einer sogenannten kardialen Sarkoidose. Dabei handelt es sich um eine Erkrankung des Herzens, die nur schwer zu diagnostizieren ist, weil die einzelnen Symptome nicht immer sofort richtig in Zusammenhang gebracht werden. Das ist der Grund, warum die Rechtsmedizinerin Doktor Bonnet die Krankheit bei der Obduktion zunächst übersehen und in der Folge auch nicht darüber berichtet hat. Erst eine weitere Untersuchung durch Doktor Jarmer aufgrund des Geständnisses meiner Mandantin hat diesen Umstand an den Tag gebracht. Wie Sie der Stellungnahme entnehmen können, war die Krankheit zum Zeitpunkt des Todes von Jens Dauber bereits so weit fortgeschritten, dass eine Heilung nahezu ausgeschlossen gewesen wäre.«

Das Raunen, das in diesem Moment im Zuschauerraum ausbrach, verstummte nach einem durch die Lautsprecher verstärkten Räuspern der Vorsitzenden.

Rocco machte eine kurze Pause, um den Richtern und Schöffen, der Oberstaatsanwältin, vor allem aber Daubers Witwe und Felix die Gelegenheit zu geben, die Aussage der Rechtsmediziner zu überfliegen.

»Soweit das Gericht es für erforderlich hält«, fuhr er kurz darauf fort, »kann Doktor Jarmer, der sich heute hier im Gerichtssaal befindet, auch als präsenter Zeuge dazu aussagen.«

Rocco sah, dass sich sowohl Scarlett als auch Heinz Notizen machten, konnte aber an ihren Mienen nicht ablesen, wie sie die aktuelle Situation bewerteten. Allerdings war er mit seiner Erklärung noch nicht am Ende.

»Der Hintergrund, der meine Mandantin zu ihrer Handlung bewegt hat, ist so komplex wie ungewöhnlich«, begann Rocco und schilderte die Geschichte, wie Sasha Müller und Augmentum zusammengearbeitet hatten, bis zu dem Punkt, als die ersten Systeme auf der Welt eingesetzt wurden.

Rocco machte eine kurze Pause, um den Anwesenden die Gelegenheit zu geben, seinen Ausführungen zu folgen. Das war für ihn enorm wichtig, denn er hatte nur diese eine Chance, die Motivation von Sasha Müller so ehrlich wie möglich zu erklären. Ob und wie das Gericht das beurteilen würde, lag nicht in seiner Hand. Mit welchen Worten sie die Informationen erhielten, allerdings schon. Er griff nach seinem Glas und trank einen kleinen Schluck Wasser, ehe er fortfuhr.

»Die Erfolge, die aufgrund der Systeme von Augmentum erzielt wurden, übertrafen die Erwartungen der Ärzte, die damit arbeiteten, bei Weitem. Mit wachsender Zuverlässigkeit und immer höherer Trefferquote erkannte Augmentum Möglichkeiten, das Leben von Patienten auf der ganzen Welt zu verbessern und sogar Leben zu retten, die ohne das System in vielen Fällen an ihrem Ende angelangt gewesen wären. Die Zusammenarbeit zwischen Augmentum und meiner Mandantin entwickelte sich so gut, dass Erik Andersson ihr das Angebot machte, ihre Arbeit als Chirurgin einzustellen und ganz in die Firma einzusteigen. Er bot ihr die Position des Chief Medical Officer an, die es ihr ermöglicht hätte, die Qualität der Systeme schneller und nachhaltiger zu beeinflussen und maßgeblich an der Entwicklung weiterer Lösungen mitzuwirken. Dann kam es zu einer entscheidenden Wende. Augmentum war aufgrund der hohen Kosten darauf angewiesen, weitere Investoren in das Unternehmen zu holen, was Erik Andersson zwar gelang, allerdings den Kurs der Firma in einer Art und Weise beeinflusste, die stark von der ursprünglichen Planung abwich. Statt die anfänglichen Erfolge fortzuschreiben und genau dort weiterzumachen, wo Augmentum so viel Sinn stiftete und vereinfacht gesagt Leben rettete, wurde erst Erik Andersson als Geschäftsführer abgesetzt und dann der Kurs des Unternehmens in eine andere Richtung fortgeführt. Es ging jetzt in erster Linie nicht mehr nur darum, Leben zu retten, sondern auch die Profitabilität der Firma zu steigern. Oder, mit anderen Worten, die Investoren wollten ihren finanziellen Einsatz vervielfältigen. In diesem Zusammenhang wurde auch das Angebot an meine Mandantin, als Chief Medical Officer an der Entwicklung der Zukunft teilzunehmen, zurückgezogen und zahlreiche erfolgreiche Pilotprojekte, die Augmentum gerade in den ärmeren Ländern der Welt umgesetzt hatte, eingestellt.«

Rocco machte eine weitere strategische Pause. Bevor er zum letzten Teil seiner sorgfältig vorbereiteten Erklärung kam, musste er sicherstellen, dass die Anwesenden seine bisherigen Informationen verstanden hatten. Ein kurzer Blick zeigte ihm, dass sämtliche Beteiligten ihre Notizen zu Ende geschrieben hatten und ihre Blicke wieder auf ihn richteten.

»Mehrere Versuche, die neue Geschäftsführung von Augmentum von den fatalen Folgen zu überzeugen, die der neue Kurs der Firma für zahlreiche Patienten überall auf der Welt haben würde, und sie wieder an die ursprüngliche Agenda zu erinnern, scheiterten. Und genau aus diesem Grund hat meine Mandantin sich zu ihrem Vorgehen entschieden. Ihr Ziel war es, durch den Prozess das Augenmerk auf Augmentum und den Einsatz von KI zu richten. Sie hatte gehofft, so naiv das vielleicht aus unserer aller Sicht klingen mag, der Prozess würde dazu führen, dass der Aktienkurs von Augmentum einbrechen und die Investoren sich gezwungen sehen würden, die aktuelle Geschäftsführung abzusetzen und den Gründer und ursprünglichen Geschäftsführer, Erik Andersson, wieder einzusetzen.«

»Das ist doch Bullshit, rächen wollte sie sich«, hörte Rocco einen Mann aus dem Bereich der Zuschauer, gefolgt von weiteren zustimmenden Zwischenrufen.

Die Vorsitzende klopfte kurz mit der Hand auf das Mikrofon, und es kehrte wieder Ruhe ein.

Rocco, der mit entsprechenden Störungen gerechnet hatte, wusste, dass der Gedanke, Sasha Müller hätte vorsätzlich und destruktiv gehandelt, nahelag. »Ihre Hoffnung war, dass Erik Andersson seinen gesamten Einfluss geltend machen würde, um das Ruder wieder herumzureißen.«

Rocco drehte sich kurz in Richtung der Zuschauer, um zu seinem letzten Argument anzusetzen.

»Und auch wenn ich es nicht beabsichtigt hatte, auf einen Kommentar aus den Reihen der Zuschauer einzugehen, möchte ich doch mit folgendem Gedanken enden. Hätte meine Mandantin sich nicht dazu entschlossen, ein umfassendes Geständnis abzulegen, wäre ihr möglicherweise niemand jemals auf die Schliche gekommen. Allein der Umstand, dass ich heute in ihrem Namen die Erklärung abgebe, sollte für sich sprechen.«

Mit diesen Worten setzte Rocco sich wieder und klopfte, für alle sichtbar, seiner Mandantin auf die Schulter. Sasha Müller blickte mit geröteten Augen auf den Boden. Jeder im Saal konnte sehen, wie sehr sie sich für ihre Tat schämte und welche Schwere auf ihr lag.

Dann ließ Rocco seinen Blick über die Richterbank schweifen, beginnend ganz links mit Scarlett, weiter über die Vorsitzende und ihren Beisitzer, bis hin zu Heinz. Auch wenn er sich im Laufe seiner Karriere die Fähigkeit erarbeitet hatte, Menschen und ihre Meinung einschätzen zu können, hatte er absolut keine Ahnung, wie diese vier über seine Mandantin urteilen würden.

78. KAPITEL

Berlin-Charlottenburg, Restaurant Engelbecken
Freitag, 23. August, 19.34 Uhr

Rocco hatte für sein Treffen mit Tobi und Justus Jarmer um 20 Uhr bewusst das Engelbecken gewählt. Hier hatten sie sich auch schon im Anschluss an die letzten drei Verfahren, bei denen sich ihre Wege gekreuzt hatten, verabredet.

Er war noch kurz in die Kanzlei gefahren, um der sichtlich gerührten Klara Schubert Karten für eine furiose Inszenierung des Lessing-Stücks *Minna von Barnhelm* zu überreichen. Er wusste, dass sie Theater liebte, und diese Aufführung würde sie bestens unterhalten. Er hatte ihr ja schon längst eine Freude machen wollen.

Nun saß er an einem schönen hellen Holztisch des Engelbeckens und nutzte die Zeit, bis seine beiden Mitstreiter eintreffen würden, um das Echo der Presse auf das Urteil im Fall Sasha Müller zu studieren. Vor ihm lag die Titelseite von *Das Blatt,* in dem die Redakteurin die Ereignisse der letzten beiden Gerichtstage zusammengefasst hatte. Unter der Überschrift

Jahrelange Haftstrafe für fehlgeleitete Ärztin

schilderte sie Schritt für Schritt, was seit Roccos Erklärung geschehen war. Noch am selben Tag hatte das Gericht einen richterlichen Hinweis erteilt, dass aufgrund der geänderten Sachlage eine Verurteilung wegen eines vorsätzlichen Tötungsdeliktes in Betracht kam.

Rocco hatte das vorausgesehen und vor Abgabe der Erklärung mit Sasha Müller besprochen. Er hatte ihr gesagt, dass nicht nur eine Verurteilung wegen Totschlags, sondern im schlimmsten Fall sogar wegen Mordes die Folge sein könnte. Sasha Müller hatte ihm zugehört, ohne ihren Plan eines Geständnisses deshalb aufzugeben. Sie war zu der Einsicht gelangt, dass sie sich total in ihre Sichtweise hineingesteigert hatte und der einzige Ausweg die schonungslose Wahrheit sein musste. Dabei gab sie auch die Identität des IT-Experten, mit dem sie im Hinblick auf die Löschung und Verschleierung der Datenänderung zusammengearbeitet hatte, bekannt. Sie hatte den Mann vor einem Jahr anlässlich eines Kongresses, bei dem sie über KI in der Medizin gesprochen hatte, kennengelernt. Allerdings war er zwischenzeitlich untergetaucht, sodass die Staatsanwaltschaft ihn bislang nicht hatte festsetzen können. Für das Gericht war dieser Umstand weniger wichtig, da sie auch so die Schuld von Sasha Müller beurteilen konnten.

Zwei Tage später, nach einer umfassenden Beratung, hatten sie das Urteil gesprochen. Die Vorsitzende hatte sich dabei, anders als bei einer bloßen Verkündung ansonsten üblich, sehr viel Zeit für die Begründung genommen. Sie hatte geschildert, dass die Kammer, also die beiden Richter nebst Schöffen, lange überlegt hatte, ob das Verhalten von Sasha Müller unter anderem aufgrund eines möglichen Rachemotivs oder auch der infrage kommenden Heimtücke als Mord einzuordnen war. Im Ergebnis hatten sie sich aber dagegen entschieden. Bei der Beurteilung des Strafmaßes hatten sie darüber hinaus den Umstand, dass Sasha Müller sich ohne scheinbare Notwendigkeit zu dem Geständnis entschlossen hatte, strafmildernd beurteilt.

Im Ergebnis stand die Kammer vor der Aufgabe, ein Urteil zu fällen, das Tat und Schuld angemessen war, und verurteilten Sasha Müller zu einer Freiheitsstrafe von sieben Jahren. Dazu entschieden sie über den Adhäsionsantrag, den die Witwe von Jens Dauber gestellt hatte, auf Schmerzensgeld und sprachen ihr einen Betrag in Höhe von 150 000 Euro zu. Hier berücksichtigten sie, dass Jens Dauber aufgrund seiner Herzerkrankung mit großer Wahrscheinlichkeit nur noch wenige Monate zu leben gehabt hätte.

Rocco war überrascht, wie sachlich *Das Blatt* über den Vorfall berichtete, da dies so ganz und gar nicht ihrer üblichen Vorgehensweise entsprach. Anders als in vorherigen Berichten verzichtete die Redakteurin auf die emotionalen Statements von Felix Dauber.

Am Ende des Artikels fanden sich noch ein paar Zeilen zu der Firma Augmentum. Offensichtlich hatte das Geständnis von Sasha Müller dazu geführt, dass die Schweden darüber nachdachten, tatsächlich ihren Kurs zu ändern und die Fortführung pausierter Projekte zu erwägen, die dem ursprünglichen Gründungsgedanken entsprachen. In einem Statement wurde auch Erik Andersson, Gründer von Augmentum, zitiert, der die Tat von Sasha Müller aufs Schärfste verurteilte. Er hatte sein Unternehmen mit dem Ziel gegründet, Menschenleben zu schützen, nicht zu nehmen.

Rocco vermutete, dass der angekündigte Kurswechsel von Augmentum allerdings weniger einer Einsicht der Investoren zu verdanken war als vielmehr dem Umstand, dass man mit allen Mitteln und Wegen versuchen wollte, wieder positive Presse zu generieren und damit das Vertrauen der Aktionäre zu stärken. Aber das alles war eine Welt, die er nicht wirklich verstand. Und, um ehrlich zu sein, gar nicht verstehen wollte.

Durch ein kurzes »Hallo« wurde Rocco aus seinen Gedanken gerissen und blickte von seiner Zeitung auf. Vor ihm stand Doktor Justus Jarmer, der, wie schon in den Fällen zuvor, bei denen sie zusammengearbeitet hatten, auch dieses Mal den entscheidenden Hinweis gefunden hatte, der am Ende zur Aufklärung dieses ungewöhnlichen Dramas geführt hatte.

»Hallo«, erwiderte Rocco, stand auf und schüttelte Jarmer herzlich die Hand.

»Ist unser detektivischer Freund noch nicht da?«, fragte Jarmer und lächelte Rocco an.

»Nein, so wie ich ihn kenne, wird er noch ein paar Minuten brauchen«, sagte Rocco nach einem kurzen Blick auf die Uhr.

Jarmer setzte sich und zeigte auf die Zeitung, die auf dem Tisch vor Rocco ausgebreitet war.

»Dieser Artikel ist der erste, in dem *Das Blatt* seit langer Zeit zur Abwechslung nicht versucht hat, die Leser zu beeinflussen«, sagte er wohlwollend. »Sie haben einfach über den Fall berichtet, wie er war. Und das in einem Bereich, der gerade für *Das Blatt* so viel hergegeben hatte. War schließlich das erste Mal, dass sie über einen Patienten und KI im Zusammenhang mit einem Tötungsdelikt geschrieben hatten.«

»Stimmt«, nickte Rocco. »Das war auch für mich Neuland. Der erste Patient in einem Tötungsdelikt, in das eine KI verwickelt war.«

»Wird vermutlich nicht der letzte sein, von dem wir hören, wenn die Technologie sich weiterverbreitet. Und davon ist auszugehen. Ich muss zugeben, dass ich dem Ganzen recht skeptisch gegenüberstand. Und damit bin ich vermutlich nicht alleine«, sagte Jarmer.

»Ach so?«, antwortete Rocco. »Wie meinen Sie das? Was hat sich geändert?«

»Na ja, es scheint immer offensichtlicher, dass der Einsatz gewisse Vorteile bringt, dass man aber auch nichts übers Knie brechen darf. Grundsätzlich sollte man sich wohl an den Gedanken gewöhnen, dass wir zunehmend mit KI zu tun haben werden und es nicht schadet, sich das Ganze mit einem Open Mindset anzuschauen«

Rocco nickte. Es stimmte. Sie standen ohne Frage am Anfang einer neuen Zeit. Da entstand eine Technologie, die in der Lage war, sich selbst fortzuentwickeln, die exponentiell, ja sprunghaft wachsen, die womöglich nach dem Zepter greifen, die alles verändern würde. Auf welche Art und Weise, wusste er allerdings nicht. Und damit standen sie nicht alleine da.

DANKSAGUNG

Mit dem *1. Patienten* schicken wir Strafverteidiger Rocco Eberhardt und Rechtsmediziner Doktor Justus Jarmer nun schon zum vierten Mal in ein gemeinsames Abenteuer. Und auch dieses Mal hat es uns wieder große Freude bereitet, denn unsere beiden Helden sind uns mit ihren ganz unterschiedlichen Charakteren und Sichtweisen auf das Leben mittlerweile sehr ans Herz gewachsen.

Wie schon bei den ersten drei Teilen – *Die 7. Zeugin, Der 13. Mann* und *Die letzte Lügnerin* – möchten wir uns bei all den großartigen Menschen bedanken, die dazu beigetragen haben, dass Sie, liebe Leserin und lieber Leser, unser neues Buch *Der 1. Patient* jetzt in Ihren Händen halten und lesen können.

Wir danken dabei vor allem unseren Lektorinnen Katrin Trometer und Antje Steinhäuser, die uns durch ihre engagierte, inspirierende und außerordentlich fruchtbare Zusammenarbeit unterstützt haben.

Ein herzliches Dankeschön geht an Roman Hocke, unseren Agenten, und seine Mitarbeiterinnen Susanne Wahl, Claudia von Hornstein, Cornelia Petersen-Laux und Janine Hilz, stellvertretend für das gesamte großartige Team von AVA international in München.

Bei Droemer Knaur danken wir, ebenfalls stellvertretend für alle anderen im Verlag, die uns auch bei diesem Buch wieder fantastisch unterstützt haben: Doris Janhsen, Katharina Ilgen, Natalja Schmidt, Nina Vogel, Patricia Keßler, Antje Buhl, Monika Neudeck, Jessica Czerner, Sarah Reimer, Karoline Westermeyer Benz und Steffen Haselbach.

Ein ganz spezielles Dankeschön geht von mir, Michael Tsokos, an meine Mitarbeiterinnen und Mitarbeiter in den beiden Berliner rechtsmedizinischen Instituten. Rechtsmedizin ist Teamarbeit, wie auch hier im Buch bei Doktor Justus Jarmer. Außerdem danke ich meiner Frau Anja für ihr Verständnis für meine zahlreichen, immer neuen Ideen und für ihre mittlerweile zwei Jahrzehnte währende Liebe.

Dass unsere Krimis so nah an der Realität sind, haben wir nicht nur unseren eigenen Erfahrungen, sondern vor allem auch dem Insiderwissen echter Profis zu verdanken. Deshalb möchte ich, Florian Schwiecker, mich bei meinen guten Freunden, den Rechtsanwälten Patrick Estrada Pox und Staffan Rau, ebenso wie den ungenannt bleiben wollenden Mitarbeiterinnen der Staatsanwaltschaft Berlin, der Strafgerichtsbarkeit Berlin und der Kripo Potsdam bedanken.

Mein ganz besonderer Dank gilt Doktor Eduard Wollscheidt, der mir mit großer Geduld und einzigartiger Kenntnis der Materien einen Einblick in die Welt der Operationssäle und in die medizinischen Abläufe während eines Eingriffs gewährt hat. Ohne diese Möglichkeiten und die großartigen Ideen, Hintergründe und den so wichtigen Faktencheck unserer Expertinnen und Experten wäre es uns nicht möglich, die Szenen vor Gericht und bei der Ermittlungsarbeit so realistisch darzustellen und den Leserinnen und Lesern außergewöhnliche Insidereinblicke zu gewähren.

Und Ihnen, liebe Leserinnen und Leser, danken wir für den Griff auf den richtigen Büchertisch beziehungsweise den richtigen Klick bei Ihrem Onlinebuchhändler. Ohne Sie wäre das alles gar nicht möglich. Sie sind die, auf die es hier ankommt! Wir wünschen Ihnen spannende Unterhaltung mit dem vierten Teil der Rocco-Eberhardt-und-Doktor-Justus-Jarmer-Reihe!

Florian Schwiecker & Michael Tsokos

Hochspannend und 100% authentisch: Band 1 der Justiz-Krimi-Reihe des Strafverteidigers Florian Schwiecker und des Gerichtsmediziners Prof. Dr. Michael Tsokos

FLORIAN SCHWIECKER & MICHAEL TSOKOS

DIE SIEBTE ZEUGIN

Justiz-Krimi

Wie an jedem anderen Sonntagmorgen verlässt der Verwaltungsbeamte Nikolas Nölting sein Haus in Berlin-Charlottenburg. Er winkt seiner Tochter Lily zu, schwingt sich aufs Fahrrad und fährt zu einer Bäckerei. Dort schießt er aus heiterem Himmel plötzlich um sich. Ein Mensch ist tot, zwei weitere verletzt – und Nikolas Nölting schweigt. Nöltings Anwalt Rocco Eberhardt steht vor einem Rätsel: Welches Motiv könnte der unauffällige Familienvater für eine solche Tat gehabt haben? Das Ganze erscheint völlig sinnlos – bis Rechtsmediziner Dr. Justus Jarmer eine überraschende Entdeckung macht.

»Schwiecker und Tsokos liefern mit Die 7. Zeugin ein interessantes, mehrschichtiges Werk, das den Untertitel Justiz-Krimi zu Recht trägt.«
Blog KrimiLese

KNAUR

Ein Mord führt Strafverteidiger Rocco Eberhardt und Rechtsmediziner Dr. Justus Jarmer auf die Spur eines erschütternden Sozial-Experiments: Band 2 der hochspannenden Justiz-Krimi-Reihe

FLORIAN SCHWIECKER & MICHAEL TSOKOS

DER DREIZEHNTE MANN

Justiz-Krimi

Rocco Eberhardt kann kaum glauben, was den unscheinbaren Timo Krampe in seine Anwaltskanzlei führt: Timo wollte mit seinem Freund Jörg Grünwald einen Skandal von enormer Sprengkraft aufdecken, doch nun ist Jörg verschwunden. Ermordet, wie Rechtsmediziner Justus Jarmer wenig später herausfindet. Und auch Timos Leben ist in Gefahr, denn seine Enthüllung ist wahrlich brisant: Im Rahmen des Granther-Experiments hatten Berliner Jugendämter noch bis 2003 Pflegekinder bewusst an pädophile Männer vermittelt – auch Timo und Jörg. Und die Verantwortlichen sitzen inzwischen an den Schalthebeln der Macht …

Der erschütternde Fall um einen Mord vor dem Hintergrund eines Missbrauchs-Skandals ist inspiriert von einer wahren Geschichte.

KNAUR

Korruption, zwielichtige Immobiliengeschäfte und ein Toter: In Band 3 der Justiz-Krimi-Reihe des Bestseller-Duos Schwiecker & Tsokos wird es persönlich für Strafverteidiger Rocco Eberhardt.

FLORIAN SCHWIECKER & MICHAEL TSOKOS

DIE LETZTE LÜGNERIN

Justiz-Krimi

Ein Polit-Skandal erschüttert Berlin: In einem geleakten Video ist zu sehen, wie Bausenator Dieter Möller schmutzige Immobiliendeals mit einem russischen Oligarchen aushandelt – auch der Vater von Strafverteidiger Rocco Eberhardt soll darin verwickelt sein. Als der für das Video verantwortliche Tontechniker auf dem Seziertisch von Rechtsmediziner Dr. Justus Jarmer landet, lautet die Anklage gegen Möller plötzlich auf Mord. Der bittet Rocco um Hilfe und beteuert seine Unschuld. Doch die ermittelnde Kommissarin findet immer mehr Beweise gegen den Bausenator, und Rocco muss sich fragen, ob sein Vater einen Mörder deckt …

»Die Justiz-Krimis um Strafverteidiger Rocco Eberhardt und Rechtsmediziner Justus Jarmer sind Hochgeschwindigkeitskrimis, die keine Haltestation kennen!«
Alex Dengler, denglers-buchkritik.de